U0143476

生死使命

朱维坚 著

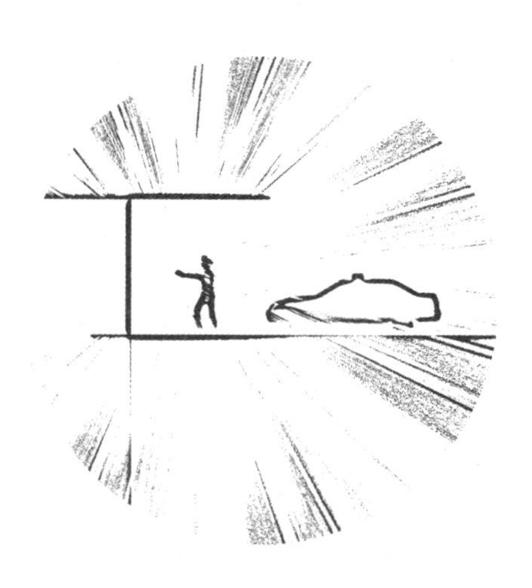

作家出版社

这不应该是由我来写的作品。

我已经在考虑封笔，不再写长篇小说。可是，自素材出现后，相应的作品却一直未能出现，我最终还是不得不拿起笔来。

我不知道，这是不是我的最后一部长篇小说，但是我知道，这部作品之后，李斌良的名字将不会再出现。

我曾向读者承诺，绝不写一般化的作品，我一直努力这样做，我不知道这部作品是否达到这样的标准，我只能告诉读者：我尽力了。

朱维坚

目录

恶　魔

来了……

她从噩梦中挣扎着醒来，听到院子里响起轻轻的脚步声，继而响起轻轻的撬门声，下意识地在心里说出这两个字。

是真的吗？恶魔真的来了吗？或许是做梦吧？

但是，撬门声在继续——听，已经撬开了，脚步声向室内走来。

不，不是梦，是真的来了，真的来了！这么多年过去，它果然来了，真的来了。

恐惧完全攫住了她的身心，她想呼救，喊不出声来，想挣扎，身体动弹不得，只能任凭脚步声走进来，走到她的床边，走到她的头顶上方。

灯打亮了，她不得不睁开眼睛。

“恶魔！”

她看到它的面孔时，脑海中闪过这两个字。

她知道，恶魔带来的一定是地狱，无与伦比的伤害会随之来临，自己一定会死去，或者生不如死。

她一直在等这一天，等着它，等了十几年，现在，它终于被等来了。

她……

一　明明要调出，却接了大案子

当我走在通往分局长办公室的走廊上时，感到双腿发软，脚步沉重，犹如跋涉在沼泽之中，又像一叶孤舟漂泊在大海上。瞧，走廊漫长，不知通往何处，走廊两边一个个开着的门射出乱七八糟的光，映在地面上就像大海中起伏的波涛，稍不小心，就会让我倾覆没顶，不知魂归何处……

分局长办公室越来越近了，我的脚步更加艰难，更加犹豫和沉重，心中生出一种无法形容的滋味。

因为，我接到了分局长的电话，他命我去他的办公室。

我非常清楚他为什么召我，正因为清楚，我才产生如汪洋大海中一叶孤舟的感觉。

几天前，我递交了调离报告，正在等待批准。分局长找我，肯定是为这事。

我只是个普通的刑警，从级别上看，距离分局长还隔着好几层，调离报告是交到政治处的，分局长没必要亲自谈话。何况，对大多数人来说，公安局是个好单位，调进来很难，调出去容易得多，倒出一个编来，领导还可以安排自己的三亲六故，不可能不批准。即便不批准，也用不着分局长亲自跟我谈吧！

那么，他为什么找我去他的办公室呢？估计，批是一定会批的，找我来，只是想做一下姿态，表示一下关切之意吧！

这么一想，我心里又生出另一种滋味——一种酸楚的滋味。

分局长办公室的门是关着的，我走到跟前却没有马上敲门。因为，作为一个普通的刑警，我很少和分局长直接打交道，心理距离很大，还多少有几分畏惧。可是，当意识到这种感觉时，我马上又在心里对自己说：“黎斌，你马上就要调出了，不归他管了，还有什么可畏惧的？”

于是，我稍稍平静下来，敲响了分局长的门。

“请进。”

咦？好像不是分局长的声音……

我轻轻地推开门走进去，吃了一惊。

分局长根本就没在办公室里，坐在他的座位上的，是一个五十出头的警官，白警服，二级警监警衔……天哪，这不是市公安局的一把手李局长吗？在网上看过他的照片，也在电视会议的屏幕上见过他，他调来的时间不是很长，我还是第一次近距离面对他。他什么时候来分局了？分局长又去哪儿了？难道，我走错屋子了？……

因为就要调出了，我没有穿警服，当刑警时间长了，也习惯了不穿警服。所以，我只能双脚磕了一下立正站好，大声道：“李局长您好，我是刑警大队黎斌，我们分局长找我，他……”

“他出去了，来，你坐，坐！”

他指着办公桌对面的位子，让我过去坐下。

这……

我忐忑不安地走上前，坐下，四下看了看。

李局长说：“别找你们分局长了，是我要跟你谈一谈。”

这……李局长要跟我谈？他可是市公安局局长，我只是一个分局的普通刑警，差距要比分局长大得多，他能跟我谈什么呢？

我别无选择，只能把目光落到面前的市公安局局长身上。他看上去五十出头，引起我注意的是，他没有一般领导隆起的将军肚。五十岁许的人自然谈不上什么英俊，但是他身材中上，面庞端正，眼神中透出一种坚毅和忧郁的神情……

是不是我看错了？对一个局长来说，坚毅的眼神是正常的，为什么还透出一种忧郁呢？没等我想出所以然来，他开口了：

“黎斌，你为什么要调离？”

面对这个提问，我一时之间不知如何解释才好，想了想，只能说了句官话：“这……我不太适应现在的工作。”

“为什么不适应？”

面对李局长的目光，我一时不知如何才好。因为我根本没有想过，市公安局局长会亲自跟我谈话，会问我这样的问题。

怎么回答？实话实说，说工作不开心？他一定会问，为什么不开心，还怎么回答？说我是刑警，是大案队的刑警，侦破重特大案件是我的本职，说我因为参与维稳工作消极受到领导指责？说领导把我的破案能力和成绩不放在眼里？这么说，李局长听了会怎么想，会怎么看我？没准儿会传到分局领导的耳朵里，那对我肯定不利。可是，不实话实说又说什么？

李局长声音再起："怎么不回答？为什么不适应？是不受重用，不受信任吗？还是你自己不热爱公安工作，不喜欢当刑警？"

"不……"我脱口说出这个字，心里再次泛起酸楚的滋味。

不，是否定的意思，但是，否定的是李局长的后半句话：我不是不喜欢当刑警，不是不热爱公安工作。如果不是，你为什么还要调离，要脱掉警服，要去掉曾经那么自豪过的"刑警"称呼呢？你，211大学毕业，品学兼优，毕业后却选择了从警之路，先考公务员，然后经警院培训，最后才当上了警察。分配的时候，领导想把你分配到政治处或者办公室，被你断然拒绝，下到刑警大队，当了一名普通刑警。一干就六年多，为什么现在要断然调出，调离公安机关呢？

李局长的声音打断我的思绪："黎斌，你有什么说什么。对了，你在刑警大队工作怎么样？"

怎么样？怎么跟李局长说？刑警大队是干什么的？大案队是干什么的？当然是破案的，李局长，请您去刑警大队了解一下，队里谁破的大案最多！

这些话怎么跟李局长说？再说，都要调走了，有必要说这些吗？

"黎斌，听说，你不吸烟，不喝酒？"

"是。"我有点负气地回答。确实，我是刑警大队唯一不吸烟不喝酒的人，也因为这个，显得有点特别，在很多人眼里似乎成了缺点，难道李局长也这么认为吗？

李局长说："我也不吸烟不喝酒。作为刑警，不吸烟不喝酒很难得呀！"

啊，听上去像是表扬……原来，他也不吸烟不喝酒。

我觉得和他的距离拉近了一点儿，就贸然说出一句："关键是，我不会处世。"

李局长说："怎么不会处世？"

我说："这……就是不靠近领导，有时还……就是在破案思路上有时和领导顶牛。"

李局长说："这是优点哪，说明你独立思考……当然了，可能有领导不理解你，对你有看法，导致你……哦，我明白了，你是因为不受重用，觉得失去了进步空间，才要调离的，是吗？"

我没有马上回答。李局长说对了大部分，还有小小的一部分没有猜对，可是，我不想对他说。

“黎斌，调离是你个人的选择，也是你的权利，我同意。”

听到李局长这句话，我的心忽然沉了下去，非但没有感觉到轻松愉快，反而感到非常地失望、失落，甚至感到身子也向下沉去。这是为什么呢？你不是非常愿意调出吗？不是你主动写出的调离报告吗？为什么李局长这么一说，居然产生这种感觉，难道……

“但是，有个条件，你得答应。”

条件？调离还有条件？什么条件？

“或者说，是一个任务吧，你完成这个任务，我立刻放你走。”

“什么任务？”

李局长没说话，从桌上的报纸下边，拿出一个档案袋：“你先把这个案卷拿去，好好看看，然后跟我谈谈你的想法。”

我的心变得稳当了一点儿，好奇地接过档案袋，欲拿出来看一看，李局长急忙制止：“别，你拿回去看吧。注意，一定要保密，除了你，任何人不能知道。”

“是。”我说完站起来，下意识地要立正敬礼，可是想到没穿警服，手臂举了一半又放下来。我转身向门口走去的时候，清晰地感觉到李局长落到我背上的目光。我推开门，迈步走出去，忽然一声惊呼：“哎呀……”

原来，门外有人，可能是门开得突然，我走得太快，我们一下子撞到一起，我手中的案卷和她手上的文件夹都摔落到地上，我和她急忙蹲下身捡拾起来，她先抓起我那份从档案袋中滑出来的案卷，放入档案袋中，交到我手里，嘴上还说着：“对不起，对不起！”

我只能说：“没什么，我出来得太突然了。”

这是一个年轻的女警，也是分局……不，是市局的局花，叫夏晓芸，是我们分局的文书，她手上拿着的一摞文件夹，显然是送给分局长的。

她说：“黎斌，你这是……”

“局长找我。”

“我听说，你要调走了，是吗？”

“啊，八字还没一撇。你忙！”我着急地想躲开她离去，没想到和她“向”住了，我躲她闪，结果又撞到一起。夏晓芸忍不住扑哧笑了，绽开漂亮的脸蛋，我则有些尴尬，脸上发热地从她身旁走过。走出好远，还感觉到她身上的气息，和她落在我背上的目光。可是我没有回头。

没有男人不喜欢漂亮的女人，我也是如此。何况，我还没结婚，更没有处对象，所以对漂亮的年轻异性很是敏感。我也曾对她有过想法，也曾被她吸引，可是，当后来知道了她的家庭及社会背景之后，立刻兴趣索然了，何况是现在。

我把案卷带回了家。

一般来说，没有特殊原因，案卷是不允许带回家的。可是，队里人多眼杂，李局长又要求绝对保密，想来想去，只能把它带回家。另外，队里都知道我要调离了，再回办公室也挺尴尬的。

我的家在一个普通的小区，一幢普通的楼房，一个七十多平方米的二室一厅一厨一卫的单元。家里只有我老哥儿一个。对，就这个普普通通的单元楼，还是我爸妈积攒了一辈子加上我工作几年来的积蓄，另外还贷了部分的款按揭买下来的。目的很简单，给我结婚用的。可惜，房子是买下来了，结婚却遥遥无期，别说结婚，到现在，我连个女朋友都还没有。倒不是找不着对象，主要是难碰到满意的。女方看中我的，我看不中人家，我看中的，如刚才那位夏晓芸，又绝对不会看中我，所以，我只能偶尔一个人回来住住。说偶尔，是因为我单身一人，队里的老刑警们有家有业，常让我替他们值班，所以，刑警大队的值班室是我的半个家。

现在，为了读——不，为了研究这个案卷，我很罕见地大白天回到家里来了。

案卷不算太厚。我先看了封面，见上边写着受害人的名字，叫“于丽敏”，显然是个女人。这让我的脑子立刻转了起来，觉得受害人的名字有点儿印象，是哪个案件来着……我随便翻了翻，翻到了卷后附着的现场勘查及尸检的照片，热血一下子偾张起来，顿感眼睛受到刺激，几乎无法直视。我把目光扭向一旁片刻，再深深地吸了口气，才重新落到案卷上，落到这些照片上。

重复一遍：这个被害人是个女人，名字叫于丽敏。只看照片，就能确认，她是被奸杀的。

在一张大幅照片上，我清楚地看到了她的容貌：她虽然死了，但是，眼睛仍然大睁着，僵死的目光中，依然能看出她极大的恐惧、痛苦、绝望……之后，是裸露的胸部，腹部喷溅出来的血迹，身下的血泊，再往下看……

再往下是阴部。

整个阴部已经溃烂，不是腐烂的烂，而是被外力刺烂、捅烂的，阴道内还插着一根粗糙的木棍，木棍的四周，流出了大量的鲜血，形成了血泊，只是已经凝固……

我的双拳下意识地攥紧，颤抖起来。此时，我已经完全知道了这是哪起案件，虽然案子不是我们分局承办的，可是，我们参与过协查，知道有这么一起入室强奸抢劫杀人案。可是，知道案情信息和看到这张照片，给人的感觉完全不同。

作为一个年轻男子特别是没结过婚的男人，看到女人的阴部往往会受到性刺激。但是，我看过这幅照片后，却怀疑起今后会不会勃起了。

太残忍了，太可恨了，太……

可是，这个案子居然没破，已经半年多了，一直没破。

我把卷宗翻回到第一页，一页一页地看下去，历经一天半宿，终于把案卷看完且进行了相当深度的研究后，我有点儿明白了李局长的意思。次日上班时间一到，我就按捺不住地给李局长打去电话。

李局长当即让我去见他。去的当然不再是我们分局长的办公室，而是李局长在市公安局的局长室。

“你真是这么想的？我可没有强迫你，你一定要想好了再说。”

这是李局长听完我对案子的看法和想法之后，对我说的话。

“想好了，这种案子不破，我们还算什么公安机关，还算什么人民警察，还算什么刑警？这案子必须破，凶手必须服法，必须受到法律的严惩。”

“那么，如果这个案子交给你来破，你有把握吗？”

我说：“把握我不敢说有，前期动员那么多警力，做了那么多的工作都没破，现在又这么长时间过去，哪有把握一定破。可总不能把案子放下吧，这么残忍的凶手逍遥法外，是犯罪，必须把他找出来，抓住。我已经看了案卷，怎么能平静得下来，他妈的……”

我差点骂起来，好在及时警醒，咽了回去。

这似乎并不符合我的性格。我大学本科毕业，学的又是中文，书没少看，平时挺有同情心的，譬如，对落网的犯罪嫌疑人，我从没搞过刑讯，一方面是规定不允许，另一方面，也下不去手。对每一个落网且招供的嫌疑人，我往往还给予很大的同情。有一回，我抓到一个少年惯偷，看他年龄不大，很是可怜，还给他买吃的喝的。结果，这个惯偷就借这个机会，把我身上的二百多块钱偷走了。这成了队里传了很久的笑话。

可是，在这起案件上，我对凶手却没有一丝一毫的同情怜悯，相反，我是怒火万丈，恨不能马上把他抓到手里，一顿暴打，然后一枪毙了他。

所以，我回答李局长的最后一句话是："我没有把握，但是有决心。"

李局长露出一丝笑容说："好，案子就交给你了。"

这……我……

"当然不是你一个人，你是负责人。对，就成立一个专案组吧，你是组长，人你选，对，只要能破案，人、钱、物，完全满足你。"

"这……得给我时间，这个案子发了这么长时间，一直没破，也没有线索，所以，不是短时间能破的。"

"我知道，给你一年时间，可以吧？"

一年时间……太长了吧，一年要是破不了，那恐怕会永远破不了！

我答应下来。

李局长说："对了，你们专案组直接向我负责，除了我，任何人不得干预你们工作。"

太好了，这是我最想要的。

"还有，案子破了以后，你要是还想调离，我保证同意，而且不止文化馆，你可以在全市随便选，哪个单位都行，相中哪个单位了，我一定帮你调进去。"

这……他怎么知道我要调文化馆？他一定背后打听过我的情况。

"最后一条，保密，除了我和你选定的组员，不要让任何人知情。"

"是。"

"那就这样，你还有什么要问的？"

要问的很多，可是，肯定没有答案，我想了想，只问了一个问题："李局长，我在卷里看到，法医在受害人阴道提取到了精液，什么也没查出来吗？"

李局长说："没有。刑侦支队前期查过几个嫌疑人，可是DNA检测后都否了。"

是这样……这不奇怪，DNA检测比对需要时间，还需要经费，不可能把全国乃至全市，甚至哪怕全区、某个住宅小区的男人都进行检测，只能在确定嫌疑人之后，才能进行检测。看来，短时间内，这个证据和这条线索不能利用了。

在我站起来准备离开的时候，李局长抬手止住了我的脚步："对了小黎呀，你为什么要调文化馆哪？文化馆哪儿比咱们公安局强啊？"

让我怎么回答呢？把心里话告诉他，恐怕会受到他的讥笑，他不可能理解我。所以，我只能应付着说：“听说文化馆比较清闲，我是学中文的，爱写点儿东西……”

李局长听了露出笑容：“你大概是爱好文学，想圆作家梦吧，行了，你去忙吧，不过，在破案的这段时间里，你得把全部精力都用到案子上。明白吗？”

那是当然。

我答应后急忙走出办公室，生怕他继续追问同一个问题，怕他把我的心里话追问了去，这话是不能对任何人说的，它也是我调往文化馆的又一个重要原因。

我悄悄走出市公安局办公楼，向大门走去，我不希望遇到熟人，不希望有人知道我来见过李局。可是不巧，就在我走到大门口，即将走出去时，身后传来一个男声：“哎，是弯道分局的小黎吧？”

我不太情愿地停下脚步，转过身，一眼看到两个男子，一个四十岁许，瘦长的身材，憨厚的长脸，另一个三十岁出头，矮壮的身材，一双金鱼眼向外鼓着，一副牛哄哄的表情。我在市局认识的人不多，可这二位我偏偏都认识，因为，他们都是我的上级，前者叫许宽，是市局的刑侦支队副支队长，后者叫胡克非，是刑侦支队重案大队的大队长。

我叫着：“许支队，胡大队！”

许宽说：“真是小黎，你来市局干什么？怎么没去支队？”

我这个人不习惯撒谎，时间也不允许我撒谎，一瞬间，我只能说出一句半真半假的话：“我想调出，来市局打听打听……”

许宽说：“调出？往哪儿调啊？哎，听说你破案有两下子，到支队来吧，上重案大队，胡大队，行吗？”

胡克非哼声鼻子：“重案队可不是说进就能进的，得有两把刷子才行。”

许宽说：“小黎不错，我听方文祥说过，虽然年轻，能力很强。小黎，你想来吗？”

我觉得他们是在调侃我，心里很不痛快，但是又不能显出来，就淡淡说：“谢谢许支队，我考虑考虑。许支队，胡大队，我还有事，走了！”

没等他们回答，我匆匆向大门外走去，感觉到两双眼睛盯在我的背上。

我心里暗自说着：“别瞧不起人，等我把这案子破了，看你们那时啥表情！”

二　重探现场

走出市局之后，我感觉到有点儿激动。方哥批评过我，哪儿都好，就是性子有点儿急，爱激动。现在看，他是说中了。

可是，爱激动算缺点吗？我虚岁三十，实际才二十九岁。还算是青年吧，青年人的血总是比中老年人热吧？遇到了这样的事，一点儿也不激动，我还是青年吗？

激动的原因很简单：我得到了领导的极大信任，还不是普通的领导，是大领导，江山市公安局局长。他不但让我当专案组长，还交我全权挑选人员、也就是组建专案组的权力，还表示在人财物给予无条件的支持。这种受到重视的感觉真的难以表述，本来想调出的心思一下子飞到九霄云外去了，身心全投到破案上，觉得浑身充满了力量，也充满了自信。

当然，我也意识到，这种信任也是沉甸甸的，我必须破案，不能辜负这份信任，尽管我没有把握，只有决心。可是有句话说得好："决心是成功的一半。"我一定要把这个案子破了，一定要把凶手挖出来，抓住，到那一天，我……眼前忽然浮现出破案后立功受奖的镜头，我急忙晃晃头，把它摆脱掉：这才哪儿到哪儿啊，八字还没一撇呢，怎么想到立功受奖上去了？破案需要热血，更需要冷静。热血是动力，冷静是能力。热血源于内心，冷静出自大脑。黎斌，现在你更需要的是冷静。

回到分局的时候，我已经冷静下来，并且在心中选定了专案组的第一个成员。不，是第二个，第一个是我自己。

破案有时需要大兵团作战，但是，那样的时候不多，更多的时候，是靠一两个人的盯住不放，苦苦追索。案子已经发了小半年，这种时候，大兵团作战已经毫无意义。所以，无论从保密上考虑也好，从破案实际需要也好，不需要那么多的人，眼前，我只需要一个助手就成，这个人首先要可靠，而且要有脑子。

无论我翻来覆去怎么想，能够想到的还是同一个人。

我走进了一个很小的办公室，见到了我选定的人：四十八岁，男，身板儿不高不壮，普普通通的一个人。他叫方文祥，我称他为方哥，是我们弯道分局刑警大队大案中队的中队长。按照规定，他一个中队长根本没权有自己的办公室，可是，鉴于他大案中队长的特殊身份，为了便于工作，才给了他一间小小办公室。我走到他的办公桌前，把他正看的案卷合上。他抬起脸庞，隔着眼镜，用不解的眼神看着我。

“斌子，怎么了？这表情……有啥好事儿吗？”

“有。”我关上了门，拖过一把椅子坐到他对面，小声说，“方哥，我现在跟你说的，只有你知我知，不能让任何人知道。”

他一下警觉起来：“黎斌，你不是要调走吗？这是怎么了，还神秘兮兮的？”

我故意审视着他，没有马上回答。我的方哥容貌实在太一般了，长期的刑警生涯让他的脸色早已失去红润，代之以灰黄之色，前额的发际线也往后退了挺大一块，唯一和别人不同的，就是眼前的一副近视镜。在他身上既看不出刑警的潇洒威严，也看不出一点儿当年的才子风采。对，他是我的校友，只不过相差了十多年。听明白了吧，我们是同一所大学中文系本科毕业。当年，公安部有一个计划，每年从全国招收一千名大学生，充实基层公安机关，作为后备干部储备，以解决当时公安机关整体文化素质不高的问题。可如今二十多年过去，我这位方哥还是个分局的大案中队长，储备了这么多年也没被提拔。这里面的原因多了，说他不行吧，不行怎么能当大案队的中队长？说他行吧，行为什么没提上去？一句两句说不清楚，以后再说吧。

我所以第一个想到他，主要是出于信任。这不完全因为他是我的中队长，也不完全因为我们是校友，不因为我们有相近的命运，而是因为我六年多来和他的朝夕相处，是因为六年多风里来雨里去的摸爬滚打并肩战斗，是因为他六年多对我的关怀和帮助。这六年多来，他对我来说就是兄长，在我苦闷时，他给我关怀和安慰；在我激愤之时，他会出现在身边，让我冷静下来；危险的时候，他一定要冲到前边，用他那瘦瘦的身板儿挡住我；有了功劳，他又往往把我推到前面，把荣誉让给我。还有，多少次，我这个小光棍去他家蹭饭，如果有一顿好吃的我没吃到，他也会找机会给我补上……他还极力地向上推举我，希望我有一个和他不同的命运，只可惜他只是个中队长，说话顶不了什么用。对，他还曾劝我别跟他学，为了前途，还是想法找关系活动活动，可惜我又穷又拗，没有照他说的办。再说，他在这方面没有说服力，他自己这么多年了才是个股级，只能盼着熬满十五年晋副科级科员。我知道，他所以往上推荐我，也有点儿私心，就是让我早一天接他的大案中队长，自己好退下去……

动感情了，不说了。只要大家记住，他是我的中队长，是我的方哥就行了。他是我这个专案组长想到的第一个信任的人。

我克制着激动，把一切说给了他。我注意到，他刚听的时候，眼睛一亮，现出一丝惊喜的表情，但是，听着听着又平静下来，听完之后，他没有马上回答，而是陷入沉思中。

“方哥，你……”

他开口说：“黎斌，我挺为你高兴，不过，这担子可不轻啊，万一破不了……”

我打断他的话：“方哥，这案子必须破，你还不明白吗？这样凶残的家伙，不能让他逍遥在世界上，我们必须把他挖出来。”

方文祥说：“那倒是，不过，我家里事多，我担心会影响……”

我急急地说：“方哥，你怎么这样？我第一时间就想到了你，除了你，我想不到第二个人，你不干我怎么办？家里有事需要你时再说，你现在必须参加，就算我求你了行吧？”

“这个……斌子，你可给我出了个难题儿啊，我要不干吧，如果你的专案组跑风漏气，我肯定受到怀疑，还有，你这股冲劲儿，我要不在旁勒着点儿，还真不放心。行了，谢谢你对方哥的信任吧，我答应你。不过，怎么跟大队领导说，跟局领导说，可是你的事！”

我说：“不用我说，李局长自会安排。”

“行，我豁出去了，甩开膀子干一把，当一回真正的刑警。”

不知大家听明白方哥的意思没有，反正我是明白了。他的意思是说，我们刑警很难干，不但在侦查破案中总是受到种种干扰，还经常参与一些和刑警无关的工作，譬如抓上访告状的，帮着强拆等等，往往是弄得挨累又不讨好。参加了专案组，最起码没这些事了。

方哥继续说：“就这么定了，黎斌，从现在起我听你的，你说吧，怎么干？”

这……

他的话让我有点儿为难。因为，六年多来，他一直是我的顶头上司，我是他的直接下级，他是中队长，我是队员，可是，现在我是市公安局李局长指定的专案组长，而他——是组员，现在，我俩这关系……

方哥一下子就猜中了我的心思："黎斌，你别想太多，我肯定服从你，而且，我也会像以往一样，发挥自己的作用，不会看你的热闹，但是，最终决定权在你手上。你说吧，咱们怎么入手?"

这……

说真的，我还真没想出好办法来。正常说，首先应该找之前的破案单位和承办人，向他们了解相关情况，从中发现一些可资利用的线索或者信息。可是，李局长说过，要绝对保密，所以就不能去找他们。不过，案卷我已经看过，也看出了他们做的工作，无非是调查受害人的关系人，提取录像资料审查，网上通缉等等，如果真的发现有力的线索，他们也早查了，没查出来，也就意味着，他们确实提供不了什么。

我想了想说："咱们去现场吧!"

方哥说："对，侦查从现场开始，我们就好像案件刚发生一样，重新侦破。"

就这样，下午我们就到了现场。

不过，这个现场可不近，它不在我们江山市区，也不在郊区，而是在距市区三百多华里、由江山市所辖的关阳县。我和方哥驾着越野车花了两个小时才赶到。

车是李局长配给我们的，挂的是普通民用牌照，开着很顺手。

对现场我并没有抱太大希望。案发已经半年多了，现场也被勘查过八百遍了，还能发现什么?可是，侦查从现场开始，在没有任何线索的情况下，不来现场，又去哪里?

按照案卷中标注的地点，我和方哥来到了关阳县城的南郊，也就是城郊接合部，来到一幢普通的、老旧的平房和院落外边，眼前的情景让我产生一种似曾相识之感。这种感觉来自我的童年和少年，我在这样的环境中生活过很长时间。

不过，这个院子也有独具特色之处，那就是院墙很高，院门又高又严又结实。或许是心理感应，无论是铁门还是院落，看上去都透出几分阴森。

我敲了敲门，问有人吗。没有回应。我继续敲，敲了好几遍，还是没有回音。我还想再敲，方哥制止了我。

"没人，去邻居那打听一下吧!"

我们开始走访邻居，可是，东西相邻的两家也没有人，打听了好几家才有人告诉我们，自从发案后，那幢房子一直空着，她的前夫回来过一趟，收拾了一下东西就走了，走之前，委托邻居们帮忙把房子卖了或者租出去。可这是凶宅，小半年过去，既没人来租也没人来买，就这么一直空在这里。

原来是这样。

我和方哥又回到院子外边，回到于丽敏家，从现在起，就称它为于家吧。

我和方哥对照着案卷中的现场勘查照片图，找到了凶手的入口和出口。他是在同一个位置翻墙进去的，作案后又翻墙出来的。

我和方哥商量一下后，决定如法炮制，也翻墙进去。可是墙太高，我上去后方哥却爬不上去，我搭了把手，才把他拉上墙，跳进院子里。

眼前的院子房子都让人失望，别看院墙那么高，院门那么严，院子却很普通，房子也很普通，甚至有些老旧。

房门看上去还结实，门锁也相当不错，可是，我走到跟前，试着拉了两下，门却自己开了。我仔细观察后发现，门锁已经被破坏了。对，案卷上写着，凶手是破坏了锁头之后进入屋子的，看样子，一直没有修复。

我和方哥走进了现场——核心现场。

虽然案发已经小半年了，虽然已经做过处理，可是依然能看到斑驳的喷溅血迹，看到曾用白线画出来的尸体倒卧痕迹，而这些痕迹使我似乎听到了受害人惨痛而又无望的呼声。我打开案卷的现场勘查照片和法医鉴定书，把技术员的现场勘查笔录和法医尸检报告的描述，与现场一个部位一个部位地对照着，似乎看到了整个作案过程：凶手撬开门锁进入屋内，突然打亮了电灯，受害人被惊醒后，曾有过激烈的反抗，但是，很快被制服，凶手先用刀刺进她的腹部、胸部，之后强奸了她，最后，又把木棍插进她的阴道……至于受害人是先死亡才被木棍插入阴道，还是先被插入后死亡的就不知道了，我乞求般希望，她是先死亡的……

看着，想着，我的心又咚咚地跳起来，那句话又涌上我的心头：妈的，这案子必须破，凶手必须受到严惩！

勘查现场记录着，在现场没有提取到指纹。这说明，凶手或者是戴手套作案，或者是把指纹擦去了。案卷中还有一张照片，上面是一把尖刀，刀刃上还沾着血迹，就是它杀死了受害人，刀柄上仍然没有发现指纹。看来，这是个有着相当智商、比较精细的凶手。不过，一般说来，杀人案中，凶手往往会把凶器从现场带走，不知道这个精细的凶手为什么把凶器留到了现场。

之后，我和方哥又翻动起几个柜子、抽屉。因为勘查笔录记载，凶手不但奸杀了受害人，还实施过抢劫，翻动过柜子和抽屉，技术员还曾在地上发现了几张零散的纸币，从这个迹象上看，家中的钱一定是被凶手抢走了。我和方哥翻弄了好一会儿，也没发现一分钱。

好一阵儿，我和方哥才走出屋子，翻墙跳出院子，扭头再次看向高墙耸立和铁门紧锁的院落，感觉到它就像有生命一样地盯着我们，等待着我们，让我的心像压了一块重石。

我们开始走访左邻右舍。

对此我没抱太大希望，因为前期侦查时，办案人员肯定已经走访过多次了。事实也是如此，因为是白天，好多邻居的门是锁着的，家中有人的，多是老人和孩子，一问三不知，而且还多表现出一种厌烦的态度。对此，我和方哥只能以更虚心、更诚恳、更耐心的态度来请教，请他们好好想一想，回忆一下，想起什么可以随时打电话给我们，还留下电话号码。就这样，一直走访到黄昏，唯一的收获是：于丽敏跟丈夫离婚了，离婚后，丈夫带着女儿去了外地……这个情况我早已在案卷上看到过了。

黄昏来临，肚子饿了，我和方哥快快离去。

有些失望，但是也正常。我和方哥找了家小饭馆吃了晚饭，找家旅馆住下来。可是却难以成眠，我歪在床上折腾了一会儿对方哥说，他岁数大了，休息吧，我再去现场转转。方哥说："那我能放心吗？走走，一起去。你想得对，白天人们都出去刨食了，晚上该回家了，走访效果会更好一些。"

就这样，我和方哥走出旅馆，再次驾车前往。接近于家时，我们把车停在一个幽暗的地方，步行着走向现场。

虽然还是白天那个环境，可是，天黑下来后，一切都显得和白天不同。因为是城郊接合部，街道上路灯寥寥，光影暗淡，黑影幢幢，再加上知道这里出过奸杀案，更感觉到几分阴森。

方哥的分析没有错，晚上在家的人确实多一些，白天没有敲开的门也都敲开了，可是，走访了好多家，仍然没有什么收获。我和方哥失望地回到于家院门外，设想着凶手作案时的情景和心态，琢磨着下步怎么办，忽然听到远处传来一个女人的呼救声：

"救命啊，杀人了，快来人哪……"

我和方哥一惊，急忙循声搜寻，发现呼救声来自相隔不远的一家院子里，我们急忙奔过去，来到这家院外，女人的呼救声再次传出来。

“快来人哪，救命啊……”

在院子里，不，在屋子里。

我急忙敲门，大喊起来：“开门，我们是警察——”

女人的呼声一下子中断了。怎么回事，难道是被捂上了嘴，扼住了喉咙?

又敲了两下，喊了两声，还是没有动静，我急了，看看院墙不高，就让方哥守在院门外，不顾他的阻拦攀上墙，跳进院子。

屋子里的灯突然熄灭了。这又是怎么回事?莫非，屋子里真的有凶手在杀人?我产生了几分紧张。可是，身为刑警，听到呼救声，恐惧也不能置之不理呀，再说，还有方哥在院外边……我这么想着，拔出枪来，打开保险，悄悄来到窗旁，敲击起来。

“怎么回事?我们是警察，屋里有人吗?”

屋内传出轻微的响动，但是马上静下来，不过，有人是确切无疑的，而且极可能真的出了什么事。

我离开窗子，轻轻来到门旁，试着拉了拉，没想到，居然没上锁，被我拉开了。我舒了口气，枪口指着室内，小心地走进门，想着再喝令一下。没想到，灯忽然亮了，眼前的一道门开了，一个男子出现在门口。我一惊，枪口指向他。

男子三十多岁的样子，一副疑惑的表情看着我说：“你……”

我说：“我是警察，刚才有人喊救命，怎么回事?”

男子没有回答，扭身向室内看去。里边是个卧室，一个三十岁许的女人，穿着衬衣，头发有些蓬乱，一个眼窝的颜色有些发深。她一边整理衣裳，一边有些尴尬地看着我。

很快就弄明白了，这是一对夫妻，两口子发生了纠纷，动起手来，女人不敌，就呼起救命来。

这……

我们两方都有些不好意思。他们不好意思，是两口子打架把我们吸引来了；我不好意思的是，这事要是传出去，传到队里，大家再添枝加叶，肯定成了笑话。

还好，两口子没有难为我，而是再三向我道歉。我只能假装严肃，在确认女人没什么事后，借机向这两口子问起来：他们是否知道于丽敏的有关情况，特别是在发案的夜里，听没听到什么动静。这时，我感觉到了异常。

男人没说什么，而是看向了女人。

我也看向女人。这时才注意到，这个女人有些姿色。

女人更显尴尬，想要说什么，男人忽然咳嗽了一声，她又把话收了回去。

我急忙追问道："大姐，你听到什么了吗？"

女人迟疑地说："没……没有，没有。"

口气不对劲儿，我接连发问，可是，女人已经恢复了平静，回答的是一个又一个没有，再也问不出什么。

我走出院门，和方哥会合，把情况跟他说了说，他责备我太冒失，今后要注意。我没有出声，心里还琢磨着女人的表情和口气，把这个疑点记在心中，想着什么时候再来询问。

我和方哥又向于丽敏家走去，再次看到了高高的院墙、紧闭的铁门，这时，一个疑团忽然在我的心头生出：这些年来，社会越来越开放，虽然没有公开的妓院，可是，什么洗头房、泡脚屋、洗浴中心很多，其中不少暗中组织卖淫活动，所以，男人只要兜里有俩钱儿，解决性欲应该没什么问题。这个凶手为什么费这么大力气，来到这种地方，翻墙撬门地实施强奸呢？两相比较，风险性不是太高了吗？

我向方哥提出这个问题，方哥想了想说："屋子翻动过，凶手还有抢劫的动机。"对，是这样，不过……忽然间，我的脑海中突然闪过一个火花，可是，当我要捕捉它时，方哥忽然扯了我一把，火花一下子熄灭了。

我转过脸，看到方哥眼镜后边警惕的眼神，他小声提醒："别出声，听……"

我竖起耳朵，小心地转过身，四下寻找着，倾听着。

我什么也没看到，没听到。

方哥说："刚才明明有一声响动，我不会听错。"

我再次四顾，什么可疑的迹象也没看到。

我和方哥互视一眼，起身向停车的方向走去，可是，耳朵却一直竖着。果然，走了十几步，一声轻微响动传来，就在我们身后……

我猛然回身看去，手电随之照过去。

一个人影像受惊了的兔子一般，向远处跑去。

"什么人，站住！"我飞步向前追去，方哥在后边一边追赶一边小声叫着："斌子，小心点儿！"

对方脚步很快，再加上天黑，岔路多，身影很快消失了，脚步声也消失了。

我慢慢停下脚步，手电向地上照去，发现了一枚比较清晰的足印。

方哥也气喘吁吁凑上来说："把它照下来。"

方哥蹲下身，用电筒照着地上的脚印，我的手机镜头对准它，拍了下来。

我和方哥起身，再次四顾，还是什么也没有发现。

我努力克制着心跳，头脑却飞速地思考着。

根据奔跑的速度和模糊的身姿，应该是个年轻人，不会超过三十岁，极可能比我还要年轻。

他在窥视我们吗？为什么？想干什么？他是什么人，是凶手还是凶手的同伙？……

回到旅馆，我和方哥更难入眠了，可是分析好一会儿，也想不出刚才的人影是怎么回事，最后只好睡了。我在几年的刑警生涯中总结出一条经验：在疲劳和紧张的状态下，不要急着想案子，要休息，当大脑得到充分休息、得到放松，就会变得灵光起来，那时效果更好。

果然，第二天一早，我就有了下步的工作思路。我对方哥说：去找于丽敏离婚的丈夫。之所以产生这个思路：是昨晚于家的高墙铁门给我留下深刻的印象，她家的防护远比邻家要好得多，凶手作案的难度也大得多，可是，凶手为什么选择了侵害于丽敏，而不是邻居那个女人呢？对，那个女人长得也很不错呀，而且，邻居家看上去也远比于家富裕，凶手为什么避易择难呢？

如果他是有意选择于家，那就不是随机作案，而是蓄谋作案，进而说明，凶手应该和受害人有某种关系，也就是说，是关系人作案。

但是，在昨天的调查中，没有任何人向我们提供这方面的信息。前期侦查了那么长时间，也没定下来案件的性质。现在，在这么短的时间内，我却有了基本的判断。

我有些得意，方哥听了也很赞同，说这是一个突破，还夸我脑子好使，是个刑警料。虽然他过去也没少夸过我，可现在听了仍然心里很舒服。

既然确定了关系人作案，下步当然要查关系人。可是在昨天的调查中，邻居们都说，于丽敏平时很少出门，几乎不跟任何人来往，谁也不知她有什么关系人。所以，我们只能去找她的前夫。前夫的调查笔录我看过了，他有充分的证据证明，发案时间里不在场，非但不在场，甚至根本就没来过关阳。可是，我们需要进一步深入调查，即便把他查否了，还要通过他，查出别的关系人的线索。

脑子就是这样，一旦灵光起来，思路就特别活络，为了有效利用时间，上路后，我让方哥驾车，自己拿出手机忙起来，我先输入了强奸抢劫杀人几个字，别说，还真搜出一些同类案件，但是，都已经破了。我再输入抢劫强奸杀人，搜完之后，再搜杀人强奸抢劫和杀人抢劫强奸。总之，这三个词组变换不同的位置搜寻，都搜出来一些同类案件，多数是重复，且都是侦破的，没什么意义。这时我意识到，没侦破的只能在公安内网上才能搜到，可是，这得去我们的内部电脑上搜才行。我放下手机想了想，给李局长打去了电话。

铃声响了好几遍，李局长也没有接，他可能在忙什么，我还想继续拨打，方哥的手机却响了起来，我只好暂时放下，等他接电话，免得互相干扰。

方哥看了眼手机，对我说了一声："胡克非？"

他……我的眼前浮现出那双鼓鼓的金鱼眼，那张牛哄哄的脸，不明白他这时候打电话找方哥干什么。

方哥说："胡大队您好，有什么指示……啊，实在对不起，那个案子我交出去了，你给我们大队长打个电话，看看交给谁了……啊，局里交给我一个临时任务……好……许支队，你也在呀……啊，局领导交办的，不方便说……好好，有空再聊，再见！"

我问："是胡大队和许支队？"

"是，我只能这么回答。"

我想起离开李局长办公室后，曾在市局遇到了这两个人，就多想了想："他们没别的意思吧？"

方哥说："不能吧。一个重案大队长，一个副支队长，能有什么意思？胡大队总是那副牛哄哄的样子，可品质应该没什么问题，许支队为人挺憨厚的，更不会搞什么名堂。"

我说了声"但愿吧"，拿起手机，想再给李局长打电话，手机铃声却自己响了起来，正是李局长打来的："黎斌，你找我了？有什么事？"

他的声音不大，应该是压着嗓子。我犹豫了一下，问他在哪儿，说话方便否。他说在市里开个会，现在出来了，有什么话尽管说，我就先汇报了一下昨天的调查情况和自己的分析，最后，提出想查一查在全国各地发生的同类未破案件，但是我这里入不了内网，希望他想办法替我查一下，然后把搜到的未破的同类案件相关情况用微信发给我。

李局长听后立刻答应下来，还表扬我做得很好，没让他失望，说他散会后就替我查。在他说到最后一句话时，我听到另一个男声插入进来："李书记，你干什么呢？到你了！"

对了，李局长还是市委常委、政法委书记。

三 前 夫……

黄昏时分，我们来到了宽山县城郊接合部的一片平房住宅区。尽管相距一千多华里，可是冷眼看去，这片居民区居然和受害人于丽敏家的住宅区有些相似。

很正常，生活状态差不多的人，居住的环境自然也差不多。

这是于丽敏前夫鲁大山的居住地。

来之前，我们没有跟于丽敏的前夫通话，而是按照邻居们提供的信息和案卷笔录上的记载，突然就来到了他的家门外。

连院墙和院门都很相似，比邻家的墙都要高，院门也非常结实。我和方哥来到院门前，按了门铃好一会儿，才传出一个少女的声音："喂，找谁?"

原来，这是带有监控装置的门铃，我急忙对正镜头，拿出警官证，声明了身份，说要找鲁大山。

少女的声音答："他不在家。"

我问："他去哪儿了?"

少女说："不知道，吃过晚饭就出去了。"

我再问："请问他什么时候回来?"

少女说："不知道，早不了。"

"那我们怎么能找到他?"

"不知道。"

少女关闭了对话。

我回头看方哥，方哥上前又按响了门铃，片刻，少女的声音又出现了。

"跟你们说了，他没在家。"

方哥说："闺女你别急，家里除了你，还有别人吗?"

"没有。"通话又关闭了。

方哥回头看我，我硬着头皮再次上前，按响门铃。这次，响了好几声，少女的声音才传出来。

“家里没人，你们……”

我急忙说：“小妹妹，你别急，我们想跟你谈谈。”

“跟我谈？”

我说：“对，我们是关阳的警察，你在关阳住过吧？”

少女没有马上回答。

我说：“你是于丽敏的女儿对吧？我们是为你母亲的案子来的，是为了破案，查清谁害的她，给她报仇，难道你不想吗？”

还是没有回答，但是，院子里传来房门打开的声音，一个脚步声向院门走来。从院门的缝隙中，我看到一个少女身影走过来。

少女隔着门缝向外看了看，把院门打开了。这时我看到了少女的全貌，十五六岁，看上去挺秀气的，就是神情有些阴郁。

秀气的少女，阴郁的面庞，看上去很不协调……倏忽间，我大致猜到了少女这副面庞的来源，隐隐有些心痛。

我露出笑容欲向院子跨进，少女挡住我们：“我再看看警察证。”

我把警察证递给她，她仔细看了看，再看过方哥的，这才让我们进去。我们一走进院子，少女就关上院门：“什么事，在这儿说吧！”

这……好吧！

我说：“其实，我们想找你父亲谈一谈，他大约什么时候回来？”

少女说：“不一定，或许早，或许晚，晚的话会很晚。”

看来，只能先跟她谈谈了。

我问：“小妹妹，你们家，除了你爸爸，还有别人吗？”

少女说：“你问过了，没有。”

这么说，鲁大山离婚后没有再找女人，或者，找过又离婚了。

方哥说：“那，你除了父亲，还有别的亲人吗？”

“没有。”

“你没有爷爷奶奶、姥姥姥爷吗？”

“都死了。”

“那……你知道不知道，你母亲生前有没有什么关系较好的亲戚、朋友？”

“没有。”

“小妹妹，你怎么知道没有？”

少女说：“我从没见过她跟什么亲戚朋友来往过。”

这……

方哥说："你父母离婚了，你为什么不跟母亲，跟着父亲呢？"

少女沉默了一下："我愿意跟我爸过。"

方哥说："难道，你对你母亲没感情？一般的女孩子，都会选择母亲吧！"

少女说："她把我看得死死的，不让我跟任何人来往，除了上学，就把我关在家里。"

方哥说："就因为这，你才不跟你母亲过，跟你父亲过的？"

少女又沉默片刻："是她不要我的，要我跟我爸过，其实，我……我……"

少女突然哭泣起来。

她的话虽然断断续续，跳跃式的，可是，我还是读懂了，不但读懂了字面含义，也懂得了她的心，她的泪……

我轻声说："对不起，我们不想让你伤心，真对不起，不过，你能不能告诉我们，你父母是因为什么离婚的？"

少女摇头道："不知道，反正他俩不好，总是吵架，白天黑夜都吵，后来就离了。"

方哥拿出纸巾，递给少女拭泪。

方哥说："孩子，看起来，你对你母亲还是有感情的，是吧？"

少女一边拭泪，一边点头。

方哥说："那，你还记不记得，你母亲给你留下的最深印象是什么？"

"这……"少女停止抽泣，看看我和方哥说，"最深印象……就是离婚的时候，她再三嘱咐我，任何时候，都不要一个人活动，除了上学，一定要跟我爸爸在一起。可是，我爸根本不管我，晚上经常出去，我只好一个人在家里待着。"

我和方哥对视一眼，我们都从少女的话中听出了什么。

看样子，只能到这儿了，只能找鲁大山谈了。

我不抱希望地再次问鲁大山去了哪儿，想不到少女脱口说出一句："你们去一条街找他吧！"

我有点儿不明白："一条街？什么一条街？"

少女意识到自己说漏嘴了，犹豫了一下才说："往西走，一打听，谁都知道。"

"任何时候，都不要一个人活动，跟前一定要有人……除了上学，一定要跟她爸爸在一起。斌子，你说，这是什么意思？"走出鲁家后，方哥问我。

我说："还用说吗？母亲对女儿的人身安全担忧呗。对了方哥，你不觉着，这个女孩儿的表情……吗？"

方哥说："是啊，含苞欲放的年纪，却是这种表情。"

我说："肯定是母亲的遭遇对她的影响，搞不好，这个阴影会伴她一生，直接影响到她的命运！"

"是啊，真可怜。对了，你还发现了什么？"

我说："院墙，院门。"

方哥说："跟关阳的家一样，都那么高，那么结实。这里边一定有说道。"

我的心又感到丝丝的疼痛。

鲁大山的女儿说得不错，我们打听一条街在哪儿，谁都知道，只是，他们在指点方向的时候，都用一种怪异的眼神看着我们。我们也顾不上这些，车开了不一会儿，眼前果然出现了一条街。我们把车停在街口，下了车，向街内走去。

一条街的街道不宽……不，说街道不准确，其实，它只是一条较宽的巷子而已。暗淡光线中，可见巷道两旁是一个个门面房，房门都装着伸缩防盗门，有的开着，有的关着，还有的半开着，凡开着的门口，都站着一个或者年轻或者不那么年轻的女人，看见我们走过来，都用一种贪婪的目光盯着我们："大哥，放松一下吧，二百元。""大哥，进来坐一会儿吧，保你满意。""大哥，给你打折，一百五十元就成……不，一百元也成。"

我和方哥很快就明白这是一条什么街了。

方哥是过来人，对这个场面满不在乎，我呢，虽然没结婚，可是六年的刑警生涯，什么世面没见过？自然也明白了怎么回事，可仍然感觉脸上发热，边走边对纠缠得过分的女人说着："不不，我们有别的事，我们找人。"可是这招儿不管用，一个三十多岁的女人揪住了我的胳膊："兄弟，姐和你有缘，姐相中你了，姐今儿个豁出去了，一百元，一百元就成。大哥，你上那屋，那屋的小姐技术也挺好！"

方哥听了女人的话，冲我笑了笑，说了声"成"，就向一旁走去。

这下子，这个女人高兴了，更加用力地把我往屋子里拉："走，老弟，快进去……"我一边挣脱一边大声说："不行，我有事，我在找人，在找一个人。"女人还是不放过我说："完事再找人也不晚。对，你说，你找谁，完事我帮你找。"

见实在难以摆脱，我只好说："大姐，这样吧，你要能帮我找到这个人，我给你五十块怎么样？”女人一听乐了：“真的，那行，你说吧，找谁？不过，这条街上没有太漂亮的，真漂亮，能在这条街上做吗？早去大酒店了！”

我打断女人的话：“我不是找女的，我找男的。”

女人一下愣住了，问：“找……男的？你是同……”

我来火了，说：“你胡说什么？我是有正经事找这个男的。”

女人说：“那我也能帮你找，你说，你找谁，常来这条街的我都认识。”听我说出鲁大山的名字，说：“找鲁大山哪，他刚才……”

话不往下说了，手伸到我面前。

我拿出五十块钱，放到她手中，她笑了，手往前指点着说：“看着了吧，那家，门关着那个，鲁大山进去有十多分钟了，快完了吧，去吧！”

原来，才这么远。

我摆脱开女人，向她指点的方向奔去，一边走还一边寻找着方哥。他好像天上掉下来似的忽然出现在我身后，拍了我的肩膀一下，指着前面说：“鲁大山在那里边。”

原来，他刚才进了一个房间，用同样的手法套出了信息，不过，他只花了二十块。

我和方哥一边向前边的门走着一边想，也不知鲁大山完事没有，是敲门还是等待。也巧，前面的门突然打开了，一个五十多岁的男人从里边走出来，可是，却被后边一个三十多岁的女人扯住，让他无法摆脱。

女人恼怒地说：“鲁大山，说好的一百二，你想扔下一百块就走，不行……”

鲁大山说：“不就差二十块吗？老主顾了，就不能打点儿折？”

女人气哼哼地说：“已经给你打折了，要不就收你一百五了，赶紧，一百二，还差二十，掏出来。”

鲁大山说：“没有了，我身上就这一百块，再没有了！”

女人大喊：“鲁大山，你这个混账王八蛋狗娘养的，拿一百块钱哄弄我，不行，这二十你不给，就别想走！”

鲁大山无赖地说：“我就走，看你能把我怎么样！”

两个人撕扯起来，我和方哥见机不可失，立刻上前拉架，方哥扯开鲁大山劝道：“老哥，你这是干什么，为二十块钱这么闹，丢咱们男人的脸哪……斌子——”我急忙从口袋掏出二十元塞给女人：“大姐，算了算了……”

女人得到钱，自然放开了手，也不再吵嚷。于是，我和方哥一边一个，傍着鲁大山走出一条街，来到我们的车跟前。

这时鲁大山才觉得不对头，停下脚步，疑惑地看着我们。此人相貌实在难以恭维，一只眼大，一只眼小，脸上也是一副仇怨的表情。看来，他的闺女不像他，而是像她妈妈。就他这样儿，又老又丑，怎么娶的于丽敏呢？

我和方哥不等他问，就拿出警察证，放到他面前，然后，向他了解于丽敏的有关情况。鲁大山立刻露出厌烦的神情："我知道的早跟你们办案的说了，说了很多遍了，再没别的了！"

我理解他的态度，前期侦查中，办案人肯定找过他，而且不止一两次，让他不胜其烦。可是，我们大老远来了，决不能因为他烦就放弃。我说："鲁大哥，他们是他们，我们是我们，我们问的和他们的不一样。"

鲁大山说："你们要问什么？行，看在你们刚才仗义的分儿上，问吧。我知道一定告诉你们。"

方哥说："好好，鲁大哥，你这话更仗义，来，上车，我们送你回家，咱们边走边唠。"就这样，我们上了车，一边缓缓行驶，一边询问起来。

我开门见山，问起受害人于丽敏关系人的有关情况，也就是，她都跟什么人有交往，跟谁比较亲密，除了他，她还有什么男性的关系……话没说完就被鲁大山打断："你这话那些办案警察也问过了，我都烦死了。她的亲人就是她老爹老妈，还都死了，剩下的就是我和闺女，再没什么关系人。她没特殊情况，从不和别人接触，根本就没有至近的亲戚朋友，更别说男人了。她看到男人都躲远远的，想跟她说句话都难，哪有什么男的关系人！"

这……

我不甘心，又问了句："你是说，于丽敏看到男人就躲远远的，除了你，没有任何男性的关系人？这又是怎么回事呢？"

鲁大山说："你问我，我问谁去？从结婚那天起就一直这样。也就是我呀，忍了她这么多年，我这辈子摊上她，算是倒了血霉了。"

"哎，鲁大哥，"方哥说，"咋能这么说呀？一日夫妻百日恩嘛！"

鲁大山说："哪来的百日恩？我们没有恩，只有恨，有厌，我跟她就像仇人似的，要不，我能跟她离婚吗？"

我问："是吗大哥？是你提出的离婚？为什么呀？"

鲁大山说："你说为什么？对，你结婚没有？跟你们说吧，她那个不行。"

我没结过婚，可是一听也明白什么意思。

下边的话我不好问，方哥接了过去："怎么，你们……那个……不和谐？"

鲁大山说："何止是不和谐呀？每次一碰她，她就像上刑似的，千推万躲不愿意，实在不行答应了，也跟个死人似的，让你提不起兴致来，到后来，干脆就不让我碰了，不跟我睡一铺炕，要不，我能跟她离婚吗？"

明白了。为这离婚，理由很充分，很正常。

鲁大山说："我离婚后搬这儿来，就是免得看到她，心情不好。对，我也不怕你们笑话，我刚才找小姐了，嫖娼了，我为啥这么干？因为我从没在她身上得到过满足。所以……对，就因为经历过她，我不敢再找别的女人结婚，害怕再遇到她那样的。对，我这副样子，女人一般也看不上我！"

我看看鲁大山，感觉他挺有自知之明的，就顺口问了句："大哥，您今年……"

鲁大山说："你一定看我五十多了是不是？我才四十八，都是跟她不省心，老成这个样子。"

听了他的话，我有点儿想笑，但是忍住了。方哥把话接过去："哎呀，那咱俩同岁，我是正月生日，肯定比你大。对了鲁老弟，你没问过，于丽敏为什么这样啊？这里边是不是有原因哪？"

鲁大山说："问过，可她不说。后来我听说，也有别的女人这样，虽然结婚了，却不能让男人碰，以为……对，这和破案有关吗？"

当然有关。

我问："鲁大哥，于丽敏跟你结婚前的经历，你了解吗？"

鲁大山说："知道点儿，不多，她就是一般人家的孩子，上过中学，没考上大学，家里生活困难，就找了对象……对，她原籍不是关阳，是关口，别人把她介绍给我的。当时我看她又年轻又漂亮，觉得能娶到她挺幸运的，谁知道她这样啊！"

方哥说："老弟，她还有什么亲人吗？"

鲁大山说："没有，爹妈都死了，也没有哥兄弟。"

方哥说："那，谁把她介绍给你的？"

鲁大山说："九姨。"

我问："哪个九姨？"

鲁大山说："介绍人哪，住在关口，她认识老于家，就把她介绍给了我。对，九姨跟她家是远房亲戚，认识我妈。于丽敏管她叫九姨，我也跟着叫。多少年没联系了，她今年得七十大几奔八十了，也不知还在不在。"

我又问："前期，警察找你时问过这些吗？"

鲁大山说："没有，他们没问你们这么细。"

我和方哥互视一眼，看到他眼里露出欣慰的笑容，我的眼里肯定也是这样。

咋说好呢？我们有些刑警兄弟就是这样，办案的时候，总是就案问案，懒得深挖扩展。也好，给我们留下了机会。

我们把鲁大山送到家，这时，我再次注意到，他家的院墙和院门比邻居的要高大结实很多，问起他是什么原因。他使劲叹息一声说："还不是因为她，她活着的时候，就总是提心吊胆的，要我把院墙修得高一些，院门也结实一些。跟她离婚后搬到这里，就成了习惯，把院墙和门都修成了关阳的样子。不过，自她出事后，我觉得，家里有闺女，这么做也对。"

原来是这样。

看来，于丽敏应该有什么前史，不然，她不会这样。一定要对她的前史进行彻底的调查。我和方哥互视一眼，心照不宣。

我调过车头，离开鲁大山家，顺着街道驶去。正是晚上八点多钟的光景，街道两边的房屋都亮着灯，不时有人出入走过，还有两家相邻的院门都开着，两个年纪很轻的少妇分别站在自家门口，互相聊着什么，传导出一幅平安的景象，一种浓郁的平民生活气息……看着这个画面，我油然想起了童年，想起也曾生活过的平房居民区。现在，城区的居民多住进了楼房，条件是好多了，可是总感觉缺少了一点儿平房居民区的气息……

"注意……"

方哥突然叫了一声，让我把精力集中到开车上来。原来，车前方走来一个人影，他只顾向路旁看，没注意到我们的车。我急忙按了几声喇叭，又急打了一下舵，才算躲开他。经过他身旁时，我打开车窗气愤地吼了声："怎么走路呢？"他看了我一眼，什么也没说，继续向前走去。

我有点儿兴奋，住进旅馆后好一会儿睡不着，就和方哥研究起下步的行动方案，很快商定：明天去于丽敏老家关口，查清她过去的生活轨迹，从中发现有用的线索。

方哥毕竟年龄大些，他躺下不久，就响起了鼾声。我睡不着，又拿起手机，想看看李局长给我发来哪些未破的同类案件，发现除了白天发过来的四起，李局长又给发过来五起，一共九起。但是，这些案件不都是入室强奸抢劫杀人，其中有五起只有入室强奸抢劫，两起入室强奸没有抢劫，真正入室强奸抢劫杀人的只有两起。我把这两起作为重点进行研究，但是案情信息很简单，只有大略的案情，细节很少。对，无论这两起入室强奸抢劫杀人，还是另外五起入室强奸抢劫，或者是两起入室强奸，都没有把木棍插入阴道的手段。

仅从这一细节上看，这九起未破案件，和于丽敏被害并不相符，这大概也是前期侦查时未予重视、未能并案侦查的原因之一吧。可是，我觉得这个依据不充分，可能凶手的作案手段发展了，或者出于对于丽敏的特殊愤恨，才对她采取了这种残忍的手段。

所以，我在内心深处，还是把这九起案件都纳入到研究范围中来，而且很快发现了端倪：这九起案件的发案地点都是在城郊接合部，这和于丽敏家的居住环境非常相似。这个发现又让我激动起来。凡是搞过刑侦的都知道，罪犯的作案手段是有惯性的，除非有特殊情况，他是不会改变作案手法的。那么，这九起都发生在城郊接合部，难道是偶然的吗？

可是，在进一步研究中，我又发现这九起案件虽然发生在城郊接合部，却都散落在不同的地区，有的是省会城市，有的是一般地级市，还有的发生在县城。而且也一时看不出规律来，种种迹象上看，如果是同一个凶手的话，他极可能是个流窜犯。

如果是流窜犯，那么，抓捕起来可就不太容易了。对了，鲁大山说了，于丽敏“那个”不行，每次和她过性生活的时候，她都竭力躲避，反抗，像上刑一般。是不是因为这一点，惹怒了凶手，才以残忍的手段加害于她？

这个可能不能排除。

如果真是这样，抓捕这个流窜作案的凶手难度可就大大地增加了，仅靠我和方哥，能抓到他吗？

我不甘罢休，又反复审视这些案件，又发现了一个现象，那就是，最近发生的三起，间隔时间都在两个月到三个月之间，进而发现，最新发生的一起，距现在已经接近两个月。如果这真是凶手作案规律的话，就说明，他很快要再次作案了。我再看了一下最新发案的地点，离宽山也就三百多华里，于是我又产生新的想法：干脆，明天先去那里调查一番，搜集一下情况再说……

不行，得睡了，明天还要干活，还要用脑，睡吧，睡吧！

好不容易我才把心重新平静下来，渐渐进入梦乡。梦中，我看到了一个男子的身影，一个模糊的面容，我知道，他就是我要找的凶手，我要抓住他，可是，怎么也无法靠近他，正在焦急，忽然眼前一亮，他向我扑过来，我急忙拔枪，手臂却被他死死按住，还向我喝令着：“别动……”

四　出乎意料

1

我挣扎着醒来，把手伸进枕头底下想抓手枪，可是，手臂却被人死死压住，动弹不得，耳边再次响起喝令声：“不许动，我们是警察！”

我这才意识到刚才是梦境。那么，现在又是怎么回事？我睁开眼睛，发现几个穿便衣和警服的警察身影晃动在身旁，继而听到方哥在旁说着：“别误会，我们也是警察。”

于是，我手臂被放松了，我才得以起身。

为首的便衣警察看清了方哥的证件，放松下来，又看向我。

方哥说：“他叫黎斌，我们专案组的组长。”

几个警察看向我，目光中透出一点儿不解和惊讶。想来，是因为我比方哥年轻这么多，却当上了专案组长吧。

为首的便衣警察说：“黎组长，不好意思了，你们办什么案件，为什么没通知我们？”

睡梦中被惊醒，还遭到这种待遇，我心里肯定不高兴，就冷冷回答：“到你们这里办案必须通知你们吗？没有这个规定吧！”

确实，外出办案，是否通报当地公安机关，是根据需要来决定的，需要当地公安机关协助，当然要先找他们，提出协助请求，如果出于保密或者某种原因，自行开展侦查，也是正常的。

听了我的话，为首刑警的话也不客气了：“对不起黎组长，现在你必须告诉我们，来宽山办什么案子。”

嗬，口气挺硬。我反问道：“能告诉我，为什么吗？”

“因为宽山刚刚发生一起大案，我们正在全力侦查，这也是闯进你们的房间，打扰你们清梦的原因。都是刑警，我希望你们能支持我们工作。”

原来是这样。可我仍然没有回答他，而是反问：“你们发生的是什么大案?”

为首刑警道：“入室强奸抢劫杀人。我们走访的时候，有人提供，傍晚的时候，有两个外地人在现场附近活动过，就查到这儿来，没想到是你们。”

听了这话，我的不满和敌视心理一下消除了，急忙起床，一边穿衣服，一边说了我们来宽山的目的和案件概况。对方听说我们查的也是入室强奸抢劫杀人案，都有些吃惊，觉得不是巧合。于是，转眼间我们就成了亲密无间的兄弟。这时我才知道，这个为首的刑警是宽山公安局刑警大队的副大队长，姓龙。我重新介绍了自己和方哥后，提出去现场看一看。龙副大队指点了方向，我一听，正是鲁大山家的那一片，顿时提起心来，受害的可别是那个少女呀……

我和方哥在龙副大队长的带领下，奔向鲁大山家所在的平房居民区。我心跳得不行。可是，距离鲁大山家还有一小段距离的时候，我看到前边一家院门外停着两辆警车和一辆现场勘查车……这不是昨晚我看到的两个年轻妇女站在门口聊天中的一家吗?受害人肯定是她们中的一个，谁能想到那是她生命的最后画面……咦……

我的大脑突然灵光一闪，停下车，开始拿下行车记录仪查看。方哥马上明白了我的意思：“对，昨晚碰到的那个人可疑。”

那个人的身影和面庞很快出现在我的眼前，男性，三十多岁，身强力壮，一边走一边观察着路旁的居民住宅……

龙副大队长明白一切后大为兴奋。行车记录仪的录像太重要了，虽然因为天晚，不是十分清晰，但是也能辨出个七八分来。方哥询问龙副大队发案多长时间了，龙副大队说明，受害人的丈夫上夜班回来后发现妻子被害，马上就报了案，当时，受害人的身体还有温度……

这么说，时间不是很长。方哥立刻焦急起来：“赶快追捕堵截呀，抓紧，四门落锁，别让他跑出宽山。”

龙副大队们忙了起来，顾不上理我们了，而我和方哥也不可能再回旅馆睡觉。我俩分析，凶手作案后会去哪里，越分析越觉得逃离的可能性大，那么，他会从哪儿逃离呢?宽山没有机场，剩下的只有火车和长途公汽。可是，无论是火车还是长途公汽，买票时都要登记，警方要是查起来，不难发现踪迹……分析到这儿，我和方哥几乎同时说出：“出租车!”

做出这个分析的时候，我们已经驾车来到大街上，恰好看到前面的路口停着几辆出租车，立刻上前打探，还出示了手机上的嫌疑人照片及视频。想不到，得来全不费工夫，有个司机告诉我们，大约　个小时前，有个长得和照片视频中相近的男子，打了一辆出租车走了。他在旁边听到，男子说去城外三十公里的幸福镇，答应付八十块车费，那辆出租车的司机就答应了。但是，他虽然认识那位出租车司机，却不知他的手机号码。

十万火急。我立刻给龙副大队打去电话，通报了这个情况，然后和方哥驾车出城，向幸福镇的方向疾驶。我一边驾车一边计算：近一个小时的时间，三十多公里的路程，出租车应该返回了，即便没到县城，离得也不远了。所以路上我特别注意迎面驶来的车辆。可是，一路上非但没有看到这辆车，甚至连一辆出租车都没看到，这让我产生一种不祥的预感。我一边开车，一边给龙副大队打去电话，他告诉我说，他们已经在出租车公司查到了司机的手机号码，可是打过去无人接听，我听了心更向下沉去。

我顾不上超速不超速了，仅用二十多分钟，就来到了一个路口，一边通往宽阔的高速公路，一边是往较窄的乡镇公路，乡镇公路的路口立着一个指示牌，上边标注着“幸福镇”三字。

我再次下车，手电照着路口仔细搜寻，发现了同一个新鲜的车轮印迹驶向幸福镇方向，遂上车后加速追赶，驶了片刻又放慢了车速，边驶边观察着前面，心中那种不祥的感觉越发强烈，一会儿工夫，感觉变成了现实：前面的路旁现出一片深色的液体，我和方哥跳下车，很快分辨出是血迹，顺着血迹向路旁搜去，很快看到了一个中年男子的尸体，他的胸口满是黑乎乎的鲜血，身体还温热着。

我给龙副大队打去电话，然后和方哥重新上车，顺着这条路急追，穿过幸福镇，驶了一程后，又发现了一个路口，也是一条通往高速公路，一条通向乡镇岔路，车轮印迹又顺着乡镇的岔路驶去，我和方哥没有选择，只能跟踪追击，每到一个路口都要停车在地上观察一番，确定嫌疑车驶往的方向，渐渐发现，这辆车一直在躲避高速公路，一直在地方公路和乡镇公路上奔驰。我随时把情况通报给龙副大队，希望他们尽快赶上来，或者通知沿线公安机关堵截。但是，因为我们人生地不熟，弄不清具体方位，一路也没碰到堵截的警力，龙副大队长也没有赶上来。天渐渐亮了，这时我才发现已经进入我们江山市的属地。我急忙又给李局长打去电话，通报这个情况。

2

太阳出来了，视野变得更加清晰了。此时，离我们关阳市区只有不到一个小时的行程，我的心跳得越发快起来，因为我已经确认，嫌疑车就在前面，我们已经揪住了狐狸尾巴，没准儿能亲手抓住他。即便没有亲手抓获，是我们发现和提供的线索，也会立上一大功。想到这里，我忍不住对方哥说，我们的运气不错，方哥说：“不能这么说，这不是运气，是我们努力的结果。”我想想也有道理，虽然接这个案子时间不长，我们付出了多少的心血和脑汁啊，如果真的就此把他抓获，那……

方哥说：“斌子……”

方哥突然叫了我一声，我瞥了他一眼，发现他正在向后看着，就问怎么了。方哥说：“后边有辆车，跟着咱们有一会儿了，一直这个距离。”

方哥肯定是注意一会儿了，不然他不会告诉我。那么，这辆车是怎么回事？能是凶手开的吗？绝无可能，那又会是谁，为什么跟在我们后边？我给龙副大队打去电话，他说他们没有车向这边来。那这是辆什么车？是不是我们多心了，这只是辆无关的车辆，速度恰好跟我们相同，就一直保持了这样的距离。

按理，我应该变一变车速，时快时慢，看这辆车是否也跟着变化。可是，追捕凶手要紧，顾不上这些了。我把速度提到极限，半个小时不到，就驶到了关阳的市郊。这时，我接到李局长的电话，他已经通过交通指挥系统，发现了一辆来自宽山的出租车，扔在一个僻静处，但是里边没有人。

没有人？那肯定是把车撇了，人去了哪里？

我忽然感觉到肚子有些饿。看了看时间，正是早餐的时候，方哥也做出了同样的判断：凶手如果进城，最大的可能是找个地方吃早餐。

我们顺着街道向城内驶去，驶向距离最近的早餐店，悄悄把车停下，四下看了看，没有什么异常，再看早餐店门口，不时有人进进出出。方哥要我守在外边，他一个人先进去观察一下。可是，方哥刚进去两分钟，一个三十来岁的男子就从早餐店内走出来，方哥的呼声也从室内传出来：“黎斌——”

在方哥的呼声中我认出，这个身强力壮的男子就是出现在我的行车记录仪上的那个人。

我的心狂跳起来。

外行不知道，每当警察抓捕暴力犯罪嫌疑人时，为什么总是集中压倒性的警力，采取突然行动。这不是小题大做，是为了零伤亡。可是，现在我们只有两个人，方哥已经四十八了，搏斗能力肯定不如年轻人，这个人的块头又明显比我大，想生擒的难度实在太大了。可是，再大也不能放跑他。我装作要进早餐店的样子向门口走去，在与男子交臂走过时，突然弯腰来个抱腿摔，男子没防备，重重地摔在地上，我立刻扑到他背上，怒吼着："警察，不许动!"然后就扭他的手臂想上手铐，方哥这时也冲上来协助我。可是，凶犯力气很大，胳膊又粗又壮，一时难以制服，挣扎中，他突然腾出一只脚来，猛地把我踹得向后倒去，又甩开方哥，爬起来欲逃。我哪能放过他，起身就向前追去，同时拔出手枪，可没想到，凶犯突然回过身，手中出现一把尖刀，一边挥着一边喊："谁敢上，我跟你们拼了!"我稍一踌躇，方哥的喊声响起："斌子，我来——"瘦瘦的身影一下子就扑了上去，全然不顾嫌凶的尖刀，扑上去的同时，手中枪柄向嫌凶头上砸去。嫌凶被方哥的气势威慑住了，不敢砍方哥，而是掉头想跑，方哥扑上去死死抱住，我也随之冲上去，一手协助方哥抱住他，一只手把手枪顶在他头上："不许动，再动我开枪了!"凶犯却仍然不理，再次猛然发力，把我俩同时甩开逃去，却撞到一个人的身上，这个人突然出手，一个抱摔，又将他摔倒在地，嘴上也叫出一声："警察，不许动!"

我和方哥相继冲上，在来人的协助下，终于给凶犯戴上了手铐。当我和方哥气喘吁吁地扯着凶犯站起来的时候，才看清帮助我们的人：二十六七岁，身体健壮，一副得意的眼神……

我说："你……富强?"

他是刑侦支队重案大队的侦查员富强。过去，他在我们弯道分局刑警大队干过几天，后来就调到了市局刑侦支队了，时而跟着胡克非、许宽到我们队来指导破案。不久前接到市局通报，他因为在审讯中打了犯罪嫌疑人而被停职反省……

方哥说："富强，是你在一路跟着我们吧?"

我说："你怎么在这儿?"

富强说："来抓人哪，没想到让你们先碰上了!"

我一听就急了："你说什么?他是我们抓的，你只是协助一下。"

富强说："可是你不能否认，我要是不出手，他就跑了吧。说起来，是我发挥了主要作用。”

听着没有，他是来跟我们抢功来了！

方哥说：“富强，你怎么知道他是要抓的人，你怎么知道他在这儿，你怎么一个人来抓？”

“我……我……”富强支吾起来。

我的眼睛向下看去，看到了富强的脚，看到了他的鞋子，继而看到了他踩下的脚印，我的心一下猛跳起来。

“是你……你在暗中跟踪我们，监视我们？你说明白，这是怎么回事？”

富强说：“这是什么话？允许你办案，就不许别人办案哪？”

我说：“你办什么案？你不是停职反省了吗？还办什么案？”

警笛声传来，打断了我的话，两辆挂着民用牌照、车上却顶着警灯、鸣着警笛的轿车驶来，支队长陈政民和副支队长许宽及重案大队长胡克非带着几个便衣刑警走下来。

陈支队长问：“富强，抓住了？”

许宽说：“这不是黎斌、方文祥吗？你们怎么也在？”

听着没有？气人不气人？这是公开抢功啊！

胡克非说：“方文祥，黎斌，真是巧啊，这些日子，富强一直在暗中侦查一起大案，现在终于取得了突破，谢谢你们协助他把人抓住了。”

方哥说：“胡大队，市局发过通报，富强是在停职反省期间。”

富强说：“不假。可是，停职反省就不允许我破案了？我被停职后就想，一定要立功赎罪，就暗中调查于丽敏被害案，没想到你们也在暗中行动，碰到一起了。对，人抓住了，也有你们一半功劳！”

什么呀！

还好，又传来警笛声，两辆警车驶来，几个警察从车中走出来，为首的正是穿着白警服的李局长，他郑重告诉在场人员：我黎斌和方文祥是奉他命在侦办此案，被抓获的嫌疑人交给我和方哥。

陈支队、许副支队和胡克非以及富强都不说话了，可是，看向我的眼神，跟枪毙人的枪口没什么两样。

我知道，我是彻底得罪支队领导们了。可是，此时顾不上这些，反正，我也不归他们直接领导，何况，我就要调出了，他们能把我怎么样？

进入车中后，我才想起感谢方哥说：“方哥，你要不上，那一刀有可能砍中我了。不过，你都四十八了，咋还这么干哪？”

方哥轻描淡写地说：“因为我是你方哥呀，我出了事不打紧，你要是有个三长两短，别说我没法向你爹妈交代，跟你嫂子那儿我也说不过去！”

我心里热乎乎的，这就是刑警，这就是我们为什么总是以弟兄相称的原因。没有这样的经历，是不会理解这样的感情和这样的称呼的。

3

审讯出乎意料地顺利。犯罪嫌疑人范大强被我们抓获后，心理受到极大震撼，以为罪行完全败露，很快一五一十地交代了自己的罪行。原来，几年来，他已经作下了六起入室强奸抢劫案，包括其中的两起强奸抢劫杀人案。

原来，这小子从小就父母离异，跟祖父母一起生活，缺乏管教，稍稍长大一点儿，就开始小偷小摸，再后来，祖父母相继去世，就更没人管他了，偷抢坑骗，什么都干，刚满十八岁，就开始蹲监狱，开始罪行相对较轻，蹲上一段时间就出来了。可是，出来不久会再进去，监狱成了他的旅馆。后来随着年龄的增长，开始有了性要求，有钱就去嫖娼，没钱就入室强奸……对，一开始他只是强奸，有一次，他在强奸的同时，发现受害人家有钱，就顺带抢了一笔钱，而且受到了启发，从此开始强奸抢劫一并来。在一次实施强奸抢劫时，遭到了受害人的反抗，搏斗时，他失手将受害人扼死，再后来，再遇到反抗时，他或者失手或者不是失手，再次导致了一个受害人死亡。因为从小一直生活在城郊接合部，对这种环境较为熟悉，他就习惯地选择这样的环境来作案，把这里的女性作为侵害对象。他还知道，这里很少有监控装置，不好破案……

问到最后，我和方哥转到了于丽敏案件上：“范大强，说说我们关阳的事吧！”

“关阳的事？这个……我记不太准了，有半年了吧，我干过一次……”

时间地点都对上了。我们继续追问，他又供认，在关阳的作案地点正是于丽敏家所在的城郊接合部，只是，他说不清是哪个院子哪一家。

我和方哥也不再审问，用车拉着他就奔向关阳，我们要带他去现场辨认。一路上，我的心激动不已，现在，我们已经破了六起入室强奸抢劫案，还包括两起杀人案，这可是罕见的呀……我使了很大劲儿，才克制住了激动和联想。

按照范大强的指点，我们来到了关阳，来到城南的城郊接合部，来到了于丽敏家的院子附近，驾车慢慢驶近于家，这时，范大强呼出声来：

“对，就是这家，我当时注意了，它旁边这家墙特别高，门特别严，不好进，就进了这家!”

什么？不是于丽敏家？是……这家？这不是夫妻吵架，把我引诱进去那家吗？

我忽然想起那对夫妻吵架的情景，我进屋后，他们欲言又止的暧昧态度，这……

范大强说：“这家那个女的挺漂亮，我干她的时候，她没反抗，还挺配合的，所以，我干完后，虽然翻出三千多块钱，我没都拿走，给她留了一千块。我来江山是路过，其实是想来关阳找她，再干一次。你们不抓住我，我今晚就会来。”

方哥说：“我问你，你强奸她的那天夜里，只干了这一次吗？”

范大强说：“这……不，两次。”

我的希望火光一下又闪耀起来：“快说，那一次是在哪儿干的？”

范大强说：“还是那家呀，我干完一次后，没过瘾，看那女的长得漂亮，我本来都穿衣服了，可是又硬了，就又干了她一次。”

这……我一下子浑身无力了。

好一会儿，我才打起精神，走进了这家的院子，走进了屋子。

屋子里只有妻子一个人，她三十出头的样子，确实挺漂亮的。

其实，我不想来，我想让方哥来询问。要知道，我还未婚，问女人这种事不方便。可方哥说，我已经接触过她一次，还给她留下了好印象，有基础，更容易得到她的信任，更容易说实话。

方哥判断得没错，当我硬着头皮，向女人说起这个案子时，她脸红了一下，很快点头承认有这件事。还向我吐露了很多：她丈夫不但上夜班，在这事情上还不太行，两个人常为此烦恼。范大强那次，让她第一次体会到，男人“行”和“不行”的区别，所以就没报警。次日她知道于丽敏同一天夜里被奸杀了，她以为也是范大强干的，可是，为了自己的名声没跟警察说。不过，后来她有一次说漏嘴，被丈夫知道了，两个人之间因而有了矛盾，常为此打架。那天晚上，就是她和丈夫打架时，丈夫声称要杀她，她才喊起来，把我诱进家中……

明白了，一切都明白了。可是——

可是，她的案子和于丽敏被害案无关，两起案件在同一天夜里发生，只是巧合。

我心里不知什么滋味。失望？不全是，毕竟，破获了六起……不，七起系列入室强奸抢劫案，这可不是小功劳。可是，李局长交给我的是于丽敏被害案，却还是一点儿线索没有啊，现在这个案子只是歪打正着，瞎猫碰上死耗子罢了。对，人们一定会这么说的，特别是刑侦支队那些人。

我和方哥反复审讯核实，证明范大强没说假话。他确实在那天夜里强奸抢劫了女邻居，却不是杀害于丽敏的真凶。

五 似曾相识

1

我顿时浑身失去了力气。完全可以确认，范大强跟于丽敏案件无关。

不过，范大强的作案手段和动机却给了我启发：他是没有正当职业和经济收入，穷得连嫖娼的钱都没有，才走上入室强奸抢劫这条路的，既发泄了性欲，又能得到经济收入，那么，侵害于丽敏的凶手，是不是也是这样呢？如果也是这样，漫无目的到处流窜，随机作案，侦破的难度可就更大了，更不知上哪儿去找这个人了……

我们返回了江山，把范大强送进看守所，已经是黄昏时分，可是我和方哥坐在车里一动不动，不知去哪里，干什么，而且没有一点儿胃口，晚饭都不想吃。

还是方哥开了口："斌子，不管怎么说，咱们破了七起大案，立了大功，应该高兴才是。"是的，他说得对，可是，我就是高兴不起来，打不起精神。

方哥说："这样吧，咱们回家，好好睡一宿，明天重新开始，我相信，只要我们下上功夫，是能把于丽敏被害案侦破的。你说是不是?"

是不是都让他说了，我还说什么?

我说："行，咱们回家吧!"

方哥说："对，你晚饭怎么吃，去我家吧!"

这……说真的，此时我真的不知去哪里才好，也不知道干什么才好。是该吃晚饭了，可是，没有胃口。对，即便吃饭，去哪里吃也是个问题，队里的小食堂只供应午饭，不供应晚饭，即便供应，我现在似乎已经不是队里的人了，也不便去吃。剩下的是两个选择，一个是回家，自己做饭，可我打不起精神来做饭，也不想回家吃，另一个是去饭店，可是，一个人去饭店吃饭有什么意思，怎么吃？

所以，方哥这么一说我就心活了，因为我过去常去他家蹭饭，嫂子和方菲都跟我很亲，啥话没有，于是我答应去他家。方哥看我同意了很高兴，随口说了句："斌子，方哥说句不见外的话，你二十九了，年纪虽然不能说大，但是，按照咱们江山的观念来也不小了，该处对象了。对，你是不是有啥目标了，人得实事求是，咱们这样的家庭，没啥优势，挑不起呀！"

我没有马上回答，是因为不太好回答。如果说，过去我没有什么目标的话，现在却有了，只是藏在心里，没对任何人说过，因为，我怕说出来让人笑话。

但是，方哥的话勾起了我的思绪，让我心乱如麻，不知怎么对方哥说才好。

方哥显然看出了问题："斌子，想什么呢？心里真有人了，跟方哥说说，让方哥帮你参谋参谋……"

手机忽然响起，打断了方哥的话，也使我从难以回答的尴尬中解脱出来。我拿起手机，看到是李局长打来的，有什么紧急情况吗？我急忙把手机放到耳边。没想到，他说的却是："黎斌，你吃饭没有？"

我看了方哥一眼，犹豫着说："还没有……"

没等我的话说完，李局长就说："正好，跟我一起吃吧！到局里的大门口等我。"

这……市公安局局长，要跟我一起吃晚饭，这……

方哥听明白怎么回事，非常高兴，要我赶紧去市局跟李局长会合，还说这是好事，还嘱咐我一定主动结账，不能让李局长花钱。

方哥说完自己打车走了，我却费起了心思：我花钱是可以的，可这算什么呀？他请的我，我上赶着结账，是不是显得太那个了……对，我结账，就等于我请他，不是他请我了……那，去哪个饭店，吃什么好，点什么菜？档次太低了肯定不好，太高了，吃什么，我这点儿工资……

虽然犯难，可我明白，市公安局局长请我吃饭，我不能给脸不要脸，必须参加，至于如何应付，到时候再说。抱着这样一种心情，我把车停在一个停车场，硬着头皮来到了市公安局大门外等待着。不大一会儿，李局长出来了，一身休闲装，感觉和上次见面有点儿不同，和我的距离好像近了点儿。他是步行走出来的，我正在找他的车，他却已经向驶来的一辆出租车招手。原来，我们不坐他的专车，而是打出租车……对了，现在的工资里多了一份车补，领导干部不再享有专车了，可是，公安局长还是有特殊性的，很多领导干部也是变通处理，车补照领，车照坐。没想到，他却这么认真执行。

出租车停下后，李局长先手打开副驾门坐进去，我只能坐在后排，这又让我犯了难。约定俗成：打出租车坐前排的人付钱，可是，我虽然坐了后排，也不能让局长付钱哪，还没想清楚怎么办，就听李局长对司机说："平安家园。"车就启动了。李局长的话让我一怔："平安家园"，这不是个居民小区的名字吗？看来，我们不是去饭店，而是去……去居民小区？难道去这个小区吃饭？莫非，去他家吃饭，不能吧……

这……我的浑身有点儿不舒服起来。我，一个普通的基层刑警，居然去市公安局局长家吃饭，让我咋应付啊，可是，此时不可能下车了，只能听天由命了！

二十分钟左右，出租车驶进平安小区。这是个普普通通的小区，不比我买房的小区强哪儿去。难道，李局长家住在这？……

车驶到一幢住宅楼前停下，停在一个栋口跟前。没等我手伸向怀里，李局长已经付了打车款下车，我自然也跟着下车。抬头看了看，这是幢普普通通的多层居民楼，栋口的防盗门还坏了，非但没上锁，还半敞着。李局长什么也不说，只管顺着步行楼梯上楼，我只能跟在后边，一直来到四层，来到一个单元的门口，李局长掏出钥匙欲开锁，门却自己开了，我先听到一个清脆的年轻女声"爸"，继而看到一张美丽的面庞，一双梦一样的眼睛，心猛地停止了跳动，好像中了一枪。

是她，居然是她，她是李局长的女儿？

她就是我藏在心中的那个秘密，是我不能向别人吐露的心事，也是我调往文化馆的原因之一。

事情就发生在我张罗调往文化馆的过程中。那次，我应文化馆馆长的要求，送去两首我写的歌词让他们审看。当我离开馆长室，顺着走廊向外走的时候，忽然听到一个房间里传出歌声："百灵鸟从蓝天飞过，我爱你中国……"

是《我爱你中国》。

这首歌几乎所有人都耳熟能详，因为它流行的时间太长了，足有几十年了，我从小就听过，虽然不会唱，曲调也熟悉到能哼哼的程度，所以，我初听并没有为意，我甚至还以为是从电视机或者录放机中播放的。可是，随着我的脚步前行才渐渐发现，这可能不是录音播放的，而是真人演唱的，是前面的办公室里边的人演唱的。而且，歌声优美动人，强烈地感染了我，使我放慢了脚步，听着歌声从办公室门内流出来："我爱你春天蓬勃的秧苗，我爱你秋日金黄的硕果，我爱你青松气质，我爱你红梅品格，我爱你家乡的甜蔗，好像乳汁滋润着我的心窝……"

奇怪，这首歌儿我听得太多了，为什么忽然发现它如此感人？再说了，我不懂声乐，更不欣赏美声唱法，觉得太阳春白雪，距离太远，为什么此时听到，却觉得它居然这样地美好，从未感受过地美好？怪不得那么多的歌唱家都学美声唱法，唱美声歌曲，果然美好异常啊！

"……我爱你碧波滚滚的南海，我爱你白雪飘飘的北国，我爱你森林无边，我爱你群山巍峨，我爱你淙淙的小河，荡着清波从我的梦中流过……"

歌词我过去从未详细研究过，现在，我是第一次听得这样清楚，而且，声音就像涓涓流水，从办公室的门内、从唱歌人的心底流出的，畅通无阻，流入我的耳中、我的心房，实在太美好了！我走到办公室门口下意识地停下脚步，看到门上悬挂着"音乐组"的牌子，然后，从门上方的玻璃向内看去，一眼看到了她——她站在一台立式钢琴前，却没有弹琴，只是对着琴在忘情地唱着："我爱你中国，我爱你中国，我要把美好的青春献给你，我的母亲我的祖国，啊……"

她唱得非常尽情，没有注意到我在窥视和偷听，这时，我只能看到她的侧脸，看不清全貌，只觉得她很年轻，而且应该很漂亮。不过，因为看不到她的正面，所以我也不敢确定，因为我不止一次走在大街上，看到一个美丽的倩影，可是，当赶到她面前，看到她的正脸时，却大失所望。因而，我在倾听歌声的同时，也产生了想看到她正面脸庞的愿望，双脚就像被粘住一样，望着她，忘记了离开。

歌声终于要结束了："啊……啊……我要把美好的青春献给你，我的母亲我的祖国——"

歌声结束，她的面庞转过来，向门口转来，我一下看清了她，同时，好像一下子被子弹击中了，天哪，她非但没有让我失望，而且比我想象的还漂亮，还美丽，从形象到身材……这还不是最重要的，最重要的是我见过她……在哪儿见过却想不起来……对，这只是我的感觉而已，一种似曾相识的感觉而已……

我们的目光相对了，这时我才猛然惊醒，像做了贼一样，赶忙拔腿快步走去，随之，我听到后边开门的声音传来，我一边往前走，一边忍不住回头望了一眼，看到的是一张年轻美丽的脸庞，一双朦胧如梦的眼睛，让我再次产生似曾相识的感觉。我好像又挨了一枪，双脚软了一下，踉跄着逃离了她的目光，逃出文化馆……

于是，从那一刻起，她就成了我藏在心里、不能说出的秘密，我调往文化馆的原因之一。

我知道，我的想法有点儿傻，因为她如此出色，恐怕早有了对象甚至已经结婚……不，结婚不太可能，因为她还那么年轻，可是，有了心上人是非常可能的，像她这样出色的姑娘，怎么会没人追呢，怎么会没有对象呢？而且，追她的，和她处了对象的，肯定还是非常优秀的男性，有非常好的背景，属于高富帅之类……

尽管这样想，我还是无法拒绝那种感觉，那种似曾相识的感觉，可是我万没想到，我居然在这里碰到了她，她原来是李局长的女儿。她出现得太突然了，突然地和她这么近的距离相遇，那种似曾相识的感觉更加强烈，她的面庞、双眼和肢体，都透出一种难言的亲近感觉，可是，在哪里见过又想不起来。对，她也就二十岁左右，可能多一两岁，也可能小一两岁……我到底在哪里和她打过交道呢？为什么产生这种强烈的似曾相识的感觉呢？

2

我完全失态了，眼睛看到她就不想离开，她也大睁着眼睛看着我，我注意到，她的双眼闪过一道惊讶的目光，但是很快恢复正常，无比温暖地一笑："李老师您好！"

李老师？她在跟谁说话？我扭头看看后边，后边没有别人哪，这……难道她在叫我？叫我"黎老师"？太有意思了，长这么大，还没人叫过我老师，她怎么会……

我无法确定她是否叫我，也就无法回应，这时，她已经把拖鞋放到我脚前，又说了句："黎老师，进来吧！"

我完全蒙了。我大学毕业就当了警察，从没换过职业，怎么进了这个门，忽然成了黎老师？

在换拖鞋的时候，李局长对我说："黎斌，这是苗苗，我女儿。她挺崇拜你的！"

她……崇拜我？这又是因何而来？

李局长转向厨房方向："苗雨，能倒出手来吗？见见黎斌哪！"

“马上！”

随着话音，又一个女性从厨房走出来，四十岁许的样子，虽然系着围裙，可是，面庞和身材还都透出一种秀气和书卷气来。她一边打量我一边热情地说：“欢迎欢迎，黎斌，这段时间，他们爷俩可没少跟我提你的名字呀！”

这话又让我糊涂起来：李局长提我的名字有可能，我是被他委派的专案组组长嘛，可是，她……他的女儿苗苗，就是眼前这个似曾相识的女孩儿怎么也会提我的名字？

苗雨说：“你们去书房吧，还有两个菜，马上就好。”

苗雨转身向厨房走去，苗苗冲我一笑：“黎老师，你跟我爸聊吧，我去帮把手！”

她也向厨房奔去，留给我一个曼妙的背影。

看来，她说的黎老师确实说的是我，可是我却更加糊涂：这到底是怎么回事，是哪儿跟哪儿啊？

我懵然地走进书房，直到李局长开口，我才渐渐明白了一切。

李局长说：“黎斌，坐吧，对了，我那次问你为什么要离开公安局调文化馆，你没有认真回答我，现在能告诉我吗？”

这……还真让我一言难尽。

怎么说呢？我是大学中文系毕业之后从警的，我从没对任何人说过，我有个小小的爱好，就是文学创作。其实，这个爱好很小的时候就产生了，不然考大学的时候，我也不会报中文系。说真的，我不只是爱好文学，还有一点儿梦想，那就是有朝一日能有纸质的作品发表，甚至一本本儿的作品问世。当刑警后，在生活和工作中有什么感觉，我都偷偷地写下来，有的是诗歌，有的是散文和短篇小说，化名在网上发表了，点击量还真不少，使我很受鼓舞。所以，产生调离的念头后，我第一个选择的就是能满足我这个爱好的单位，也就是有时间有环境让我从容写作，而文化馆有个创作组，恰好需要这样的人，所以我就找上了他们。

可是，这些话我不能随便说出来，甚至连这种爱好都要保密。因为，刑警这一行，每天面对各种案件和形形色色的犯罪嫌疑人，性格和情感都渐渐变得粗糙起来，对文学和爱好文学的人，很少有人理解和欣赏，甚至有所排斥。当然，除非你写出了大名堂，可是这太难了。据我所知，全国公安系统，真正写出大名堂的警察，得到社会承认的，不超过五人，甚至不超过三人。其实，就他们三人的作品，我也没觉得特别地好，如果给我时间，我敢保证能写出超过他们的作品。可是，这话我只能搁在心里，现在我还是无名小辈，这么说只会遭到嘲笑，不会有别的回应。

我一点一点儿、小心地把这些说了出来。

李局长理解地笑了笑："真是同病相怜，我当年也有这个爱好，只是因为太忙了，慢慢就放弃了。"

啊，原来是这样，我的心一下子轻松了许多。

李局长又说："苗苗就在石岗区文化馆上班。"

这我早就知道了，同时也明白了，她一定是在文化馆听过我的事，我的名字，可是……

李局长说："你给文化馆写过两首歌词，是吧？"

这……是，是有这码事。当我找到文化馆，提出调入的请求时，馆长对我的水平和实力不太相信，说他们正在准备一场文艺演出，让我给写两首歌词。我知道他们是考查我，我不能拒绝，就把平日写的两首诗歌修改了一下交给了他们，他们也就因此认可了我。我就是送歌词那天，听到苗苗的歌声，看到她那似曾相识的面庞的。

李局长说："苗苗说，你的两首歌词都写得挺棒，回来跟我说了，我才知道，咱们江山公安局还有你这样的警察。"

我由衷地说了句："谢谢李局长理解。"

我的心轻松了一些，眼睛开始向书柜上看去。李局长的书房名不虚传，两个并排的大书柜都装得满满的，地上还堆着高高的两摞书籍。如果不知道的，准以为这是哪个教授学者的书房，绝对想不到这是属于一个副厅级的市政法委书记兼公安局长的。我再注意书脊：古今中外，文学、历史、哲学、公安业务、法律条文、刑侦业务，无所不有，还有很多美国的，日本的，甚至还有两本儿厚厚的歌本儿，一本是中国的，一本是外国的……我注意到，两个书柜都很旧了，也就是说，它已经使用多年了。可不是，瞧，从书脊上看，很多书都是多年前出版的，陈忠实的《白鹿原》和路遥的《平凡的世界》都是上世纪的版本，还有托尔斯泰、雨果、巴尔扎克、海明威的作品……咦，居然还有两本厚厚的《古拉格群岛》……瞧，居然还有托克维尔的《旧制度与大革命》……李局长看的书可真不少啊，看来，他不可能是一般意义上的公安局长，更不可能是那种在官位上作威作福的官僚啊！

我的目光移到另一个书柜上，这个里边装的书籍多是一些杂志刊物，有《财经》《瞭望》等综合性杂志，看上去连续积累了多年，一本不缺，这……

李局长说："这个书柜是你苗姨的。"

我问："苗姨是记者？"

"过去是……不，现在也是。对了，你那两首歌词不是交给馆长了吗？馆长拿给文艺组的人看了，苗苗恰好在文艺组，所以就看到了，她非常喜欢，都能背下来了，还在找人谱曲，想登台演唱呢！"

明白了，完全明白了，明白了她为什么叫我"老师"了，在文化馆，同事之间是互称老师的，我即将调入文化馆，又写出了歌词，在他们眼中，我自然就是"老师"了。我心里咀嚼着这个称呼：黎老师，黎老师……忽然想到，如果我真调入文化馆，将来，人们就要这样称呼我了，那时，我就再不是人民警察了，不是刑警了，而是黎老师……想到这儿，我的心忽然乱了起来，不知什么滋味。

门被轻轻敲了敲，苗苗探进头来："二位警官，开饭了。"

苗苗的这个称呼，又让我的心平复下来，这时我才意识到，我还是希望别人称呼我警官而不是老师，可是，我明明是要调出的呀，要调到文化馆去当"老师"的呀，为什么此时会产生这样的心情呢？

3

一个方形的饭桌摆在客厅里，四个人，一人一面：我的对面是李局长，右手是苗雨，左手是苗苗。

一种从未有过的感觉从心底泛起：一种美好的感觉，潜藏着的幸福的感觉，一种亲近的感觉……

为什么会有这种感觉？我急忙提醒自己：黎斌，快醒过来，别想入非非了！

李局长开口了："黎斌第一次来家，苗雨，苗苗，你们谁说句话，咱们就开始吃。"

苗雨看着苗苗说："苗苗，你不是很崇拜黎老师吗？你说几句吧！"

我用余光瞟了一下苗苗，见她的脸色有些绯红，她说："我还没想好，妈，还是你说吧！"

苗雨说："好吧，那就我说。黎斌，我刚才可没对你说假话，你们局长真的很看重你，那天回家就跟我说，发现一个好刑警。我太了解他了，对人要求很严格，能从他嘴里说出这样的评价可不容易，所以我也产生了兴趣。后来对上号，你就是那两首歌词的作者，我和苗苗看了，都觉得写得非常好，感情真挚饱满，语言形象生动，可又不是赤裸裸直说出来，给人一种含蓄的美感。能感觉到你要表达什么，却很难用语言说清楚，确实非常不错。”

苗雨居然能这样理解我的歌词，我觉得她概括得很准确，言谈话语间又流露出她相当的文学修养，让我的心中对她也生出很强的好感。

“斌良打电话说要把你带家来，我和苗苗都很高兴，可是出去买菜来不及了，只能冰箱里有什么做什么，你一定要吃好。我就说这么多，让我代表李斌良，代表苗苗，代表我们全家，对你来家吃饭表示真挚的欢迎。来，碰一下！”

杯子里盛的都是饮料，我端起杯，分别和李局长、苗雨和苗苗碰杯，喝了一大口。

对了，补充一句，李局长的名字叫李斌良。

菜不多，六个，三荤三素，都很对我的胃口，此时，我的胃口已经开了，也感觉到饿了，真想抡起筷子大吃大嚼，可是第一次到人家来，还有两位美妙的女性，怎么也得装斯文一点儿，就尽量克制着。还好，苗雨不时给我夹菜，所以虽然控制着，菜也没少下肚。碰了三次杯之后，在苗雨的示意下，苗苗拿着酒杯站起来，脸上现出些许含羞之色，小声说起来。

“真是有缘，馆长把歌词分给了我们文艺组，让我们都看看，我一看就被打动了：‘哪怕那暗夜无边，我也要发出光明的呼喊，哪怕那风雨如磐，也挡不住我走向明天。使命召唤，使我不能沉睡长眠，热血激越，要我去点燃黎明火焰……’”

她真的背诵下来了，我不知是该惭愧还是该自豪。

苗苗背诵完歌词：“黎老师，你真有才华，写出这么好的歌词，谢谢你能来家里吃饭！”

苗苗说完，和我撞了一下杯子，一饮而尽。我自然不能落后，也一饮而尽。

苗雨浅浅地喝了一点儿，然后说：“黎斌，你是怎么想出这些歌词来的呀？真的非常好。”

我说：“也没什么，虽然从警好几年了，可我毕竟是中文本科毕业，文学积累还是有的，书也没少看。我写这首诗时，主要是结合自身的工作，感觉到一个正直的刑警承受的压力，还有个人的一些感受，就自然流露出来，变成了诗句。”

“对，这完全符合文学创作规律。”苗雨说，“要写出好东西，必须真诚，发自内心。巴金说过，作家应该把心亮给读者，你也是，把内心深处的感受写了出来，所以才感人。对了斌良，你当年不也爱过文学吗？你说说呗！”

李局长说：“不不，我现在可不行了，完全没有文学感觉了，说不出什么。不过，黎斌哪，你的歌词也把我的心弦拨动了，让我想起了二十多年的风风雨雨。跟你实说吧，我正是从苗苗拿回来的歌词中，看到了你的内心世界，明白吗？”

明白，诗言志，李局长一定是从这些诗句中认识到我这个人，也因此没让我马上调离，把一副重担交给了我。

这是信任，无比的信任，太珍贵了。士为知己者死，有再大的困难，我也要把这个案子拿下来……

大家说完话，开始专注地吃饭，苗苗也开始不时地给我夹菜，这让我受宠若惊又觉得很享受，就没有阻拦，一口一口都吃了下去，吃得肚子鼓鼓的。这时，我忽然对这个家产生了一种特别的感情，想把这顿饭延长下去，永远也不结束。

大家一定猜到了我的潜意识怎么回事，我当然也能明白。可是，我已经是快三十岁的人了，是理智大于感性的年龄了。所以，我又极力地在内心提醒自己，不要胡思乱想。她这么年轻，这么漂亮，又是市公安局局长的女儿，怎么会看上你，你别做美梦了……

想到这儿，我不由自主地瞥了她一眼，恰好碰到她也在看我，我们的眼睛互相一碰，都迅速移开了。在这一瞬间，我忽然看到，她那梦一样的双眼中，闪过一丝忧伤的神情……

我看错了吗？她的眼中为什么会有忧伤的痕迹……

我有些隐隐的心痛，我不知她为什么会有这样的眼神，我想弄清怎么回事，然后尽我的全力，把她眼中和心中的忧伤驱散……

苗雨的声音让我清醒过来：“对了黎斌，你有没有女朋友？”

这又是什么意思？

我迅速地瞥了苗苗一眼，迅速而坚定地说：“没有，没有。”

说出这话时，我心里多少产生一种尴尬的感觉。之所以这样，是因为，江山不是北上广深那种大都市，很多大龄青年都未婚配，也没有异性朋友，在这种比较传统的三线城市，三十没结婚就有点儿过口了，没有异性朋友的就更少了，有时难免会让人另眼相看……

苗雨又问：“为什么还没有？是没找到中意的，还是什么？”

是什么？我也说不清。是错过了吧，上大学的时候，曾喜欢过一个女同学，但是她家无论是经济实力还是政治背景，都比我家强太多，我一直没敢开口，就这样与她交臂走过。后来听有同学讲，其实，那个女同学心里是喜欢我的，一直等着我开口……后来就毕业了，参加了工作，当了警察，也有不少人给我介绍过对象，可是总是找不到感觉，找不到心跳的感觉。

可是，这些我不好在这里讲，只是说了句："没碰上合适的吧！"

说出这话时，我瞄了苗苗一眼，她侧着头，看不清表情，好像不怎么感兴趣的样子。她的这个表情让我更加冷静下来，我很快放下筷子，说吃好了。

于是，大家也就相继放下了筷子，李局长又把我叫进了他的书房："黎斌，我有话跟你说。"

我感觉到，他现在要说的是工作，是案子。

4

果然，落座后，李局长挺正式地对我说："黎斌，你和方文祥干得不错，指定的案子虽然没破，可是，破获了七起入室强奸抢劫大案，还包括两起杀人案。市局准备为你报一等功，方文祥二等功，但是需要省公安厅批准，所以需要时间，不过我感觉应该能批。"

一等功……我可能获得一等功?!

我当了六年的刑警，只获得过两次嘉奖，连个三等功还没立过。绝大多数人，一生都没立过三等功，可是，我现在要立一等功了。

所以，听了李局长的话，我心里产生一种振奋的感觉，心里也很舒服。这个舒服感，不是因为我和方哥要立功了，而是因为李局长排除了富强那边夺功的企图。

李局长说："现在，我想问问你是怎么想的：是继续侦办于丽敏被害案，还是调离，你自己选择。你想调离，我马上要政治处给你开调转信，你……"

"不，李局长，我不能半途而废，我要继续破这个案子！"

没等李局长说完，我就打断了他的话。这时我注意到，他的眼里透出一种难以掩饰的兴奋。

可是，他嘴上却还是说："黎斌，你可要考虑好。你现在已经立了大功，这时候调离是带着光彩走的，没人怪罪你，于丽敏案件可能不是那么好破的。"

“不，李局长，不把这个案子破了，我是不会调离的，而且……”

而且什么？而且，我的心情不知何时已经变了，我忽然觉得，调出不调出无所谓了，我现在一点儿都不想这个问题了，我现在只想继续破案。一切，等着案子破了再说吧！

我没有把后边的话说出来，但是，李局长好像理解了，他点点头说：“那好，你就继续吧！”

我知道该走了，就站起身来，问李局长还有事没有，没事我该走了。李局长说没有了，我就走出书房，走到门厅，李局长跟在后边：“苗苗，苗雨，黎斌要走了！”

苗雨和苗苗从自己的房间走出来，跟我道别，我忍不住又看了她一眼，再次看到她那似曾相识的面庞。

我跟她在哪儿见过呢？一定见过，在哪个地方。

可是，我想不起来。

三人把我送到门口，苗雨说：“二楼的声控灯坏了。苗苗，你送一下黎斌吧，别摔了。”

苗苗答应着走出来，走在我前面，向楼下走去。我和李局长、苗雨打了下招呼，向楼下走去，随着她窈窕的身影。

很快走到了二楼，这个楼层是声控灯坏了，可是，楼上楼下都有灯光，所以楼梯还是看得很清楚。

下楼一路我和苗苗都没有说话，我只是盯着她秀丽的背影往下走着，走出门栋，才停下脚步，再次看到了她似曾相识的面庞和眼睛。

我轻声说：“苗苗，你回屋吧！”

苗苗说：“你能找到大门吧，从这里往西走，有一条道，往南走，过了一个小广场，再往南，就能看到大门了。”

我回答的是能找到。可是，说出口就后悔了，我要是说不好找多好，那样，她就可能送我到大门口。但是话已出口，不能反悔了。

我们又互视一眼，我道了声再见，向前走去。这时，她忽然在后边叫了声：“黎老师……”

我的心一动，停下来转过身，询问地看着她。

她说：“黎老师，我没事，我就是想问问，我们……是不是在哪儿见过，我怎么老有这种感觉？”

天哪，我脱口而出：“我也是啊，好像在哪儿见过你，相当熟悉，可是想不起来。”

苗苗说：“这……可能，只是一种感觉吧。黎老师，再见！”

我说：“再……见！”

我再次转身走去，克制着跳动的心。走了几步，扭头看去，看到她的秀丽身影还在门栋口，向我挥起了手臂。

倩影如梦……

我也挥起手臂，片刻，转身离去。

我忽然产生一种梦境中的感觉，脚步都甚至有些发飘，这个夜晚是真实的吗？这个女孩儿是真实的吗？我在哪儿见过她？她居然和我有相同的感觉，难道，冥冥中我们真的有什么缘分？不可能，她那么年轻，那么漂亮，又是公安局长的女儿，特别是年龄上，差距这么大，怎么可能……不，我的年龄是比她大上七八岁十来岁，可是差距也不算太大吧，好多影视女明星找的男人，有的甚至差十几岁、二十几岁，甚至三四十岁的也有，从这一点上看，女人对男人的年龄要求并不苛刻……咳，别胡思乱想了，人家那是明星，是土豪，你跟人家能比吗？你一个小警察，怎么能攀得上她，她一定有高富帅在等着或者追着！

我就怀着这样的心情回到了家里，躺下很久很久才进入梦乡，可是，在梦中又看到了她那似曾相识的面庞和梦一样的眼睛。

六　忽然出现一辆车

1

虽然夜间梦境不断，眼前老是晃动着那张面庞，可是醒来后神清气爽，好像睡得十分香甜，浑身还生出一股说不出的劲头儿。

吃过早饭，我和方哥会合，方哥好像感觉到我和往日有所不同，问道："斌子，我还以为你情绪会很低落呢，怎么兴致勃勃的？"

我忍不住向他流露出来：昨晚我在李局长家吃的饭。

方哥果然现出吃惊的表情："是吗？快说说，李局长都跟你说什么了？"

我故意说没谈什么，就是吃了顿饭。方哥不甘心："你小子不是向我保密吧？他们家什么样子，住在哪儿，都有什么人？"

我说，就是个普通家庭，住在平安小区，一个普通的多层楼房中的一个单元……对，我顺便提起了那个书房，书柜，书柜里边的书。

方哥听了沉静片刻，若有所思地说："这么说，他可能真是个好局长，可惜来得太晚了，我好时候没赶上他。"又说："对了，斌子，你跟我不一样，你正年轻，一定要搭住这层关系，让他了解你，欣赏你，这样，你的前程不可限量啊！"

这我还真没想过，我可不是攀龙附凤的那种人，这不是我的风格。

方哥又问："李局长家里都有什么人？"

问到关键了。我装作漫不经心地说，李局长有个妻子，比他年轻，叫苗雨，看上去挺有文化挺有修养的，还有个女儿……叫苗苗。

方哥果然敏感，立刻追问苗苗的情况，我说她二十岁左右，年轻漂亮，歌儿唱得特别好，在文化馆上班。这让他意识到了什么："哎，你不就是要调文化馆吗？"

我实在忍耐不住，把她看过我的歌词，管我叫黎老师的事说了出来。他一下子激动起来：“好哇好哇，太好了，一定抓住她，不能让她跑了！”我这才清醒过来，急忙不让他想太多，人家可能根本没那个意思，何况，我又比她大很多。可是方哥说：“这不算啥，男的比女的大点儿正常……斌子，你别自卑，你正直，善良，有才华，不要以为所有女人都看重钱和权，也有女人喜欢你这种人的，而凡是这种女人，肯定都是优秀女性，你可别错过机会……”

我的心热起来，我真的被方哥的话打动了，幻觉又在大脑中浮现出来，可是，我马上警醒过来，使劲儿摇摇头，回到现实中：“行了方哥，你可别让我做美梦了，这只是个梦，梦醒了，空欢喜一场，你赔我呀？不说了。方哥，李局长这么信任咱们，案子要是拿不下来，没法交代呀。咱们还是研究研究，下步怎么打吧！”

方哥好不容易被我把思路拉回来，说：“下步……下步，把范大强这段掐去，还从原来的路子往前走呗。咱们分析过，对于丽敏的侵害是预谋作案，凶手可能和她有某种关系，极可能是有仇。对，根据作案手段来看，还极可能和性有关。”

这个分析我们之前明确过，方哥这么一说，我的主意坚定下来：“我们马上查于丽敏的前史，也就是她婚前的经历。”

方哥说：“对，咱们不是说过，要去她的老家调查吗？就这么定了。”

定了，就这么办……可是就在这时，我忽然脑袋里闪过一道火花，但是马上就消失了，只是感觉到，好像丢了什么东西，还有什么工作没做……是什么工作呢？

我正在琢磨着，方哥问：“对了斌子，你没跟李局长说说，富强他到底怎么回事啊？”

我说：“没说，场合不允许，当时也没想起来。”

方哥说：“你小子肯定被苗苗迷住了，忘了正事儿，咱们走之前，必须跟李局长问清楚这事，不然……”

方哥话音未落，我的手机响起，是李局长打来的：“黎斌，你到我办公室来一趟！”

过去我一直觉得，市公安局局长的职位是那么地高不可攀，可是，我现在走进门看到他之后，这种感觉却一点儿也感觉不到了，反而产生一种异样的亲近感觉。没等我说话，他先开口了：“黎斌哪，我想了一下，你们专案组就两个人，力量太薄弱，给你们配个人吧，你要是相中谁，也可以提出来。”

李局长的话让我产生了一点儿想法：一开始就说好的，专案组的人由我定，我说谁是谁，可现在听李局长的话，他似乎有人选了，这不是越俎代庖吗？连我的意见都不征求一下，他到底可靠不可靠啊？没等我询问，李局长已经打出电话，说了句：“让他过来吧！”

工夫不大，门外传来脚步声、敲门声。李局长说了声：“请进！”一个穿着便衣的警察从门外走进来，虽然穿着便衣，仍然向李局长和我敬了个举手礼：“李局，黎组长！”

靠，这不是富强吗？他……

李局长说：“富强，你先把那个事儿跟黎组长说清楚。”

“是。”富强又向我敬了个礼，“黎组长，我跟你说过了，我挨处分以后，想立功赎罪，戴罪立功，盯上了发案现场，就是于丽敏家，没想到和你碰上了。”

我当然不会这么容易相信：“你当时看清我没有？”

富强说：“看清了……啊，没看清……不，我的意思是，我最初没看清，后来看清了。”

我说：“那你为什么要跑。”

他说：“这个……我是私自行动，不想被别人知道。”

“去宽山是怎么回事？你一路跟踪我又是怎么回事？”

“还是这个事呗，我研究了案子后，觉得在关阳没有工作可做，就去找于丽敏的前夫，没想到，被你们抢了先机，感觉你们发现了什么，就跟在你们后边，后来，碰上你们抓捕范大强，就上前帮了一把。”

这小子，还真会说话，不再说是他抓住的范大强，只说是碰上了，帮我们一把才抓到的。我的心气儿顺了过来。

但是我感觉得到，关于他盯着于丽敏家、盯着我们的事情并没有完全说真话，可是无法当场戳穿他。这时我意识到，李局长的态度已经明确，我不可能把他推掉。我又想到，他是因为打了一个性侵未成年少女的犯罪嫌疑人受到处分的，从这点上看，他也是个有点儿血性的家伙，也算基本可靠。心里也就悄悄地接受了他加入专案组这个现实。

可是我也知道，他和我的背景完全不同，我就是一个普通的农村娃考上了大学，熬了出来，他可不同，他家办着大企业，他父亲是个有名的大土豪，和市里的领导都称兄道弟，关系相当不错。想到这，我就严肃地提了个条件："富强，专案组是有规矩的，你必须遵守。一、我们的行动要绝对保密，不能让任何人知道。二、必须绝对听从指挥，服从命令，你能做到吗?"富强两脚一磕："能，黎组长您放心，这两点我一定做到。"

富强就这样成了我们专案组的第三名成员，一个让人捉摸不定的新成员。可就在这时，又一个疑团出现在我的脑海里：抓捕范大强的时候，陈支队、许副支队和重案大队长胡克非都赶到了现场，这又是怎么回事?

没等我发问，富强主动解释了："黎组长，那天，陈支队、许副支队他们是我通知的，在那种情况下，我觉得不该再瞒着他们了，就打电话告诉了他们，正好在我们抓到范大强的时候，他们赶到了。"

我说："可是，我们专案组的行动是保密的，他们现在知道了，还怎么保密?"

"确实，你想得对。"李局长把话接过去，"富强，你忙去吧!"富强走出去后，李局长拨出一个电话："陈支队长，你来我办公室一下!"放下电话对我说："从现在开始，你们专案组的工作方式要有所改变。你们在具体行动该保密还是要保密，可是，关于成立专案组的事，确实没法对刑侦支队保密了。不过这也有好处，只要你们的行动秘密不外泄，可以更加放开手脚工作了。"

我想了想，觉得也只能这样了。

不一会儿，刑侦支队长陈政民走进来，他五十出头了，穿着便衣，一副心事重重的样子。进屋后，掐灭手上的烟，叫了声李局。我急忙起身，叫声陈支队，把李局长办公桌对面的椅子让给他，站到了一旁，多少感到一点儿尴尬。

说真的，过去，我对刑侦支队一直是仰视的，有志于刑警事业的人都会这样，在分局刑警大队，希望能干到市局刑侦支队，在刑侦支队，又会仰望着省厅刑侦总队，到了刑侦总队，就会想到公安部刑侦局。所以，我在过去对他们是仰慕的，也想过有朝一日成为刑侦支队的一员。可是话说回来，我虽然羡慕过他们，并不是无原则的崇敬，因为我知道，现实中，有太多的人在不应该在的岗位上，无论多么神圣庄严的岗位，总会有一些不称职的人，占据了他们配不上的岗位，甚至还有人玷污了这些岗位。譬如说富强吧，他过去也在我们弯道分局刑警大队干过，谁也没看出他有什么过人之处，却轻而易举地调到刑侦支队。

不过，我尴尬的原因不在这里，而是因为我这种尴尬的角色：专案组长。谁都知道，刑侦支队是负责全市重特大案件侦破的，可是现在，他们破不了的案件，局领导却交给了我，这对他们显然是一种否定和轻视，他们能高兴吗，能对我没有想法吗？

陈支队的表现不出所料，他对我视而不见，一屁股坐到李局长对面，一副询问的目光望着李局长。

李局长开门见山："陈支队，我找你来，是正式告诉你，局里成立了一个专案组，专门负责于丽敏案件的侦破。希望你不要有想法，这样的案子不破，我们没法向全市人民交代，你们在过去的时间里也做了大量工作，只是一直没能取得进展，在这种情况下换人，也就等于换个思路。"

陈支队点点头："我明白，我没意见。"

李局长继续说："事实证明换人是正确的，于丽敏案虽然没破，可是，他们却顺带侦破了七起系列入室强奸抢劫大案。不过，我现在要说的是，专案组只是刀尖，他们负责挖掘线索，查找证据，但是，仅靠他们三个人肯定是不够，他们需要支援的时候，刑侦支队责无旁贷，譬如警力呀，技术啊等等，我的意思你们明白吧！"

陈支队这才看我一眼："明白，明白，黎组长，有什么需要尽管说，刑侦支队一定全力支持你们。"

我急忙说："谢谢陈支队！"

李局长说："那就这样吧。对，老陈，专案组的行动是保密的，他们只对我负责。明白吧！"

"明白，我们会全力支持他们的，但是绝不过问他们的办案情况。"

"那就这样吧！"

陈支队起身欲走，但是迈了半步又停下来："李局长，专案组这样忙，范大强的案子怎么办？"

李局长说："这还用说吗？当然交给你们了。"

陈支队答应着向外走去，我也向外走去，脑子里又闪了一下火花。

2

我带着富强上了七楼，也就是局办公楼的顶楼，走进一个办公室，这是市局拨给我们的，只是，屋子还空落落，只有一套桌椅摆在那儿。李局长答应给我们再调配两套桌椅及两台电脑，很快就会搬过来。

方哥接到我的电话，很快也来到了我们的办公室，他看到办公室挺高兴的，可看到富强时，顿时显出惊讶之色，当听说富强加入了专案组后，反感明显地写到了脸上。就在这时，富强从口袋里拿出一盒软包中华，打开，点燃一支递给他说："方叔，您老今后多多关照！"方哥就说不出话了。

方哥爱吸烟，虽然不算重，一天也得大半盒，可他抽不起太贵的，最初他抽红梅的，后来涨到了红塔山，再之后就没往上涨。现在，软包中华已经点燃，放到嘴上，他实在吐不出去，只好叼起来。富强顺势把剩下的十九颗香烟连包一起塞给了他，他就不再说什么了。

办公室外边传来脚步声、说话声，许支队、胡克非带着几个支队的年轻刑警搬着两套桌椅和两台电脑走进来，我顿时有些惶恐，支队是我们的上级，居然由他们来服务我们。可是，没等我开口，胡克非先吱声了："行啊黎组，你们这谱够大的，还得刑侦支队侍候你们！"

我刚要解释，许支队开口了："胡大队，说什么呢，都是自己弟兄。对了黎斌，你们的案子我们不过问，可是，有什么需要的尽管吱声，支队肯定全力支持。"

我急忙说："谢谢，谢谢，谢谢许支队、胡大队！"

胡克非哼声鼻子，带着几个刑警走了出去，许宽拍拍我的肩膀说："别把胡克非的话放到心里，换了你是大案队长，案子没破，却交给专案组了，你是不是也有想法？你们忙吧，有事吱一声！"

许支队的态度让我心里挺暖和的，所以他离开时我跟出门去，特意送了一声："许支队慢走！"许支队手向后摇了摇，离去。

对了，我们在七楼，刑侦支队在六楼，也算是近邻。我回到办公室，看到方哥正在品着软包中华对富强说着："富强，你加入专案组，已经是既成事实，组长都同意了，我不好再撵你。不过我得提醒你，不管你是不是支队的人，可是，到了专案组，一切都要听组长的。"

富强说："那是那是，我不但听组长的，还听你的。你俩的我都听！"

方哥再说不出别的，只能接连吸了两口烟。

我们开始研究下步行动方案。其实，我和方哥已经决定，要去于丽敏的老家，调查她的前史和关系人，但是，我故意为难富强，就让他说说，下步该怎么办。他有些口吃起来。

"这……我没想法，听你们的。"

我说："富强，你怎么这样，现在，我们要听你的。你不是暗中下过工夫吗，现在，说说你的想法吧？"

富强说："这……那我说说，说错了你们批评。这个……我觉着吧，这不像是随机作案，应该查一查受害人的关系人。"

别说，想得还真对头，跟我们想到一起了。既然这样，那就出发吧！

然而，在我要启车的刹那，脑海中又闪了一下火花，那种感觉又在我心头生出：好像落下了什么，是什么呢……

这时方哥问了一句："对了斌子……不，组长，范大强怎么办了，交给刑侦支队了吧？"

脑海中的火花一下燃烧起来，我明白落下了什么。

二十分钟后，我们来到了看守所，进了一个提审室，很快，有镣铐声由远至近传来，越来越近，随之，范大强被两个民警押进来，坐到审讯椅中。

这种待遇对他是情理之中，入室强奸抢劫还有杀人，属于严重暴力犯罪，对这样的在押犯罪嫌疑人，看守所严阵以待是完全应该的。一方面，是防止他乘隙逃跑，另一方面，也防备他伤了别人。

因为来得匆忙，我们并没有制定充分的审讯预案，所以，我只能边想边说，每一句都是过渡："范大强，怎么样啊？进来以后有什么感觉和想法？"

范大强眏着眼睛说："进来就进来了呗，有啥想法又有啥用？早晚得有这一天，就是早了点儿……你们还有啥要问吗，我可没藏着没掖着，都交代了。"

我说："范大强，我们这次不是问你的事，是问别的，其实，也是给你个立功赎罪的机会。"

范大强还是眏着眼睛说："我犯了这么大的罪，还能有啥机会？啥机会也免不了死，再说，我也不知道别人谁犯了啥罪，也揭发不了别人。"

我说："那可不一定，或许，你真的知道别人的犯罪线索，只是你自己还没意识到罢了。"

范大强说："这……我知道别人的犯罪线索，只是没意识到？您……您说的是什么呀？"

我说："那天晚上，也就是你在关阳侵害那个漂亮女人的晚上，你是不是还记得很清楚？"

他说："嗯，清楚，她是这么多年我干过的最漂亮的女人，所以记得非常清楚，这次回来，就是为了能再干她一回的。"

"这就对了，"我说，"你现在回忆一下，你到了那家外边的时候，一定要先望一会儿风吧。"

"是。我是四下看了看，见没有动静，才翻墙进的院子。"

"你现在回忆一下，你在望风的时候，注意到附近有什么动静没有？"

“这……没有啊，要是有动静，我能进去吗?”

“那完事以后呢？完事以后，你注意到什么没有?”

“完事以后……也没有啊。我从她家出来的时候，因为干大了，身子有点发虚，从墙上跳出来的时候，还崴了脚脖子，当时我还四下看了看，什么也没发现，然后就走了。”

我有点泄气，停下询问，可是方哥把话接了过去，他显然已经明白我的意思了。

“范大强，你别急，好好想想，你在院门外没发现什么，离开以后呢，离开那家的时候，是步行的吧，你就没注意到什么?”

富强显然也明白了：“对呀，你好好想想，看到什么都行。你好好想想!”

富强说完，又从怀里掏出软中华，再掏出打火机点燃一支，送到范大强嘴里：“兄弟，你要真能想出什么来，对你有好处，立功赎罪。”

范大强说：“大哥，别逗我了，我干的事我清楚，就是真想起什么，也是个死，你就说，我要真想起什么，给我什么好处吧，我觉得行，就好好想想。”

富强说：“这……你要真说出有用的东西，我就给看守所的食堂打钱，每个月打一千，直到你离开，这样，你在正常的伙食费之外，每月就多了一千块钱，可以要食堂加菜，想吃点儿什么就吃点儿什么。这行吧?”

范大强说：“行，这个挺实在，大哥，你别急，容我好好想想……”

这两个人，论起兄弟了。而且，富强比我还小上三两岁，这范大强已经三十多了，他们居然颠倒过来，小的成了哥哥，大的成了弟弟。

范大强说：“可是，想不出来呀……对，我看到一辆车，算不算?”

车？什么车？我急忙说：“算，算，你看到什么车了，在什么地方看到的，快说。”

范大强说：“啊，我都走出好远了，有二百多米吧，在一个拐弯的黑影里，看到一辆轿车。当时我吓了一跳，还以为是你们警察在等我呢，我刚要跑，可是车没有一点儿动静，我就大着胆子凑上前往里边瞧了瞧，原来，里边没人。”

这……这可是个重要情况，经我们再三追问，范大强反复讲述了当时的情况，甚至画了张图给我们，说明他看到那辆车的地点，是在离于丽敏家大约一百多米外的一个拐弯的路口处。范大强还说：“是辆普通的本田轿车，车牌子我没记住。对，我不会开车，我要是会开车，就把它顺走了。不过，临走前，我捡了块石头，把它后身使劲儿砸了一下，砸掉漆了……”

我的心跳加速起来。

我的感觉是对的，走之前来提审他是对的。这辆车绝对……不，极可能有问题。想想吧，三更半夜，一辆轿车停在发案现场一百米外的黑暗中干什么？

这就是我脑海中闪出的火花，也是我有种落下了什么的感觉。现在，这个感觉发挥作用了。

之后，富强当着范大强的面，交给看守所所长一千块钱，说是给范大强加菜用的。我很难评价富强这种做法，但是，对范大强这样的人，这种做法肯定管用。就着这个劲儿，我特意嘱咐范大强说：“你要想每个月都得到这笔伙食钱，有个附加条件：我们问你的话，你不能跟任何人说。明白吗？”

范大强看着富强不出声。富强忙说：“这是我们黎组长，快答应。”

范大强说：“是。是。”

把范大强送回监室后，我们三人反身出来，向停在一旁的车走去。这时，前面传来嘀嘀的笛声，一辆挂着民用牌照的轿车驶来，停到前面，许宽和胡克非走下来，向我们走来。可真是巧。

富强说：“许支队，胡大队！”

胡克非没理富强，而是转向我说：“黎组长，你们来看守所干什么呀？”

口气中透出的味道是能感受到的，有醋味。也不能全怪他，许支队说得对，如果我是大案队长，管着全市刑侦大案，可是，有名的大案硬生生被一个基层分局的无名小卒拿去了，案子虽然没破，可是已经立了大功，换了谁，心里也不会舒服。

所以，我假装听不出胡克非的酸味，不卑不亢地反问：“胡大队，你们这是干什么来了？”

胡克非说：“还问我？问你们自己吧，功劳你们拿去了，擦屁股的事给我们扔下了。提审。”

啊，他们是来提审范大强的，他的抱怨也是有道理的，案子破了，任务才完成一半，后期还有大量的工作要做，要核实口供，提取物证，走访受害人，事儿确实不少。

我说：“啊，那你们忙吧，我们不打扰了。”

胡克非说：“哎，黎组长，你不够意思啊，我可告诉你了，我是来提审范大强的，你们这是来干什么了？”

我想了想，只好说，也是来提审范大强的。

他问：“他不是都交代了吗？案子已经破了，你还提审什么？”

我敷衍着说："一点儿小事，已经问完了。你们忙吧！"

胡克非哼声鼻子向监区走去，许副支队走近我，小声说："黎斌，别跟他一般见识。"

许支队的话让我心里舒服了不少。

我们三人上了车，按了声喇叭，从车旁的倒视镜中看到，许宽和胡克非都在看着我们的车，都是一副难以描述的表情。

我一直在分局刑警大队工作，和他们打交道有限，彼此之间也不甚了解。不过，听说这两个人还算是凭本事干起来的，前年，在追捕一个叫赵雄的重大黑恶集团头目时，双方展开枪战，就是他俩将赵雄当场击毙的，两人因此立了功，各提拔一级。胡克非由重案副大队长，提拔成大队长，许宽则从重案大队长提拔成了副支队长，主管大案队。

感觉出来没有？介入我们故事的人多了。别急，这只是开始，好戏还在后边。

3

离开看守所后，我们三个很快达成了一致：计划要改变，暂时不能外出调查，而是要查那辆车。这时，我问富强有什么具体想法，想不到，他忽然说出句风马牛不相及的话来。

"我看，咱们专案组还得增加一个人。"

他的话太突然，我一下没反应过来。他继续说："办案最少两个人一组才合法，现在咱们是三个人，只能在一个组，浪费警力。如果再调进来一个，就可以分成两组了，那侦查效率可就不一样了。"

不能说他的话没道理，可是，上哪儿找可靠的去呀？我故意问，他是不是有合适人选，富强说："那倒没有，不过，我觉得应该吸收个女的进来。"

这思路可有点儿清奇。

这回惊奇的是方哥了，他重复一声："女的？富强你说说你的具体想法。"

富强说："方叔你想啊，咱们办的是什么案子，强奸抢劫杀人，强奸案一定涉及女性，你说，我们三个大老爷们儿，问起女人来，方便吗？效果能好吗？"

他的想法确实有道理，只是太不现实了。我笑了声说："富强，你警匪剧看多了吧，男刑警身边总有一个漂亮的女刑警，可现实不是这样，尤其中国不是这样，案子的难度你知道，咱们不知要吃多少苦，走多少路，风里来雨里去，一个女的整天跟咱们滚在一起，方便吗？”

富强不出声了，想了想说：“也真是，女刑警本身就不好找，就是找到了，也不方便，太不方便了！”富强的这个提议被否了。

这时，方哥忽然问了句：“富强，你是不是想对象了？对，你有对象没有？”

富强一愣说：“有……啊，还没有……不，算是有了。”

方哥再问：“真有了，是谁呀，是不是女警？”

富强说：“这个……差不多吧。”他忽然转向我说：“对了黎组长，你结婚了吗？”

哪壶不开提哪壶，这话问得我心里很不舒服，好在方哥把话接过去：“富强，你啥意思啊？是看黎组长年纪大，长得老？还是笑话他没成家呀？”

富强知道失言，急忙说：“不不，组长，对不起，我不是那个意思，我只是……对了黎组长，你有对象没有？”

我脑子一转，也像他一样回答：“有了吧……不，还没有……不，也算有了。”

这下，富强有点儿蒙了：“组长，那你到底有没有啊？对，是咱们局里的吗？哪个分局的，是谁？”

我没再说话，可是，眼前浮现出那张似曾相识的面庞和梦一般的双眼，忽然觉得我的回答很对：可能有了，可能还没有。目前，确实还不能称她为对象，可是，她是我心中的女神，至于未来是什么，我不知道，可是，我的心底无法抹去那希望的微光……

可是，我没权利也没时间沉湎在这道微光里，我需要把全部精力转到现实中来，转到眼前的案件上来，转移到这辆车上来。

七 车 牌

1

我停下车，转过脸说：“咱们在办案，别说没用的了，说说怎么找到这辆车吧。”

富强说：“查交通录像呗，那片居民区周边有交通录像吧！”

方哥说：“意义不大。前期侦查的时候，虽然没发现这辆车，可是，他们肯定也会查交通录像，要是有什么发现，肯定也早查过了。”

我说：“案卷看过了，没有这方面的笔录记载，也没有录像资料，肯定是没查到。”

方哥说：“而且，半年过去，当时的交通录像早被覆盖了。”

富强没辙了：“那怎么办？组长，方叔，我是后加入的，情况没你们熟悉，经验也没你们丰富，还是你们说说吧，你们怎么说，我怎么干！”

这小子，表面上虚心，实际上油，是躲避责任。不过，他对方哥一口一个方叔，让我觉得挺有意思，他光想着嘴甜，溜方哥，可是就没想过，如果这样，我不是长他一辈儿了吗？

方哥看向我，肯定也拿不出主意来。我只好使劲儿转动大脑，边想边说：“范大强不可能说谎，既然他看到了这辆车，为什么在前期的侦查中没有发现呢？他们肯定会查录像啊？”

方哥接着我的话说：“除非，这辆车避开交通录像进出的那片居民区。对，那里是城郊接合部，周围的交通录像本身就少，要是想避开，还是能做到的。”

方哥的想法有道理，而且，目前没有别的选择，只能这么想。

那么，那辆车又是怎么避开交通录像出入的呢？怎么找到它的踪迹呢？

只能再去现场。

我们驾车再次来到关阳，来到现场，在那片城郊接合部的平房居民区驶来驶去，驶遍所有能行驶车辆的街道，最终发现了一条路，一条很窄的路，乍眼看去，好像不能走车，可是，我驾着车试了试，居然驶了进去，但是，需要倍加小心，免得碰到两边居民家的障子，驶来驶去，居然驶了出去，驶到了一条较宽敞的路上，这个路口果然没有交通监控录像。

那么，嫌疑车是如何从这里驶出的，又驶向哪边了呢？我们在眼前的路上驶了几个往返，最终确定了它可能驶去的路线：这条路的两头都衔接通往市区的公路，在路口都安装有交通录像，唯一一条没有安装交通录像的道路在中间，向远方的城外驶去。

难道，这辆车来自城外，或者来自外地？凶手是从外地驾车前来作案，然后又逃往外地了？

我们驾车顺着这条路向前行驶，很快发现它与一条乡镇公路衔接，我们只能顺着这条路往前驶，脑子里却是一片茫然，不知会驶向哪里、发现什么，大约四十分钟后，前边出现了一个集镇的影子，一个写着“东风镇”的标牌迎接着我们，看看那里有没有什么可查的吧！

来到东风镇的路口，我们发现了一处交通监控录像，可是肯定早覆盖了，我们没抱任何希望。那么，还怎么查？死马当活马医吧。我提醒方哥和富强说：“我把车开慢点儿，你们注意路两边，有没有单位或者私人安装的监控录像。”

我们驾车进了东风镇，一边顺着街道缓缓而行，一边仔细寻觅街道两旁，想不到，在这条穿镇而过的街道上往返三次之后，还真的有所发现。

是富强先发现的，他喊着停车，然后跳下去，在一个临街房的院门外，发现安装着一个监控探头。

我和方哥也下了车，看到了监控探头。可我并不十分激动，因为私人录像覆盖周期更短，很难有什么价值。可是在敲开院门，见到主人开始询问后，我还是忍不住激动起来。因为主人告诉我们：之所以安装这个监控录像，是因为他们家开过小卖店，害怕丢东西才安装的。可是小卖店不太景气，后来就黄了，但是监控录像没有拆，因为它早就坏了，失去了监控功能。

这……早就坏了……

富强说了句：“养活个孩子被猫叼去了。”意思是白忙了。

方哥沉稳一些，他没有马上放弃，而是问录像是什么时候坏的。主人先说早就坏了，在我们的追问下，渐渐确认大概是于丽敏被害案发生后不久坏掉的。

我的心又跳动起来，追问录像监控是什么东西坏了，造成了失效，他也说不明白，只是说，当时因为小卖店不景气，也就没有找人修，后来也就忽略了，没拆下来。

太好了！我差点冒出这句话来。

很快，监控录像的硬盘到了我们手里，当然是“借”的，我拿着它找到市局李局长，李局长又把它交到行动技术支队，找到电脑高手，一通折腾后，硬盘被修复了，一些镜头出现在我们眼前，最让我激动的是，居然查到了于丽敏被害案夜里的录像镜头。

发案夜……不，去年十月三日凌晨二时十分许，有一辆本田轿车驶过镜头，后车身上，还有石头砸过的痕迹……

是它，肯定是这辆车。

更让人兴奋的是：我们看清了车牌照的号码。

天哪！

2

富强冒出一句：“太幸运了，太幸运了！”

方哥不高兴地说：“富强，你怎么说话哪？”

富强醒悟：“不不，我说错了，这不是幸运，是我们努力的结果……不，是组长的领导正确，确定的思路对头，是我们全体锲而不舍的结果。还有……对了黎组长，我肚子忽然饿了，你看，咱们这算重大突破吧，是不是该小小地庆祝一下呀。我买单，行吧？”

这小子，脑子转得真快。

说着挺快，其实，从确认有这辆车，到现在，已经三天过去，现在是第三天的傍晚。这三天里，我们起早贪黑地忙，吃不好睡不香的，也没什么胃口，现在听富强这么一说，我也忽然感觉饿了。

可是我没有马上回答，我是组长，什么事都要多一根弦。富强肯定猜到了我在想什么：“组长，是有规定，上班时间不许喝酒，可现在什么时候了，早下班了吧？不是工作时间了。”

我说：“咱们是专案组，难道还执行八小时工作制吗？我们时时刻刻都在工作中，时刻都要保持清醒的头脑。”

富强说：“这……你说的是，咱们可以不喝酒啊，对，不喝白酒，只喝啤酒……不，只喝点儿饮料，不犯毛病吧！”

他这么一说，我再也抵御不住，终于点了点头。富强顿时兴奋起来说：“四季火锅，走。”

我没再推辞，开始启车。反正他是土豪，不吃白不吃。

然而，就在我们离四季火锅不远的时候，富强的手机突然响起来，他接起来听了听，立刻惊喜地说：“好，好……你等着，不见不散！”然后放下手机说：“组长，方叔，实在不好意思，我有点儿急事，不能跟你们一起吃了。不过没关系，你俩想吃什么尽管吃，我报销，行吧！”

这……

方哥说：“富强，你这人怎么这样呢？什么急事啊，是对象吗？”

富强说：“差不多，差不多……对，说好了，饭费我出，对，现在就把钱给你们……我手里只有五百块现金了，够了吧！”

我们吃什么呀，两个人，五百。

我说：“算了算了，你既然不参加，我们找个小饭店对付一口就行了，不用你报了，等哪天吃大餐时，你再报。”

“行行，停车，让我下去。”

只能如此了，我不可能拦着不让他走，但是在他下车时叮嘱了一句：“晚上咱们还要继续调查，别耽误事。”

富强答应了一声行，就下车走了。

我和方哥很快找到一家小饭店，进了个小包房，要了四盘小菜坐下来。

当四盘菜肴端上来的时候，我忽然真的产生一种想喝酒的欲望。倒不是我爱喝酒，而是眼前的气氛……不，我说的不是饭桌的气氛，是案件侦查取得进展产生的一种心理感觉。想不到，我们居然真的查到了可疑车辆，还查清了牌照号码，那么，再进一步呢？可能就摸到凶手了……咳，早着呢，或许空欢喜一场。我这么想着，克制自己的激动和喜悦，既没要白酒也没要啤酒，而是要了两瓶娃哈哈和主食就着吃喝起来。肚子有了底之后，方哥忽然问我说：“斌子，你觉得富强这小子怎么样？”

方哥的话触动了我的心思。对富强这个人怎么评价呢？应该说，自他加入后，调查似乎顺利了一些，就说审范大强吧，要不是他拿出钱来，范大强不会那么顺当地想出作案夜里的事，帮我们查到车的线索，在这上边，他发挥了主要作用。可是，这事也让我心里有点儿不舒服，因为这个线索不是靠我们的侦查努力获取来的，而是用钱买来的，还是用富强的钱买来的。对，还有，方哥本来对他挺反感，可是，他用一盒软包中华就堵住了他的嘴，刚才，他明明说要请我们去大饭店吃饭，忽然一个电话又走了……这样一个人在我们专案组，是福是祸？长久下去，究竟会给我们的工作带来什么呢？再有，他那种土豪的派头也让我不喜欢……

种种想法涌上心头，让我一时不知说什么好。方哥肯定跟我想一起了，自己说起来："对他这个人，真不好评价，他的钱有时真管用，可是，总觉得不是那么回事。我看，人该用得用，发挥他的积极性，可是，得注意他点儿，我总感觉他不是特别靠得住。"

方哥的话说到我心里去了。

因为晚上还有行动，我和方哥很快就吃完了饭，走出饭店，我给富强打去电话，说我们吃完了，问他在哪儿，我们去接他。他说他也快了，就在昆仑饭店，让我们稍等一会儿他就来。昆仑饭店可是全市有名的几个大饭店之一，也是全市价格最贵的饭店之一。这小子真是有钱，跟女友见个面就安排到昆仑大饭店。对了，他女友是谁？真是女警吗？

方哥说："走，咱们去迎迎他，顺便看看他的对象是谁。"

又说到我心里了。我们上了车，一会儿就到了昆仑饭店，把车停到了街道对面，坐在车中，盯着昆仑饭店的门口。还行，也就几分钟的工夫，一男一女两个青年走出来，左男是富强，右女是……是她？

夏晓芸！

我×，富强跟夏晓芸搞上了，是真的吗？

我在前边提过，我曾对夏晓芸想入非非过，可是，考虑到她的漂亮，她的背景，她对我的态度，我很快就意识到太不现实，她不是属于我的，是属于高富帅的，可万没想到，她居然被富强泡到了。也对，富强有钱，夏晓芸非但有貌，也有贵族背景，这两个人结合不是正般配吗？富贵连枝呀……

我看到，街道对面的富强拿出手机，显然是要打给我们，就使劲儿按起了喇叭，富强一下子发现了我们，扭头对夏晓芸说了句什么，向这边走来。没想到，夏晓芸也随富强走过来，我只好打开车窗，嘴上让富强上车，实际上是想看夏晓芸一眼。虽然对她已经没有了幻想，可是，漂亮的异性，看一眼的欲望还是有的。没想到，夏晓芸看到我，立刻绽开亲切的笑脸："黎斌您好！"这可是以前没有过的，我不能不礼貌回答："您好！"这时，富强已经上车坐好。我又说了句："夏晓芸，没事我们走了！"夏晓芸："走吧，你们辛苦了！"我把车启动，徐徐从她的身边走过，看到她抬起手臂，向我们挥了挥手。我注意到，她的眼神只是瞄了富强一眼，然后就落到我身上，还和我对了个眼神。富强还浑然不觉，冲着夏晓芸做着飞吻。

夏晓芸的表现让我有点儿糊涂，因为自认识她以来，她从没对我这样亲热过，甚至可以说，过去都没正视过我一眼，为什么今天的眼神这么多，她的对象是富强啊，眼神应该更多地送给他，为什么偏偏注意我？莫非因为我进了专案组，当了专案组长有关？对，她怎么会知道我当了专案组长，怎么知道的专案组？肯定是富强泄密了……不不，现在，我们的专案组已经不是秘密了，她可以从各种渠道知道。

方哥及时替我解了惑，他问富强说："富强，你没跟夏晓芸说我们专案组的事吧？"

富强说："没有啊……啊，说了点儿，就说我加入专案组了，可是，我们的行动，一点儿也没向她泄露。"

方哥说："真的？"

富强不高兴了："方叔，你这意思是，我把专案组的秘密泄露给她了呗，今后出点儿什么事，就是我的责任了呗？"

方哥缓了口气："我只是顺嘴问问。不过富强，咱们的行动信息不能向任何人泄露，包括最亲最近的人。"

富强说："我也干了好几年刑警，连这还不知道吗？"

方哥可能意识到自己有些失礼，换了口气说："富强，我说你行啊，不但搞上了全市警花，还成了副市长的驸马爷，将来前程无量啊，你是用啥本事搞上的呀？"

富强的口气变了，他得意地说："这说起来话长了，一般女的还进不了我的法眼，直到碰上夏晓芸，我才动了心，开始追她。可是，她一直端着，不冷不热的，让我摸不清她心里到底想的啥，现在，总算心落了地儿。"

方哥说："这么说，她是今天才答应和你处对象的？"

富强说："这……也不能这么说，过去也一起看过电影，吃过饭，可是，她从没主动找过我，我找她三次，她答应一次就不错了。今儿是她主动约的我。"

原来如此。可是，夏晓芸为什么偏偏今天约他呢？和我们专案组有没有关系？我没有把这话说出来，可是，一直搁在心里边。继续想着：我当年之所以适时止步，是出于自知之明，因为，夏晓芸不但漂亮，还有个好父亲——副市长夏康。想想吧，女儿这么漂亮，父亲这么高的地位，怎么会瞧上我这个农民的儿子？她和富强太般配了，一富一贵，富贵花开……让你们富贵吧，我有我的追求，我的想法，我已经……

我的眼前又闪了一下那张似曾相识的面庞，可是，只闪了一下就消失了，而且还不那么清晰。因为，这时心底一个声音冒出来：黎斌，你这就不是幻想吗？她的背景也不比夏晓芸差呀，何况，她更年轻，更漂亮，更……我心乱起来，摇摇头，强迫自己的思绪平静下来，心里骂着自己说：“黎斌，你胡想些什么，一个大案在你的手上即将突破，你怎么能胡思乱想别的呢?”

对，不想了，想案件吧：现在，我们不但查明了这辆车的车牌号，还根据车牌号，在交通指挥中心查到了车主。车主是一个三十岁的男子，叫林茂盛，我们现在要去他的家，要突然出现在他面前，把他带走，进行突审，然后……

是不是太顺了点儿？这个人真是凶手吗？万一不是怎么办？

3

前面就是林茂盛居住的小区了，我的脑海中想象着见到林茂盛时会出现什么情况，他会有什么样的表现：是吃惊，还是逃跑，还是……正想着，两辆轿车从小区内驶出来，上了街道，迎面向我们驶来，我本能地注意起来，没等我开口，富强叫起来：“哎，看那辆车，车牌子……”

我看清了，正是我们在录像中看到的嫌疑车车牌号，车也和范大强说的那辆车很相似。

可是，眨眼之间，两辆车已经从我们身边驶过。我急忙调头，跟在后边。太巧了，我们正要找它，它自己出现了，时间太短，没注意车里有什么，也没看到林茂盛是否在车中，可是不管他在不在，必须跟上去，查清楚。

两辆车在街道上疾驶，我们的车在后边紧跟。大约十几分钟后，两辆车驶进一个居民小区，继续向里边驶去，我们的车也继续跟在后边。最后，两辆车在一幢多层的居民住宅楼前停住了，下来七八个男男女女，手上还拿着绳子、胶带、棍棒、撬棍等，向一个栋口拥去。

这是怎么回事?

富强一声：“不对劲儿!”跳下车向楼栋奔去，我要方哥守在外边，自己也奔向楼内。

七八个男女走进楼栋后，放轻了脚步，顺着步行楼梯悄悄向上走去，我和富强互视一眼，跟在后边，猜测着他们要干什么。

一行人上了三楼，悄然停下脚步，守在防盗门外倾听起什么。片刻，一个男子把手中撬棍的扁头插进防盗门，猛然一撬，防盗门一下就开了，随之，一伙男女大呼小叫冲进门去，屋内传出女人的尖叫声，继而传出撕扯声，击打声，玻璃破碎声……

不能再看热闹了，我和富强闯进了屋子，大吼起来："干什么，住手，警察……"

大部分人被镇住，住了手，只剩下一个年轻女人在撕扭着床上的另一个年轻女人，被撕扭的女人竭力把被子拉往身上，遮盖着赤裸的身体，而撕扯的女人一边撕扯着她，一边竭力把被子扯掉。

就在这时，楼外传来重物坠地的声音和男子的惨叫声，继而传来方哥的吼声："不许动，警察！"

我和富强奔向窗子，见一个赤身裸体的男子摔在地面上，方哥正在按住他。这时，屋里的人都拥到窗前来看，那个年轻女人也不再厮打，而是对楼下哭叫起来："林茂盛……"

不用再问，我已经猜到发生了什么事。半小时后，林茂盛进了医院，进了骨科病房，我们把他的亲戚家人们都请了出去，开始询问。

询问进行得很顺利。

原来，抓奸的是两伙人会合一起的，一伙是他妻子找的娘家人，另一伙是他情妇的丈夫找的人，双方合到一起，来抓他和情妇的现行，如果不是我们赶到，及时保护了他和情妇的人身安全，很难说会是什么结果。

因而，当我们说有事要问他，希望他能配合时，他连声答应，要我们尽管问，他一定知无不言。于是，我们单刀直入，询问起他去年十月三日夜间的活动情况。

这时，他感觉出有点儿不对劲儿了："这……原来你们不是救我呀，是……你这让我咋回答呀？这么长时间的事了，我哪能记得那天夜里在哪儿啊？要是没啥特殊情况的话，当然是在家里睡觉了。"

方哥敏感地把话头接过："林茂盛，那我们就去问你媳妇了，找她核实一下，那天夜里你到底是不是在家睡觉。"

一下子说到了要害之处，林茂盛急忙阻止："别别……我真不能保证那天夜里是在哪儿睡的，我有时值夜班，有时还爱玩几把，有时还瞎逛，你们说这时间……我真想不起来。"

富强又把话接过："林茂盛，你还是放聪明点儿吧，没有确凿证据，我们能来找你吗？"

林茂盛焦急起来："听你们的话，好像我犯了什么大罪似的，那你们直说吧，我犯了什么事？对，我是搞破鞋了，可这不归你们警察管吧，你们能把我怎么着？”

态度变得抵触起来，语气也强硬起来，富强却住了口。搞破鞋是林茂盛的私德问题，警察没权力管。我想了想，觉得没必要再含蓄下去，就接过来说：“林茂盛，去年十月三日夜里，我们市发生了一起入室强奸抢劫案。现已查明，当时，你的轿车就停在发案现场附近。”

“什么？”林茂盛眼睛瞪起来，好像要不是腿上打了石膏，悬在空中，非起来跟我们动手不可，“你们这不是蒙唬诈吗？我搞破鞋不假，可啥时入室强奸抢劫了？你们说清楚，不然我跟你们没完……哎，等等……你们说是什么时候的事？具体日期……这……”

他的态度忽然又变了，当我们再次强调了于丽敏被害案的时间后，他声调放低了：“我想起来了，那天夜里，我在刘美艳家过的夜，就是刚才那家，她能证明我没在现场……”

林茂盛话说了一半又停下来，一副若有所思的表情。

富强说：“怎么不说了。既然你在你情妇家了，车怎么会在现场附近出现？”

林茂盛说：“你别急，我想起来了，当时，我的车牌子丢了，被人掰去了。”

这……这是真是假？

4

我们马上离开了医院，投入到调查核实中。别说，林茂盛的情妇刘美艳不但证实于丽敏被害的那天夜里，林茂盛在她家过的夜，还证实林茂盛在那天夜里和她说，上一次他们会面的夜里，车牌子被人掰走了。

这……

我们的劲儿泄了一下，马上又鼓了起来，因为，案子的线还没有完全断绝，只要查到谁偷走了林茂盛的车牌，那就离破案不远了。

可是，怎么查？这么长时间了，还能查到吗？车牌照是林茂盛和刘美艳在刘家私会时，车停在楼外被人掰走的，现在，小区基本上都安装有监控，可是，它保存的时间更短，更不规范，早被覆盖了，还上哪儿去查？

可是，这样的线索，无论如何也不能丢下作罢呀。我们来到了那个小区的物业，找到了经理，要审查他们的监控录像。果然，经理告诉我们，他们的监控录像资料只保存三个月，现在已经半年多了，早覆盖了。我还不甘心，亲自查了查他们的录像资料，经理说的果然不错。

完了，白忙了。好好的线索就这么断了。

次日上午，我们三人又聚到一起，研究还有什么办法。富强说："再去找找林茂盛，看他还能不能提供什么？"

意想不到的事情发生了。林茂盛听了我们的询问后，居然说：他在发现车牌照被盗后，曾找过小区保安，小区保安当时调取了录像，监控探头确实拍到了偷牌子的人，只是光线太暗，角度不佳，再加上监控设备质量较差，分辨率太低，所以看不清楚。因为他是在情妇家丢的，也不好大张旗鼓寻找，后来只好放下了。不过，他当时复制了保安提供的监控录像，存放到手机里，好像没删，不知还能不能找到……

天哪，我几乎喘不上气儿来了，立刻要林茂盛赶快查找，还别说，一阵忙乱后，还真查到了。很快，监控录像的画面出现在我们三人的手机上，偷车牌的毛贼也出现在我们眼前。不过，确如林茂盛所说，看不清其人的面目特征。我们三个反复看了几遍，最终也只能面面相觑，说不出话来。

黄昏时分，山穷水尽的我走进了李局长办公室，汇报了情况，请李局长找行动技术支队，看他们能不能通过技术手段，把监控录像的视频进行技术处理，提高一下分辨率，如果提高了清晰度，我们或许就能看清窃贼的面目了。

这是我们三个再三研究，想到的唯一办法。

李局长打电话找来行动技术支队的韩支队长，韩支队长接受了任务，把我手机上的视频拷了过去，但是说，这个视频的处理难度较大，他们支队恐怕也没这个能力，需要送省厅行动技术总队，李局长就要他抓紧送省厅，处理后立刻交给我。之后，又嘱咐他保密，尽量缩小知情人的范围。

韩支队长起身离去，屋子里只剩下我和李局长。

按理，我该走了，可是心中忽然生出一个念头，让我没能马上离去。但是马上又觉得有点无耻：想什么呢，还总有这种好事啊，快走吧，丢掉幻想吧，走吧……

我正要走，李局长手机忽然响起，他接听后说："噢……好吧，我原以为……好，我一定准时参加。"放下手机后转向我说："对了黎斌，我今晚原想观看一个文艺演出来着，可是突然有事，去不了啦。给我票的时候说了，不能空位，你能不能替我去？"

这种时候，看演出？这……

李局长的委托，我不能不答应。

八　美好的夜晚

1

我来到新时代大剧院。

听人说过，这个新时代大剧院，是多年前一位市领导的政绩工程，号称全省唯一的、最好的市级剧院，可是，建好后没演过几场，因为运营成本太高，难以为继。这个原因再加上我很少看演出，除了参与过两次庆典活动的警卫工作外，就没有进来过。

可是，现在我来了，而且是以观众的身份来了。下了出租车后，我看到很多观众在入场，男女老少皆有，也不乏和我年龄相仿的青年，可是，他们多是男女结伴，携手而入，有的甚至抱着自己的宝宝。

这个情景，让我意识到了自己的形单影只，感觉有点儿孤独。可是已经来了，只能硬着头皮走进去了。

大剧院的内部确实很漂亮……不，准确地说，很高大上，具体怎么高大上我就不一一描述了，只记住“高大上”三个字就行了。舞台上悬挂着的一条大横幅，从文字中我看出，原来这是一个民间慈善组织搞的慈善演出。

剧场上已经坐了大半场的观众，我拿出票来看了看，座位还真不错，第六排，距舞台不远不近，看文艺演出的距离正好。可是，当我来到第六排的时候，才看到这是个过道，座位的前面还摆着一长溜儿的桌子，桌子上还摆放着一溜儿水瓶，正对着每一个座位。对了，我是替李局长来的，看来，这排座位是给领导们预备的。这……

没等落座，我先有了几分尴尬。既然这排座位是为领导们预备的，那我……看到几个女人和半大孩子也在这一排上落座，我才稍稍放了点儿心。看来，很多领导本人并没有来，来的是他们的家属。那我呢，算是领导的什么？替身？

我找到了自己的座位，是第六排中间偏左的位置，估计，票是按照领导的地位排序发的，我按照票上的号码，乖乖地坐好，再看看左边是个半大孩子，右边还没有人，估计是还没到……不，到了，右边的人来了，一个五十多岁的男子携着一个中年女人结伴而来，男子坐到我的旁边，把面孔转向我，一股酒气向我袭来。

我皱起眉头看了一眼男子，一怔。

我认出，他是市领导，是亲自来看演出了。他是谁来着？对，电话会议上见过，本市的电视新闻和报纸上也时有他的面容，他是……副市长夏康……对，夏晓芸的父亲。都说女儿的模样会随父亲，可是，我却看不出他们父女有一丝一毫相似来，这位副市长方形脸，油光锃亮，丝丝横肉在红光下挣扎着要显现出来，夏晓芸哪这个样子啊？莫非……我向他旁边的女人瞟了一眼，这个女人看上去要比夏副市长年轻很多，也就四十多岁的样子，应该是夏晓芸的母亲吧……可不，她明明就是二十多年后的夏晓芸嘛……

我觉得，这对夫妻的反差太大，男的尽管是副市长，可是看上去很是粗俗，甚至还有几分匪气，女的虽然四十多岁了，却风韵犹存，具有相当的吸引力。从外貌上看，二人非常不般配，不过很正常，过去讲的是郎才女貌，现在讲的是郎权女貌或者郎财女貌，在很多女人的心中，这更为重要……

我向左边靠了靠，想和夏康保持一定距离，想不到，他的目光却盯住了我说：“这是你的座位吗？”

不怎么礼貌，可人家是市领导，出于尊重，我回答了一声：“是。”

他又问：“你哪儿来的票？”

反感在心头生出，我故意不说明白：“别人给的。”

他说：“谁给的？是李斌良……李书记吗？他怎么没来？”

对了，李局长还兼着政法委书记，所以官场人多称他为李书记。

看来，夏副市长对市领导的排序很熟悉，知道他的位置应该挨着李局长。

我只好说：“李局长有事来不了。”

夏康仔细看了看我，又问：“你贵姓，哪个单位的？”

他要干什么？我努力克制着情绪说：“我是公安局的，免贵姓黎。”

他突然冒出一句：“黎斌？”

咦，他知道我，他怎么会知道我？

我一下子警觉起来，迎着他的目光："夏市长，您知道我？"

"啊……当然，我什么都知道，黎斌……嗯，你行。"

他把脸转向前面，不再跟我说话了。

他的话是什么意思？他怎么知道我的名字？而且脱口而出？我只是个普通的基层分局的刑警，从来没跟他直接打过交道，他为什么会知道我的名字呢？难道夏晓芸跟他说过我？即便说过，他也不会记得这么牢，一下子说出来呀？

我实在想不出理由来。还好，开演的铃声响了，我收回思绪，目光转向前面。

前面，后台的深红色大幕一直低垂着，铃声响毕，两个年轻主持人走上来，男的西服革履，帅气逼人，女的一袭白裙，仪态万方，两个人皆满面春风，走到舞台中央后，女主持人向我嫣然一笑开口道："尊敬的各位领导，各位来宾……

天哪……

我的脑袋突然轰的一声，什么也听不到了。

是她，确实是她，那似曾相识的面庞，那梦一般的双眸……真没想到，她会以这样的形象，这样的方式突然出现在我面前，和上次在她的家中、在饭桌上见到的她判若两人。

我的目光盯在她的身上、她的脸上。她笑容可掬地望着台下，好像看到了我，又好像没看到。我感觉，她似乎略略有些激动，表情上也稍显羞涩，不过总体表现还很得体。这时，我的耳朵完全失聪了，什么也听不到，只看到她和男主持人一人一句说着什么，说完之后，微微鞠了一躬，退了下去，大幕拉开，演出正式开始……

2

演出什么，我全然没有印象，听不到，看不到，我的眼前只闪着她的身影，她的面庞，尽管她并不总在舞台上。

节目好像都不错，掌声一阵又一阵。每个节目开始前，她和男主持人或者轮番上场，或者同时上场。她的身上好像闪着光，牢牢吸住了我的双眼。好在是看演出，她是主持人，我可以毫不顾忌地看着她而不会遭到猜忌和白眼，整场演出，我真正看到、看清的，只有她……

不知过了多久，我的专注力终于回到演出上，因为男主持人介绍说：“观众们对我们美丽的女主持人一定有了很深的印象，可是，大家恐怕还没有听过她的歌声，下面，就请听她深情演唱一首歌曲《请听我向你诉说》！

这……这不是我写的那首歌词吗？不会重名吧，她……

她走上来，微笑地看向我，看向所有观众，随着乐队的伴奏声，她的歌声响起：“哪怕那暗夜无边，我也要发出光明的呼喊，哪怕那风雨如磐，也挡不住我走向明天。使命召唤，使我不能沉睡长眠，热血激越，要我去点燃黎明火焰…………”

歌声如水，流进了我的心房，如风，吹进了我的胸膛，原来，她真的找人谱了曲，在舞台上把它唱出来。是曲子写得好，还是她唱得好？为什么每一句歌词，每一个音符都渗入了我的心田，为什么我亲手写的歌词，忽然听上去是这样地陌生，又这样地感人？我的心为什么随着歌声不停地震颤……

苗苗的歌声进入结尾部分，进入最高潮，就要结束了，可是，曲调却没有像一般歌曲那样，来一个华美的高音结束，用强烈的音波赢得热烈掌声，而是相反，歌曲是在中声区，以渐弱的声音结束的。

歌声结束，全场一片静默，没有一个掌声。

苗苗怔了怔，脸上的笑容变淡了，但是，仍然礼貌地躬身谢幕。直到这时，台下的观众才如梦初醒，爆发出雷鸣般的掌声。我在一怔后也清醒过来，使出全力鼓起掌来，直到鼓得双手生痛，才不得不停下来。

我下意识地向身旁看去，这才发现，副市长夏康和他的妻子已经不在了，不知什么时候退场了。

太好了，夏副市长的离开，让我的身心获得一种解放的感觉。

就这样，我全神贯注地一直看到了终场，而且意犹未尽，直到身边的观众都已经离去，才恋恋不舍起身，向剧场外走的时候，还扭头向舞台看了一眼。舞台上大幕已经紧闭，没有了她的身影，灯光也熄灭了。我带着一种激动和怅然若失的心情向外走去。

走出剧院，我没有马上离开，而是停下脚步，希望能看到她走出来，再看她一眼，可是马上想到是自作多情，她肯定有很多高富帅们陪伴着，能轮上我吗？对，那个男主持人不就是吗？她现在一定跟他在一起，算了吧，走吧！

然而，就在我叹息一声转身欲走的时候，手机铃声忽然响起，我急忙拿出来，看到一个陌生的号码，我的思路马上转到案件上，可是当我把手机放到耳边，客气地说了声“您好”，后边的话还没容出口时，手机里传出一个年轻的女声：“黎老师，我是苗苗，你在剧院外边等我。”

这……是真的吗？是她吗？她是要我等她吗，我不是听错了吧？

没等我核实，她已经挂断了电话，我忽然感觉有点儿喘不过气来。

看来，她在台上注意到我了……或许，她从一开始就知道我来看演出了，如果是这样，那意味着什么？

心跳又加快了，我再次努力抑制着：黎斌，你别胡思乱想，或许，一切都是偶然，她只是唱了你的歌儿，看到了你，出于对你的尊重，想跟你说几句，或许，是征求一下你的意见。

我是最后一拨从剧院走出来的观众，这时，散场的人们已经走得差不多了，很快，走出来的要么是脸上画着油彩的演员，要么是携着乐器的演奏人员了，里边没有一个我认识的人……终于，她走出来了，脸上绽着笑容，向我走来。

我的目光迎接着她，喜悦期盼的心情却忽然淡了下去。

因为，她的身旁还有一个人，那个年轻帅气的男主持人，他和她并肩向我走来。她略略加快脚步奔向我，露出有些腼腆的微笑：“黎老师，我上场就看到你了！”

哦，我当时感觉她看了我一眼，还不敢确认，现在可以确认了！

苗苗说：“黎老师，走吧！”

苗苗拉了我的手臂一下，欲向前走去，男主持人走上来：“苗苗，你不吃饭了？上我的车吧！”

男主持人指向不远处停着的一辆高档轿车。

苗苗说：“不吃了，你拉她们走吧，我跟黎老师一起走。”

这……我的心又热起来，跳起来。

苗苗说：“对了黎老师，这是高阳。高阳，这是黎老师，我唱的歌儿就是他写的歌词。”

高阳说：“哦，黎老师您好！”

我说：“您好！”

我俩搭了一下手。

高阳说：“苗苗，那我先走了。明天见！”

“明天见，拜拜！”

高阳走向另外几个女演员，领着她们走向自己的高档轿车。

苗苗拉了一下我的手臂，和我并肩向街道上走去。

我的心开始无声地歌唱。

高阳们的轿车已经驶离，其他演职人员有的上了早在等候的车辆，也有的打了出租车驶去。剧院跟前已经没人了，我和她走到路旁，一辆出租车远远驶来，我举起手臂拦车，出租车也鸣着喇叭向我们驶来，可是，苗苗却做出了拒绝的手势，已经减速的出租车只好从我们身边经过，向远处驶去。她转向我说："黎老师，你瞧，夜色多好，咱们步行一段吧！"

天哪，我完全是下意识地说出声："太好了！"话出了口又觉得太直露了，太不含蓄了。可是她并没注意，又下意识地扯了一下我的手臂，缓缓向前走去，她走在我的身旁，一种从没有过的美好感觉，从漫漫的夜幕中生出，从她的身上向我袭来。

她说得没错，夜色真的太美好了。现在是晚上九时多一点儿，街道上的行人和车辆明显减少了，城市安静了许多，可是，还没有完全入睡。路灯闪亮，天幕如穹，虽然看不到星光，它却闪烁在我的心上。真的，我来到这座城市后，第一次感觉到它的夜色是如此美好，生活是如此的美好。我边走边悄悄地看了她一眼，发现她的脸上、眼里全是快乐，上次见她时的忧伤不见了。

这是为什么？是因为演出成功带来的欢乐，还是因为和我在一起……

我克制着激动，轻声问她是否饿了，是否需要吃饭。她说演出前吃过了，现在不饿，不吃了。

太好了。我又差点把话冒出来。

3

我们就这么往前走着，并肩往前走着，虽然没有手挽着手，手臂和手臂却离得很近，有时甚至就要接触到，我真的想挽起她的手，挽起她的臂，可是……

可是，我死死地控制住自己的冲动：黎斌，注意，她或许只是想走一走，跟你说说话，让你陪她回家，没有别的意思，别胡思乱想。

我想对了，她轻声开口了："黎老师，你觉得我唱得怎么样？"

我急忙说："太好了，我手掌都鼓疼了，我不懂声乐，可是我能听出来，唱得真好。对，歌词的内容表现得也很好，虽然是我写的，已经滚瓜烂熟了，可是，你一唱出来，仍然打动了我。"

她略略垂下头："是你的歌词写得好……对，作曲的老师说，他都受了感动，才写出这么好的曲子。"

"这只是一方面，你唱得也非常好。对了苗苗，你嗓子真好，学过专业吧？"

"嗯……不怕你笑话，过去，我不是这样子的，有一段时间，我非常叛逆，专门跟我爸爸过不去，让他操了不少的心，后来……"

她停下来。

为什么停下？她后来经历了什么？

"后来，是生活和命运教育了我，改变了我。"她轻声说，"在这一点上，我妈发挥了很大的作用。是她发现我嗓子好，乐感也很好，就鼓励我学音乐，还帮我找了老师，这样，我就上了路。对，我也有这方面的天赋，我妈在年轻时候就在歌舞团当过歌唱演员。"

我说："是吗？对，你的名字是不是和你妈妈的名字有关哪，她叫苗雨，你叫苗苗……"

"不，黎老师，你误会了，这只是巧合，没有一点儿关系。对，她不是我妈，她……"

她又住口了，可是，我的好奇心却被吊了起来："你说什么？她不是你妈妈？你刚才说，她给你找老师，鼓励你学声乐？"

"对，我说的是她，可是，我只是叫她妈妈，可实际上，她不是我妈。"

"这……我不明白，她不是你爸爸的妻子吗？"

"是……可是，她不是我生母，在她之前，我有生母，她当过声乐演员，我就遗传了她的嗓子和乐感，可是后来她走了……再后来，她——就是现在的妈妈，苗雨，她才出现在我身旁，当时我非常反感她，导致他俩只好分手，长时间不能在一起。可是后来，她像我生母一样，保护了我和我爸爸，受了重伤，好久才恢复过来。从那以后，我就开始叫她妈妈，而且是真诚的，现在，我们处得很好，真的跟亲生母女差不多。她虽然不是我生母，可是对我影响很大，是她鼓励我振作起来，不能浪费青春，她帮我找的声乐老师水平也很高，教我学咽音唱法，不但进步迅速，而且保护嗓子。我妈还帮我选了曲子，譬如，《乌苏里江》，演唱效果很好。我特别感谢她，因为她帮我找到了属于我的命运。我早早就辍学了，文化不高，甚至还给人卖过服装，当过打字员，可是，我都不喜欢，在学习声乐后，我才知道，我喜欢这个，这应该是我的命运，后来，文化馆招聘人，我参加了考试，还真考上了，有了正式工作。"

原来如此。

我想，在苗苗讲的这些话的后面，一定有很多故事，可是，她不说，我也不能逼她，但愿今后我仍有机会听到这些故事。

“对了黎老师，说说你呗！你都有什么故事？听说，你是大学本科毕业，学中文的，怎么当上了警察？”

苗苗说着转向我，灯光下，我近距离地看清了她那张似曾相识的、亲近无比的面庞，那梦一般的眼神。

我真想向她倾诉，可是，倾诉的话却难以出口。我只能平淡地介绍了自己如何考上大学、如何从警的经过。她听了不太满足，又问：“那你为什么这么有才？为什么又要调离，不当警察了？你是想当作家吗？”

这叫我怎么回答，说我有才，她不是第一个人，可是，她对我的认可意义特别重大，让我很是激动感动。面对她的提问，我把为什么要调离的事，跟她说了一遍，我觉得，她这么年轻，对社会的认识肯定有限，所以说得并不深入。没想到她听后说：“黎老师，你和我爸说的差不多，他有时也愤愤不平……对，他年轻的时候，也不受人理解，还受过打压。他还说，人生没有一帆风顺的，总要迎接困难和挑战，可是，人要听从内心的呼唤，朝自己认定的方向走下去。”

哦，李局长是这么认识的？他也有过和我类似的经历？难道，他认为我是他的同类，才要我当这个专案组长？既然他这么了解我，欣赏我，那么……

我又有点儿要胡思乱想，但是及时克制住。我说：“李局长说得对，我要向他学习。”

她没有马上回应，而是轻轻叹息一声后才说：“你可以向他学习，可是，我不希望你重复他的命运。”

这话是什么意思？看样子，在她的眼中，她爸爸的命运并不是很好……

苗苗手机铃声响起，打断我的思绪。她接起：“妈……没事的，我跟黎老师在一起，他送我回家。”放下手机后，她转过脸看向我，这次，我没有回避，而是迎着她的目光，端详着她的面庞和眼睛，此时，那种似曾相识的感觉强烈地撕扯着我的心，我实在忍耐不住，把心里的话吐露出来：“苗苗，我怎么老是觉着，在什么地方见过你，早就认识你，认识你很久了。”

“我也是啊，”她热切地回应着，“我第一次看到你也是这样，感觉在哪儿见过你，好像……”

她突然住口了，梦一般的眼睛中又闪过一丝淡淡的忧伤……

这……这是怎么一回事？

我想问一问，可是，话要出口时，又觉得孟浪，就改变了内容："苗苗，咱们走出很远了，打车吗？"

她说："你累吗？累就打车吧！"

我急忙说："不不，我不累，我是怕你累。"

"我不累，反正离家不远了，咱们干脆走到家吧。"

正合我的心意。我多么愿意一直这样陪她走下去，哪怕走遍天涯海角，只要她能跟在我的身旁。

可是，路终有尽头，目的地还是到了。我们走进平安小区，来到苗苗家的楼下，来到了那个栋口前，我们停下脚步，再次看向对方。这时，我再次看到……准确地说，是感觉到她眼神中的忧伤，忍不住把要问的话问出来："苗苗，你是不是有什么心事，我觉得你的眼神好像和别的女孩儿不太一样，你不应该有这样的眼神啊！"

我尽量把话说得别太直白，但是话说出口后，才感觉到过于迂回含蓄了。可是她好像听懂了，她侧过脸，沉静片刻又转过脸说："没什么。"

没什么……这又是什么意思？我忍不住跟了一句："苗苗，你有什么心事不方便跟别人说，就跟我说，我会帮你的。"

苗苗看看我，又是摇头："没有，真的没有。"

是真没有吗？也可能，瞧，她这么年轻漂亮，还有个公安局长兼政法委书记的父亲，会有什么忧伤的事呢，是我感觉错了吧！

虽然这么想，可总是放心不下。

该分手了，可我还觉得心有不甘，不舍，觉得还是应该跟她说点什么，说最应该说最想说的话，也就是表白一下感情。可是，心理障碍再度浮上来：如果她对你根本没有这层意思，你是不是太冒失，太不自重了？你真的说出口了，她会不会瞧不起你，从而再不理你，此生此世，再也见不到她……因而，在犹豫之后，我说出的话是："苗苗，今后，你不要再叫我黎老师，行吗？"

她说："这……都叫习惯了。那叫什么？"

我的心又激烈地跳起来："直呼其名呗！"

她说："这……还真不习惯呢，黎斌？"

我答应了一声。

她的脸上现出羞涩的表情："真有点儿不好意思。"

我大起胆子："可是，我喜欢你这样叫！"

她垂下头，点点头："嗯！"

她的垂头姿势让我心动，因为，这是她的一种下意识的心理外泄，是羞怯，可是，为什么羞怯？是因为，在她的心底或者潜意识中，有一种……

我还想说点儿什么，她却先开口了："黎斌，咱俩加上微信吧！"

"太好了！"我又脱口而出。

我们加了微信，她的微信昵称叫"梦中女孩儿"，挺有意味，正符合我的心理，她就是我梦中的女孩儿啊。

我把她送上楼，看着她打开屋门，走进屋子，带着一种忐忑的心情离去。

我之所以忐忑，是因为，她走进门之后，我希望她能回头看我一眼，跟我打个招呼，可是，她却没有，走进去就关上了门。

这又意味着什么？

刚才的美好心情，随着她的背影被门遮住，就像升起一团迷雾一样被遮挡住了。

我带着这团迷雾下楼，走出小区。心里还在思忖着：她为什么进屋后头也不回，也不跟我打个招呼，难道……不应该呀……这到底是为什么……

4

天很晚了，小区外的街道上偶有出租车驶过，却没有停到我身边，肯定是车里有人。

我只能一个人，在街道旁踽踽而行，边走边继续想着心事：对了，李局长为什么要我替他来看演出，为什么邀我到他家吃饭，这里边是不是有什么用意……我想高兴，可是又不敢放纵，担心是自作多情，自我感觉良好……

我的心突然一凛，猛地回过头。

我突然感觉到，有一双眼睛在盯着我的后背。

可是，后边什么也没有，只有迷离的灯光和昏暗的夜幕。

我注意观察了一下，还是什么也没发现，只能掉回头，继续向前走去，走了几步，同样的感觉又回来了。我再次迅速转过头。可是，我仍然什么也没有发现，眼前只是空旷的街道，暗淡的灯光，还有稍远处的暗影。

难道，是我的感觉发生了错误？人是有直感的，作为刑警，在这方面更为强烈一些。很多时候，我们破案，除了正常的侦查手段，直感也发挥着不可替代的作用。

那么，我现在的感觉是怎么回事？为什么我觉得有一双眼睛盯着我？为什么又看不见它？是我的感觉错误，还是眼睛躲在我看不见的地方？

我的手插向怀中，摸到了手枪，心里安定了一些。我想继续寻找，想向黑暗中寻觅，可是，内心提醒我说："不行，太不安全。"是的，尽管我是刑警，我有枪，可是，如果真有眼睛在盯着我，它真的不怀好意，那么，我明敌暗，形势对我不利。可是，难道就这么放过吗？

一辆出租车驶来，鸣着喇叭，停到我身旁。这种时候，打出租车太难了，我只好进入车中，在出租车启动的时候，扭头向后边看去。

恍惚间，好像一个人影从黑暗中浮现出来，但是距离太远，车又驶得很快，人影很快就模糊了，我无法确定是我真的看到了，还是一种错觉。

可是，这种感觉成功地把我从和苗苗告别的纠结中解脱出来，无论是路上还是回到家中睡下后，我都在琢磨着这双看不见的眼睛……

九　二混子

1

翌日清晨，天晴日朗，昨晚的一切都变得淡了，感觉也完全不一样了，我觉得，那双看不见的眼睛和那个模糊的人影最大的可能还是我的错觉，因而就没对任何人说。

一上班，韩支队长的电话就打过来，说省厅专家已经对我们提供的视频进行了处理，加强了清晰度。片刻后，处理过的录像视频就出现在我的手机上，出现在我们三人的眼前。

可是，看了处理过的录像视频，我们很是失望。因为录像视频和原来相比确实清晰了一些，但是依然没有达到理想的程度，依然看不清窃贼的面目。最终，在反复审视之后，我们觉得，这个视频也不是没有帮助，因为凭着现在视频上的窃贼轮廓，如果是认识窃贼的人，看到后或许能辨认出他是谁，而不认识他的人却无能为力。

可是，到哪里去找认识窃贼的人？不找到认识他的人，又怎么辨识出他？

我们开始分析，这个窃贼是谁，可能来自哪里，方哥突然冒出一句：“他为什么偏要偷林茂盛的车牌照？”

是啊，为什么？本市的轿车太多了，为什么非要偷林茂盛的牌照？这个问题确实需要研究。

富强说：“这个……贼偷着方便，是不是因为方便，才掰了林茂盛的车牌？”

不能说没有可能。窃贼能为了偷一个车牌，专门到一个不熟悉的、距离很远的地方作案吗？

一般来说，窃贼作案总是要选择自己熟悉的环境，用自己熟悉的手段作案。

那么，这个窃贼是不是熟悉作案环境呢？

不能确定。因为他不是一般的窃贼，他可能利用这辆车的车牌做了大案，实施了入室强奸抢劫杀人犯罪，如果是这样，他就要精心策划，力保安全，避免被人查到线索，他就不会选择自己熟悉的环境作案。

我们研究了一会儿拿不定主意，觉得还是去现场看看再说。

现场就是那个小区，就是我们去过的、林茂盛搞外遇被抓的小区，就是那幢居民楼、林茂盛情妇家的楼下，不是正面的楼下，而是楼的侧面转角处。我们之前已经来过，发现这里比较隐蔽，虽然也在监控探头的范围之内，但是，距离远不说，角度又不太好，再加上灯光暗淡，既是藏车的好地方，也给窃贼作案提供了方便。

我们来到后，四下看了看，方哥先开了口："瞧，住宅楼的正面完全可以停车，而且很方便，别的车也都停在那边。"

方哥停下来，但是我和富强都想到了他没说出的：林茂盛是有意把车停到这里的，因为他是来搞破鞋的，他不想让人看到他的车。

那么，窃贼为什么放着那么多车不动，非要到拐角这儿来掰林茂盛的车牌子呢？

似乎也可以解释：为了避开眼目，更为安全。

可是，从正面看，如果不是特意，是看不到这辆车的，他为什么找到这里，掰了这个车牌子呢？

各种可能，不能定论，这里边的微妙是需要研究的。

研究一番后，我们又来到小区大门口，看到大门口有个值班室，出入口有大门和小门，大门是走车的，小门是走人的，小门没人管，谁都可以随便出入，大门的横杆倒是放着，可是，每有车驶来，栏杆就自动抬起，无论进出都不盘查，任车出入，似乎无人管理。但是我们马上想到，保安室有监控录像，可以将出入的车随时录下来，可是，我们已经了解过，监控录像只保留三个月，而案发已经半年多，早就覆盖了，不可能查到什么了。

尽管如此，在没有任何线索的情况下，我们觉得，还是要问一问，查一查，所以，基本没抱什么期望地走进保安室。

保安室内，一个六十多岁的保安没精打采地对着窗子坐着，一手拿着手机看微信，一手拿着栏杆按钮，不时为出入的车抬放栏杆。他感觉到我们进来，慢慢转过脸，愣愣地看看我们。

我们上次来是另一个保安值班，这个保安不认识我们，我再次出示了警察证，他现出一丝紧张，站起来问我们有什么事。我们把手机上处理过的窃贼视频拿到他眼前，问他见过这个人没有。

这个保安倒挺认真的，翻来覆去地看了又看，弄得我们生出了希望，气儿都不敢大喘。可是最后却是摇头："不认识，看不清脸哪！"

"哎呀，我还以为……"富强一跺脚走了出去。我和方哥没有走，而是耐着性子继续问保安。

方哥说："老哥，帮帮忙，你再好好看看，虽然看不清脸，可是身材、衣服能看个大概吧，你觉得这个人像谁？你见过的人中，有没有像这个人的？"

保安又看了看，回答还是让人失望："没有，想不起来。"

白来了！

我轻轻叹息一声，仍然不甘心："大叔，您费点儿心，再好好想想，你们是倒班的吧，等下一班的接班了，你让他也好好看看。对，我传到你手机上。"

我加了他的微信，把视频传到他的手机上。临走时，我又再三嘱咐保安不要扩散，如果想起什么，随时给我打电话，我们公安机关会视情况给予奖励。我注意到，当我说出奖励二字时，他的眼神闪了一下，这让我又抱起了幻想："我说的是物质奖励，奖励现金，就是给钱。"想不到保安问了一句："能给多少？"

这时候，我不可能回去请示了，和方哥对视了一下，立刻回答："如果你们真的认出这个人，协助我们破了案，最低奖励一万元。如果没破案，只是提供了线索，奖励五千，即便线索也没提供，只是认出这个人，奖励两千元。"

保安听后"嗯"了一声说，"行，我一定让他俩也看看。"

走出保安室，富强问我们为什么在里边待了这么久，跟保安费那么多话干什么。方哥说："富强，准备出钱吧！"

富强一愣："出什么钱？"听了方哥的话以后，他先是嗤之以鼻地笑了一声，然后又豪爽地说："行，如果真破了案，这点儿钱我出。不过，功劳上得有我一笔。"

还别说，组里有这么一个土豪，有些事办起来就是方便。

我一口答应，可是方哥说："富强，你只是垫付，案子真要破了，局里肯定能给报了。”

富强说：“无所谓，只要立功时别忘了我就成！”

2

离开小区后，除了等待保安的电话，我们实在想不出还有什么工作可做。一天就这么过去了，黄昏了，傍晚了，保安也没有来电，估计没什么指望了，我们只能各自回家。

大概是失望导致的心情低落，晚上我感觉格外地疲劳，草草吃了口饭就躺到床上，想大睡一场，然而却似睡非睡，脑海中一直晃动一个人影，就是那个看不清面孔的偷车牌窃贼。就在我好不容易要睡去的时候，突然听到手机发出一声微信提示铃声，立刻意识到有事。

因为，不必要的群和微友，我都已经关闭了提示音，凡有提示音的，一定是必需的。我迅速拿起手机，看到的是那个保安的微信，可是打开后，只显示其发过语音，我点击了一下，却只有三秒钟，而且没有声音。这是怎么回事？我脑子一闪，看了看时间，已经十点多了，他是不是以为我睡下了，害怕干扰我休息才欲言又止的？我急忙把电话拨了回去，他马上就接了。

果然，保安说有事情要跟我说，担心我已经睡下，微信发出想说话又放下了。我说还没睡，问他有什么事。他说我最好去一趟。我立刻穿衣下楼，驱车前往。

保安室里有两个人，一个是白天我们见过的保安，另一个也是保安，同样六十出头的样子，虽然白天没见过，可是，上次来调查时见过。进屋后，我就盯住二人的脸，想从他们的表情上看出什么来。可是，两个保安的脸好像挺正常，只是看着我不说话。我问白天的那个保安有什么事。他说：“黎队长，不好意思，这不吗，他来换班了，我把视频给他看了，还说了你说的话……老刘，还是你自己说吧！”

老刘也就是后来的保安有点儿不好意思地问：“这个……老孙说，要是帮了你们，有那个……”

“有奖金。”我抢过话头回答了他，眼睛盯着他不放。

老刘说：“这个……就是没破案，没啥用，只要认出他，就……”

“只要认出他，就给两千块人民币。现在就可以兑现，我没带现金来，可以用微信和支付宝。”

我拿出了手机，打开，找到微信支付，看着老刘。

老刘说："这个……同志，不好意思，我不全是为了钱，也是为了……那小子是'二混子'。"

"二混子？你看了视频，认出他了？"

"看不看我都知道是他。"老刘说，"他常来我们小区，去32号楼五栋口的苏连臣家打麻将耍钱。"

我说："你怎么这么确定？"

老刘说："其实，当时我就认出他了。"

"当时，当时是什么时候？"

"就是林茂盛车牌子被人掰走的时候啊！"

"什么？你看着他掰车牌子了？"

"差不多。那天，我恰好去32号打点……你知道什么叫打点吧。物业给我们规定的，每两个小时，必须在小区巡逻一遍，他们害怕我们偷懒，就在每幢楼安了个点，我们巡逻到那儿后，必须杵一下，物业检查时，能在电脑上查到我们去过没有。"

"我知道了，快说你看到的情况。"

"就是这样啊，我在32号楼打点的时候，看到一个人影从拐角走过来，我还以为是小偷呢，就猫下腰看着，结果看到了走过来的是二混子，他抱着膀，好像挟着什么东西。这个人黑白两道，我没敢拦他，他就这么走了。然后我去了拐角儿一看，有一辆车的车牌没了，肯定是他掰去了。"

"当时，林茂盛不是找过你吗，你怎么没告诉他？"

老刘说："我是故意没告诉他的。他常常晚上来，跟32号楼五栋口三楼的女的搞破鞋，不是个东西，就故意没告诉他。他不是我们小区的，也不好找我们赔偿，更没法闹，害怕我们把他搞破鞋的事说出去。"

原来是这样。听了他的话，我暗自庆幸许诺了奖金，当即把手机拿起："老刘，你把支付码打开，我现在就付给你。"

想不到，老刘现出一份羞涩来："这……我不完全是为了奖金，是……因为你……瞧你们，破案还不是为了老百姓，上次我就该告诉你，不好意思了！"

我没有回话，而是拿过他的手机，让他找出微信收款码，给他打过去两千块钱，然后把支付后的画面拿给他看。

他说："谢谢，谢谢……真的……谢谢！对了，您可别让二混子知道是我告诉的你呀！"

我说："这你放心吧。对，我还有问题要问，这个二混子具体是个什么人，住在什么地方，平时都和什么人来往？"

我离开了保安室，离开了这个小区，驾车向我家的方向驶去，激动难耐。刘保安不但确认了二混子就是盗窃林茂盛车牌的家伙，还向我提供，二混子时常来32号楼三楼的住户、也就是林茂盛情妇的对面的业主家中打麻将，也就是要钱、赌博。刘保安还说，他见过二混子曾和不三不四的男子混在一起，这些人是干什么的却不得而知，保安们只是凭直觉，感到他们不是好人。

太晚了，夜深了，我没有惊动方哥和富强，压制着激动回到家中，进入了梦境，梦到我亲手擒获了二混子……

3

第二天上班后，我把情况告诉了方哥和富强，两个人都兴奋起来，劲头儿也都来了。富强当即要给我打两千块钱，我说，案子破了，局里肯定会给报销，如果报不了，到时他再给我打钱。然后，我们开始研究，如何抓到二混子。

要想抓到二混子，首先要知道他住在哪儿。这事对公安机关来说，按理不算难，通过户政部门一查就八九不离十。可是，关键要保密，就不能这么大张旗鼓地查了。这难不倒我们，我再次和刘保安取得联系，请他和孙保安盯住32号楼林茂盛情妇对面住户的动静，两个保安因为得到了钱，当然有积极性。结果，32号楼聚赌的住户当晚遭到派出所突袭，几名赌徒被人赃俱获。等询问结束的时候，我们三人现身了，分别提审了几个赌徒及招赌的业主，这几个人中，恰好有一个跟二混子较熟，知道他家住哪里，告诉了我们。

我们三人直奔二混子家。

二混子家是在一个老旧的小区，一幢七层楼房的五层，这给抓捕带来了方便，只要把门一堵，他就跑不了，因为这么高，他跳下去就是死，所以不可能跳楼。

可是，抓捕的关键是确认他在家里。我在思考后，给辖区派出所打去电话，找来责任区民警，跟他说，我们找二混子核实一个情况，请他予以协助。民警就带我们敲开了二混子对面邻居的门。邻居是一对三十来岁的年轻夫妻，一看就是规矩人。可是，他们听了我们的话却说，他们虽然跟二混子住对面屋，却早感到二混子不是好东西，从不和他来往，也没注意他近日的动向。在这种情况下，我们请他们替我们去敲二混子的门，敲了半天也没动静。

看来，二混子此时不在家。思考后，我们又和这对夫妻商议，想借用他们的房间蹲守。这对夫妻很好说话，说他们夫妻白天都上班，只有晚上才回来。所以，白天完全可以把屋子交给我们，至于晚上……我急忙说："晚上不用，晚上我们就离开！"

从这天起，我们白天就耗在了这对夫妻家中，三个人轮班守在门口，门外有一点点儿动静，就凑到猫眼去观察一番。可是，一个白天过去，二混子家的门从来没打开过，也没人光顾过。晚上，夫妻下班回来了，我们就转移到楼外，把车停在不远不近的黑暗处，盯着二混子家的窗户，结果，一夜灯也没有亮过。

看这样子，二混子确实没在家。两天两宿过去，我们三人都很疲劳，而且生出深深的不安，我们担忧二混子不再回来了。如果真是这样，又意味着什么？难道，他听到了什么风声，察觉了我们的行动？不可能吧……

三天三夜后，富强首先沉不住气了："组长，不能这么傻老婆等茶汉子啊，咱们三个没日没夜守在这儿，不是个事儿吧！"

我反问："你有什么好办法找到二混子吗？"

他没有回答。

是的，因为保密，很多手段都不能使用。如果要派出所协助寻找，展开一定规模的搜查，很可能会找到二混子，但是也可能惊动他，那样，他可能会真的逃跑，就不好抓了。

可是，老是这样守下去也确实不是办法，富强的心情我理解，这三天里，他除了和我们一起熬，还多了一份苦：夏晓芸时而给他打来电话，他都满嘴谎言地应付过去了，可是一天两天行，夏晓芸现在就很恼火了，再熬下去，不知会是什么结果。

考虑到种种因素，我说："这种时候，就是要比耐力。我看先这样吧，吃饭时，咱们留下两个人守在这儿，一个人回家吃饭，但是，时间不超过两小时，而且接到电话要马上回来……"我没说完，富强就回应说："我同意。今晚我有事，就让我出去吃饭吧！"

我答应下来，下晚班的时间，那对夫妻回来了，我和方哥回到车里，富强匆匆地走了。也是该着出事，我和方哥刚吃完盒饭，方哥的手机忽然响了起来，他接起后听了两句，就变了颜色，说了声："我一会儿到。"然后放下手机对我说："斌子，方菲出车祸了！"

方菲是方哥的女儿，正在读高三，明年就考大学了。

出了这种事，我不可能不放方哥离开。我说："方哥你快去吧，我是实在去不了！"方哥说："你走了谁在这儿盯着，我去看看啥情况，要是不严重，一定尽快赶回来！"

方哥走了，只剩下我一个人。我只能祈祷，这时候不要出现意外，二混子不要回来。

祈祷没有生效。方哥离去约十几分钟，有一个人走进了二混子家的门栋。蹲守了三天三夜，我对这个门栋内住户的情况已经比较熟悉，知道了每家都有什么人，而且对他们都有了印象。可是，这个人却很面生，三天里从没出现过。

这是个年轻女性，二十多岁模样，她走到门栋外，特意四下观察了一下，才走进楼内。

我赶忙下车，也走进门栋，和女人保持着一段距离，向楼上走去。

女人来到五楼，拿出钥匙打开一个门。正是二混子家。

女人关上门后，我急忙奔到门前，向内倾听着，可是，只听到非常微小的、好像翻找什么东西的动静，听不出别的来。

我还想细听，女人的脚步声向门口走来，我急忙离开，向楼下慢慢走去，听到了背后开门关门和脚步向我走来的声音，我向一旁闪了一下，让女人从我的身边走过，向楼下走去。

我没有动她。因为，我们要抓的是二混子，不是这个女人。如果抓了她，可能会惊动二混子。我要跟着她，通过她，找到二混子。

对了，二混子的邻居说过，二混子没有媳妇，他一个人住在这里。那么，这个女人是谁?

在我的视线中，女人匆匆走出门栋，向大门方向走去。我盯着女人的背影，进入车中，启车后，向大门口驶去，继而，看到女人走到路旁，打了一辆出租车驶去，我驾车不远不近地跟在后边。

这时，我才抽出手来打电话，先打给方哥，还没等问他女儿的情况，他就说："我马上赶去。"听话音，方菲的情况应该不是很严重。

我再给富强打电话，要他马上来和我会合，他非要问我有什么事，能不能稍等一会儿再来。我当时就火了："你要不想在专案组干就不要来了。"

我一边紧盯女人乘坐的出租车，一边焦急地盼着方哥和富强赶来，大约十几分钟后，一辆出租车驶到我的车旁边，鸣起喇叭，我停下来，方哥从车中走出来，上了我的车，我继续驾车跟踪，心里有了一点儿底。

富强一直没有来到，我也不再盼他来，但是下了决心，从现在起把他开了，专案组没他这个人了。

半个多小时以后，女人乘坐的出租车驶进一个小区，我们的车欲随之驶进去，却被栏杆拦住，进不得。我正在着急，身后驶来一辆高档轿车，轿车中探出一个人来，手上的警察证亮了一下："赶快让我们进去!"

是富强，他驾着自己的奔驰赶来了。

我的气马上消了，但是也有点失望，看来，还得把他留在专案组内。

4

出租车驶到一幢住宅楼前，停下，女人下了车，向一个栋口走去。

我们也停下，下了车，向同一个栋口走去，和女人保持着一段距离。

女人没有注意我们，径自上了六楼，走到一个防盗门跟前，打开，向内走去……

没等我发话，富强闪电上前，脚伸进门内，然后猛地把门拉开，闯进门去，大喊着："警察，不许动!"

在这种情况下，我和方哥没有别的选择，也随之冲进去，拔出手枪，同样发出"警察，不许动"的呼声。

女人完全吓呆了，僵在地上，看着我们说不出话来。

我们迅速搜了客厅、卧室、厨房、卫生间、阳台等所有地方。

没有二混子的身影。

我走到女人跟前："二混子在哪儿?"

女人："不知道啊，我走的时候，他在屋子里，还说等我来着，咋没了?"

什么?!

再问，女人吞吞吐吐承认，她跟二混子混了好长时间了，这几天，二混子就在她这儿过夜，她问他为什么不回家，他说他眼皮跳，可能会出事。今天是因为粉没了，才打发她去他家一趟，把他家剩下的一点儿粉取来，想不到，她回来后他却已经不见了，至于去了哪里，她也不知道。

看得出，女人说的是实话。我稍一思考，立刻奔向小区出入口，查录像，看到就在不到十分钟之前，二混子步行着从小区走出来，走到街道旁，打了一辆出租车离去。我们看清了出租车的牌号，我一边驾车追赶，一边给李局长打去电话，汇报了情况，要求查这辆出租车的方位。

二十分钟后，我们找到了出租车，看到车里边的司机以及车中的男青年，可是拦下后一查，此人只是个普通的乘客，并非二混子。在我们的追问下，出租车司机说明，二混子是在九道街的一个十字路口下的车。

我们再赶到九道街十字路口，看到这里四通八达，人来车往，顿时蒙了。看样子，二混子是故意选择在这里下车的，让我们无法判断他奔向哪里。

我再次和李局长联系，再次调取交通录像，再次发现了二混子的踪迹，可是，通过交通监控录像的接龙追击，他的身影最终消失在城郊接合部，不知所终。直到第二天上午人才被发现，我们三人匆匆赶到现场，在城郊接合部一条公路桥基下，看到他靠着墙基坐在地上，傻乎乎地看着我们笑着，眼睛却是凝固的。

二混子已经死了。他的身旁，扔着一支注射器。

法医很快得出结论，他是用毒过量而死的。但是，不是吸毒，而是扎毒。法医在他的手臂上发现了注射毒品的针眼。

可是，他的情妇却告诉我们，二混子以吸毒为主，平日很少扎毒。

那就是说，他有可能是被他人害死的。是什么人干的，为什么？

现在，更大的问号摆在我的面前：种种迹象看，二混子知道我们在找他，在躲避着我们，而且，在我们找到他之前，提前获知了信息，从家里逃离了，之后，在我们即将抓获他之前，又被人杀害了。

我的问题是：他怎么知道我们在抓他？他怎么这么及时获取了我们的行动信息，在我们抓到他之前的十分钟内逃离了？

是谁给他的信息？

十　谁走漏的消息？

1

我先看向富强说："富强，你昨天晚上没在的时候，去做什么了？我给你打电话的时候，你跟前都有什么人？"

"组长，你什么意思啊？"富强恼了，"怀疑我走漏了风声？你怎么不问方文祥，他不是也离开了吗？也是接到你的电话赶去的嘛！"

我盯着富强说："我现在是问你。"

富强说："我……好，我昨晚之所以离开，是因为夏晓芸爸爸、也就是夏市长过生日，举行家宴，我作为未来的女婿，能不参加吗？在场的人还真不多，就是夏市长、他媳妇，还有夏晓芸，我，就我们四个人。你去调查吧，我一共离开你也就一个多小时，我的每一分钟都可以查清楚，对，我的手机在这儿，你查查，那个时间往外打电话没有，你查……你记下来呀！"

富强气冲冲地走了，临走时还留下话："黎组长，我等你的话，我还是不是专案组的人，要是觉得我不可靠，不要我了，就发话！"

富强就这样走了，我的目光又看向方哥。

方哥在看着富强的背影，一副耐人寻味的目光。

我问："方哥，你想什么呢？"

方哥说："我想，即便是富强走漏的信息，他也不会是有意的，很可能是无意间被人察觉的。"

我觉得方哥的话有理，富强虽然给人不牢靠的感觉，可是，给二混子通风报信绝不可能。就像方哥说的，很可能是他无意中说了什么，引起了别人的注意……可是，我再三跟他强调过保密，他还能无意间泄露行动的秘密吗，他又是怎么泄露的呢？能不能是我紧急通知他马上赶来，他的行动引起了别人的注意呢？如果是这样，这个别人又是谁？夏晓芸？不可能，她不可能和二混子这样的人有什么瓜葛。夏康副市长？更不可能吧……剩下的就是夏晓芸的母亲、夏康的媳妇了，她也不会吧！他们一家怎么会和二混子有瓜葛呢？他们根本就不是一个世界的人。如果不是他们，又是谁呢？

我下意识地看向方哥。

方哥马上明白了我的意思："我接到你电话的时候，正在跟大夫说话……对，方菲是被一辆轿车碰倒了，伤不重，没有骨折，但是肌肉和软组织伤得厉害，出了不少血，医生说要住一周的院。你给我打电话的时候，我正在跟医生说她的事。我接到电话什么也没说，跟你嫂子打了个招呼就来了，也没说什么事，无论是医生还是你嫂子，都不可能说出去，即便说出去，他们也不可能知道我要干什么。"

我是不会怀疑方哥的，他是老刑警了，自制力很强，不可能轻易地从嘴上流露出行动秘密，不可能是他这边泄的密……我再次想到富强身上，可是，我通知他时，只说有紧急情况，什么情况确实没跟他说，而他又是自己开车来的，路上也不可能跟谁说什么。这……

两个人都不像有问题，可是，疑点又是明摆着的。二混子肯定听到了我们要抓他的风声，在躲避和逃跑，之后就死了，如果方哥和富强都没有泄露，二混子又是怎么知道风声的呢？

想不清楚，只能暂时放下，我把注意力转到二混子之死上。法医的尸检报告说他是死于用毒过量，可是，二混子明明是因为没有毒品，才让情妇去家里取的，那么，他又哪来的液体毒品注射入体内，是谁给他的呢？

现场勘查中，没发现别人的脚印，注射器上，也没发现别人的指纹。当然，也可能有过，被人消除了。

再查交通录像，前边就说过，城郊接合部的交通监控录像基本没有，而二混子死的地方更是找不到，离这里最近的交通监控录像也在五公里以上，那是一个路口，每时每刻都有很多车通过，想查出二混子什么时候、坐着哪辆车来到这里，难上加难。

线索中断了。

我高涨的情绪随之冷落下来，消沉下来。

不过，二混子的死让我意识到此案非同一般，这不可能是一起简单的入室强奸抢劫杀人，涉案的也不可能是二混子一个人，案子的后边，好像有重重迷雾，让人无法看透又充满诱惑力。

下一步怎么办呢？就在我踌躇着不知如何是好的时候，我的手机忽然响了起来，接起来后，耳边传出一个怒冲冲的女声：“黎斌，你在哪儿？我有事找你。”

我一时没听出是谁：“请问您……”

“我是夏晓芸。说，你在哪儿……”

夏晓芸？他找我干什么？口气不善，我哪儿得罪她了？

一刻钟后，一辆红色的宝马轿车停在我的车跟前，我跳下车，夏晓芸也从车中走出来，漂亮的脸蛋阴沉得好像要下雨。她走到我跟前，大声问：“黎斌，你什么意思啊？”

我什么意思？你什么意思啊……

她的意思我很快明白了。富强离开我之后，找到她，把我对他的怀疑说了，他询问她，昨晚他离开后，她和她的家人，是否把他的行动泄露给别人。结果，二人吵了起来，夏晓芸就来找我算账，认为我在怀疑她和她的父母。

夏晓芸说完，怒冲冲地看着我，完全是一副问罪的神态，而且不会轻易饶过的样子。

我只能耐心说明原因：我是因为行动走漏了信息，问一下富强，这是正常工作，和你夏晓芸没关系。

夏晓芸说：“怎么没关系？他当时和我们全家在一起，你怀疑他就是怀疑我们全家。黎斌，你必须说清楚。”

我有点儿心烦，说什么清楚？你夏晓芸也是警察，怎么这么无理搅闹，我真想撞她几句，可是，想到她是副市长的千金，我还是忍了，耐心地跟她说：“夏晓芸，你叫我解释什么？我们专案组消息走漏，难道我不该问问富强吗？对了，我不只问了他，也问了方队，方队也没说什么呀！”

“我不管那些，反正，你牵扯到我们一家，就不行！”

看着她刁蛮的样子，我忽然感觉她很丑恶，再也感受不到她以往的漂亮，心里忽然有些庆幸，当时幸亏没追她，真追了，不知受到多少羞辱呢。

我的声音也变得生硬起来：“我没什么解释的。夏晓芸，你要是有意见，跟领导反映吧，如果我错了，该批评批评，该教育教育，该处分处分，我都承受。可是，我跟你实在没别的解释了。”

听了我的话，夏晓芸的眼里射出愤怒和蔑视的光，并忽然改变了口吻：“我知道，你是对我怀恨在心，想趁机发泄一下……”

这话什么意思？

“我知道，你想追我来着，因为我不理你，你只好放弃了，可是心里恨上我了，再加上现在我跟富强好了，你这么大岁数了还没对象，就借机整我……”

“你说什么呀？”我的声音大起来，“夏晓芸，你太过分了！”

“过分？我看，恰好说中你了。你说，你对我动过心思没有？哼，我劝你还是找个差不多的结婚吧，不然，岁数再大一点儿，搞不好都得变态！”

你他妈的……

我咬牙忍住才没骂出来，可是，对这种羞辱我绝不能忍受，脑子一转，话出了口：“夏晓芸，你知道吗，我很庆幸。”

“庆幸？你庆幸什么？”

“我庆幸当年没有追你，庆幸你没有理我。”

她还是没听懂：“说，你别绕弯，有话说明白。”

我说：“我说得很明白，如果说过去我还多少有些遗憾的话，那么，看到你现在的表演，我完全变成庆幸了。这回你明白了吧！”

“我……你是说……黎斌，你撒泡尿照照自己，能配得上我吗？想找我这样的，做梦吧，你打一辈子光棍吧！”

夏晓芸说完，转身进入自己的宝马，驶去。

我气得心狂跳不已。

2

回到家中，虽然很累，却难以入睡。

夏晓芸的话深深地伤害了我，她不仅提醒我年龄不小了，还没结婚没有女朋友，更伤害了我的自尊，她的意思很明显：我找不到心仪的异性，甚至我没有资格找心爱的女性，我太低微了，太丑陋了，太……难道，我真是这样吗？真是这样差吗？在人们的眼中，我是夏晓芸说的样子吗？我想要问一问，要马上问一问，可是，去问谁？这个冷清的家中，只有我一个人。

我想到了一个人，拿出了手机，打开了微信。

微信上，只有她的图像，还有的就是我们互相加入时的机器人留言。是啊，我们还没有在微信里说过话。这两天我太忙了，心里全是案子，已经忘了这个微信，即便有时心里闪过她的影子，也无暇通话，现在……现在和她说话好吗？九点多了，她睡了吧，或者快睡了吧，这种时候，无缘无故跟她搭讪，是不是太鲁莽了？再说，跟她说什么好啊，能把夏晓芸的话跟她说吗？说了，她会有什么想法，会怎么看我？算了吧！

我轻轻吁出一口气，把微信收起，手机放下。可就在这时，手机传出一声轻微的微信铃声。

我的心咯噔一声，急忙拿起，打开微信。

是心灵感应吗？正是她的微信号。我急忙点开，看到的是简单的五个字："您好，忙着吗？"

我急忙回话："刚回家，不忙。你睡了吗？"

"没有，你才回家，累了吧？"

"不累，我正想找人说说话。"

她没有马上回答。

这是什么意思？她为什么不回话，是不想跟我说话，不好意思张口，还是……

微信铃声突然响了起来，是视频通话的铃声。不，不是视频通话，是音频通话，只能听到她的声音，看不到她的表情。那也行啊，我急忙接起。

她说："你是不是出了什么事？"

她的话一下让我的心情变得很复杂，一时不知怎么对她说好，如实对她说吧，觉得不是太好，可能损害自己的形象，可是不能沉默呀，我确实迫切地想跟她说话，不能放过这个机会。所以就不答反问："苗苗，你怎么知道我出了什么事？"

她说："我看到你了。"

嗯？"在哪儿看到的，看到了什么？"

苗苗说："我看到你和一个女的在一起，她长得很漂亮，她好像跟你说着什么，挺激动的样子，你的脸色不太好，我当时在出租车里，想下去，又觉得不好，就过去了。对，她是什么人，你们怎么了？你跟她是什么关系？"

原来是这样。

我急忙回答："苗苗，你别乱想，我跟你说过，我没有女朋友，我跟她是同事关系。"

"那她为什么对你那样？"

我……我怎么说呀？我耐心地做了解释，当然涉密的部分不包括在内，可是，我说了她是副市长夏康的女儿，还小心地把夏晓芸对我说的那些污辱性的话告诉了她，没说完就被她打断了："她怎么这么说？她是什么警察呀？她居然瞧不起你？我看，你比一般男的强多了。黎斌，你别生气，也别把她的话放到心上，你要有自信，你很优秀！”

这……

我的心一下热了，力量一下恢复了，自信一下子重燃了，我一时不知说什么好，只是说了句：“苗苗，谢谢你，非常感谢你，感谢你的理解，你的……”

我还有很多话想对她说，包括平时不好说、不敢说的话，但是，她突然打断我说：“黎斌，不早了，你还有案子，休息吧。对，我年纪比你小，有些事还不懂，但是我要告诉你：我相信你。再见！”

她没有征求我的意见，就突然关闭了通话。我……我的激情还在燃烧，还没有熄灭，可是，我还是控制住自己，没有再把微信拨回去。

够了，有她这些话，足够了！

苗苗的话，不但鼓舞了我，我还觉得，从现在起，我似乎有权利在需要的时候，给她发微信或者打电话。

翌晨，又是个天晴日朗的日子，我的心情也和天气一样美好。吃过早饭，我给方哥打去电话，想研究下步的行动。可就在这时，手机响起，是李局长打来的。他说：“黎斌哪，你来我办公室一趟！”

3

我来到了李局长的办公室门外，敲门。李局长的声音传出来：“请进！”

我走了进去，看到了李局长的目光，他的目光在迎着我，目光中好像含有什么意味。

这时，我看到屋子里还有另一双眼睛，另一个人。他也在盯着我。满是横肉的方脸，骄横，审视，敌视的目光……

这不是副市长夏康吗？

夏康威严地盯着我，我迎着他的目光。片刻，他笑了：“黎斌，黎组长！”

我立正，磕脚跟说：“夏市长好。”

对，地方和军队不一样，地方不能称副职领导“副”字。何况，听说他很快就升任市长了！

我把目光转向李局长。

李斌良说：“黎斌，夏市长来，是为了协助你们专案组破案的。”

李局长说完，目光转向夏康，意思是让他说话。

夏康流露出些许的尴尬，但是马上严肃起来："黎斌，我说过，你行。现在看，我没看错人，你真行。我就喜欢你这样的，当刑警嘛，就得敢碰硬，不管是谁，哪怕是天王老子，有怀疑，该调查一样调查。来，你看看我的手机，这是昨天晚上，我生日的家宴时候打出打入的电话号码，你可以逐一审查，看有没有嫌疑。"

来了。

看来，富强不但把我怀疑他的事告诉夏晓芸，还告诉了夏市长，当然，也可能是夏晓芸干的，她不但找我问罪，还告诉了她爸爸。夏康表面上说支持我工作，可这分明是问罪来了！我该怎么办？难道，真的查他的手机通信情况？就算查了，能查出什么吗？这会给我带来什么……

我看向李局长，是求援的目光。

李斌良却看着我不说话，而且没有任何表情，看来，他是要让我自己拿主意。

我只能自己拿主意了。在努力平静一下后，我再次向夏康磕了一下脚跟，大声说："谢谢夏市长支持我们工作，但是，我对富强的询问，只是出于工作职责，感觉行动信息有走漏的可能，并没有确认是从他那里走漏的。夏市长身为高级干部，不可能和犯罪有什么关系。所以没有必要调查。如果我们的工作哪儿不当，还请夏市长批评指正。"

夏市长眏着眼睛听完我的话，片刻后露出笑容："黎斌，我刚表扬完你，你咋就后退了？你看，电视剧里演过，领导干部参与犯罪的也不少，你怎么能这么说呢？"

我说："夏市长，生活不是艺术，我相信您不会犯罪。"

夏康说："万一我参与犯罪了呢？"

我说："如果您真的参与了犯罪，我发现了证据或者线索，我会调查的。"

夏康说："行，你真行。李书记，你这属下真行啊。黎斌，你真不查了？还是查查吧！"

夏康把手机递向我，我看着他，不动不语。

夏康说："你看，是不好意思，还是怕我报复你呀？瞧，我都写下来了，把它给你们留下吧，这上边记着的就是我昨晚那个时间里的通信号码。"

夏康说着，拿出一张字条，放到李局长面前的办公桌上，然后起身："对不起了李书记，打扰您工作了。黎斌，你行，好好干！"夏康拍拍我的肩膀，向外走去。

我只是转了个身，没有动，李局长亲自送他出去。

片刻后李局长归来，看到我正在看夏副市长留下的字条。

“怎么，你真想查？”

我看着李局长，眼神中泄露了我的想法。

李局长拿起字条，扯碎，扔到桌子上。

我看着李局长，很快从不解变成了理解：即便夏康真有什么问题，也不会在电话号码上有所发现。

李局长没有解释，而是问了我一句：“黎斌，是不是挺尴尬？”

我点点头，继续看着李局长。

李局长说：“他来我办公室后，先是抱怨你不该怀疑他们，然后说想见见你。我开始不想答应，后来觉得，见见也好。这种滋味，我年轻时候不止一次品尝过，现在，你也品尝一下吧！”

他年轻时也品尝过这种滋味？我不解地看着李局长，他慢慢说着：“其实，刑警的能力不只体现在破案上，还体现在抗压上。一个优秀的刑警，必须习惯这种压力。明白吗？”

明白，不明白，明白……

我点点头。

李局长说：“那就好，说说吧，你怎么看夏副市长的这种态度？”

我想了一下：“我本来不怀疑他，可是……”

我没有说下去，相信李局长能明白我的意思：他这么一来，我反而有几分怀疑了，他是不是反应过了点儿？不会吧，他是副市长，副厅级，属于高级干部，怎么会和二混子这样的人有什么瓜葛呢？怎么会和入室强奸抢劫杀人案有什么瓜葛呢……

李局长说：“你有什么打算？”

我看向桌子上扯碎的字条，它们还完全可以拼接起来。

李局长抓起扯碎的字条，又撕扯起来，撕扯成了更加破碎的纸沫，扔到废纸篓里。

这……

我不解地看着李局长。其实，他扯得再碎也没用，几个号码我已经都记下了，其中有一个号码记得特别清楚，那是一个北京的号码，是一部座机……

李局长说：“记住，不许查这些号码，特别是那个北京的号码，绝对不能查。”

这么说，李局长也注意到这些电话号码了？这个北京的号码是谁，为什么不能查？

李局长说了："他肯定是夏市长哥哥。"

"哥哥……"

李局长说："对，你没听说过夏市长有个哥哥在北京吗？"

这……对，好像是听说过，但是因为和自己无关，所以没太注意。

李局长说："不知道也好。你忙去吧，记住，不要受任何影响和干扰，只要有我在，在关阳谁也不能把你怎么样！"

我的心略略放下来。

4

我迅速找到方哥，让他上车，说起夏市长的哥哥。方哥说："你怎么会不知道这个……对，你平时就不太注重人际关系。夏市长有这么个哥哥，官场没人不知道。"

我问："他哥哥到底是谁呀？有这么大的威力？"

方哥小声说出一个名字，我感觉头上猛地挨了一棒子，再也说不出话来。

方哥说："要不是有这样的哥哥，就夏康那个熊样儿，跟个土匪似的，凭什么青云直上，不可一世？凭什么一个普通的副市长，连书记和市长都让他一头？"

啊，原来是这样，是啊，有这么个哥哥，在关阳谁敢惹他呢？

方哥注意地看着我说："怎么，你得罪他了？"

得罪？何止是得罪呀，我怀疑他未来的女婿，进而牵扯到他的女儿，又牵到他身上，我……

此时，我才切实体会到李局长说的这种感觉。可是，李局长说了，一个优秀的刑警必须承受这些。那我就承受吧。反正李局长说了，有他在，本市就没人能把我怎么样。

我不再纠结于这个问题，而是转了话题，问方哥，闺女方菲的情况怎么样，方哥说没啥大问题，但是必须在医院住几天，等着伤口痊愈得差不多了再说。

于是，我和方哥把精力转到下步的工作上。

十一　受害人的前史

1

见到方哥之前，我已经有了下步工作的基本思路。目前虽然遇到挫折，可是并非没有工作可做。首要的工作是查明二混子被何人所杀，要查这一点，就要查他的关系人，查明他平时跟谁来往密切，谁可能杀他。揪住不放查下去，或许会查出什么来。但是，这种工作需要大量的时间，且不能保证有良好的效果。其实，我心里还有一个思路，就是：查于丽敏的前史，查她早年的关系人及经历，可能会从中发现加害她的人。这个思路我早就有，只是因为出现了车牌照的线索，出现了二混子这个人，使我把这个思路暂时放下了。现在，我觉得可以实施了。

方哥听了我的话深以为然。他说："斌子，你想得对。不过，二混子这边也不能放下，分头行动效果会更好。"

我也这么想过，可是，人手太少，我们一共才三个人，富强又从昨天起一直没打招呼，可能退出不干了。靠我们两个人肯定做不到分头行动。

就在这时，我的手机响起，正是富强打来的："组长，我想过了，昨天是我不冷静，态度不对。还有，夏晓芸跟我说，她去找你了，这我也有责任，可是我管不了她，就让我替她检讨吧……"

富强的话让我有些欣慰，也减少了我对他的怨怼，专案组正需要人，他能及时回来，也就多了份力量。可是，我也有些为难，因为我无法百分之百地信任他，不知道他回来是福是祸。但是，他态度这么诚恳，再加上需要人，所以我就故意大声说："富强，你别啰唆了，赶紧过来吧，我们有新行动！"他高兴地应了一声，工夫不大，就打出租车出现在我和方哥面前，坐到我们车中。

富强这小子有点儿特殊本事，他进车里后，就像什么也没发生似的，高高兴兴地问我下步怎么办，我故意反问他怎么想的。他先说听我的，后又说，当然不能放过二混子的线索，但是工作量会很大，很难短时间内取得突破。我先表扬他想得对，这条线索确实不能放下，然后提到了于丽敏前史的线索和分头行动的想法。他听了连连称赞我想得对，继而同样犯愁起来：我们只有三个人，办案要两个人以上才合法，三个人分成两组，必然有一组是一个人，怎么办？能不能再抽个人……没等他说完，我就打断他，说找可靠的太难，只能靠我们三个人。还说，这个问题我想过了，抓人审人确实必须两个人，可是调查走访，一个人不是绝对不可以。譬如，派出所的片警就经常深入责任区走访调查。富强听了，立刻说明白了我的意思：两个人外出调查于丽敏前史，一个人留下查二混子的线索。我就说，我必须亲自外出，他又立刻说："组长，我跟你走。对，外出太辛苦，方叔年纪大了，就在家里调查二混子的线索吧！"

我向方哥征求意见。他说："也好，方菲还在医院里，我也放不下心，就留下吧！"

2

我驾车，富强坐在副驾座位上。

这是富强进入专案组后，第一次只有我俩坐在车中，也是富强第一次坐在副驾位置上，和我肩并肩地坐着。

这让我有些不舒服，或者说，有点儿别扭。之所以别扭，还是因为我不很信任他。可是，无论别扭也好，不信任也好，都无法改变现实——我和他如此近距离地、单独地相处于斯。

必须打破这种别扭的局面，我俩这次外出调查不知多长时间，一直这么别扭下去，那就是实在太别扭了。

还好，车驶出城后，富强主动开口："组长，我想过了……"

话出口后又停下来。我没出声，等待他继续说下去。

他说："其实，你怀疑我是应该的，如果换了我，我是组长，也会像你那么想，也得追问。我当时不该那种态度，更不该跟夏晓芸说，结果，她去找你说了那种话，她太过分了，我跟她吵了一场。"

无法判断他的话真伪，但是，无论真伪，他态度还是令我心里舒畅了一些。

我问："夏晓芸跟你说过，她和我说了什么话吗？"

富强说："说了，不然我也不会跟她吵起来，她怎么这样？太过分了！"

他的口气中带出一股激愤，听上去不像是假的，这让我的心里更舒服了。可是我故意说："她说的也没错，我都这么大了，连个女朋友都没有，甚至没有处过，哪能跟你比呀，我又穷又没地位，爹妈都是普通人，哪像你……"

"组长，您别这么说，"富强打断我的话，"其实，我家过去也很穷，可能比你家还穷，当年，我爸就是一个农民，因为日子太艰难了，改革开放后，就出来闯社会，先在工地打工，后来当了工头，再后来当了小老板。其实，我家真正发展起来，也就是十几年的事。我对小时候的事还有印象，我爸总是起早贪黑，风里来雨里去，我很少在家里看到他的影子，他也很少像别的爸爸那样，抱抱我，陪我玩儿……"

咦，富强的语气中居然露出几分酸楚，居然使我的心产生几分同情。

富强继续说："其实，我爸很不容易，别人看，我家很有钱，很风光，你没看到我爸对那些当官的、有权人的样子，卑躬屈膝，点头哈腰，逢年过节，就开始犯愁，给哪个送什么礼，送多少钱，怎么不暴露，怎么显得自然，不让对方为难……对，你知道吗，就因为这，我才当的警察。"

啊？还有这事？

"我爸跟我说：'富强啊，你不能走我的路，男子汉没权不行，你得想法当官，掌权，爸才能直着腰做人。'所以，才逼着我考公务员，当了警察。"

啊……这么说，他也算有点儿真才实学，我过去一直怀疑，是他家花钱把他运动进公安局的，现在看可能不是……

"我爸为了让我更快爬上去，先托人，把我活动到分局刑警大队，因为他觉得，刑警办案，手里有权。后来觉得在基层分局爬得慢，就又把我活动到市局刑侦支队。"

是这样！富强居然把这话都跟我说了，我要再不信任他，就不对劲儿了吧……

富强继续说下去，说的都是我感兴趣的："组长，干脆，我就都跟你实说了吧。我追夏晓芸，也是我爸的意思。"

嗯？这是什么意思？

富强说："当然，夏晓芸长得漂亮，我也挺喜欢的。组长，咱们都是男人，互相瞒不了。你说，哪个男的不喜欢漂亮女人，哪个看到漂亮女人不想得到她，这也正常是不是？组长你也别不好意思，夏晓芸说你当初也有追她的意思，只是没敢，是吧？”

这……

“我第一次看到她时，跟你心里一样，有几分喜欢，可是，并没有非追她不可。可是，我爸知道她是夏市长的闺女后，跟我说，如果真和她家攀上关系，今后就谁也不敢欺负我家了，我家也会赚更多的钱，所以就使劲怂恿我追她。可是，我追了好长时间，她一直冷冷落落的，直到最近，才主动了点儿……可是，她昨天跟你一闹，知道她说了那些话，我对她的劲头儿一下子小了，她怎么这样啊，我真要娶了她，哪儿得罪了她，她对我能客气吗？会说出什么来呀？”

哦？这小子居然产生了这种想法，真的假的呀！不管真的假的，听了这些话后，我都觉得和富强的距离拉近了一些，觉得他比过去可信了一些。

富强叹息一声后又说：“其实我反复想过了，如果真是因为走漏消息导致二混子被害了，那，只能是我和方队走漏的，方队你们是老关系，你不怀疑他，怀疑我，也正常。不过我觉着，夏晓芸再那个，也不可能给二混子通风报信吧，她爸她妈也不能，即便是他们走漏的消息，也不会是有意的吧……”

不能不承认，富强说得有道理，我在心理上和他的距离又近了一些，也不那么戒备了，这样一来，和他单独在一起，也不觉得那么别扭了。

两个多小时以后，我们来到了温县县城。

3

其实，于丽敏的原居住地温县，也归我们江山市管辖，只是跟关阳不是一个方向，一南一北，相距八百多华里，而从江山出发，则只有四百多华里的路程，因此，不到三小时，我和富强就到了温县。之后，又来到于丽敏原来的居住地：温县新风街三委十六组。对，这是过去的称呼，现在这里已经变成一片新的居民小区，呈现在我们眼前的是建起没多少年的多层居民楼。

我和富强转了一会儿，就去派出所了，因为，无论是小区物业还是居民业主，没人知道于丽敏的名字，是啊，于丽敏都迁走十多年快十八年了，那时这里还是平房区，现在住的居民早已不是当时的居民了，谁会知道她呢？我们通过户籍警察，查了一下于丽敏户口迁移的底子，这确实查到了，可是，也只能证明于丽敏结婚后迁到关阳了，别的什么也提供不了。这时，我想起于丽敏前夫说过的他们婚姻的介绍人，也就是把于丽敏介绍给他的那个九姨。

于是，我们找到派出所的责任区民警，请他帮忙，为了激发他的积极性，晚上，我还特意请这个兄弟吃了顿饭。当然，是富强抢着结的账。

吃完晚饭，我们就找了家旅馆住下，我本想住两张单人床的标间就行了，可是富强非要各住一个标间，说他的房间由他个人付钱，不找局里报销。我没有理由不同意。对，我确实想时时盯着他，防备他走漏什么风声，可是又想，如果他真的跟二混子之流有勾结，走漏风声实在太方便了，我是不可能盯得住他的。再说，现在我们的调查什么进展也没有，他有什么可走漏的呢？何况，我也想有个单独的空间，说些私密的话，对方哥，对她——苗苗。

进入房间后，我首先给方哥打了电话，说了我这边的情况，再问他那边怎么样。没想到，方哥说出来的是好消息，他这一天来真没白干，在确认了二混子和那个给他取毒品的女人是情人关系后，就耐心地做女人的工作，女人现在虽然没吐露什么，但是，他感觉到她可能知道些什么，而且有希望把她的思想工作做通，从她的口中获得一些有价值的信息。我听了心情挺豁亮的。

放下方哥手机后，我打开了微信，找到“梦中女孩”的微信号，点开后，看着微信界面，却一时不知说什么才好。我只是想跟她说说话，听听她的声音，看看她的面庞，可是，总不能这么直说吧，总得找到点儿理由才好开口吧。可是想了半天也没找到理由。我心一横：管他什么理由呢，先跟她对上话再说！然而，就在我要说话的时候，响起微信的提示音，眼前的微信号上出现了三个字：“忙着吗？”

我的心快乐地跳起来：难道，真的心有灵犀？冥冥中，我们的神经有共振？我感觉到呼吸有点儿急促，急忙用语音转换文字回话：“不忙，一点儿也不忙，刚刚吃完饭……”我本想说回房间，可是马上想到保密的问题，担心说出回房间，会让人联想到外出住旅馆了，所以就改说：“刚刚吃完饭回来。苗苗，有事吗？”

她肯定也是语音转换文字，回复很快我就看到了：“哦，有个小事儿，想问问你，不耽误你休息吧？”

我急忙地说：“不耽误，不耽误，对，我也正想跟你聊聊呢，说吧，什么事？”

我有一种感觉，她有一件重要的事情，而且是有些隐秘的事情要对我说，会是什么呢？能不能向我吐露感情……我又产生了期盼和幻想。可是，等了好一会儿，等来的却是一句无足轻重的话：“我想问问，你的歌词是怎么写出来的。”

这……我很失望，可是不能不回答，就边想边说：“我的歌词是根据我的一首诗改编的，诗言志，诗歌当然是从心里流出来了，再加上有一定的文学才能，懂得诗的语言，就写出来了。”

“哦，是这样。”

她留下这样几个文字，又没动静了。我忍耐不住，反问起来：“苗苗，你为什么问这事啊？”

她回话了：“我是想，我要是有你这个能力就好了，心里有什么就写出来。”

我问：“苗苗，你现在心里是不是有什么想法？”

又是好一会儿没回话，好不容易看到文字了，回答的却是：“见面说吧。我爸好像回来了。”

我问：“李局长才回家？”

她说：“他总这样，事儿多。我去看他一眼，先到这儿吧！”

谈话就这么结束了，我很遗憾，非常遗憾，可是没有办法。不过又想，她能主动跟我联系，还说“见面说吧”，这又意味着，她还会找我的，也意味着，今后，我随时可以跟她说话了，这不能不是一大收获。所以，我给她发了一束鲜花和一个睡觉的表情，然后才躺下。可是，当头落到枕头上的时候，我油然想到，此时，富强肯定在跟夏晓芸交谈，只是不知谈到什么程度，谈了什么内容。

早晨起床不久，我接到了当地派出所片警的电话，跟我说他打听到了九姨的线索。我听了非常高兴，当即邀他共进早餐。吃早餐的时候他告诉我，已经查到，九姨就住在城郊接合部，住在女儿家里。吃罢饭，我们就直奔目的地，来到九姨女儿家院门外，可是却发现院门锁着，敲也敲不开，这时邻居从院门内走出来，告诉我们，九姨女儿一家去烧百天了。

烧百天了？烧什么百天，谁的百天？

打听后，我和富强慌起来，烧的就是九姨的百天，九姨在一百天前去世了。

这……

不能轻易放弃，我打听清楚墓地的位置后，立刻和富强驾车前往，很快来到墓地，看到了一个新的墓碑和几个烧纸的人影，直奔过去，在他们祭奠完毕后，上前打听，果然是九姨的儿子、女儿等人。

九姨的女儿接待了我们，她看上去四十来岁，应该和于丽敏差不多。我在说明身份和来意后，提起于丽敏的名字，问她认识不认识这个人，在得到肯定和警惕的回答后，我开始询问于丽敏的前史，也就是她早年的经历。这时我注意到，听到于丽敏的名字之后，她好像被什么扎了一下，或者被蛇咬了一下，露出恐惧、厌恶的表情，使劲儿摇着头说："都多少年的事了，你们打听这个干什么？"

咦？有门儿。

我急忙跟上她的话："你知道我们要打听什么？"

她说："还能是什么？这事对她伤得太重了，毁了她一辈子啊，这么多年过去了，你们怎么还打听啊？"

我说："我们必须打听，于丽敏被害了，你们听说过吗？"

"啊，没有啊，到底怎么回事？"

我耐心地、有节制地向她说明了于丽敏被害的情况，说了一下凶手的残忍手段，没说完她就哆嗦起来："天哪，小敏子咋这个命啊，是谁这么狠哪，那个人不是死了吗？"

富强忍不住了："你说的人是谁，谁死了？"

"赵雄啊？你们不知道这个人吗？"

赵雄?!

我和富强互视，都现出吃惊的表情。这个名字很熟悉，难道，她说的是这个人？这个人和于丽敏的案件有关？

4

赵雄是个名人，尽管他已经死了，尽管从没见过他，也没跟他有过任何来往，可是，他的名声太响了，尤其是公安政法内部，所以，我想不知道他的名字都难。

他成名于十八年前。

十八年前的一个傍晚，还青春年少的他，带着一群狐朋狗友，呼啸于江山市的大街小巷，放浪形骸，肆意妄为，无人敢惹，不知祸害了多少良家女子，不知伤害过多少无辜百姓。

这天晚上，他和几个同龄的狐朋狗友正在驾车兜风，忽然看到街头出现两个妙曼的少女身影，急忙赶上前去，拦住二少女去路，看清两名少女果然清纯秀丽，淫心顿起，当即提出和二少女交朋友，二少女非常害怕，急忙要离开，可是哪能逃得过他的手，当少女竭力反抗时，他光起火来，一顿暴打，将少女打晕，然后拖到车上，当即施以奸淫，每个少女都由他先“开苞”，发泄兽欲之后，再交给手下蹂躏，发泄完毕后，又以二少女不配合为名予以惩罚，把少女拖下车，在街头予以暴打，把一名少女的一口门牙全部打掉，还实施了牙签扎手指、扎乳房等恶行，把两个少女折磨得死去活来，最后，才往少女身上、脸上撒了一泡尿，抛到街头离去。

因为这一切是在众目睽睽之下进行的，有很多人目击，因而，当警方介入，将赵雄等恶徒抓获后，很多外地媒体予以披露报道，震惊全国。后来，警方在深入调查后，发现类似的恶行赵雄做过多起，有十多名少女被害。实在是性质恶劣，反响强烈。最终，由江山法院判处赵雄死刑，其他的恶徒也受到了应有的惩罚。

这起事件中，其中一名被害的少女，就是当年的于丽敏。受害时，她是和女友一起来江山游玩，没想到碰到了赵雄。当时我还在上小学，也风闻到案件的大概，只是具体姓名和细节不太知晓。

按理，十八年过去了，人已经判了死刑，社会上各种事件很多，为什么我会对这个名字印象如此深刻新鲜呢？那是因为，后来又出了奇事。在赵雄被判死刑的六年之后，有人发现他又出现在江山市街头，还在好生生地活着。

原来，他被判了死刑，却没有被执行。后来有消息传出，是在判他死刑，即将执行之前，他的母亲把他的年龄证明拿到法官面前，其时，赵雄还未满十八周岁。也就是说，他还未成年，根据法律规定，未成年人不能判处死刑。于是，法官又改判了有期徒刑中最长的年限，二十年。再后来，他在监狱里不断立功，受奖，于是，蹲了六年多，就刑满释放了。

人们虽然议论纷纷，却无可奈何。事不关己谁会站出来质问这种事？找谁去质问？何况，死刑未能执行，六年多就出来了，本身就说明他有深不可测的保护伞，谁敢站出来跟他斗，自找倒霉？

如果赵雄释放后低调做人，可能也就没有后来的风波了，他的名声也不至于这样响亮，甚至早被人忘记了。可是，他怎么能甘心这样做人呢？他出来后，照样呼朋引友，招摇过市，以证明他还是他，谁也不能把他怎么样。还开办起歌厅、酒吧，江山市最大的KTV就是他开办的，后来，他又搞起房地产，总之，他想干什么行业，就干什么行业，谁敢跟他竞争，绝对没有好下场，他搞房地产，看中了哪个项目，别的竞争者必须主动退出。他想在哪儿拆迁，别的开发商拆不动，他接过来，一顿打砸抢就解决了问题。就这样，他很快成为江山的名人，也成了身家过亿乃至几十亿的富豪。

可是，他做得太过分了，十八大之后，他的恶行被媒体曝光，受害人又将他举报到高层，高层领导闻报大怒，命严查重处。于是，报应终于来了，公安部直接派出专案组，秘密潜入江山，经长时间摸排，掌握了他大量的黑恶现行犯罪证据，采取雷霆行动，将赵雄黑恶集团一举打掉，他的手下纷纷落网。可是，就在专案组的铁拳击下的时候，他却先一步逃跑了，成了漏网之鱼。公安部专案组不能在江山久住，把抓捕任务交给了江山市公安局，下了死命令，一年内抓捕不到赵雄，相关领导要受到处分。

在公安部的强大压力下，江山警方经一番艰苦工作，终于获取了赵雄的藏身线索。对了，当时我们分局刑警大队也参与过抓捕，只是做的是外围工作。在发现赵雄的踪迹后，市公安局布下天罗地网，将他的藏身地牢牢控制。可是赵雄非常警觉，发现苗头不对，从藏身地出来后拼命逃跑，而且开枪拒捕，最后，在警方的围捕下，逃上一幢高楼的楼顶，跟追捕的警察展开枪战，还打死打伤各一名警察。在这种情况下，抓捕的警察愤而开火，击中了他，导致他坠楼身亡，结束了罪恶的生命。

这就是于丽敏的前史，也是赵雄的故事。

女人说完了于丽敏的前史，难以自拔，不停地喃喃说着："世界上咋有这种事，咋有这样的恶鬼呀？他虽然死了，可是，却毁了丽敏的一生。她被害后，多少天神情恍惚，不说话，不吃饭，不睡觉，好不容易算是活了下来，可是，跟死人差不多少，从此再不会笑。她妈心疼得哭瞎了眼睛，病倒后就再没起来，死了。几年过去，丽敏到了婚嫁的年龄，当地都知道她的遭遇，不可能找到好人，所以，她爸就托我妈给她介绍对象，还特别提出，要介绍外地的，离温县越远越好，我妈就把在关阳的远房亲戚鲁大山介绍给她，她和她爸都同意了。婚后，她和她爸都去了关阳……

接上了，于丽敏婚前婚后的生活都接上了，有些事也可以解释了。这就是于丽敏婚后害怕过性生活的原因，也是她和鲁大山离婚的原因。对，怪不得她家的墙修得那么高，铁门那么结实，肯定也和她的惨痛遭遇有关……

听完九姨女儿的讲述，我心潮起伏，难以平静，富强的脸也是红彤彤的，没等我开口，他先骂起来：“妈的，我要是碰上他，非一枪毙了他不可。”这话虽然已经没用，赵雄已经死去，可是，听了还是觉得能发泄一下。而且，他这样的反应，也让我感觉，他是个有血性的人，又增强了几分信任感。

虽然我也想骂出同样的话，可是也同时意识到，发泄是没用的，我们现在的任务是找到并抓住杀害于丽敏的凶手。因此，我克制着迅速冷静下来，向九姨的女儿再三道谢，然后和富强回到车中，一边缓缓行驶，一边你一言我一语地分析起来。

我问富强怎么看这个事。他说：“赵雄和于丽敏被杀害肯定有关……啊，我不是说他干的，他已经死了，不可能再害于丽敏，我是说，这两个案子一定有什么联系，只是看不出来罢了。”

我没有出声，他和我的感觉相同。

那么，这两个案子有什么关系呢？既然赵雄已死，不可能再加害于丽敏，那会是谁来害她呢？如果真和赵雄的案子有关，那么，于丽敏被害极可能有报复的因素。可是不对呀，是赵雄害过于丽敏，要说报复，应该是于丽敏报复赵雄，而不是相反。再说，赵雄都死了，再报复于丽敏有什么意义呢？

我俩思来想去，也想不出个所以然来。

这时，我的脑海中闪过一个念头，正要说给富强，手机突然响起……

十二　谁打的电话？

1

手机屏幕上闪着“方哥”两个字，我下意识觉得他一定有重要的事情，急忙接起。方哥开口就问我这边的调查怎么样。因为事情复杂，一言难尽，所以我只说没有白来，回去当面跟他说。方哥也没多打听，而是跟我说，他那边也有点儿进展，二混子的情妇提供了一些情况：在二混子盗窃车牌子前的一段时间里，他的手头儿很紧，连吸粉的钱都拿不出来了。可是，有一天，他接到一个电话，撂下后很高兴，对她说马上就会有钱了。两天过去后，她发现，他的口袋里真的有了一千多块钱，还有了粉。

我边想边说：“也就是说，在他偷了林茂盛的车牌子以后，突然就有钱了。”

方哥说：“是啊，我怀疑，是有人花钱雇他偷的车牌，他并不是杀害于丽敏的凶嫌，真正的凶嫌是他背后的人，是雇用他偷车牌的人。”

这是显而易见的结论。

方哥又说，他查了二混子手机的通话记录，在那段时间里，一个手机号码很是可疑，正在查机主的身份，要我给李局长打个电话，给他开一封去联通公司查这个号码的介绍信，而且要悄悄地进行，也就是要保密。

我听了很兴奋，说马上就打给李局长，然后问他还有什么事，他迟疑了一下，才含糊地说了声没有。我意识到他的语气有问题，急忙追问：“方哥，你还有别的事吧，不能跟我说吗？说吧，有啥事，别一个人担着！”他这才犹豫着说：“不是不跟你说，是有点儿拿不准。”这更引起了我的兴趣，一定要他说出了什么事，最后他说了：“不知怎么了，我感觉，好像有人在盯着我。”

什么？

我的心急速地跳起来，急忙追问怎么回事。方哥又把语气放缓了：“你别放到心上，我也没啥根据，就是一种感觉，老觉得有一双眼睛盯着我，可是又找不到，或许，是我神经过敏了。”

不可能。方哥可是老刑警了，如果感觉不强烈，他也不会跟我说。我顿时想起那天送苗苗回家后，返回路上我产生的感觉，这不可能是巧合。因而我立刻大声道：“方哥，你要小心，我们马上就往回赶。”

我把车启动，迅速向前驶去，向返回的路驶去，忘记了刚才脑海中闪过的念头。

富强察觉到我的不安和焦急，问方哥那边发生了什么事，我说了方哥的感觉。他听后说：“不会吧，难道他们……”他的语气被我敏锐地察觉到并紧紧抓住：“富强，你说的他们是谁呀？是指使你跟踪我的人吗？”

富强慌乱起来：“不是……啊，是……这个……组长，我就跟您说实话，您别生气。我跟踪你那次吧，确实是我个人行动，不过呢……”

想把话吞回去？我不可能放过他：“富强，还是直说吧，不过，有人指使你，是吧？”

富强说：“这个……也不算是指使。我不是因为打人被停职反省了吗？那天，我们胡大队跟我说：‘富强，你这么消极等待下去能行吗？得将功折罪呀！’我问他怎么立功，他就对我说，要立功，就立大功，然后说起于丽敏的案子，说这个案子新来的李局长非常重视，可是一直没破，如果我能查出什么，肯定让人刮目相看。我觉得他说得对，就去了关阳的于丽敏家，想了解一些情况，没承想，碰到了你们。”原来是这么回事，果然是胡克非指使的……

我想了想又问：“胡大队就跟你说了这些吗？没说别的？”

“就这些，没别的。”

富强又重复了一遍胡克非对他说的话和当时的情景，好像没什么可以怀疑的。可是，我这边刚和方哥开始行动，胡克非那边就指使富强跟上来，是不是太巧了？他能不能是知道了我们的行动，才这样做的？

可是，当时我们的侦查刚刚启动，是绝对保密的，胡克非是怎么知道的呢？对了，我接受任务后离开李局长，走到市局大门的时候碰到过他，还是他叫住的我，能不能……不可能，我刚跟李局谈完，他怎么会知道……再往前推，我有哪些言行被他发现注意了呢？没有啊，对，一切是从分局开始的，那天，我去分局长室，没想到里边坐着李局长……

对，那是最开始，接了李局长给我的案卷后，我就离开了……对了……

我的心猛地跳了一下，忽然想起，我离开李局长，走出分局长室的时候，忽然碰到了夏晓芸，手中的案卷还被她撞掉了，她当时有可能在案卷封面上看到于丽敏的名字……可是，她看到了又怎么样？能去告诉胡克非说，我要接手这个案子吗？不能吧，她在分局，胡克非在市局，她是个分局的文书，胡克非是市局刑侦支队重案大队长，他们之间能有什么关系，她怎么会告诉他？再说，她也没必要这样做呀，除非她和案子有关，这不可能啊！

富强说："黎组，您想什么呢？"

"还能想什么？"我边思考边问，"后来，你把我们的行动跟胡大队说了吗？"

富强说："这……我不知道你有秘密任务啊，就跟他说了。他听了以后，就让我继续盯着你。后来，发现你去了宽山，我也跟去了，又一直跟回来，帮你抓住了范大强。对了，一路上我把情况随时报告给胡大队，后来，你都知道了。"

我当然知道了，这就是陈支队、许副支队和胡克非迅速赶到现场的原因。

我想了想又问："对了，于丽敏的案子，你跟夏晓芸说过没有？"

"这……我想想……没有，自我加入专案组之后，绝对没跟她说过。对，之前也没有。"

"那，她跟你说过没有？"

"没有啊，她怎么会知道咱们案子的事！对了黎组，你为什么问这个呀？难道夏晓芸还和咱们的案子有关？"

我说："我是随便问问。不过呢，在适当的时候，你也可以问问她，她听说过于丽敏的案子没有。"

他说："这……黎组，我不太明白，这……"

"好了好了，不说了，你也不要问她了。咱们还是回到眼前吧。你说，方哥的感觉到底怎么回事？"

我意识到对富强说的有点儿多了，所以及时把话题转回来。富强想了想说："要我看，可能还是胡大队他们的事儿。"

有这个可能，然而，我却依然疑虑重重，但愿是这样，又但愿不是这样。如果是这样，方哥就没有危险，如果不是，方哥虽然有危险，却有可能找到并抓住这双眼睛，就可能挖出杀害于丽敏的凶手……

因为心急，两个小时刚出头，我们就回到了江山市的市区，在约定的路口看到了方哥瘦瘦的身影，我的心这才略略放下。方哥迅速上了车，我特别注意了一下他的脸色，他虽然竭力保持平静，可还是难以掩饰一丝紧张迹象。

我和富强让他详细描述一下。他故意轻描淡写地说："也没啥，第一次有这种感觉是昨天晚上，那是我跟二混子情妇谈话以后，离开时，走出小区不远，忽然产生这种感觉，我回头看了一下，什么也没看到。这时，出租车到我跟前停下了，我就没再查看，上车走了。心里还想着是自己感觉错了。第二次，就是给你打电话前，我去联通公司查二混子手机上那个可疑通话记录的机主，我在柜台上办业务的时候，又产生了那种感觉，可我注意了一下，四周都是顾客，也没发现什么，只好离开了。可是，走出来不一会儿，又产生这种感觉，我就给你打了电话。"

听完，我没马上回话，琢磨着这是怎么回事。

富强也没说话，也在眏着眼睛琢磨着。

方哥转了话题，问我这次去温县发现了什么。我就把大致情况跟他说了，也谈了当年的赵雄案和于丽敏被害的猜想。方哥一下子注意起来："难道，两起案件有某种联系？"瞧，方哥也想到了。可是，有什么联系呢？方哥跟我和富强一样，说不清楚。说不清楚就说不清楚吧，我回到现实中，问方哥说："那个手机号的机主查到了吧？"

方哥说："查到了，叫刘玉军，三十三岁，住新风街三委二十四号，我正想去他家看看。"

我说："富强，你和方哥一起去。对，先进行外围调查，不要惊动他。"

之后，我阻止了要下车的二人，把车交给他们，自己打车回市局，去见李局长。

2

李局长关上门，听完我的汇报之后，脸色凝重，陷入沉默中，许久不说话，直到我再次叫"李局"才醒悟般抬起头，问我有什么想法。

我是想从他的口中得到启发的，他却什么也不说，而是问我的想法，我只能说："我一时也想不出来什么，但是必须要查下去，我觉得，于丽敏案件绝不只是一起简单的强奸抢劫杀人案，背后可能隐藏着严重的罪恶。"

李局长听后点点头："你就按自己的想法查下去，想怎么查就怎么查，需要什么我全力支持。”

我没有得到启发，却得到了压力。可是，怎么查呢？我正想向李局长再请示一下，手机响起，是方哥打来的，说他已经查到嫌疑手机号的机主刘玉军的住处了，还从邻居们的口中了解到，刘玉军和二混子是同一类人，没有正当职业，游手好闲，常混迹于麻将桌夜店，种种迹象看，他现在似乎没在家里。我听了急忙嘱咐他们，不要轻举妄动，我马上就过去。

会合的时候，方哥和富强已经调查到，刘玉军平时去得最多的地方，是一个中老年娱乐中心，这个场所虽然名字响亮，其实就是个麻将馆。我们三个立刻驱车前往，路上，富强提出，这个人极可能是二混子的上线、也就是指使二混子盗车的人，也就极可能是入室强奸抢劫杀人的严重暴力犯罪嫌疑人，我们三个是否对付得了，是否能顺利将其抓获而实现零伤亡，是否需要支援，还提出了是否报告刑侦支队，请他们前来协助。应该说，他前边的大部分想法都是正确的，可是，他最后的提议却让我反感起来，怀疑他又是要借机讨好他的支队领导。就没有接受，还故意问他，我们是三个人，我和他都年轻力壮，而且身上有枪，难道对付不了刘玉军一个人，他是不是害怕了？富强受了我的刺激，火气上来了：“黎组长你说什么呢？好，是公是母，到时见！”

好，有火气，是个刑警。但是，不能打无准备之仗，我进行了大致的布置：抓捕时，如果刘玉军处于室外，附近没人，我们就突然袭击，由我先上前，抱住他的双腿，将他摔倒在地，富强继而扑上去，协助我按住。方哥拔出枪警戒，预防万一，如无干扰，协助我俩，给刘玉军戴上手铐。如果抓捕时刘玉军处于室内，就由我和富强悄悄靠近他的两旁，同时动手，一人扭住一只手臂，将其按倒在地，方哥申明身份，喝止室内可能干扰的人，然后协助我俩给刘玉军戴手铐。但是最后又说，真正抓捕的时候还要根据具体情况灵活应变……

麻将馆就要到了，我们把车停到较远的地方，步行着向麻将馆走去，快到达时又分开，由我一个人先进入室内侦查，他们两个随后进入，这么做当然也是为了避免惊动刘玉军。

我就第一个进入了麻将馆，看到整个麻将馆就一张麻将桌开着，桌旁坐着四个人，另有三个男的围着看热闹。我走进来后，一个麻将馆主人模样的中年妇女迎上来：“来了……玩吧，正好够一桌。”

原来，另外三个男子也是在等人玩麻将的，这时我注意到，这三名男子一个五十多岁，一个四十多岁，一个三十多岁，根据年龄和方哥手机中的刘玉军照片，我确定三十多岁的男子就是刘玉军。他确实身体很壮实，可是，我觉得，我们三个还是能对付得了他。

就在三个人准备离开这个麻将室，去另一个房间的时候，我急忙说：“别别，我已经约好人了，马上就到。”这样一来，刘玉军和另外两个男子就没动，继续看着热闹。

很快，方哥和富强相继走进来，我叫着方哥和富老弟，问他们觉得这个麻将馆怎么样，可不可以在这里玩，一边说一边和他们交换着眼神，站到了刘玉军右臂旁。富强应答着也凑上来，假装看热闹，站到了刘玉军左侧，刘玉军盯着麻将桌，对我们浑然不觉，我和富强互相一使眼色，同时发力，一下子就扭着他的双臂按倒在地，嘴里大喊着“警察，不许动”。这下子，整个麻将室乱起来，方哥适时亮出警察证和手枪，要他们不得乱动。之后上来协助我和富强，很快给刘玉军扣上了手铐。

抓捕顺利，可是，我脑海中马上闪出一个问号：他能是杀害于丽敏的凶手吗？抓得是不是过于容易了？

刘玉军被我们推进车中，我让富强开车，自己和方哥当即进行突审。这是经验，多数罪犯，在这种突然的打击下，会乱了方寸，心理防线崩溃，很容易予以突破。如果错过时机，他心理稳定下来，再审就难了。

方哥说：“刘玉军，是去审讯室说还是在车里说呀？”

刘玉军说：“这……没想到这么快就被你们知道了！”

嘿，太顺利了。我既高兴又不安。

方哥说：“明白就好，那就别费事了，说吧！”

刘玉军说：“你们肯定知道了，我说不说有啥用。”

方哥说：“这是法律程序，而且，你自己说和我们说出来，效果不一样，对你的处理也不一样。”

刘玉军说起来：“咋说呀……就是那天吧，快半年了，我去了关阳，想找一个朋友借俩钱，可是他不够意思，跟我哭穷，一分都不借，没办法，夜里我就出去了，到了城南的一片平房区，翻墙进了一家院子……”

别说，还真像，我的心要跳，又不敢跳。

“然后，我撬开房门，进了屋子，撬开了几个抽屉，一共就翻出二百多块钱……”

“这……”开车的富强急了，“你不老实，你就偷钱了吗？没干别的吗？屋子里没有人吗？”

“没有啊，其实，白天我踩点儿了，知道那家没有人，夜里才进去的。”

这……完了，根本就不是他。

我的心非但没有跳起来，而是向下沉去。

还是方哥老练一些：“继续说，除了这起，还干过什么？”

刘玉军继续供着，什么暗中下黑手，打了一个得罪过他的人一棒子，还砸谁家的玻璃，扎过谁的车轮胎，都供了出来，可是，没有一件和于丽敏的案件有关的。而且，他的神情、语调显示，他不可能是撒谎。

肯定不是他，他肯定不是杀害于丽敏的凶手。可是，那个打给二混子的电话是怎么回事？

不等我问，方哥拿出二混子的手机，片刻后亮到刘玉军面前：“这是你的手机号吧？”

刘玉军一愣：“这……是，这是谁的手机？”

方哥说：“我在问你，这能证明，你给这部手机打过电话吧！”

刘玉军说：“能，这是谁的手机呀？”

方哥说：“你不要管这是谁的手机，回答为什么给这个手机打电话就行了。刘玉军，这个号码可是我在联通公司查出来的，你否认不了，你们通话一分多钟呢。对，时间是去年九月三十号上午，想想吧，当时你在干什么，给谁打过电话？”

富强吼了一嗓子：“刘玉军，这是铁证，你不承认也没用！”

“这……我再看看，去年九月三十号上午的事……对，去年九月我天天上午去好旺来听课呀！”

好旺来，听课？好旺来是个大商场，去那儿听什么课？

好不容易刘玉军才说清楚，原来，有一伙人租了好旺来的一块地方，开班讲课，讲养生，然后推销一种养生产品，说穿了，就是一种变相传销。他们为了招揽人，每天课后，给坚持下来的听众每人发二斤鸡蛋，好多中老年人，就图这个便宜而去听课，刘玉军那段时间的上午就一直在好旺来。

“因为在听课，所以我当时不会打电话，所以……我想不起来。”

富强说：“想不起来能行吗，必须想起来，好好想。”

方哥放缓语气：“刘玉军，你别急，好好想想，当时，是不是有人借过你手机？”

刘玉军说：“这……对了，是，一定是，一定是这么回事，我想起来了！”

刘玉军想起来了。他说，听完课他领了鸡蛋，想打个电话，忽然在身上找不到手机了，只好借旁边一个人的手机打给自己，听到了手机铃声，在一个旮旯找到了它，后来，他发现手机上有一个打出的号码……

这下可麻烦了。那种场合，少说也上百人，乱哄哄的，又过去这么多日子，上哪儿去查谁偷了刘玉军的手机，打出这个电话呀？

这个人为什么这么干呢？

肯定是为了掩护自己，才利用别人的手机，给二混子打了电话。

这个人是谁呢？既然利用这样的手段和二混子联系，基本可以确定，是于丽敏案件的重大犯罪嫌疑人。

可是，上哪儿去找他？

线索断了，完全断了。

浑身的力气一下子好像被人抽走了。

3

好一阵子，我才深吸一口气儿，让自己缓过劲儿来，看看方哥和富强的脸色，知道他们和我差不多。

可是，我是组长，是头儿，尽管心理受到沉重打击，可是表面上不能流露出来。离开刘玉军后，我挣扎着问方哥和富强：下步怎么办。

方哥说，下步不是没工作可做，只是太难了，希望太渺茫了。半年前的事了，听课的中老年一百多人，都找齐难于上青天，即便找齐了，谁能保证他们能想起什么，记起什么？还有是查录像，就算好旺来商场有录像，半年过去，也早覆盖了，怎么查呀？

富强叹息着说："指望不上了，指望不上了，线索断了。"

不行，不能断，断了还怎么往下查。我再次给自己鼓劲儿，对方哥和富强说："不能这么说，这些线索该查还得查，再难也得查。对，还得找刘玉军，让他好好回忆一下，当时他身边有没有什么可疑的人出现……"我边想边说："不，不只可疑的，只要是他身边的人就行，都要走访调查，查清，他和那些听课的人中，有没有认识的，发生过交集的人，或许能查出有用的东西来。"

方哥和富强都没出声，我明白，他们是觉得我的想法意义不大。

我不管，继续边想边说："另外呢，还得从二混子……我是说他的关系人，从他的情妇、家人的身上来挖线索，看能不能查出是谁给他打这个电话，指使他盗林茂盛的车牌子。"

方哥和富强仍然没出声。我知道，这个途径同样希望渺茫，可是，死马当活马医，渺茫也得查呀，要不干什么？放弃吗？不可能！

之后，我又去了李局长办公室，汇报了工作情况和面临的窘境。他显然感受到了我的消沉，思索了片刻，就用轻松的口气说："如果能很轻松就破案，我就不会找你了。不过，只要你咬定不放，我相信，一定能破案。记住，最困难的时候，往往就是即将突破的时候。"

这些话挺普通的，挺平常的，在书上也没少看过，可是很奇怪，从李局长嘴里说出来，我的身上顿时恢复了一些力气，想起身离去。这时，李局长又说："气应该鼓住，任何时候也不能放松，但是也不能太僵，只盯住眼前的东西不放，容易走进死胡同，要适当地放松一点儿，人在放松的情况下，才可能出现灵感。"

这……说的也是，李局长给我的时间是一年，忙什么呀，放松点儿吧！

这么想着，我真的放松下来。可是，这一放松下来，我立刻想起了她，而且，是那么饥渴地想起她，想看到她，和她在一起。

我在微信里给她留了言："晚上有空吗？"

她没有回答。

为什么不回答？是因为有事没看到，还是因为别的什么原因，不想再理我……

我的心向下沉去：真是，还不如不发这个微信。

可是，不发这个微信，怎么跟她取得联系呢？

4

我来到了文化馆外边的街道对面。

这是我再三思考，横下一条心后做出的决定。今天，我一定要见到她，要对她说出心里话，不能再这样下去了，太折磨人。是死是活，就是今天晚上了。

文化馆楼内传出悠扬的乐曲声，大概在排练节目吧。我忽然想起，如果我真的调到文化馆来，就会在这样的气氛中生活，其实也很不错的，再也不用整天为案子发愁了，再也不用承受这沉重的压力了……奇怪，自我成了这个小小的专案组长后，已经忘记了调转的事。

下班时间到了，我听到手机响起微信提示音，打开一看，正是她说："刚才在排练，没看着，有事吗？我有空。"

好兆头。我立刻在微信上回答："就是想见见你。如果你没事，我们能不能一起吃晚饭？"

微信发出，多少有点后悔，觉得太冒昧了，不知她看了会怎么样……没想到，她的回信很快出现了："在哪儿见面？"

我急忙对微信说："我就在文化馆外边。"

"黎斌，你……"

这是她的声音，但不是在微信上，而是在现实中，我抬起头，看到她正在快步向我走过来，是她，就是她。在这一瞬间我才发现，她真的太漂亮了，她的出现，一下子使她周围的一切路人乃至环境都黯然失色，那张似曾相识的，不，那张我熟悉却想不出来在哪儿相识、相交过的面庞，正迎着我走来，走近后，腼腆地一笑，是那么地亲近，亲近得让人心痛……

她走到我跟前："走吧，去哪儿？"

没想到，我如此顺利地约到了她，要是知道如此，我应该早约呀。现在，去哪儿已经不重要了，重要的是她来到了我的身边，只要她在我身边，去哪儿都行……

我克制着起伏的心潮，问她喜欢吃什么。她说，随便找个地方，只要安静就行。

她的选择和我的想法完全一样。此时，我迫切地希望有个安静的地方，能和她促膝相对，倾诉衷肠。我思量了一下，提出去一家冷饮店。这家冷饮店我去过，说是冷饮店，其实是供应西餐的，还供应小吃。我曾见过一对对恋人携手走进去，自己却远远地走开，可是现在不用了，我也可以牵着我爱的人的手，走进去了。

冷饮店用轻柔的音乐把我们迎进去，迎进一个小小的单间，我们坐下后，服务员走进来，我把菜单递给苗苗，她看后说："先吃点儿主食吧，然后再上冷饮。"于是，她点了两份鸡腿和汉堡包，又给我和她各点了一杯饮料。让我有点惊讶的是，她没有点寻常女孩子爱喝的颜色鲜艳的饮料，而是点了杯颜色较深、味道也难以描述的饮料，喝进口中没觉得什么，咽下喉咙后，才品出一股醇厚的味道来。

鸡腿和汉堡很快上来了，炸鸡腿的味道使我产生了饥饿感，她好像感觉到了。"快吃吧，你肯定饿了。"我就不客气地让她也吃，然后就大吃起来，感觉味道很香很好很对我的胃口。我边吃边注意着她，她吃得很慢，也很少，不知为何垂着眼睛，让我看不到她梦一般的眼神，也就无法猜出她心里在想着什么。

吃得差不多了，我停下来，眼睛盯着她，觉得该说点儿什么了。可是，她仍然垂着目光轻吸慢饮着杯中的饮料，感觉上，她在回避着我的目光。这是为什么呢？她既然答应了我的约会，就应该证明了我们有着超越他人的关系，或者说是恋爱关系，她为什么又是这种表情呢？对，她心里肯定也意识到了什么，但是，她还是个女孩子，还没经历过这种事，年轻，敏感，怕羞，看来，必须由我主导眼前的局面了，机会难得，不能丧失，我必须向她说出我的心里话。

然而，我自己都没有想到，说出嘴的话居然是："这个冷饮店不错……这顿饭吃得真好，我从来没有这样吃过晚饭。"

这是什么话呀？话出口后，我看到她的眼睛垂得更低了，大半个脸都垂了下去，我根本无法看清她的表情。我有点儿恨自己，黎斌，你都快三十的人了，书也没少看，学的又是中文，为什么这么笨呢？既然她和你坐在这里，就说明她是喜欢你的，对你是有感情的，你还顾虑什么呢？

这么想着，我胆了壮了起来："苗苗，这两天……我时常想你……"

话出口后我又停下来，注意观察着她的表情，可是，她的头依然垂着，我只感觉到她的脸红得像喷了血，却很难分辨她的感情。这让我更激动了："苗苗，我说过，我第一次见到你时，就有一种似曾相识的感觉，好像我们在哪里见过，甚至相处过，还是一种非常亲密的关系，所以，从那天起，苗苗……"

我说出了我的心里话，我看到了她的身躯在颤抖，我的心也随之激烈地颤抖起来："苗苗，我爱你，我……"

我的手从桌子下向她伸去，触碰到了她的手，想抓住她……

可是，万没想到，她突然像触电一般，猛地把我手拨开："不！"然后清醒似的站起来："差不多了，我该走了！"

我非常震惊，不明白她为什么眨眼间变成这样了，我如火山般喷发的情感不能不强行抑制着："苗苗，怎么了，你……我……"

我听出了自己的声音在颤抖，也看到她的身体在颤抖，她突然从嗓子里小声挤出一句话："不行，黎老师，你不知道……"

我的头上如同浇了一盆凉水。

黎老师，她又叫起我黎老师，可是，她明明已经答应我，不再这么称呼我，而是直呼我的名字并且已经这么做了，为什么现在又忽然叫起我"黎老师"？

这三个字果然有用，像冰雹一样砸在我的头上，砸在我的心上，让我一下子清醒过来。我无法再阻拦她，眼看她从我身边走过，嘴上呻吟般说着：“对不起，黎老师，你不知道，我不能……”

她就这样从我身边走过，背影摇曳，脚步踉跄，却头也不回地向外走去。

我说：“苗苗，我送你回家！”

她头也不回：“不用了，我打车。”

这……这是为什么？

我的浑身力气再次被抽走，比案件受阻时更甚，我甚至不知能否恢复……

十三　进展，徘徊……

1

次日上午会合后，方哥看到我吓了一跳：“斌子，你脸色怎么这么难看？是不是病了？”

我急忙说：“没有，没有，我身体好好的，哪来的病！”

“可你昨天还好好的呀，怎么一夜工夫变成这样，是不是出了什么事？对，是不是……”

我一使眼色打断他说：“还是因为案子的事，一宿没睡好。对，我想过了，咱们还得分兵两路啊……”

我说起了下步的工作，一个人留在家里，继续调查刘玉军，看能不能查清是谁用他的手机打出了那个电话，同时，也不能放弃二混子的关系人，再好好查一查，谁会指使他盗窃车牌。而另一路是外出，去宽山。说完，我问方哥和富强，谁留下，谁跟我去宽山。

富强先开口，还是要跟我去宽山。

方哥说：“那就我留下吧，正好。”

“什么正好？”我问了一句，他却溜了号，没有听到。这时我发现，他的脸色也不很好，就问方菲的情况怎样了。他说没有大问题，可就是伤口愈合得慢一点儿，还得住几天出院。我感觉方哥好像有心事，可我既要琢磨案子，还要承受着昨晚的打击，所以就没想那么多。和富强上了车，就向城外驶去。

上路后我才注意到，富强没有坐到前排副驾座位上，而是坐的后排，我从倒视镜看了一眼，见他在不停地点击手机屏幕，猜到他在跟夏晓芸交流，本想提醒他别泄露行动信息，想想不太合适，就忍下来。过了好一阵子，我看到他停止了敲击手机，叹了口气，把手机扔到旁边的座位上，不由问了句：“跟夏晓芸闹矛盾了？”

富强说：“组长，你脑子可真好使。”

我说：“因为什么？”

富强不回答，但是瞒不过我，“还是跟我有关吧？看来，我还是不该跟你说那些话呀！”

“不能这么说，”富强说，“主要还是她的性格脾气，咳，副市长的千金，确实难伺候啊。就因为她对你那种表现，我说了她两句，就跟我翻脸了，要吹。我怎么说好话也不行。算了，吹就吹吧，漂亮也不当饭吃，就这性子，结婚了，时间长了也得离，还不如趁早！”

“哎，富强，怎么能这么说，等她气消了，再跟她好好谈谈。要不，我跟她解释解释，能不能管用？”

“她可不是好劝的人。对了组长，咱们去宽山干什么，还去找鲁大山吗？”

我做了肯定的回答。前边我不是脑子里闪了个火花，接到方哥的电话消失了吗？今天早晨吃饭时，突然又闪了出来，被我抓住了：我们掌握了于丽敏曾是赵雄犯罪的受害人，感觉两个案子之间有某种联系，却说不清楚，应该再去宽山，再从鲁大山身上挖一挖，看能不能挖出什么。

2

不到三个小时，我们到了宽山，先吃饭，再找旅馆住下，稍稍休息了一下，中午一过，我们就去了鲁大山的家。

因为来过，这次找鲁大山家容易多了。我们再次按响门铃，又是鲁大山女儿的声音传出来，当她在屏幕上看到我们面孔时，急忙说她爸爸还是不在家。我就说先跟她谈谈，她犹豫了片刻，从屋子里走出来迎接我们。

我再次端详着眼前的少女，感觉到她长得确实很秀丽，我想，当年的于丽敏肯定也是这样的形象，只是，不知当年的于丽敏是否和她的女儿一样，有着阴郁的目光……不，在遇到赵雄之前，她一定不是这样的，当时，她正是含苞待放的年纪，一定是纯真快乐的，是赵雄夺走了她的欢乐和青春。

对，这个女孩儿说过，她母亲总把她看得死死的，不让她自由活动，一定是出于她自身的惨痛经历，害怕女儿重蹈她的覆辙呀！

我和富强随着于丽敏的女儿走进屋子，看到的是一种熟悉又有点儿陌生的环境。因为这里是城郊接合部，完全是平房居民区，屋子里的一切似乎还是我小时候生活过的样子，一铺火炕，炕上摆着一张炕桌，桌上摆着书本，看来，是她在学习或者写作业。地上，摆着两张简易的、已经破皮的旧沙发，她把我俩让进去坐下，自己站在地上，询问的目光看着我们，等待我们开口。

我不知怎么开口，因为，我要说的是她母亲的事情，而这些事情一旦让她知道，就可能对她造成心理伤害，何况，还有那些惨不忍闻的细节。

所以，我思考了一下，才说出第一句话："我们去过温县了。"

她有些茫然地看着我，好像不明白我在说什么。对了，温县是她母亲的娘家所在地，也是她母亲的噩梦发生的地方，所以，极可能很少甚至没有跟她提过那里，更从没带她去过那里，所以，当听到温县的时候会出现这种茫然的表情。那么，我还怎么说呢，怎么能既不伤害她，不让她知道母亲悲惨的经历，又能从她的口中了解到需要的情况呢？

想不到，我正在愁着怎么开口，她却突然开口了："我知道，你们还是调查我妈的案子，她……"

女孩子突然哭泣起来，而且浑身颤抖，既有悲痛，也有恐惧……看来，她已经知道了母亲的遭遇，天哪，这对一个未成年少女来说，意味着什么呀！

不过，她既然知道，有些话就好说了。我开始发问，她是什么时候知道母亲的事的。

女孩儿抽泣着说，三年多了。

"啊，那你是怎么知道的呢？"

"那天，恰好是星期日，我没有上学，我们家忽然来了两个记者，要采访我妈。"

有这事？我和富强互视一眼，心里都闪烁起希望之光。

富强说："好，你说说那天的经历，你都看到了什么？"

女孩儿说："我妈一开始不同意采访，可是，两个记者不肯走，非要我妈说自己的事不可。后来，我妈就把我赶出屋子，跟记者说了起来。"

富强说："你听到了记者和你妈的谈话？"

"没有。"女孩儿说，"他们说什么我没听到，可是，过了一些日子，我忽然听到有同学议论一个案子，说有一个坏人，叫赵雄，当年害了很多女孩儿，可是逍遥法外，听着可吓人了。我回家就跟我妈说了，我刚说了不几句，我妈就突然浑身发抖，堵住我的嘴不让我再说下去。那时，我就感觉到，我妈……我妈就是……就是……叔叔，怎么会这样，我妈……”

于丽敏的女儿呜咽起来，说不下去了，我也不忍再问下去了，我感觉到了她的心痛，自己的心也在痛。

明白了，原来是这么回事。

富强反应很快，立刻拿出手机，在屏幕上点击起来，很快找出一些东西，放到我眼前，都是涉及赵雄当年犯罪的报道，我打开其中一篇，正是两个记者所写的有关于丽敏的那篇，尽管他们注明了文中所涉人物皆为化名，可我们很容易就知道，里边那个叫“阿丽”的被害女孩儿，就是于丽敏。我再看了一下文章发表日期，是在赵雄被击毙的两个多月前，这……

这意味着，这篇文章可能是导致赵雄案件被重新翻起，受到追究的重要原因之一。听说，当时，有记者的采访报道送到了中央主要领导案头，领导拍案而起，下达了复查这起案件的指令，才导致赵雄遭到抓捕，最后被击毙的后果。

更重要的是，因为这篇文章面世的时间早于赵雄被追究，也就意味着，赵雄可能……不，他一定看过这篇文章。

那么，赵雄看了这篇文章会怎样呢？当然一定会非常仇恨，除了仇恨记者，也会仇恨向记者提供资料、把他当年的罪恶翻腾出来的于丽敏。因而，赵雄极可能会报复于丽敏，这是他的犯罪动机，也是于丽敏被害的原因。

可问题是，于丽敏是半年前被害的，而此时赵雄已经死了三年了，他还怎么能报复呢？这让人想不通。

我正在想着这事，富强在旁问了一句：“姑娘，你家的院墙为什么修得这么高啊？”他问到关键点上了。

于丽敏女儿抽泣着说：“是我妈要我爸这么修的。”

富强说：“你爸和你妈不是离婚了吗？你妈怎么会……”

于丽敏的女儿：“我说的是我们原来的家，那儿也是这样，墙也修这么高，也是我妈让我爸修的。我爸当时还不同意，我妈非要修不可。后来，我爸带我搬宽山来了，我妈又打来电话，要我爸也把院墙修得高些，这不，还安装了可视门铃。”

可不是，屋门口安着一个小小的显示器，是这家唯一的现代化设施。

这……难道于丽敏意识到自己可能会遭到伤害？她是怎么意识到的？

我努力和缓地问于丽敏女儿：“谢谢你提供了这么多有用的情况，你也知道，叔叔就是为了抓住杀害你母亲的凶手，为了给她报仇来找你的。

所以，你一定要仔细想一想，在修墙之前，你家是不是发生过什么特别的事情，让你母亲非常害怕。”

想不到，女孩儿很快点了点头。

难道真的发生过什么？

女孩儿小声说：“自我上学后，我妈只要没特殊情况，一定会到学校接我放学。那天中午，她领着我正往家里走，忽然有一辆轿车按着喇叭停在我们跟前……”

随着女孩儿的讲述，我似乎看到了三年前的那一幕：赵雄停下车，摇下车窗，探出头来，邪恶地盯着于丽敏和她的女儿……

女孩讲述的就是这个情景。

于丽敏看到赵雄的面孔，当即呆住了，浑身颤抖起来。

又一声喇叭响，赵雄的车驶去了。可是，于丽敏好不容易才回过神来，浑身颤抖着，拉着女儿回家。后来，她家就建起了高墙。再后来，又跟丈夫提出离婚，要丈夫带女儿远远地离开她。

和女孩儿谈完话后，我们没有再找鲁大山，因为这些足够了。临走时，我看着可怜的女孩儿，不知怎么安慰她才好，只能说：“你放心，叔叔一定会抓住凶手，给你妈妈报仇，你不要害怕，啊！”最后一句是那么的无力，可是，我还能说什么呢？

上车后，富强脱口而出：“肯定是赵雄干的，肯定是他。”

“可是，赵雄早死了。”

“那就是他的亲信干的……对，也可能，他没等报复，就受到了警方的缉捕，所以，他就委托给别人替他报复。”

“可是，他已经死了！”

富强说不出话来。

是啊，赵雄已经死了啊，难道真的会像富强说的这样，他雇用了凶手，在死后报复了于丽敏？太玄幻了吧，难道还真有这样的凶手，在雇主死后三年，还在完成他交给他的使命？

3

李局长听完我的汇报后，沉思好一会儿才下意识地从口中流露出一句：“何其相似乃尔。”

我没有听明白，问：“李局长，你……”

李局长一下清醒过来说："没什么，黎斌，你干得不错，能查到这些，非常不容易！"

怎么是这话？当初，他指令我当专案组长时，是何等地重视，在前期的侦查中，又是多么地慎重，现在，虽然不能说取得了重大突破，可也算是有了重大发现吧，他怎么会是这种反应，这么轻描淡写的？

所以，我没有像往常那样识趣地离去，而是问道："李局长，那你说，下步我们该怎么办？"

李局长没有回答，而是想了想问我说："你是怎么想的？"

我怎么想的？我想的当然要查下去！可是，我想从他口中得到的是下一步怎么查的具体指示。因为目前我们所说所想的还是推测，没有证据，事实很可能不是这样！

对，想别的没用，目前，只能基于现在的基础上，开展下一步工作。如果是这样，就要查出谁在替赵雄作案？查明他的身份，落脚点，抓捕，审讯……可是，前提是要知道这个人是谁，在哪里？我的眼前一片迷茫。

我知道，我该走了，可是，却仍然不想拔腿。因为我还有事，我想说说昨晚和苗苗在一起的事，想问问苗苗怎么回事，什么意思。可是，我又觉得不好张嘴，就在这时，手机突然响起："斌子，你们什么时候回来？"

是方哥。

我急忙说："我已经回来了，我正在李局长办公室。"

"那太好了，你抓紧过来，有个情况……"

我离开李局长办公室，立刻给富强打去电话，要和他会合，一起去见方哥。可这时方哥又打来电话，说他忽然又感到有双眼睛在盯着他。我听了心一下子吊起来，叮嘱他往人多的地方走，往步行街那边走，又在手机上互相定了位，之后，驾车向街头驶去，心里一股怒火升起：妈的，光天化日之下，居然敢监视我们刑警，胆儿太肥了，这回，非把这双眼睛挖出来不可。

我克制着自己，给富强打去电话，要他和我分头前往方哥所在的步行街，把任务说给了他。

十五分钟后，我赶到了步行街的街口，发现富强已经先一步到了。我们把车停在街口路旁，步行着向方哥的方向走去，他在前，走在街道右侧，我在后，走在街道左侧，保持着七八十米的距离。我相信，如果这双眼睛存在，我们一定能发现他。

步行街一共六七百米的样子，我边走边搜寻着街道上的各种迹象，很快，看到一个男子的背影跟在富强身后不远处。我正要提醒富强，他却把电话先打回来：“黎组，我发现目标了，你快过来！”他这么一说，我的注意力一下被转移，顾不上刚刚发现的目标，急忙奔向富强。富强见我来到，指着前面让我看：“瞧，那个人！”

顺着富强的手指，我很快看到一个男子的背影，感觉上是个老人，腿还有点儿瘸，拄着拐杖，眼睛盯着方哥的背影向前走着，方哥走得快，他就走得快，方哥走得慢，他也减慢了速度，嘴还不时地动着……这，他有耳麦，他在跟同伙联系……我的呼吸一下急促起来。

我想了想，给方哥打去电话，叮嘱了他两句。然后放下手机，更加注意这个瘸子的背影。只见前面的方哥加快了脚步，突然拐进一个巷道不见了。瘸子这时忽然不瘸了，加快脚步随着方哥拐过去。

富强说：“今天非把他这双眼睛抠出来不可！”

富强拔腿向前跑去，我刚想跟随，忽然想到这个人可能还有同伙，就没有跑，而是注意地四下观察着，就在这时，我看到一个人影从路旁的一家饭店内奔出来，也向巷道奔去，一下子就明白了怎么回事。

我走进方哥拐进去的小巷子，一眼看到，富强扭着刚才的瘸子在叫着：“王树林，你搞什么鬼？”被叫王树林的瘸子一副尴尬的表情，不知说什么好。这时，他的“同伙”奔上来，叫着：“富强，别胡来，是我派的他。”

原来，同伙是刑侦支队重案大队长胡克非，“瘸子”是侦查员王树林。

胡克非看到我，理直气壮地说：“对不起了黎组长，是这么回事，我和王树林来这边有别的任务，忽然看到了方前辈，感觉他有点异常，出于好奇，我就让王树林跟了他一会儿，没别的意思。”

没别的意思，真的吗？我追问了一句：“胡大队，你们这不是第一次吧？”

胡克非说：“黎组，你什么意思啊，就这一次，怎么了？”

想不到，富强在旁把话接过说：“胡大队，忘了我那次了？”

富强冒出这话让我很满意，看来，他已经把专案组当了家，把重案大队放到了次要的位置上。

果然，富强的话让胡克非有些尴尬，他瞪了富强一眼，想发作又忍住了：“这……那是以前的事了，不算！”

这什么人哪？我有点儿火了：“胡大队，就这么轻描淡写地完了？你们明明知道我们专案组在干什么，为什么还要这么做？说轻了，你们影响了我们办案，说重了，是破坏我们的行动！”

“哟哟，说得可够严重的，我说黎组长，别拿鸡毛当令箭，你办案，我们也在办案，还说不上谁影响谁呢！”

“胡大队，你还这么说，你太过分了……”

“过分怎么了？我们就是偶然碰上，好奇，跟了一会儿，犯哪一条了？能怎么着？”

“你……”

我正想说点儿刺激的，一个男声从旁边传过来：“胡克非，黎斌，怎么回事啊？你们干什么呢？”

是刑侦支队副支队长许宽，原来他也在这里。

我气呼呼地说了刚才的事情，要他评理，许宽现出气愤的表情转向胡克非说：“胡克非，这是不是真的？啊？”

胡克非嗫嚅了一下：“可我没别的意思啊，就是好奇，跟了方文祥一会儿，他犯得上发这么大脾气吗？还扣大帽子……”

“你行了，”许宽说，“你们这干的什么事啊，啊？不认错，还有理了，你走，回支队我跟你算账。”转向我说：“黎斌，对不起，我替他向你们道歉，我回去一定批评他。”

我说：“许支队，他这么干，真的影响我们行动！”

“我知道，我知道，就原谅他一次吧，我保证，不会有第二次了，再有第二次我负责……”许宽说着现出思考的神情，“他怎么回事呢？是不是有什么名堂？”

我说：“许支队，我可没说这话，你这一说我倒真觉得他们有点儿不正常。”

许宽说：“确实不正常，黎斌，这事你别管了，今后我替你盯着他，要是他真有啥问题，我绝不护短，随时通知你，行吧！”

我还能说什么？“不好意思，给许支队添麻烦了。”

许宽说：“这说哪儿去了，应该的，应该的，我过去了！”

“谢谢许支队，再见！”

许支队转身离去，我们三人凑到一起，分析到底怎么回事，富强认为，许宽的怀疑有道理，这里边肯定有事，胡克非极可能在暗中注意我们的行动，可是只有猜测而没有证据。这时，我很想跟李局长反映一下这事，可又觉得不是太好，不能事无巨细都找李局长啊，再说，他要因此批评胡克非，他肯定把怨气转向我，想想还是算了吧。我转向一直没说话的方哥，问他怎么想的。没想到，方哥却说："王树林不是盯着我的那双眼睛，那双眼睛发冷，我的脊背感觉很凉，不可能是王树林的眼睛。"

什么？这么说，还有别的眼睛，那双真正的眼睛，我们本来要找的眼睛，却因为胡克非和王树林的行动而破坏了？!

我和富强互视一眼，富强自语似的说："这双眼睛为什么要盯着方队呢？对了，方队，你想要干什么呀？忽然觉得有人盯着你？"

"哎呀，我差点忘了正事儿，快走！"

车上，方哥给我们讲了他的正事儿。

"这不是吗，我一时找不到什么线索，就反复琢磨于丽敏的案子，正好碰到了许支队，他忽然说了一嘴：'没准儿，凶手是个虐待狂！'一下子点醒了我：于丽敏被残害成那样子，凶手能不能有性虐待倾向呢？能不能在黄圈里发现点儿什么呢？因为二混子的姘妇就是干这行的，我就问起了她，没想到，她还真提供了一点儿东西，说有个叫小丽的小姐跟她说过，曾经接待过一个客人，有这种倾向……"

听了方哥的讲述，我和富强都将信将疑，不能说这个情况没有价值，也不能说有什么价值，可是，在没有任何线索的情况下，不妨查一查，只是不能抱过大希望。

4

方哥带着我和富强来到一条街上。

这是一条特殊的街道……对了，就是我们去宽山时，鲁大山去过的那种街道，这样的街道在很多地方都有，那年我上北京执行任务，还见过这样的一条街呢！

方哥打听了两次，指点着我们走了一会儿，来到一个紧闭的卷帘防盗门外。我们听了听，里边似乎有微小的动静，方哥开始敲门，里边的动静停下来，传出一个女声："谁呀？"

方哥刚要出声，被富强止住："小丽，是我。"

"你是谁呀？"

"我是你富哥！"

"富哥……您等等……"

片刻后，卷帘门开了，门内出现一个二十出头的姑娘，谈不上漂亮，但是，年龄使她看上去还真有几分“小丽”的意思。大概是刚起床，她理顺着有点儿蓬乱的头发，用诧异和不安的眼神看着我们：“你们……哪位是富哥?”

富强说：“是我。别猜疑了，我们是警察，有事找你。”

富强出示了警察证，小丽的脸色马上变了。

“这……这……我没干啥呀!”

方哥说：“姑娘，你别怕，我们不是来抓你的，是有事儿问问你，走，咱们进去说，进去说!”

小丽向门内退去，我们三人相继跟进去，这才发现，屋子很小，就是一张床，整理得还算干净，肯定是用来做生意的，还有个小小的卫生间，地上有一张简易沙发椅，这就是屋子的全部了。我们三个再加上小丽，屋子就满登登的了。她有点儿不好意思地指着床让我们坐下，可我们谁也没坐。

方哥先开了口：“小丽呀，我们在你这儿待时间长了，影响你做生意不说，对你的名声也不好，所以，咱们都别藏着掖着，有啥说啥行不?”

小丽不安地点点头：“叔，我听你的。”

方哥说：“那好，现在我就说，对，咱们都别不好意思，是这么个事儿，你接待过的客人不少吧，在这些人中，有没有有怪癖的，譬如，有性暴力倾向的，虐待倾向的……小丽，你可别说不知道，我们是打听到确切的消息才来找你的。”

小丽：“谢谢叔，这样的人我接待过。第一次接的时候，他就跟我商量，能不能把我绑到床上玩儿，他想怎么玩就怎么玩。我当时有点儿害怕，可是他说，价格加倍。我一想，天也不晚，附近有人，他也不能把我咋样，就答应了……”

小丽讲述了经过，其实也没啥，就是把她用胶带绑在了床上，对她又掐又拧，折腾了半天，然后说要强奸她，让她嘴上喊着强奸了，然后才进入，射了，然后就完事了。不过，这个人出手挺大方，在加倍的基础上，还多给了她一百。之后，每隔一段时间就来一次，一来就这样，花样百出，有一次还把小丽吊了起来，细节就不说了。反正，我听得既难受又爱莫能助。这姑娘啊，为了赚钱，真是豁出去了!

我们三个听完，互相看了看，拿不准到底有没有价值。

“他叫什么名字?”方哥问。

“不知道，”小丽说，“他三十多岁的样子，个儿不高，挺壮实，每次来都让我叫他王哥，我不知道他叫啥名字，也不知道他住在哪儿。但是见了面能认出来。”

方哥说：“嗯……那就这样，小丽，下次要再碰上他，能拖住就拖住，给我们打电话，拖不住就盯住他，看他去哪儿了，真要帮我们破了案，会奖励你的。要是知情不报，那可就有罪了，我们不会放过你，明白吗？”

“嗯，叔，我知道了！”

“好，这是我的名片，你一定要放好，有啥事儿给我打电话。”

“谢谢叔！”

我们离开了小丽，离开了一条街。方哥看我和富强都不吱声，就自我解嘲说：“可能是捕风捉影，可既然没别的线索，还是应该查查。破案就这样，有时候就要干笨活儿。”

我说：“是，这条线儿没准儿真有点儿价值，只是渺茫了一些。”

富强说：“可不是，远水不解近渴呀！”

方哥不再说话，我们三人都不再说话，直到一个手机铃声响起，把我们从沉默中唤醒。

是方哥的手机，不会是小丽打来的吧，能这么快吗？

方哥接起，听了一会儿说：“好好，谢谢你，你等着，我们马上就到。”放下手机转向我说：“刘玉军打来的，说有事要跟我说。”

5

十几分钟后，我们来到一片居民小区路口，看到刘玉军的身影，我们急忙下车，他看到我们快步走上来，提供了一个情况。

原来，上次询问过刘玉军之后，他供出了一些自己的违法犯罪活动，但是，都不严重，顶多够得上治安处罚，但是，为了让他能提供一些线索，我们没有处理他，而是要他好好回想一下，将功折罪。在我和富强出门后，方哥又找上他，给他施加了很大的压力。告诉他说，他手机上打出那个电话，涉及严重犯罪，如果查不到这个打电话的人，他的嫌疑就洗不清，也就别想过安生日子，而且，还可能被凶手灭口。他听了又害怕又焦急，但是想来想去还是想不出什么来，就找到他在好旺来听课的时候，经常坐他身边的几个老头和老太太，没想到，有个老太太居然说，那天，她真注意到一个情况，有个过去没听过课的人出现过，就在刘玉军跟前晃荡来着，可是，当刘玉军要她说具体情况时，她却说什么也不说了。刘玉军告诉我们，那个老太太贪小，肯定是想换点儿什么便宜。刘玉军觉得，这是为警察工作，不应该由他来出血。

“因为这个呀，好说！”富强把话接过去，“凡是能用钱解决的事都不算事，你说，多少钱合适？”

刘玉军说：“这……意思意思就应该能行！”

富强说：“走吧，这个老太太在哪儿？”

刘玉军说：“就在前边那个麻将馆，我一直在盯着她！”

“那还等什么，走！”

我们三人随着刘玉军走进居民区的一幢居民楼下，来到一家麻将馆门外，就听到里边传出搓麻的声音，还有几个老头老太太的吵嚷声，其中一个老太太的声音最突出：“不对，我欠你的五毛不是转给老刘了吗？你咋还冲我要呢？告诉你，我没糊涂，想占我的便宜，没门儿……”

刘玉军说：“就是她，吵吵的老太太就是。”

富强说：“赶紧，把她找出来，说有好事儿等着她。”

刘玉军答应一声进去了，不一会儿，抓着一个瘦小的老太太走出来，生怕她跑了似的。

富强上前：“大姨您好，耽误您一会儿，不过您放心，耽误你的打牌时间，都算你赢，赢多少，我给你补上。”

老太太说：“那行……对，你们是干啥的呀？”

富强说：“大娘，上这边来，这边没人，好说话！”

富强把老太太哄到没有人的地方，我们三个和刘玉军把她围在中间，富强拿出警察证让她看了，再拿出一百块钱，在老太太眼前晃了一下：“大娘，够你赢的了吧。其实啊，本想给您买点儿啥来着，可是又怕不中你的意，还是您自己买吧！”

富强把钱晃了一圈，放到老太太手上，老太太嘴上说着“不用，不用”，可是，手却哆哆嗦嗦接过钱，紧紧攥在手里，然后，也不用我们问就说起来：“那个吧，大军子问的事儿，我为啥记住了呢？因为那个老头儿挺特别的。衣服像样不说，腰板儿还笔直，人虽然老了，可是有精神头儿，我就多看了他几眼，寻思着，要是他没有老伴……对，我可不是为我自己，我这个样子人家相不中，我想给我妹妹介绍介绍，她老伴也死了。所以我就故意搭讪他，可是，那个老东西哼哈地对我带答不理的，后来我就干脆问他是干什么的，多大岁数了。他却起身走了，让我挺生气，这不是瞧不起人吗？就因为这个事儿，我记住了他。”

啊，原来是这样。

我问："这个老头儿常去听课吗？"

老太太："没有，就那一次。对，他走以后，大军子就吵吵手机没了，我还以为是那老头儿偷走了，可是后来大军子找着了，我就不再想这事儿了。你们找这个老头儿干啥，他犯啥事儿了吗？"

我说："没有，找他就是了解点儿情况。大娘，你说说，老头儿长啥样，有啥特征？"

老太太说："这……挺精神的，花白头发，鼻子下边有一撮黑胡子，对，眼眉这儿还有个黑痦子。"

她比画的是眉心右侧，挨着眉毛的位置。

方哥问："姨，如果再见到他，你能不能认出来？"

"嗯……能。你把他找来，我肯定能认出来，我还想问问他，老伴在不在，要是不在了，我就把我妹妹介绍给他。我妹妹比我年轻漂亮多了，一直想找个像样的，我觉得这个人行……"

老太太好不容易把话说完，我们觉得再问不出别的，就让老太太回麻将馆，富强还翻了翻兜，又找出几十块零钱，都塞给了老太太，叮嘱她不要对别人说这事，老太太乐坏了："行，行，这些钱够我玩半个月了，你们还有啥问的，来找我呀，啊！"

刘玉军说："行了行了，你回去吧，能找着门儿吧！"

"找着了，我回去了！"

老太太回去了，我们也转身要走，刘玉军却拉住了富强说："兄弟，这老太太可是我给你们提供的，你只给她好处，就没我一份啊？"

富强翻了翻口袋："没了，我就这点儿零钱，都给她了。下回吧，下回我兜里多揣点儿现金。"

刘玉军说："这……我有微信支付。"

真是叫人哭笑不得。富强也不在乎，拿出手机扫了一下刘玉军的微信收款码，划了二百块给他，又跟他说，如果能提供重要线索，会给他更多报酬。刘玉军一边感谢一边说，他一定再努把力，有什么发现随时提供给我们。

离开老太太，我们三个又研究了一下，都觉得老太太说的这个老头儿有些可疑，可是，上哪儿去找这个人却想不出办法。

富强说："可惜，时间太长了，录像早覆盖了。"

是啊，要是有录像……

我突然眼睛一闪："快走，咱们去步行街！"

富强一时没反应过来：“哪个步行街，还是那个吗？还去那儿干什么？”

我说：“这工夫脑子怎么转慢了？”

6

我们重新来到了步行街，方哥被跟踪的步行街。

这条步行街虽然没有交通监控探头，可是，街道两边店铺不少，不止一家店铺门口安装了监控探头。我当时所以让方哥来这里，一方面考虑到，这里不走车，跟踪的眼睛必须步行，那就容易被发现，另一方面，也考虑到了店铺多安装了监控探头的因素。

我们仨先是顺着步行街走了一遍，从头到尾，用手机录下每一个发现的监控探头，然后我说：“开始吧！”

开始的意思就是，把每一个店面外边监控探头录下的那个时间段的录像资料都搜集上来，复制，拷贝，然后进行审查。

搜集的过程挺烦琐，我是先报告给李局长，李局长给分局下达了指示，一批基层民警就调集上来，听我的指挥。于是，该搜集的录像资料都到了我们手里。

然后，就是审查录像资料，看那个时间段里，有什么可疑的人和可疑的情况。还好，我们审查的时段和重点路段具体而明确，快到下班的时间，我们就有了发现：电脑屏幕上，我又看到了那个男子的背影，就是我先前看到的、受了富强的干扰放弃的男子背影：他在我和富强向前跑去之后一怔，向前跟了两步，又停下来，之后转回身，进入一条小巷子不见了，而小巷子里边没有监控探头，不知他去了哪里。

没关系，我倒回到原来的画面，继续往回倒。于是我又看到了方哥在进入步行街后，他躲躲闪闪跟在后边的身影，前边的方哥走得快，他就跟得快，方哥走得慢，他就跟得慢。有时，还假装低头系鞋带，有时，还走进路旁的店铺隐藏片刻再走出来……

方哥的感觉是对的，确实有一双眼睛在盯着他，在监视着他。

这双眼睛，就是这个人。

非常遗憾的是，不能十分清楚地看清这个人的面庞，因为监控都是广角，不可能有特写。只能感觉这个人三十多岁的样子，架了副墨镜，戴着个礼帽，帽檐又压得很低，还总是歪着脸，偶尔大半个脸进入监控镜头，都是一闪而逝。所以，我们费了很大力气，还是不能非常清楚地看到他的五官特征。

不要紧，明天交给行动技术总队，就像上次那样，请他们找专家把录像处理一下，使清晰度增强一点儿，或许就能看清他的真面目了。

我们再次来到这个人消失的小巷，顺着小巷走出去，来到一条宽敞的街道，因为巷道出口没有监控录像，因而不知他去了哪里，不过不要紧，大街的两边远一点儿的地方都有十字路口，肯定有交通监控，当然，那查起来会费些事。

下班的时间到了，忙碌一天，也太累了。我不想回家自己吃饭，就张罗着去小饭店聚个餐，可是，话刚出口，富强就接到电话，嗯啊了两句，脸上露出笑容，然后说马上就到。接着就向我请假，说他晚上有事，不能跟我俩聚餐了。方哥见状，也说他晚上也有事，不能跟我一起吃了。

7

只剩下了我自己。我走出了市公安局大院，走到了大街上，看着身边走过的匆匆行人和驶过的车辆，想着他们都在奔向温暖明亮的家，一种从未有过的孤独感攫住了我的身心。按理说，这种情况我也曾经历过，譬如，中秋，春节，因为有案子不能和家人团圆，有时，还要孤身一人执行任务，可那是在工作中，是有任务在身，那种感觉远远不能和眼前的孤独相比。

此时，我特别地思念亲人，更特别地想一个人，想见到她。我拿起手机，可是，马上又放下了，压抑着心底生出的酸涩，最终坚强起来，找个小饭店儿，草草吃了一口回到家中。

家，这是家吗？不，它只是个屋子，是我睡觉的地方，今晚我倍感清冷，看着灯光下的身影，看着卫生间镜子中自己的面庞，整张脸上都写满了孤独。这时，我忽然想起父母，想着还一直住在农村的父母，对自己说，必须把他们接过来，让这个屋子像个家。对，忙得好几天没跟他们通话了，给他们打个电话吧……不行，太晚了，这时候打电话，妈会担心的，会以为她儿子出了什么事，她会惦念，会睡不好的……

手机忽然响起微信视频的铃声，我一惊：是她吗……

屏幕上，写着的是“妈”字。

是妈，我最亲的人，难道真的有感应吗，我好不容易克制住给她打电话，她却自己打过来了。怎么了？我为什么忽然有要泪目的感觉？

我控制住自己，逼着自己露出笑容，点击后接起，母亲的面容就出现在我面前。

我笑着叫了声："妈！"是，我是笑着叫出声的，可是，嗓子却哽咽了一下。

妈问："斌哪，你咋样？"

我克制着哽咽，继续笑着："你不是看着了吗？我挺好，你和我爸怎么样？还好吧！"

妈说："好，这不你看着了嘛，都挺好的，你别惦着。斌，你最近挺忙吧？"

我说："挺忙，有案子，所以才这些天没跟你们通话。"

"啊，妈知道。不过，也别光忙工作，自己的事也得上心，还没遇到合适的，有没有人给你介绍啊……"

我的哽咽消失了，因为我妈转到她永恒的话题上，让我感觉到有些头痛。

我只能说："妈，我不是说了嘛，我最近很忙，顾不上这些。"

妈说："忙也不能不搞对象不结婚哪，斌，你别再挑了，咱们这样的家庭，在城市里一般人能看中就不容易了。你呀，再处上的时候，跟人家说明白，我和你爸不会拖累你们，我们有地，你爸爸还有点儿民办教师的待遇，我们花不了多少钱，日子过得下去。等你们有了小孩儿，需要我们带的时候，我们去帮你们一把，孩子脱手我们就回来，不影响你们过日子，只是，你爸妈没有大钱，在这上帮不了你们……"

妈的话让酸水又从我的心底泛起，不行，不能再让她说下去了。我用开玩笑的语气打断她的话："妈，你想得太远了，八字没一撇呢，你说这些干啥呀。妈，我累了，得睡了，你和我爸多保重，啊，拜拜！"

我对着屏幕亲了母亲一口，关闭了视频，心里不知什么滋味。

我有一对非常普通同时又不那么普通的父母。

说他们普通，是他们的身份都是普通的农民，说他们不普通，是说他们的为人。我父亲小时候并不在农村，他还未成年的时候，被时代抛到农村去了，也就是当年的下乡知青。下乡后，父亲因为爱读书，文化水平明显高出别的知青一筹，当上了民办教师，母亲却只是村里的"小芳"，他们两个人相爱了。没想到，后来返城大潮来了，知青们纷纷返回城里，父亲因为已经和母亲海誓山盟，就毅然留在村里，和母亲组成了家庭，过了几年后有了我。这时，爸的知青身份早已被淡忘，人们都已经把他当成村里人，稍稍不同的是，他一直当着民办教师，一直没有转正，直到前几年才因年迈退下来。父亲虽然文凭不高，也没有读过大学，可是，特别爱读书，古今中外，文学历史社会政治，哪方面都涉猎，这给我以很好的熏陶，从小就养成爱读书的习惯，这也是我后来能考上大学并成为今天的我的重要原因之一。另外，父亲的性格也很倔强，有点儿认死理，认定什么了，轻易不会改变，哪怕吃亏也在所不惜，我早已感觉到，在这一点上，我和他的性格很相像。母亲文化虽然不高，可是为人热情善良，乐于助人，因而在村里人缘很好。年长后，两个人在村里很受尊重，也过着相对幸福的生活，只是，这个幸福被他们的儿子打了折扣，我眼看三十了还没对象，更谈不上娶妻生子了。

想到这里，那张努力淡忘的面庞又浮现在眼前，疑团也再次在心中生起：她为什么那样对我呢？她到底什么意思呢？我忍不住再拿起手机，点击开她的微信，发现微信还在。对了，她如果和我真的一刀两断，不想再联系，应该把我拉黑才是啊，为什么没拉黑呢？没拉黑，就说明还有希望……不，或许，她是不好意思，不想伤害我，在等着我把她拉黑……

我浮想联翩，不知如何才好，这时，手机铃声忽然响起，打断了我的思绪。

手机呈现出的是一个陌生的号码，是谁这种时候来电话？我思考着把手机放到耳边："您好！"

手机中传出一个低柔的女声："您好，是黎斌吧！"

有点儿耳熟，可是想不起来是谁，我回答："我是黎斌，请问您……"

"我是苗雨，还记得吧？"

苗雨……当然记得，她是苗苗的妈妈呀，她为什么找我，为什么……

我的心热起来，热情地问："苗姨，是你……有什么事吗？"

苗雨说："有一点儿。我想问问，你和苗苗之间发生了什么事？"

我说："这……苗苗怎么了？"

苗雨说："我觉得，她这两天有点儿反常。"

什么？我脱口而出："她怎么了？苗苗怎么了？"

苗姨说："她情绪很消沉，有时，还一个人躲在自己的房间里偷偷哭，我问她怎么了她也不说，所以我就想到了你，想问问你知道不知道怎么回事？"

这……她不快乐，她消沉，她避着人在偷偷地哭泣……

我的心痛起来。我没有隐瞒，把那天冷饮店的经过全告诉了苗雨。

苗雨沉默地听着，听完好一会儿，才说了句："我知道了，黎斌，谢谢你，暂时就这样吧。晚安！"

苗雨放下了电话，我却愣了好一会儿才回过神来。

我的心又乱起来，可是我知道太晚了，不能想得太多，明天还有工作，必须睡好。就带着难言的、复杂的、混乱的、疑虑的心绪躺到了床上，心中对自己说着：不要想了，放松，快睡……于是，渐渐进入梦乡，梦中又看到了她的面庞和身影，只是非常模糊，看不清楚……

十四　谁会替他报复？

1

虽然心情有些郁闷，可我最后还是睡着了，还睡得挺香。清晨起来，不但精神和情绪得到了恢复，大脑的灵敏度也大为提高，并产生了破案灵感，有了新的思路。

当前，追查那双消失的眼睛显然是当务之急，可是，工作量肯定很大，有可能会旷日持久不能突破，甚至，还会像查二混子、刘玉军那样，感觉上就要突破了，线索却突然断了。老太太提供的可疑老者也是条线索，可同样无法追查，也暂时只能撂在这儿。所以，不能在一根绳上吊死。

鉴于这样一种情况，我想到了另一个途径。

我找到李局长，提出要见一见当年侦办赵雄案件的同志。注意，我说的不是三年多前追捕、击毙赵雄的刑警，那是许宽和胡克非。我要见的不是他们，而是十八年前，负责侦办强奸伤害于丽敏案的刑警。在他的协助下，我很快看到了当年的案卷，看到了在每个卷里边都会见到的名字——邸明。

可是，李局长说，邸明今年已经六十多了，退休好几年了。我一想可不是，案子发生距今已经过了十八年，办案人退休太正常了。不过我还是决定去见这个人。

现任警察找前任警察，还都在江山市，不是什么难事，我们三人驾车很快驶到城郊，驶到一个院子外边，看到一幢普通的平房，一个普通却很宽敞的院落，院子是个菜园，里边种植着茄子、辣椒、黄瓜、豆角等蔬菜，一个老人在菜园里躬腰挥舞着锄头忙着，一头花白的头发和拔光的头顶冲着我们，看上去，完全是一个老农民。

我隔着院门大声道："您好——"

老人抬起头来。黝黑的一张脸，倔强的神情，手架在眼睛上遮挡着阳光看向我们，真的像个老农民。

方哥说："邸大哥，我们是公安局的，我叫方文祥，弯道分局刑警大队的，咱们有一次开会碰到，还聊了几句呢，还有印象吗？"

老农民没有回答，却放下锄头，走出菜园，把院门打开，放我们走进去。方哥把我和富强介绍给他，我急忙说："邸队，我们有个案子，想向您请教一下！"

他说："进屋吧，进屋说。"

进了屋子，我有些吃惊。因为，这是一幢老旧的平房，屋子里也全是老旧的家具，连电视还是多年前的那种台式的，墙上挂着一个六十岁许的女人照片，照片镶着黑框……

方哥小心地问："邸队，你家嫂子……"

邸明说："走两年了。说吧，有什么事……对，水不热了，冲不开茶，你们喝杯白水吧！"

他拿出三个玻璃杯，用水涮了一下，给我们每人倒了一杯白温水，然后望着我们不说话。

我说："邸队，我们问的是一个老案子，十八年都过了。当时，你是石岗分局刑警大队大案中队的队长，案子就由你们队主办的，你是主要承办人……"

听着我的话，他的眼神渐渐警惕起来，渐渐退去了老农民的神情，变成了退休刑警的神色。我说完后，他没有急于回答，而是拽出一个盛着旱烟的小匣子，摸索着卷起来。富强见状，急忙拿出自己的软包中华，却被他摇头拒绝，径自卷好烟点燃吸起来，一股辛辣的旱烟味顿时迷漫开来，向我扑过来，我耐心地坚持着，看着他。

我把可以告诉他的都说了，包括于丽敏被害的事，我们的侦查概况和目前的收获，并指出，我们隐隐感觉，于丽敏被害似乎和死去的赵雄有某种关系。

他盯着我问："你是专案组的组长？"

我说："是，你就叫我黎斌吧，叫我斌子更好。邸队，我们现在陷入死胡同了，想请您帮我们分析一下！"

"退休这么多年了，脑子早锈死了，能分析什么？不过，你们这么信任我，我啥也不说对不起你们。我就介绍一下当年的案情吧。案子你们一定早听说了，可是，整个过程和细节，你们不一定都知道。怎么说呢？赵雄他就不是人，是个畜生……”

于是，在邸明的讲述中，我再次看到了不想看到的一幕幕，看到他们一伙如何当街拦住于丽敏和女伴，把她们当街强奸，轮奸，殴打，蹂躏……

“你们知道，赵雄为什么把于丽敏的牙打掉吗？”邸明自问自答，“因为，他强奸了于丽敏之后，还要于丽敏给他口淫，于丽敏不同意，他就凶性大发，把她的门牙当场打掉，然后，还往她的脸上、嘴里撒尿，让手下掰开于丽敏的嘴，便于他把尿撒到于丽敏嘴里，逼她喝下去……”

我的心再次激愤得跳起来，几乎跳出胸膛。

“也是命中定数吧，那天我带着两个兄弟巡逻，恰好赶上了，制止了他们，不然，还不知他们干出什么事来，之后，这个案子就落到了我手上。当时，他根本没把我们放在眼里，如实供认了对于丽敏的伤害，还对我说：‘别人你不用管，都算到我头上，就是我干的，你能把我怎么样？’把我气的……当时，我压住怒气，假装轻描淡写，实际上不断地深挖。因为我感觉到，他肯定不是第一次干这种事，肯定还有别的案子，结果，让我给挖出来同类案件七起，其他的受害人还有吕红、王丽娜、项玉英等等，都是他看人家长得漂亮，当街拦住强奸，反抗就往死里打。我知道他不是普通家庭，有保护伞，可我没惯着他，卷让我搞得扎扎实实，没有一丝缝隙，谁想从里头挑毛病？门儿都没有。想包庇他也包庇不了。对，当年为这事找我的人多了，封官许愿的，送大钱的。跟你们说吧，这可是快二十年的事情了，当年我要是抬抬手，收入最少百万，最低也能当上分局副局长，可我硬是抗住了，办成了铁案。我虽然承受了很大压力，可是听到他被判了死刑的消息，心里头非常痛快。当判决下来后，我还特意到看守所去看过他，你猜他怎么样？他满不在乎，说他不相信宣判书，那是假的，他不可能会死。”

我听到了我的心在咚咚跳着。

邸明停下来，深深地吸了口旱烟，吐出来，眼睛望着烟雾，好像从中看到了过去：“没想到，真让他说中了，他是判了死刑，可是居然没有执行，他在监狱里蹲了不到七年，就欢蹦乱跳地出来了，还特意到我家门前逛过几次，开着高级轿车，带着一群打手，对我叫嚣说：‘我赵雄是不会死的，死的是别人。’你说可恨不可恨？可是，我一个小刑警，拿他有什么办法?”

我又听到了自己的心跳声。

邸明继续说着:“后来,他又成了企业家,狗屁,什么企业家,他妈的就是个黑社会。对,那时我已经调离了刑警队,就是不调离又能把人家怎么样?别说我动不了他,他还想动我呢,我被调离刑警队,调离办案岗位,我都怀疑是他在背后起了作用。其实,我当年本该提拔的,可自从办了这个案子后,提拔泡汤不说,不久还被调离了重案队,到处给人打下手,最后甚至调离了办案单位。我的心气也就凉了,好不容易熬到退休,这不,就现在这个样子。还好,中央搞了扫黑斗争,我也借着这个势头,给公安部写了揭发检举信,当然,不是我一个人的作用,这才把他扫进去,毙了,江山少了个祸害,我也净心了。”

邸明住口了。他说的,我们虽然有相当部分听说过,可是,听到当年的办案人亲口说出来,感觉还是挺震撼。

我平静一下问:“邸队,那您帮我们分析一下,于丽敏这个案子,能不能和他有关?”

邸明想了想说:“正常说,应该没关系。你们想想,赵雄已经死了,他还怎么害于丽敏呢……不过呢,这个赵雄的报复心是很强的,当年,他就跟我叫嚣过,会报复我,后来,我的命运果然不怎么样……对,他被击毙……我的意思是,他的事再次折腾出来,也和当年的案子有关,有可能怀恨在心进行报复……对呀……”

邸明忽然停下来,眏着眼睛想起了什么。

我急忙问:“邸队,你想起什么了?”

邸明扭过脸,看向墙上挂着的女人照片。

“我老伴前年因为一起交通事故死了,是不是……”

这……这……

“不能吧,”邸明一边思考一边说着,“赵雄已经死了,他还怎么报复呢?”

我说出了我的想法:“邸队,你说,他能不能是死前,安排人替他报复?”

邸明说:“这……可能性不是没有,只是太小了……不过呢,也是个思路。”他看向我说:“小黎,你行,思路挺广,身上好像还有一股劲儿,是个好刑警。不过我可得提醒你,你要小心,赵雄是死了,可是他们家还在,他背后的能量还在。”

富强说：“邸队，你说说，他背后的能量在哪儿，他背后还有什么人？”

邸明说：“还用说吗？他妈，叫杨柳，这个女人能量相当大，她背后的人多着呢！不过，你也不用害怕，现在形势不一样了，多加小心就行了。我也就能跟你们说这么多。”

我说：“谢谢邸队。不过我还想问一句，如果真有人替赵雄实施报复，会是谁呢？”

方哥说：“是啊，你办过他的案子，肯定了解他的关系人，有谁会替赵雄报复作案呢？”

邸明说：“这个……他当年那些狐朋狗友都进去了，一直跟着他的没几个……对，有一个，叫吴安宝，他当年跟赵雄一起判的刑，蹲了监狱，赵雄从监狱出来后，很快就把他也弄出来了，后来，他在赵雄的公司当上了保安部经理，就是打手保镖的头目，跟着赵雄干了不少坏事，所以，三年前赵雄被击毙了，他也再次进了监狱。”

方哥说：“邸哥，那你说，能不能是吴安宝……”

“不不，”邸明急忙摇头：“我只是说他俩关系密切，但是，能不能好到人死了还替赵雄效力，我可不敢说。黑社会这些东西，都是树倒猢狲散，效这种死力我还真没见过。再说了，吴安宝还在监狱里，他怎么替赵雄报复呢？”

尽管邸明这样说，可我还是拿定了主意。

2

我先见了李局长，汇报了对邸明的调查情况，讲了我的判断：这些案件，极可能是死去的赵雄在报复。

话说出口，我自己都觉得说服力不强，又改用疑问句说：“如果这样，赵雄实在太歹毒了，于丽敏是他的受害者，在正常的人来看，应该遭到报复的是他，没想到，他不但不愧疚，反而还要报复受害人，难道，你伤害人还有理了？还是受害人欠他了？他这是什么思维呢？”

李局长沉默片刻才说：“他大概是想，当年，如果没有你们这些女人，我怎么会去强奸你，还有，你居然在公安机关、在法庭上敢于指认我犯罪，把我送进去，你们还敢接受记者的采访，把我的事都说出来，我不能饶了你们。大概是这样的心态吧！”

我说：“可是，造成这一切的根源都是他呀，是他犯罪才惹出来的呀！”

李局长说：“坏人不知好人有多好，好人不知坏人有多坏。在赵雄这种人心中，这个世界就是他们的，只有他们才是人，普通百姓不是人，只是他们的奴隶，他们想要他们怎样，他们就得怎样！”

我理解李局长说的话，在我们中间，确实存在这种人。

我离开李局长办公室，和方哥、富强会合，再次把就地调查的任务交给了方哥，我要带着富强一起外出。

富强问：“组长，咱们这回去哪儿啊？”我没有回答。是故意的。

富强不理解我的意思，上车后继续问：“组长，咱们去哪儿啊，你咋不说呢？”我还是没回答。他不高兴地说了声：“保密？好，我不打听了，免得泄密受到怀疑。”

话音中，我听出富强的情绪不好，瞥了他一眼，感到他的脸色也不好。对，这回他和我并排坐了，坐到了副驾位置上。我搭讪地问了句：“怎么脸色不太好？”

他说：“别说我，你也好不到哪儿去。”

是吗？我脸色也不好？正常，起早贪黑，废寝忘食，还遭到沉重的感情打击，吃不好睡不好，脸色能好就怪了。

我说：“我跟你不一样，我是为了案子，你不是吧！”

他叹了口气：“我和夏晓芸恐怕是彻底完了，发微信她不回，打电话她不接……对，跟你说你也没法理解，你没有过这种感受。”

什么话！我怎么就没这种感受，只不过不跟你说罢了。对，看来，我们是同病相怜了。

富强说：“对了组长，你确实和我不一样，除了跟我们一样奔波劳累，还得特别费脑子，考虑案子咋办，你休息一会儿吧，我来开车。”

这小子，想得倒挺周到，就这么办了，我确实该歇一歇。我俩交换了位置，他接过方向盘，我坐到副驾位置上，把座位放得角度大了些，仰倒下去，闭上了眼睛。我想休息一下，可是，脑子却不由自主地又转到案子上。

现在，我们要去新生监狱，我故意没有告诉富强和方哥，为什么不告诉他们，只是一种本能的感觉，觉得这样更好。所以，即便富强掌握了方向盘，我也只是告诉他顺着高速公路往前开。

我闭着眼睛，迷迷糊糊，似睡非睡，过了一阵子，忽然听到手机的微信铃声响起，正要起来接，车忽然减速，意识到是富强的。果然，富强小声说："晓芸……"接着又是夏晓芸的声音："富强，你在哪儿？我有话跟你说。"富强说："我……你等等。"车停下，富强跳下车，关上车门，我则下意识把耳朵立起，但是，只能隐约听到富强说什么："我真的在忙着，过后我跟你联系，啊……谢谢你！"好像没说我们在哪里，让我放了点儿心。

富强吹着口哨打开车门上了车，我不再装睡，坐起来问："谁的电话呀，这么高兴？"

富强说："夏晓芸，我还以为彻底完了呢，看来还有缓。对，夏晓芸脾气不好是真的，不过呢，女人长得漂亮，有点儿脾气也正常，你说是不是？"

我说："她跟你说什么了？"

富强说："就是问我啥时有空，想跟我见一面，好好聊聊。从她的语气上看，缓和多了，还有了笑容，估计她还是想跟我处。对了组长，我可没说咱们出来干啥，再说，我根本就不知道咱们去哪儿。"

我说："去新生监狱。"

"新生监狱？去那儿干什么？"

我说："你说呢？"

这小子，脑瓜确实不慢："对呀，我怎么没往这上想。"然后他就分析起来：一、于丽敏被害案和赵雄可能有某种关系。二、很可能是赵雄报复于丽敏。三、但是赵雄死了，无法亲手报复，可能托付给了别人。四、这个人应该是他非常亲密的、非常信任的人，可能是下属，也可能是朋友。五、赵雄的手下和密友都因为受赵雄牵连，进了监狱。六、所以，要去监狱调查，看能不能发现这个人的线索。

分析得完全对。

3

我们来到新生监狱，向门岗出示了警察证和介绍信，门岗给里边打了电话，片刻，监狱大门开了，我们的车开了进去，再过了一阵子，我们就坐到提审室里，一个三十七八岁、身体壮实的男子就被带上来，坐到审讯桌对面的椅子里，一双眼睛在我俩的脸上转来转去，揣测我们为什么提审他。

他就是吴安宝，曾在赵雄任董事长兼总经理的集团公司任保安部经理，还兼着赵雄的贴身保镖，因为和赵雄共同犯罪，被判有期徒刑入狱，后被赵雄鼓捣了出去，但是，出去几年后，因赵雄再次遭到毁灭性打击，他就又进来了，又被判了有期徒刑十二年。只是，现在从他的脸上，看不出过去的嚣张暴戾，相反，无论是脸上还是眼神中，流露出来的都是沮丧和乖顺。

我先把警察证拿到吴安宝眼前，让他仔细看了，然后单刀直入："吴安宝，我们今天来找你，是给你提供一个立功减刑的机会。"

吴安宝看着我俩，眼睛闪过一丝不明显的亮光，但是很快就不见了。他苦笑一声说："别逗了，有啥事儿就说，立功减刑，哪有那么容易的事。"

我说："吴安宝，我们不是来忽悠你，如果你真的能帮我们，发挥了作用，我们一定会向监狱反映，还要反映到审判机关。"

我话音一落，富强拿着软包中华走上来，给他点燃："好好说，说好了，这一盒都归你了。"

吴安宝说："这才是看得见的实惠，说吧，你们要问什么？"

我忽然脑子一闪，改变了单刀直入的想法，而是问："这样吧，咱们先随便聊聊，你先说说，在监狱里过得怎么样？"

吴安宝苦笑一声说："领导您这话问的，监狱里要是过得好，人们都得争着犯罪了。"叹了口气说："啊，我说的是现在，上次进来还行，那时候，赵总……不，赵雄在里边，各方面都有人照应，除了不自由，确实没受一点儿罪，照样吃香的喝辣的，看守管教都客客气气的，这次进来可就不行喽！"

听着吴安宝的话，看着他的样子，我的心中生出怒火。

吴安宝说的情况我都知道：三年前，赵雄的事情翻腾起来之后，记者进行了深挖，不但挖出了他死刑后还活着，成了一方黑恶势力，还挖出，他即便在监狱里的几年中，也是作威作福，吃小灶，住单间，甚至可以外出嫖娼。原因就是他利用自己的背景、势力、金钱，腐蚀了一大批狱警，上自监狱长，下至看守管教，对他的所作所为非但视而不见，还百般袒护，各方面给予照顾，最后，死刑变成了八年就走出了监狱。记得我当时看了报道就怒不可遏，为政法队伍里出了这种事而愤怒，为罪恶得不到惩罚而愤怒，更为罪犯的嚣张无忌而愤怒。后来，随着时间的推移，愤怒渐渐淡忘了，现在听到吴安宝提起，愤怒再次燃烧起来。

吴安宝不知道我在想什么，还在自说自话："当时，有赵总……

不，有赵雄在，我们这些人当然也不会受委屈。这回进来就不行了，再也没有以前的待遇了，不但没有优待，反而当重点人管着，谁他妈的都可以欺负，再没人护着了。咳，有人没人，有钱没钱，蹲监狱都不一样啊！”

富强听着，脸上也现出怒气。他的这种表情让我心里舒服了一些，因为这让我感觉到，他还有正义感，血还是热的。也因为，我见过太多的警察，对这种事见怪不怪，无动于衷，我激动了愤怒了，他们还往往讥笑，说我反应太过。

“行了，吴安宝，别再想过去的好事了。”我说，“人要面对现实，现在，你要早点儿出去，就得想办法立功，减刑。现在就是你的机会。我问你，赵雄出事后，他的手下都进来了吗？”

“那还能少一个两个吗？”吴安宝说，“赵雄完了，别人能跑得了吗？我们这些人都进来了，有的押在这儿，也有的押在庆山监狱，还有押在小岭监狱的。反正，该进来的都进来了。”

“有出去的没有？我是说，判了刑，进来了，可是，已经刑满释放了，或者保外了。”

“据我所知没有。”吴安宝回答说，“刚抓进来三年多，哪能有刑满的？也没听说过有保外的。不信你们去问问狱政科长，一问就都知道了。”

富强看向我，失望的眼神。不用说，我的眼神肯定也是这样。

我不甘罢休，想了想又问：“在监狱里边，赵雄跟谁最好？”

吴安宝说：“跟谁最好……我就算一个呀，当年他的贴身保镖，兼着保安部经理。”

富强问：“别的呢，除了你，还有谁跟赵雄最好？”

吴安宝边想边说：“别人……没谁了。对，过去他跟老熊不错，老熊是集团的副总，本来很得烟儿抽，可是他软骨头，一被抓，把赵雄的事一股脑儿都交代了，把赵雄气得要死，曾说过，出去以后，一定把他弄死。”

我问：“老熊还在监狱里吗？”

吴安宝说：“在！咋的，你们不信我，还想问他？去问吧，他表面是副总，可是一些见血的事儿他并不知道，多数都是我带人或者找人干的。”

既然这样，就用不着找老熊了。可是，难道就这样算了？我想了想又问了一句：“吴安宝，那你再说说，除了你们这些人，当年在监狱里边，还有谁跟赵雄感情不错，我的意思是，不是你们一伙之内的。”

吴安宝突然闭嘴了，没有马上回答，眼睛看着前面，好像看到了什么。

好一会儿，他才慢慢地说："还真有一个这样的人。是我们第一次进监狱的时候，有个叫李敢的，他进监狱的时候刚满十八岁，可是，已经有两条人命在身了，因为都是未成年杀的人，所以没判死刑。他岁数虽然小，可是有钢，进来后，我们一伙欺负他，他就是不服，还敢还手，挨打也不服输，伤好了还跟我们打，每次都这样。后来，赵雄觉得他是个人物，就不让我们再欺负他，而是跟他拉起关系，吃什么好的还给他一份儿，后来干脆就跟他平起平坐了，两个人吃在一起，处得比我们这些老兄弟都热乎。有一次他得了重病，监狱没当回事，赵雄急了，大骂管教和监狱长，说自己出钱，一定把他的病治好，花多少钱都他出，李敢这才捡回一条命。对，李敢这小子也讲究，出院以后就说了，今后，他这条命是赵雄的了。"

我听到了自己轻轻的心跳声。

富强问："李敢现在在哪儿？"

吴安宝说："他早出去了，赵雄出去不到一年，李敢就出去了。我估摸着，也是赵雄帮着活动的。"

我说："那你后来见过他吗？"

"没有。"吴安宝说，"我出去后也奇怪，怎么没见李敢来公司呢？我还为此问过赵雄，赵雄说：'你少管这些没用的。'我就不再问了。不过……"

富强说："不过什么？"

"不过，后来，有两个跟赵雄作对的家伙，啊，就是生意上的竞争对手，莫名其妙把命丢了。我怀疑，没准儿是李敢替赵雄干的。可是，只是猜测，我没跟赵雄打听过。"

4

我们的车驶出监狱，驶上了公路，再驶上高速公路，我的心一直在跳，尽管我努力克制着，不停地对自己说：别高兴太早，或许一切都是猜测，或许这个李敢和你要查的案件根本就没有关系……

可是，我还是难以抑制加速的心跳。之所以这样，除了所获得的信息分析判断之外，更重要的是一种直感，这种直感告诉我，李敢涉案的可能性极大，这次，可能真的获得了突破性进展。

现在，李敢的照片和相关资料已经存在我的手机中，当然是监狱方给我们的。我先是仔细地看着李敢的照片，二十多岁，光头，一副阴郁而又桀骜不驯的样子，形象上真的像暴力犯罪分子。我按照资料中李敢的居住地联系上了辖区派出所，给他们打去电话，想不到，派出所的户籍警马上就告诉我，李敢出狱后，从没回过家，也没回过当地，派出所之所以这么熟悉他，是因为他一直没办二代身份证，管片民警一直记挂着。

意料之中。真正的目标，一定不会很容易找到。

可事实上，我已经闻到了他的气味，看到了他狐狸尾巴晃动的影子，只要我们盯住不放，我有信心找到他，抓到他。

正在疾驶中，手机发出微信铃响，打开一看，是方哥发过来的一个视频，打开后，呈现在眼前的就是昨天步行街的一段录像，录像上是一个人的面部，就是我们昨天发现的那个看不清面庞的跟踪者，也就是那双眼睛，现在，经过专家的技术处理，辨析度增加了很多，完全可以看清他的真容了。三十多岁，鬼鬼祟祟的眼睛……我拿出监狱给我们的李敢照片，对照了一下，因为光照、角度、时间各不相同，不好确认，但是也不能完全否认。因为，我手上李敢的照片是多年前李敢蹲监狱时留下的，这么多年过去，谁也说不好他现在变成了什么样子。

我把情况说给富强，富强信心十足地说："我看，这个眼睛很可能是李敢，就算不是他，通过这个人，也可能找到李敢。"

我也这么想，可是，故作老练地说："不能过早下断言，抓到人再说吧！"

手机响起，打断我们的话，是方哥打来的："斌子，你们……在哪儿。"

我向外看了眼："在路上，正在往回赶。方哥，有事吗？"

方哥说："嗯……没啥，等你回来再说吧！"

他的话和语调都有点儿怪，我有点儿不放心，赶忙追问："方哥，没出啥事吧。对了，你给我发的视频我看到了，你那边查出什么来没有？"

方哥还是一种怪怪的语调："还没有……啊，查出一点儿，那个人不是离开步行街，穿过那条小巷上了主街道吗？我在主街道的一个交通录像里，看到在那个时段里，有一辆出租车从那条路驶过来，后来，驶出了交通录像监控区，然后就找不到了，但是我看到了车牌照，正在联系出租车公司。"

这应该算是有进展哪，方哥为什么说没什么，还没查出什么呢？我想着又问了一遍："方哥，我怎么觉得你好像有心事。"

方哥还是说："没啥，你们抓紧回来吧，到市区跟我联系。"

放下方哥的电话，我有点儿放心不下，可是又不知为什么，只是让富强加速，争取快一点儿回到本市。

5

看来，真的要突破了，就在我们快到市区的时候，我的手机响了起来，居然是刘玉军打来的，说有重要情况向我报告。难道他发现了偷打他手机的那个"老者"的线索？我按照约定地点，指点富强驾车又来到那片居民区的一个路口，看到了刘玉军的身影……不，不止他一个，还有一个瘦小的身影跟他在一起，正是提供那个"老者"有关情况的老太太。我们跳下车，问刘玉军有什么事，刘玉军看向老太太，老太太却看着富强不说话。富强马上明白了意思："别说，今儿个我还真揣现金了，瞧，你们谁能提供有价值消息，这几张票子就给他了。"

老太太急忙说："我能提供，我看到那个老头儿了。"

我虽然往"老者"身上想了，可是没想到会是这样，急忙追问："是吗，在哪儿看到的？"

"在我妹妹家的小区碰到的……啊，昨天你们不是给我点儿钱吗，我挺高兴的，想跟我妹妹说道说道，就去了她家，跟她唠了唠，没想到，我离开的时候，正好看着他了。"

这……可能吗？能有这么巧的事吗？

这话只能搁在心里。我继续问："大娘，你说说具体情况，你是怎么看到他的，他去了哪儿？"

老太太说："就那么看着的，我从我妹妹家走出来，正向大门走，一眼看到他迎面走过来，我就盯着他，看着他进了十三号门栋，我又偷偷跟进去，看他上了三楼，打开右边的门，走了进去。然后我就回来了，回来正好碰上刘玉军了，就跟他说了，他就给你们打了电话。"

我和富强互视一眼，我看到了他眼中的疑虑，我眼中肯定和他的神情一样。

到底是真是假呀，能不能是老太太看花了眼，根本就不是要找的"老者"，而是完全无关的人……

"你们快去抓他呀。对，你们是觉得我老了，办事不牢靠是吧，觉得我眼睛花了，看不准，是不是？我眼睛花不假，可这个老头儿我肯定看清了，我给你们下保证行不行？”

富强说：“这个……大娘，你为什么说他就是那个老头儿呢？”

“这话问的，他跟那个老头儿长得一模一样，不是他是谁？对，有一处不一样，那次，他眼眉上有个黑痞子，这次没有，别的都一样。我当时也有点儿犯嘀咕，可是在电视剧里看着过，坏人会化装，上次，他一定是弄了假痞子……对，别说了，你们快去抓他吧，要不，我给你们带路。”

无论真假，都得去一趟，万一老太太真看准了，真是犯罪嫌疑人呢？不去的话可是重大疏漏。我忽然想到李敢的照片存在我手机相册内，急忙打开，亮到老太太眼前。

“大娘，你看看，那个老头儿像不像这个人？”

老太太：“不像，一个是老头儿，一个是小年轻的，哪儿像啊！”

也是，如果真是李敢化装，老太太很难辨识出来。

富强说：“哎，组长，再让他看看那个，方哥发给你那个！”

我想了起来，又找到方哥发给我不久的那张照片，也就是他在交通录像里调出来的、疑似“眼睛”的男子。老太太看了看，还是摇头：“也不咋像，我看着的是老头儿，他也就三十啷当岁，谁知道了，脸型好像有点儿像，我说不准。”

正常。我不再询问，而是说了声：“好，大娘，上车吧！”

老太太看着富强手中的钱不动，富强抽出一张票子，放到老太太手中：“大娘，为了你这种负责任的精神，先给你一张，等发现了这个人，确认他真是那个老头儿，再把这几张给你。”

老太太说：“行，我上车！”

老太太上了车，刘玉军凑上来：“这个……同志，可是我给你们打的电话。”

富强说：“嗯……等等吧，真的抓到犯罪嫌疑人，不会让你白费心的。”

刘玉军说：“那我等你信儿。”

我们上了车，我让富强开车，拿出手机打给方哥。

铃声响了好几声，方哥才接起，蔫蔫的声音传过来问：“斌子，啥事？”

我再次感觉到方哥的声调有点儿不对，可是，顾不上那么多，我说了情况，要他马上赶过来，跟我们一起行动。

方哥听了说：“啊……斌子，我在医院里有点儿事，你们先去，我马上打车赶过去，对，千万别冒险，等我到了再动手!”

方哥这里的声调才有点儿正常了。

之后，我又给李局长打去电话，李局长听了很兴奋，但是又说：如果抓捕对象真的是李敢，具有相当的危险性，不让我轻举妄动，等待他调集警力配合我们抓捕。可是，我担心错失时机，就说我们先行前往侦查，确认目标身份和落脚点，等增援的警力赶到后再动手。李局长答应下来。

十五　夜幕中的枪声

1

我一边驾车疾驶，一边紧张地祈祷着：老天保佑，让我们找到他，抓住他……这时，我忽然紧张不安起来：黎斌，你要面对的绝不是寻常的窃贼惯犯，而是一个入室强奸抢劫杀人凶手，是个实施过累累暴力的凶手，二混子可能就是他杀死的。这样的凶手，面对抓捕，绝不会束手就擒，一定会殊死反抗，只有你和富强，力量实在太薄弱了。

手机突然响起，打断了我的紧张和不安。我不想接，可是铃声显得好像特别急促，一遍又一遍，我只好拿起来看一眼屏幕，手机号码感觉有印象，是谁呢？我放到耳边没等说话，手机里传出一个轻柔的女声："您好小黎，我是苗雨。"

原来是苗雨，苗苗的妈妈。我急忙应答："苗姨您好，有什么事？"

苗雨的声音："小黎，是这样，我想，你能不能抽时间约一下苗苗？"

这……这又是为什么？我约她可以，她能赴约吗？

苗雨继续说："你放心，如果你约她，她会赴约的。"

"好，"我大声说，"苗姨，我现在太忙，等忙过了，我一定约她。谢谢你苗姨，我有急事，撂了！"

没等苗雨回答，我就放下手机，一直在旁注意的富强开口了："谁的电话，苗姨？让你约谁呀？你是不是有女朋友了？保密工作做得不错呀！"

我没有回富强的话，但是心中生出几分得意，小子，别以为你跟夏晓芸处上了就了不得了，我的心上人比她强多了，哪天让你看看。

富强还想问我，可他的手机响起微信铃声，他也急忙接起，屏幕上出现一个人的面庞。我感觉应该是夏晓芸。

果然，夏晓芸的声音传出来：“富强，今晚有空吗，我爸说，要是有空的话，一起吃饭。”

富强说：“这……我不敢保证啊，正忙着，你没看我在车里吗？”

夏晓芸问：“你干什么去呀？”

我的心收缩了一下，还好，富强回答的是：“晓芸，这你就别问了。这样吧，等一会儿我能不能去，一定给你打个电话。行吧？”

夏晓芸说：“好吧！”

富强放下了手机：“组长，你觉出来了吗？你有约会，我有饭局，我们的爱情都要结果了，这是个好兆头，这次，咱们一定能有斩获。”

希望如此。

2

十五分钟后，我们来到一个普通的居民小区，把车停到小区的出入口外路旁，等了片刻，方哥还没有到，我再给他打去电话，让他快过来，我们先进去了。然后下车，带着老太太向小区内走去，一路警惕地注意着走过来的每个人，还不时提醒老太太注意是不是来人，可是，一路走过好几个人，有一对年轻的夫妻，一个年轻小伙子，肯定不是。又过来一个白发苍苍的老者。我和富强警惕起来，一边盯着老者，一边让老太太注意看，老太太却不高兴地说：“看啥看？我还不认识人吗？不是他。”我们只好继续往前走，终于走到一幢七层的住宅楼下，老太太指着三栋口说：“就是这儿，他就是进了这个栋口，上了三楼，右手边那家……”

我和富强来到了老太太指点的楼栋口外，停下脚步，互相看了一眼。

我从富强的眼睛里看到了紧张和不安，就知道我的眼神一定也是这样。这让我再次感觉到，我们两个人的力量实在是太薄弱了。根据吴安宝提供的情况，李敢是个很危险的角色，如果我们面对的人真是他，无法想象会发生什么。

我想了想，要富强守在栋口外，我一个人进去。他一把拉住我小声说：“那怎么能行，一个人……”

我说，我不是要一个人抓李敢，而是先上去侦查一下，为了预防万一，富强守在门外，既防止李敢逃跑，也防止里边的凶嫌跳楼或者有其他过激的举动。

富强理解了我的意思，答应下来，又特别嘱咐我说：“黎组，你千万不能一个人闯进屋子啊！”

我答应一声走进门栋，顺着步行楼梯向上走去，来到了三层，来到老太太说的右边的防盗门外，屏息向内倾听起来。

很快，我听到里边有动静，有隐隐的说话声，好像还是女声，继而听到人体发出的声音，好像是挣扎声，这……

身后传来脚步声，分散了我的注意力，我不得不转过脸，看到一个身材高挑儿的长发女人从楼梯上方走下来，高跟鞋敲在楼梯上发出有节奏的声响。她没有看我，径自顺着楼梯走下去，等她的身影不见了，脚步声走远了，我再次把耳朵贴到身旁的防盗门上倾听起来。

忽然，一个微弱而清晰的女声传出来：“救命啊……”

出事了，我不能再犹豫了，我按响了门铃，又用力敲门。

屋里的声音一下子消失了。

我听了听，继续敲门，敲了好一会儿，里边才传出一个男声问：“谁呀？”

我感觉不太对劲儿，可是，这时也不容我后退了，就努力镇静地回答着：“警察，请开门！”

里边没有马上回答，而是隐隐传出忙乱的动静。门迟迟不开，我焦急地再次敲门。这时，我身后再次传来脚步声，我扭头一看，是方哥走上来，他的出现，让我的心松了一点儿。但是我感觉到方哥的脸色不太好，可是没时间过问这个了。

方哥走到我身边，和我一样，向内倾听着。

我听到脚步声向门口走来，停到门内，猫眼一暗，我知道有眼睛在向外看，急忙拿出警察证对准猫眼儿。

门内没有动静，我的疑团再次生出，再次敲门。

门终于打开了，一个二十多岁的男青年面庞露出来：“干什么？”

不对劲儿。我问：“我听到里边有人喊救命，怎么回事？”

男青年脸一下红了：“这……你们这不是多管闲事吗？”

这……

方哥把话接过：“小伙子，不好意思，我们是警察，听到有人喊救命，不能不管。能让我们进去看一眼吗？”

一个年轻女声从里边传出来：“不行，不行！”

方哥不再坚持，而是转向门口的男青年：“你们是夫妻吗？”

男青年说：“是……不是，我们是……对象，就要结婚了，咋的，这你们警察也管吗?”

这……

我说:“不好意思,是我误会了。对,我们要找一个老人,就住在这个栋口,头发花白,鼻子下边有一抹胡子……”

男青年说:“我们也是新买的房子,还没正式搬进来,对这个楼栋的情况也不知道,不过,昨天我好像看到一个老头儿上了四楼,进了我们上层……”

没有听完,我和方哥就向四楼奔去,也顾不上男青年责难的目光。

如法炮制,我和方哥来到四楼的门外,俯耳倾听起来。

没有一点儿动静。

我看向方哥,方哥也看着我,显然是要我拿主意。

我不敢再轻举妄动,要是再像三楼那样出错,那就太尴尬了。

楼梯下方传来轻轻的脚步声,脚步虽然轻,但是听得出不是一个人。

我掉头看去,先看到富强的面孔,继而看到陈支队、大案大队长胡克非的身影,再看到两名身强力壮的刑警。显然,他们是奉李局长之命来增援我们的。

我的胆子顿时壮了起来。

陈支队走到我跟前,告诉我,楼外还有几个刑警在守候。

可以采取行动了,我开始按门铃,敲门。

没有动静。

再敲,还是没有动静。

难道,里边没人?

陈支队向身后示意了一下,一个技术员走上来,从怀中掏出一个锥子形的工具,插进钥匙孔内,拧了几下子,门无声地开了。

我第一个冲进门去,小心踏进门厅,手枪指着前面四顾。

继而,富强、方哥、陈支队、胡大队还有两名刑警都走进来,像我一样,枪口四顾。

眼前的门厅内,什么也没有,别的房间也没有动静传出。

陈支队:“搜!”

卧室、阳台、厨房、卫生间……

都没有人。我心里再次划了混儿:难道又搞错了?

可是,当我打开卫生间的灯时,却一眼看到,卫生间的坐便器上坐着一个男子,三十多岁,眼睛看着我,震惊和痛苦的眼神……

我吓了一跳，大叫起来："警察，不许动！"

他对我吼的声充耳不闻，震惊和痛苦的眼神一动不动地看着我。

我这才看到，他的裤脚下方，深色的液体在缓缓扩展着。

我再看向他的胸口，发现胸前的衣服有几个破口，被深色的液体洇湿了。

他已经死了。

我小心上前，手拭向他的脖颈深处，还有微微的体温。

他刚死不久，我猛地转过身："富强，我进来以后，你在外边看到什么人没有？"

富强说："没有啊？就一个女的走出去了，长发，高跟鞋……难道她……"

她极可能是凶手化装的。

我冲出楼栋，早不见了女人的影子。

3

技术人员很快对房间进行了搜查和勘察，发现了一些化装用品，其中有老人的白色假发，还有粘贴用的胡须，把这两样东西放到死者的头上脸上，老太太看了照片立刻证明，这就是她看到的老头儿，证明她真的没有看错。

可是，这个人并不是李敢，经调查，他叫胡维民，三十四岁，在这个单元住过一段时间了，离异，独居，短时间内没人能说清他的前史。但是，他给二混子打电话，指使他盗窃车牌照应该不成问题，同时也确定，他就是暗中盯着方哥的眼睛，当然，这些都需要后续的侦查及证据进一步证明。

可是，他已经死了，被人杀死了。

杀死他的极可能就是那个女的。因为紧接着的调查中，这个楼栋的所有住户都证明，在这个楼栋中，没有这样一个女人。再查录像，只能看到她走出小区大门，加快了脚步，迅速消失了，一时难以查到她的踪迹。

后续的调查中，调动了基层派出所的警力，有民警证明，胡维民没有什么正经工作，但是日子还过得下去，最重要的是，他曾经在赵雄的公司混过，后来不知何故离开了。进而又查明，他和二混子相识，也有过交往，只是不那么亲密，而且中断过一段时间了，这也是我们前期排查二混子关系人时，没有查到他的原因。

这些情况非常重要。一方面，它再次证实，是胡维民打电话给二混子，要他偷车牌子的。另一方面，也证实此案确实和赵雄的案子有关，证明我们前期的判断是正确的，侦查的方向是正确的。

可是，最重要的嫌疑人却漏网了，就是那个从我身旁走过的长发女人。她到底是谁？是李敢吗？对，他是怎么恰好在我们到来之前，杀害胡维民的？难道他知道胡维民暴露了？知道我们即将找到他？他是怎么知道这些的？

我先看向富强，富强急忙说：“黎组，我可一直跟你在一起。”

对，不可能是他。

我再看向方哥，方哥一脸尴尬和难看的脸色，这让我想起他姗姗来迟的情景，想到他反常的语气、声调，更有现在他对我目光的反应。

方哥跟我对了一下眼神就游移开去说：“我接了你的电话很快就赶来了，没有……跟任何人泄露过。”

方哥后半截话似乎不太坚决，引起我的注意：“方哥，我不是说谁当了内奸，故意泄露行动秘密，我的意思是，能不能是无意间泄露了，引起了别人的注意？”

方哥嘴动了动，没有说出话来。

富强也看出了问题：“对，你为什么到得那么晚？还有，你接电话的时候，跟前有人没有？”

方哥说：“这……我是有事儿，在医院里……对，我接电话时，许支队和胡大队在跟前，他们能泄密吗？再说，我就是答应了一下，处理完事儿就匆匆奔来了，也没说什么呀？他们怎么知道我们说了什么？”

富强说：“他们都是老刑侦，完全可以从只言片语中和你的言行举止中判断出什么。”

方哥急了：“富强，你这意思，许支队和胡克非是内奸了，他们能勾结杀人凶手？给凶手通风报信？”

是啊，他们怎么可能这样？可是，不是这样，又怎么解释泄密现象？

我想了想对方哥说：“方哥，不管咋说，今后还是要注意点儿。”

方哥说：“我知道了。斌子，我还有点事，先过去了。”

没等我回答，方哥就匆匆离开了。他这是怎么了？

下班时间到了，富强说饿了，也走了。

我没有走，因为案件的后续工作虽然移交给了刑侦支队，可是它仍然压在我心上，让我的心情很是纷乱。

我们的行动肯定走漏了信息，到底是怎么走漏的呢？

难道真是许支队或者胡克非中的一个，从方哥的言行举止中意识到了什么，通报给凶手，导致我们的行动失败？不，不可能……

那，怎么解释这个情况？

不是富强，也不是方哥那边，难道是你自己，是你不小心泄露了行动信息？那是怎么泄露的，这一路上也没跟谁见过面说过话。对，掌握凶手藏身处的消息时，我们已经进城了，距离抓捕的时间很短了，更没见过谁……不，见过……你接过一个人的电话，苗雨。你们在通话里说什么了？对，她要你跟苗苗约会，你说你太忙，等事情过后再说，是这样吧？难道，因为你说了太忙，苗雨分析出了什么？不可能吧，她是市公安局局长的妻子，难道会和凶手有什么瓜葛？而且还机敏地从我的话中分析出，我正要去抓凶手，她及时通报给他，让他杀人灭口逃跑？不可能，这是精神病的想法。

虽说不可能，心里还是放不下，我想了想，找出苗雨的手机号码，给她打了过去。她好像在等待着，铃声响了两声，就接了起来：“小黎你好！”

我脑子边转边说：“苗姨您好，我今晚能抽出空来见苗苗。”

“好啊，那你就约她吧，直接给她打电话。”

我说：“我会的，只是先谢谢您。对了苗姨，我之前跟你通话的事，苗苗不知道吧？”

苗雨说：“不知道，我是背着她给你打的电话。”

我说：“啊，谢谢苗姨……对了，我们通话的事，没有别人知道吧？”

“没有啊，怎么了？”

“没事，随便问问，你没对任何人说我们通话的事，是吧？”

“跟别人说这个干什么？小黎，是不是出了什么事？”

“没事没事，先这样吧，我马上给苗苗打电话。”

我放下手机，并没有马上给苗苗打电话，而是琢磨着苗雨的话。她说得有理，我们之间谈的是私事，而且牵涉到她女儿的感情问题，她不可能跟别人说，再说，我就说正忙着，她怎么会判断出我要去抓凶手呢？她怎么能是凶手的同伙呢？

算了，先不想了，别的先撂一撂，今天晚上还有约会呢。

想到约会，她的面庞就浮现在眼前，冲淡了我纷乱的心绪，心底生出一种难言的柔情。

她好像也在等我电话，铃声响了两次她就接起：“黎斌。”

我轻柔地说：“苗苗，今晚咱们一起吃顿饭可以吗？”

她略略迟疑了一下答道：“好。”

4

黄昏时分，我打了辆出租车，驶向李局长家的平安小区，一路上心情难以平静。

奇怪，这时，我居然把案子抛到了脑后，满心满脑子想的都是她，我觉得车驶得太慢，恨不得马上看到她的面庞，嗅到她的气息，进而把她拥到怀中，倾诉衷肠……对，她到底会是什么态度呢？既然接受了我的约会，应该是好迹象……不，也不一定，或许，她见你只是为了向你最后摊牌：“今后，你不要再找我了。”不可能，如果是这样，她在电话里直接对我说就行了，为什么还要见面呢？这……或许，她是不想伤害你，和你见面，只是要跟你解释一下，让你在被拒绝的时候得到几分安慰，不那么痛苦……不，不可能，如果是这样，苗雨为什么要我给她打电话？作为母亲……对，苗苗说过她不是她的生母，尽管不是生母，可是她们俩的亲昵关系骗不了人，她们感情肯定非常好，她为什么打电话，要你约会苗苗……

想不清楚，越想心越乱，干脆不想了，反正，这次见面，我一定要向她诉说衷肠，也要她说出对我的真实想法……

平安小区就在前面了，看到小区的入口了，路旁，一个俏丽的、熟悉的、期盼的身影在等着我，是她。没等车停稳，我就跳下车，眼睛盯着她，她似乎向我笑了一下，也许没有，只是我的一种感觉，然后向我走来。看着她熟悉的面庞，身影，我再次强烈地感觉到，我肯定在哪儿见过她，而且不只是见过，还相处过，共生过……我亲爱的人哪，她不只是我的爱人，还是我的亲人，我一定要得到她，让她守在我的身旁，永不分离。今天豁出去了，一定要和她说清楚，要她答应我……

她向我走来，我迎着她，希望看到她的眼睛，能从中看到什么。可是，她却垂着眼睛，不让我看到，径直走向出租车后排的车门，打开坐了进去，我急忙绕到出租车另一边，也打开后排的车门坐进去，车启动，驶去。

我们并排坐在后排，我故意往中间坐了一点儿，想和她的距离近一些，可是，她却有意无意地缩了下身子，和我保持着距离。对，这是我第一次和她如此相近地并排坐着，而上次在冷饮店和她在一起是面对面，对比起来，现在更觉亲近。我的身心难以抑制地颤抖起来，大着胆子，把手轻轻地伸向她的手，天哪，她的手也在颤抖，难道，此时她的心和我一样？这让我胆子更大起来，去抓她的手，再次感觉到，她的手不但在颤抖，而且很凉……还没等我抓紧，她突然把手挣脱出去，身子还向一旁轻移了一下。她的这个动作让我的情绪突然受到挫折，可是我马上再次鼓起信心和激情，伸出手臂，揽住了她的腰肢。这时我感觉到，她的全身都在颤抖，有点儿僵硬地颤抖。可是，我仍然揽着她没有放松，而且越揽越紧，一直到出租车停下来。

出租车停到了芳草地冷饮店跟前，之所以又来了这里，是我在晕眩中，下意识地对司机说了这个地址。

下车了，我必须放开她了，我不想在众目睽睽之下，展示我们的亲昵。我常在大街上看到有少男少女们旁若无人，相拥相抱甚至相吻，我没有权力制止他们那样做，可是我不会那样做，因为，我认为爱情是珍贵的，是神圣的，是私密的，在大庭广众之下、在别人的眼睛下展示，既是对别人的不尊重，也是对爱情的亵渎。所以，我只是牵着她的手臂走进冷饮店，走进一个单间……对，还是上次那个单间，我们要继续上次没有完结的故事。她被动地跟着我，任我牵着她的手臂，牵着她走进来……

走进小小的包间，我也不想放开她，我把她让进了座位，把自己的椅子搬过来，想像刚才那样，还是和她并肩而坐，继续挽着她的手。女服务员走进来，问我们要点儿什么，这已经是不重要的事情了，我下意识地点了上次点过的饮料、汉堡、鸡腿。待服务员退下后，我又揽起她的腰肢，可是没想到突然遭到她的抗拒，她向外躲闪了一下说："不，现在不行！"

这又是什么意思？为什么现在不行？什么时候行？将来行吗？以后行吗？我感觉到她态度的坚决，只能轻轻叹息一声，把椅子搬回到对面坐下。这时，服务员把饮料、汉堡、鸡腿端上来，说了句"请慢用"就出去了，把门帘放下了。这意味着，如果不召唤，她是不会再进来了，现在，这个小小的私密的空间再次属于我们了。其实，我已经饿了，可是，面对着眼前摆放着的饮料鸡腿汉堡却不想动，因为，我的面前还有比佳肴更有吸引力的东西，一个年轻的、活生生的生命，一个我无比珍爱的人，一个如此美妙的人。这时，我一下子想起那个成语："秀色可餐"。我根本不看眼前的吃的喝的，而是定定地盯着她，我早想仔细地端详一下这张似曾相识的美丽面庞，可是过去不敢，现在应该可以了。然而她却一直垂着眼睛，使我无法看到她美丽的双眸和内心。我小声说：“苗苗，你……我……”我忘记了自己要说什么，内心的火焰熊熊燃起，从桌子下面一把抓到她的手，紧紧抓到手中，感觉到她的手凉得让人心痛。不，不能让她再凉下去，我要温热了她，一句话就像下意识般从我的口中喷出去：“苗苗，我爱你……”她听到我的话，身子猛地颤抖了一下，呻吟般说出一声：“不……”这时，我已经不再猜她的“不”是什么意思，因为，她既然跟我出来，跟我坐到这里，再用一个“不”字已经不能阻止我。

我抓着她的手继续说：“苗苗，从见到你的第一眼我就爱上了你，我们一定在哪儿见过，或者相处过，我觉得你非常熟悉，就像我们早就认识一样，我不知道这是不是缘分，可是我必须告诉你，我爱你，在这个世界上，除了你，我不会再这样爱别人，我想时时刻刻都看到你，想和你一起生活，想和你共命运，永远都不分开，苗苗，答应我……”

说着说着，我哽咽起来，泪水不争气地流出来，这让我有些羞愧，可是，当我发现她也哭泣起来时，羞愧就减退了。可是，她却仍然摇着头说：“我知道，我第一次看到你，也是这样，可是……不，不……”

她是什么意思？她第一次看到我也是这样？对，我们说过，彼此间都有似曾相识的感觉，现在，她对我的感觉一定和我对她的感觉是一样的，她完全理解我的心，我的感情，可是，为什么要加上“不”字，为什么？我冲动地走到她的身旁，猛地把她拥抱在怀里：“苗苗，你说什么呀，为什么要‘不’啊，你要折磨死我吗？你的身心明明告诉我，你也是爱我的，为什么嘴上却说不，为什么呀？”

“黎斌，你不知道，你不知道……”

我不知道什么？什么我不知道？我说：“苗苗，你是不是有什么事情我不知道？跟我说，不管什么我都能接受，都不会改变我对你的爱，告诉我，告诉我，是什么？”

可是，她仍然摇头说：“不，不，没什么，真的没什么……”

这……到底怎么回事啊，怎么又没什么了？

她的话和她的表现，让我迷茫。

那就没什么吧！我控制住自己，继续拥抱着她，把她转过来，跟我面对面：“苗苗，我已经把心交给你了，现在你告诉我，你接受吗？你爱我吗？”

她依然垂目不语。

这……我声音大起来："苗苗，告诉我，你爱我吗？不爱也告诉我，我能接受，可是你不能这样折磨我，快告诉我，你爱我吗？"

她依然没有说话，依然垂着眼睛，可是，微微点了点头。

心底的热潮猛地涌上来，我再也不控制自己，再次把她拥在怀中，用了全身的力气，想把她融入我的身体，我感受到了她的体温，感受到了她的心跳，直到她艰难地说出："不，我……疼……"

一个"疼"字惊醒了我，我急忙放松了些，可是并没有放开，而是想去亲吻她，可是，没想到她却突然向后挣了一下，把脸侧开，推着我的脸颊说："不，你不知道，你不知道……"

又是我不知道，这个我不知道，就像一堵无形的墙，遮挡在我们面前，遮挡在她的心上，使我不能再进一步。我再次抓住她的双臂，让她面对我的眼睛说："苗苗，什么事我不知道，告诉我，成吗？我是你的爱人，是和你共度此生的人，你有什么难处告诉我，让我帮助你，和你一起承担，好吗？"

可是，她仍然摇头："不……谢谢你，我……以后会告诉你的。"

以后……为什么是以后呢？

我问她，她仍然只是摇头："现在不行，我还没想好，对不起，请……不要逼我，好吗？"

看来，今天只能如此了。我克制住奔涌的情感，努力恢复平静："好吧，苗苗，你饿了吧，吃点东西吧！"

她拿起饮料，轻轻地吸吮了一口……

我们吃喝起来，我品不出饮料和鸡腿及汉堡的滋味，可是，却分明感觉，和那天吃喝的虽然完全相同，却是不同的滋味。

吃完后，我还想继续和她坐下去，她却站起身来说："黎斌，不早了，你还有案子，明天肯定忙，回家吧！"

只能如此了。我有些遗憾，也可以说有些满足，因为我已经确切地知道，她爱我，我也表达了对她的爱，我拥抱了她，我握过她的手，唯一的遗憾就是她的那个"不"，这个不字，到底什么意思呢？会不会成为终极阻碍呢？不会的，不会，不管有多少艰难险阻，我也要得到她，也要和她一起走向远方，一直到生命的终点……

和上次一样，我们没有打车，而是并肩向前走去，和上次不同的是，这次，我牵住了她的手，她想挣脱，却被我紧紧抓住，只好屈服下来。这样一来，无论是我们之间的心理距离还是身体距离，都比上次拉近了很多。

时间和环境也和上次差不多，也是九点多钟，也是人车寥落。只是，她在路上一直沉默着不语，只是我一个人说话，我向她介绍了我的家庭，我的经历，重点告诉她，我如何出生在一个农民的家庭，父亲的最高职务是民办教师，母亲是一个普通的家庭妇女。唯一和普通农民不同的是，我的父母都重视对子女的教育，小时候，我的很多玩伴，因为父母觉得读书没用而辍学了，我却一直读到了初中，高中，直到考上了大学，毕业后考上了公务员，进入公安队伍……她对我的话产生了兴趣，但是，兴趣点并不是我的家庭，而是问起我的文学特长和刑警职业之间的关系，我说明二者并不矛盾，刑警是生活的源泉，我把它都贮备起来，等将来有时间了，或者老了，作为素材写出一部部作品来，还说，我肯定要写一部纪实小说，书名就叫《我的刑警生涯》，把我的经历，我的情感，我的思考，我的爱和恨都注入其中，当然也包括我经历的形形色色的、有价值的案件。譬如，眼前这个案子，虽然还没破，可我一定会把它写进去。

说到这里，我又对她说：这些日子她时时地出现在我的脑海，我的心中，我的梦境，影响我的思绪，也正因此，我今天才倾诉了我的情感，得到她明确的回应，使我的心平静下来，能全力投入到侦破中。

苗苗听了这话停下脚步，抬起眼睛看向我。这是我今天晚上第一次看到她的眼神，那双似曾相识的、无比亲近的眼神。此刻，她的眼神中现出一丝歉意："黎斌，对不起，都是我不好。"

我说："不，苗苗，应该感谢你，让我得到了真正的爱情，你知道吗，你就是我一直寻找的人。对，你还得考虑清楚，我已经二十九岁，家里也没什么钱，嫁给我，不会过上富贵的生活，或许，我不该追你，可是，我控制不了自己，我就是觉得和你早就认识，分别很久后，突然重逢了，不想再离开你。你知道吗，一天不看到你，我都觉得痛苦，我要和你生活在一起，和你同呼吸共命运……苗苗，你听到我的话了吗？你能明白我的心吗？"

我盯着苗苗，急切地等待她回答，她垂下了眼睛："黎斌，我都明白，其实，我跟你一样，也想时时刻刻跟你在一起……你知道吗？我已经明白了为什么好像早就认识你，因为……因为……"

她看了我一眼又垂下眼睛，我抓住她的双手："苗苗，说呀，因为什么？"

她说：“因为，我从你的身上，看到我爸爸的模样，你虽然跟他长得不一样，可是，你真的在很多地方像他。”

这……原来是这样，原来，在她的眼里，我像她爸爸，我像李局，是吗，难道我和李局真的这么相像，或者说神似？这对我来说意味着什么？是好是坏？对我的命运又意味着什么？

我想不清楚，但是我非常清楚的是：我爱她，她是我的，是我的另一半。

我摇着她的双手说：“苗苗，等这个案子结了，咱们就结婚。行吗？”

她的眼睛幽幽地闪了一下，又垂下来，轻轻叹息一声：“可是，这个案子什么时候能结呀？从我爸的脸色我就看得出来，这案子不是容易破的！”

我的心忽然被触动，一下子冷下来。

因为，她说到了案子，是案子使我的心突然冷下来：是啊，眼前还有这么大、这么严重的案子，还有凶手逍遥法外，他又是这样一个对手，一个非常危险的对手，你怎么能……

我的身子突然一凛，回身四顾。

我的视线中，一片平静，街道上的人影几乎没有了，只有偶尔驶过的车辆。

一种不安全感在我的心头生出。恰好，一辆出租车驶来，向我们鸣着喇叭，我抬起手臂，出租车停下来，我们进入车中，向平安小区驶去。

5

出租车一直驶进平安小区，驶到李局长家的楼下，我和苗苗下了车，牵着她的手，在暗淡的灯光中向门栋口走去。走到门口，停下脚步，我扳着她的双臂，让她面对着我，以便我更清楚地看着她，她孩子般乖顺地垂着头，我忽然产生了一种亲吻她的冲动，可是，就在我把她拥向怀中的时候，她的眼睛看向我的身后，现出惊恐的目光并挣扎起来：“不……”

几乎与此同时，我忽然产生那种如芒在背的感觉，迅速掉过身去，拔出手枪，打开保险，把苗苗推向身后，手枪指着前面的黑暗处，躬下身向前巡视着：“谁，出来！”

看不清的黑暗处，似乎有黑影晃动了一下，我的声音更大起来：“谁，出来！”

突然火花闪烁，一颗子弹呼啸着从我的脸颊旁划过。

枪，带消音器的！

我毫不犹豫地开枪，射向子弹打来的方向，对方也有子弹打过来，再次从我的脸颊旁划过，我一边还击一边寻找隐蔽处，万没想到，苗苗这时突然冲上来，双臂张开，用身子挡在我前面，嘶声呼叫起来："不……不……"

我大惊，用力把苗苗扯开，向黑暗中不停地扣动扳机。

一阵急速而轻捷的脚步声由近至远地消失了。

我向前追赶了几步，猛然想到苗苗，急忙返回身来，看到苗苗还在原处，还是原来的姿势，双臂张开，嘴上呼叫着："不……不……"

"苗苗，怎么了？你怎么了？"

我冲上前把她揽在怀中："苗苗，别怕，他已经逃跑了，我没事，我们没事……"

苗苗充耳不闻，嘴上依然嘶叫着："不，不……"

她吓坏了。我紧紧地把她抱在怀里，感觉到她身躯的颤抖："不，不……"她的声音渐渐小下去，继而放声大哭起来，紧紧地搂抱着我，依偎在我的怀中，越哭越痛，好像把前世的悲伤都从心底哭了出来。苗苗，我亲爱的人，你这是怎么了，怎么了……

楼道里的灯亮了，楼栋门开了，李局长的身影从楼内冲出来，手中枪口对着前面，巡视一下后，转向我们问："黎斌，怎么回事？"

我说："有人向我开枪，逃跑了！"

李局长转向苗苗说："苗苗，你……"

苗苗的哭声已经低下来，看到父亲，一头扎向他的怀抱，再次放声痛哭起来。

李局长把苗苗抱在怀中，手拍着她的后背，抚慰着说："好了，好了，苗苗，没事，爸爸在这儿，黎斌也在这儿，有我俩在，没事的！"

我感觉得到，李局长的语音中，透出一种深深的悲怆。

苗雨也从楼栋内奔出来："没事吧，苗苗，苗苗……"

苗苗再次扑向苗雨，苗雨把她拥在怀中，同样安抚着她说："苗苗，看，你爸，还有黎斌都在，别怕，有他俩在，没人能伤害咱们！"

苗苗的哭声渐渐低下去。

我把刚才的情况又跟李局长说了一下，还提到上出租车前那种如芒在背的感觉。

李局长拿出手机，打出电话。过了一会儿，一些特警、派出所的民警、部分刑警相继来到，开始搜查。我对此没抱什么希望，事实也果然如此，折腾了小半宿，只获得四颗子弹头儿和几个残缺不清的脚印，一些黑乎乎的录像视频，别的一无所获。

我回到自己家中，无论如何也难以成眠，闭上眼睛，在眼前晃动的是她的面庞，还有在黑暗中蠕动的人影，她幽幽的目光，还有子弹从枪口射出时的火花……

两大问号在我的脑海中徘徊：苗苗怎么回事？她为什么被枪声吓成那个样子，简直歇斯底里一般？杀手又是怎么回事，居然在路上一直跟踪到李局长家楼下，他要刺杀我吗？为什么？难道我的侦查已经危及案件幕后的元凶？

还有，这个杀手是谁？是李敢吗？他这么猖狂？刚刚杀了胡维民，居然没有逃走，反而来杀我，现在，他会在哪里，是逃跑了，还是在本市藏匿起来？

最关键的是，我们专案组下一步怎么办，我们该做些什么？该怎样去找到这个杀手？

我的脑子转个不停，直到思路渐渐形成，才进入梦乡。

十六　审　查……

1

早晨，我正在街边饭摊吃饭，手机响起，传来方哥的声音，声调中透出明显的紧张：“斌子，怎么回事？”

他问的是我昨晚差点中枪的事。我说正在外边吃饭，不方便说，上班后见面再聊。

刚放下方哥的电话，富强又打过来，同样紧张地追问着。我做了同样的回答。

放下二人的电话，我心里有点儿犯嘀咕：他们怎么这么快就知道了？

上班后，我轻描淡写地把昨晚的遭遇说了一遍，问他们是听谁说的。

方哥犹豫了一下说，是听刑侦支队的人说的。

昨晚是有刑侦支队的人参与搜查了，可我还是追问了一句：“刑侦支队谁说的？”

他说：“许支队。”

富强没等我问就说：“我听夏晓芸说的，她好像是听特警谁说的，她吓坏了，还让我退出专案组呢。不过组长你放心，我不是孬种，怎么能在这种时候退出呢！”

方哥说：“我们谁也不会退出，可是，今后要多加小心，尤其是你，斌子！”他想了想说：“这个开枪的人是谁呢？盯着我的胡维民已经死了，难道是李敢干的，他杀了胡维民，还要杀你？”

方哥的话让我身子一悚，但是，仍然轻描淡写地说：“他为什么要杀我？”

富强说：“肯定是我们的侦查触痛了他，他要阻止我们的侦查。”

嗯，不能排除这种可能……

我还没想清楚，办公室外边传来又急又重的脚步声和吵嚷声："黎斌，你什么意思啊？怀疑我，那就把我抓起来吧，我来了……"

吵嚷声中，人走进来，胡克非。

我莫名其妙地看着他，不知道他什么意思。

他又吵了几句，我听明白了。原来，方哥昨天跟我说，接我电话的时候，许支队和他在场，在我询问之后，方哥找了许支队，许支队说自己保证没有跟谁泄露过什么，刚才他又问了胡克非一声，胡克非当时就火了，当即找上门来问罪。

我不知如何应付才好，看向方哥，方哥不太情愿地上前："胡大队，你别这样，有话跟我说，黎斌没怀疑你，他只是觉得消息泄露了，问了我和富强，有没有跟谁说过，我想起，接电话时你跟许支队在跟前，就随便问问许支队……"

胡克非说："可是，他怀疑是我泄露的，这是对我的污辱。你接电话时我是在跟前，可我根本就没听到你说什么，根本就没注意你怎么反应的……对，你所以怀疑我和许支队，还不是你们组长逼的吗？黎斌，你太过分了，咱们今后走着瞧！"

胡克非气呼呼地走了，我们三个面面相觑，谁也不知说啥好。

这案子办的，居然得罪了这么大的人。

我努力平静自己，想继续研究下步行动，手机又响起来，是李局长打来的，要我去他的办公室一趟。

2

我以为，他要跟我研究下步侦查思路，或者，分析昨晚枪手的有关情况，可是没想到，当我走进他的办公室时，看到屋子里并不是他一个人，还有另外两个人，一男一女，男的四十多岁，女的三十来岁，都是机关干部气质。他们看到我走进来，用一种让人不舒服的目光向我看过来。

李局长给我介绍着："黎斌，这位是纪检组的赵主任，这位是监察室的唐晓红。"

我有点儿疑惑地向二人点点头，想与他们握手，可是，看他们根本没有握手的意思，就停下来，目光转向李局长。

李局长说："黎斌，你别有想法，是这样，纪检组……啊，也包括监察室，接到了举报，说你们昨天的行动失败，抓捕目标被害，可能有内奸泄露了消息，所以很重视……"

话没说完我就明白了，他们是来调查我的，或者说，是来审查我的，还或者说，他们怀疑我有问题，怀疑我是内奸，这……

我既震惊，又气愤反感，可又不知气愤反感谁。

这是我们内部的事情，这么快就反映到纪检组监察室了？再说，内奸走漏消息，用不着纪检监察人员出马吧？这涉及刑事案件，如果要查，也是我们刑侦部门或者是公安机关内部查，纪检监察部门介入，算哪门子事儿？

对，他们是接到举报信了，出面调查不算为过，而且，现在的纪检监察部门的职能和机构设置同过去也不一样了，现在是条条管辖，他们是上级主管部门派驻到我们局里的，不归我们管，完全是独立调查，独立办案，李局长也不好干预，我更不能拒绝调查。

可是，调查可以，案子怎么办？我们还要趁热打铁侦查破案呢。昨天，凶手刚刚杀了同伙，还没有追查到影子，昨晚，又发生了对我的暗枪，也没有一点儿结果，现在，理应全力破案才是，怎么能不去破案，反而调查起我来了？

李局长说："去吧，案子我会要刑侦支队继续查的，你们快点儿完事儿，就可以全力投入到案子上了。"

只能如此了。我随着二人上了五楼，走进纪检监察室的一个办公室，按照他们的要求，坐到一个位置上，看着他们把录像机和录音机摆放好对着我，又看到唐晓红坐到电脑前，做出记录的样子，再看到赵主任坐到我对面，严肃地看着我说："黎斌同志，政策就不用说了，你都知道，有事儿不要紧，关键是要有个好态度，坦白从宽，抗拒从严。你就说说昨天一天里你的所有活动吧，包括每一个细节，说得越细越好。"

这是干什么？难道我会走漏消息吗？我是犯罪嫌疑人吗？我想站起来抗议，可是知道没用。好，没做亏心事，不怕鬼叫门，我也正想琢磨琢磨这事，看是谁走漏了消息。于是我就说起来，从启程前往监狱开始，除了询问吴安宝的一些需要保密的细节，剩下的都说了。我说的时候，赵主任听得非常认真，录音机和录像机都对着我，唐晓红那边又是敲击电脑键盘的咔咔声，让我的心里不知什么滋味。

我说完了，赵主任看着我，思考片刻，问了一个问题："你在车上接过电话是吧？"

这……对，是接过，苗雨打给我的，替苗苗约我晚上见面，怎么了？

我坦然承认。

赵主任小心地选择着词汇：“这个……你确认，你跟她，只说了这些话，没说别的？”

怒火在心底升腾：“赵主任，你是说，我向苗雨泄露了我们的行动信息，苗雨通报给了凶手，导致行动失败？我建议你们最好去查李局长。”

赵主任说：“黎斌，你这么说什么意思，我是问，你能不能无意中泄露给了她什么，她又无意间泄露给别人。”

“你们去调查她呀！对，我敢保证，我没向她泄露任何行动信息。”

翻来覆去问了好几遍，再没什么问的了，赵主任才对我说：“暂时就到这儿吧，黎组长，我们知道你很不容易，我们也是接到了举报信，还有上级领导的指示，不得不这样做，还请您谅解！”

我不谅解也不行啊！我起身向外走去，赵主任送我走出办公室，又小声对我说：“刚才我问你的话，不要跟李局长说，也不要跟别人说，特别是方文祥和富强。”

我明白了，方哥和富强也要接受审查，也好，免得我自己费脑筋了，是人是鬼，都查清楚，也有利于下步工作。不过，我很怀疑他们能否查清。

果然，我走到楼梯口处的时候，碰到了方哥，他不安地问我说：“纪检监察找我干什么？”我说：“去了就知道了。”方哥看看我，向监察室的方向走去。

我看着他的背影，忽然发现他的背变得微驼起来。

走进办公室，无所事事。虽然我已经在清晨形成了下步侦查的思路，可是在目前这种情况下只能搁置。现在，我只能等待，等待对我们专案组的调查结束，恢复正常，然后才能行动。可是，案情紧急，需要抓紧战机呀，这么搞下去，弄不好会半途而废呀！

可是，这时候说什么也没用，我只能等待，因为无聊，我就站到窗前，向楼下看着，看了好一阵子，看到方哥微驼的背影向大门口走去，看来，对他的询问结束了。他完事了？下一个该是富强了……对，方哥说了许支队和胡克非没有……好半天过去，办公室门外传来脚步声，富强走进来，一副气冲冲的样子：“组长，你就这么受着呀？咱们风里来雨里去的图啥呀，没功劳还有罪了，成犯罪嫌疑人了？他们想干什么呀这么对待咱们？”

我问富强说：“如果你是组长，你该怎么办？”

富强支吾了一下，转了话题：“对，我看着胡克非也去监察室了，估计，他和许支队都得被调查，肯定是方队把他俩递出去了。”

意料之中。我想，都查查也好，就怕他们查不清楚。可是，我没有想到，调查的范围越来越大。

下午，我看到夏晓芸的宝马驶进院子，停好后，她从车里走出来，向办公楼走来……富强也看到了这一幕：“还查她呀？就因为那么个通话，把我问个底儿掉不说，还把她牵扯上了，不行，我找他们说道说道去！”

富强怒冲冲走出去，我没阻拦，他既是土豪的儿子，又是副市长的准女婿，纪检监察室不会把他怎么样的。可是，过了不一会儿，他又走回来，什么也不说，继续和我一起向楼下看去。也不知他找过没有，起了什么作用。

晚上快下班的时候，我和富强在窗前看到，一辆轿车驶进院子，从车里走出一个五十多岁的方脸男子，怒冲冲走进办公楼。认出来了，是副市长夏康。

难道夏康也要被调查，不至于吧？

富强走出门去，我好奇地跟在后边。我俩来到五楼的楼梯口，却没有看到夏康走上来，再下一层，才发现他走进了李局长所在的走廊，急忙跟过去，远远观察着。只见夏康的身影走进李局长的走廊，门也没关，大嗓门就传过来：“我说李书记，你真行啊，还稳坐钓鱼台呢，现在，你最得力的手下正被调查，你身为市委常委、政法委书记、公安局长，不站出来替他们说句话，将来谁给你卖命啊？他们太过分了，连夏晓芸都查……好，你不出头我出头，他们这是欺负人，干脆，别查夏晓芸了，查我吧！”

夏康从李局长的办公室走出来，我和富强急忙闪开，看到他的身影向楼上走去，我俩互相看了一眼，放轻脚步跟了上去，看到他走进监察室的走廊，很快，大嗓门又传过来：“赵主任，你们别问夏晓芸了，问我吧，是我让她跟富强和好的，是我让她跟他通话的，他们说话我听到了几句，我猜出了富强他们要有什么行动，就给凶手打了电话，让他们灭口……”

我虽然对夏副市长的看法一般，可是，现在听到他的吼声，觉得非常痛快，非常解气，觉得他简直是在替我们说话。

3

别说，纪检监察室还真的有点儿挺劲儿，尽管市委常委、政府副市长夏康施加了强大的压力，他们的审查还是进行到第三天才算结束。当然，没有任何结论，更没能确认我们谁是内奸。但是，这三天里，我们被一遍遍地找去，反复追问一个个细节，完全中止了侦查行动，直到第三天才恢复了自由。他们查出什么我不知道，不过，通过这一查，胡克非更恨我了，见面就跟红眼疯似的，哼都不哼一声。

不过，我们总算可以继续进行专案侦破了。可是，当我们三人聚在办公室里，想研究案件和下步如何行动时，有一个问题却摆在面前绕不过去。

那就是纪检监察人员说的：他们所以查我们，是因为有人举报。

是谁举报的我们？纪检监察人员没说，可是，我们不能置之不理。举报人是谁，为什么举报我们？这不仅是中伤问题，极可能就是为了耽误我们的时间，阻碍我们破案，如果是这样，举报人就可能和凶手有联系。

我曾怀疑过许宽和胡克非（特别是胡克非），可是，他俩也同样被查了，使我减轻了对他们的怀疑。那么，除了我们几个，还有谁？

我们无论如何想不出来。最后，我只能提醒方哥和富强，今后要进一步提高警惕，注意保守秘密。包括刑侦支队的许支队长和胡克非，说案子时，一定要注意避开他们。还特别提醒富强，也要注意对夏晓芸做好保密工作。同时，我还在心中提醒自己，对方哥和富强也要有所保留，有些事情，不能对他们全盘托出。

之后，我们重新转到案子上。

这三天里，刑侦支队那边没有任何突破，包括伏击我的那个枪手，也没查到像样的线索。

目前，我们能够基本确认的，就是凶手的身份，他极可能是李敢，他有一支手枪，手枪还有消音器。

这种情况，一般只在影视剧中出现过，想不到，在我的身边发生了。

在影视剧中，使用消音器手枪的多是职业杀手，受人雇用而杀人，李敢应该也是这样。这说明，此人非常危险，我们专案组的每个人都很危险……危险……危险……

我的脑子里忽然划过一道亮光：下步，他要干什么？

他既然连我都敢杀，那么，他会停止作案吗？他还会去杀谁？

我控制着激动坐到电脑前，搜出了有关赵雄当年奸污伤害女性的报道，很快从中发现，赵雄十八年前的强奸轮奸案中，一共有八名女性受害，而在过去的十八年里，已经有三名受害人死亡，再加上于丽敏，就是四人死亡，区别是，前三人是自然死亡的，于丽敏是被害的，原因我们已经查出：极可能是因为于丽敏向记者讲述了自己的遭遇，受到了赵雄（李敢）的报复，那么，当年还有哪个女性揭发过赵雄的罪恶？现在，还有四人活在世上，这四人中，哪个向记者提供了情况？

我根据报道上留下的记者名字，在网上进行搜索，渐渐确认了两名记者的身份，并费了很大力气，曲折地和他们取得了联系，打去电话，说明了我们在侦破于丽敏被害案，问还有哪个当年的受害女性向他们提供过情况。接电话的方记者听了非常震惊，说他就是那篇报道的撰稿人，并立刻告诉我们三个名字：吕红、王丽娜、项玉英，还提供了她们的住址，电话。

我按捺着激动，一个一个给三人打去电话，吕红和王丽娜都接了电话，可是，当我拨了项玉英的电话后，传过来的却是一个男声："您好！"

怎么会是男声？我没有马上回答，对方却问起来："您好，请问您是哪位，找谁？"

我说："我找项玉英啊，这不是她的手机吗？"

男声说："是，她现在没在跟前，请问您是她什么人？"

我问："你是他什么人？"

对方迟疑了一下说："我是她哥哥。请问您到底是谁，找她有什么事？"

有点儿不对劲儿。可是，因为情况很急，我没时间跟他周旋，决定如实说明自己的身份，想不到，他却先说起来："先生，我是阳陵市公安局刑警大队的警察，请问你有什么事，跟我说吧！"

我一下急了说："我江山市公安局，请问，项玉英出了什么事？"

我们很快放下电话，加了微信，在视频通话时，互相出示了证件，这才放下心来，说出了要说的话。对方姓邢，叫邢强，是阳陵公安局刑警大队的副大队长，他告诉我，项玉英昨天夜里被害了……

我的预感应验了。

必须去阳陵一趟。

我做出这个决定的时候，办公室里只有富强，方哥说有事出去了。

这些日子，方哥老是这个样子，老是说有事儿要出去一趟，而且言谈举止都有点儿反常，我还一直没顾得上问。不过，他不在，不妨碍我做出决定和采取行动。组里已经形成了习惯，外出是我和富强的事，方哥留在家里侦查别的线索。

做出决定后，我给方哥打去电话，先问他在哪儿。方哥犹豫了一下，说在医院里。这让我忽然想起，他的闺女方菲出车祸后，一直在医院里住着，就关心地问方菲怎么样，他有气无力地回答说还好，反问我有什么事。我说明了要和富强去阳陵的事，他说你们去吧，家里有我。

放下电话，我的耳边还保留着方哥有气无力的声调，他到底是怎么了？车驶上街道后，我忽然调转车头，驶往市医院，到达后，我让富强等着，自己走进外科住院部打听方菲住在哪个病房，一个护士却告诉我说：方菲已经转血液科了。

我很吃惊，问护士：为什么转血液科了？护士说，她也不十分清楚，好像是住院期间，发现了血液病……天哪，血液病……这……

我七拐八转，好不容易找到了血液科住院部，跟一个护士打听了方菲是否住在这儿，得到了肯定的回答，我急忙追问方菲得了什么病，得到的回答是："白血病。"

我好像头上挨了一棒子，差点儿坐到地上。天哪，白血病，白血病，方菲得的是白血病，我的方哥呀，怪不得你这几天怪怪的，怪不得你有气无力的，原来……

我眼泪差点涌出来，什么也不说，打听了方菲的病房号，就和富强匆匆奔过去，闯进病房。

我看到了方菲，她正坐在床上聚精会神地看着手上的课本。听到我的呼声，抬起脸冲我笑了笑："黎叔！"我注意到，她的脸色很苍白，对，她过去脸色也有点儿苍白，我只以为是她皮肤的固有颜色，或者是读书累的，没想到却是白血病。

方哥没在病房，我看着方菲，不知说什么才好，这时，听到身后传来一个男声："方菲，你……哎，你们，黎斌，富强……"

我回过头，看到一个中年男子走进来，他不是方哥，而是刑侦支队副支队长许宽。我有些意外："许支队……"

许宽说："你们怎么在这儿？"

我说："听说方哥的闺女住院，来看看！"

许宽说："还是让你知道了。方文祥怕牵扯你精力，才没告诉你的……你忙着，我过去了！"许宽走出去，方哥走进来，我看着他，一句话也说不出来。无言地对视片刻，我把他扯出病房，小声问他，为什么不告诉我？方哥现出苦笑："告诉你，除了分散你的精力，让你惦念，有什么用？"

他说得也对，我想了想，无力地问："医生怎么说的，方菲她……"

方哥说："你别惦着了，有救。国外早出了新药，能治，最起码，能控制病情，方菲发现得较早，有治愈的可能。"

我的心稍稍轻松了些。不知在什么地方看到过资料，现在治疗白血病确实有特效药，效果很好，可是，价格也非常贵，不是我们寻常百姓承担得起的，而方菲不可能有医保……对，就是有医保，这种药也不能报销，方哥的家庭情况我知道，他能承担得起吗？

我说出了自己的担心，又说：“我有五万存款，打给你！”

方哥突然捂了一下眼睛，摇着头说：“不不，钱的问题基本解决了。真的！”

解决了？据我所知，方哥没什么有钱的亲戚朋友啊？

我疑问地看着他，他向我解释：“斌子你放心，方菲治病的钱不是小数目，不是我们这样的家庭能够拿得出来的，我也是治病乱投医，到处借，没想到，有个小学同学是搞企业的，很有钱，他知道后很同情，主动伸出了援手！”

原来是这样，这就好办多了。

方哥继续说：“其实，我本想退出专案组来着，可是不放心，想着还是尽量帮帮你吧，有我这个人，怎么也比没有强！”

我说：“那是啊，不过方菲的病更重要，你也别勉强！”

“别说了，”方哥说，“就这样吧，不过，你对我的要求得宽松一点儿！”

“那行。”方哥的话让我的心轻松了些，忽然想起许支队，就问方哥，许支队为什么在这里。方哥说：“他媳妇也住院了，跟方菲是一个病！”

是吗？那得看看去呀！

我在方哥的陪同下，进了许支队妻子的病房，看到许支队正守在一个病床前削苹果皮，床上躺着一个和他年龄差不多、脸色有些发白的中年女人，肯定是他妻子了。

许支队看到我急忙站起来：“黎斌，你过来干什么？啊，这是你嫂子，秀芬，这是黎斌，小伙子人品可好了，还挺能干！”

躺在床上的女人和善地向我点点头，我也冲她示意，叫了声嫂子。

我问许支队，他妻子的病是什么时候得的，现在怎么样，他回答说，得了三四年了，经过不间断的治疗，现在比过去轻了许多，这次进医院，主要是害怕反复，全面检测一下，再补充一点儿营养，增强身体的抵抗力和免疫力。

原来是这样。我的心里充满了同情，既对方菲，也对许支队的妻子，可是，爱莫能助。因为心里有事，我很快就和许支队、方哥告辞，怀着难言的心情离开医院，继续驾车向阳陵驶去，可是，车刚刚驶出城，手机铃声响起，方哥打来的，说："斌子，你们没走远吧，抓紧回来！"

我问："方哥，出什么事了？"

"小丽给我打来电话，说她看着那个'王哥'了，我让她想法留下他，不让他离开，我正在赶去！"

我迅速刹车，调头。

4

车驶进黄街，远远就看到前面有几个人，比比画画地吵嚷着，有方哥，还有胡克非、王树林及另外一个刑侦支队的人，大吵的是一个三十多岁、个子不高、身体强壮的男子。这是怎么回事？

我和富强跳下车，听到男子在大嚷着："我就跟她说说话，犯什么法了，你们凭什么抓我？"

胡克非说："汪大魁，这时候你还这么硬气，跟我们走，到时你就知道凭什么抓你了！"

我和富强急忙上前，在旁插不上手的方哥看到我俩，顿时像看到救星一样叫起来："斌子，富强，你们快来。是这么回事，我是先赶到的，因为一个对一个，我怕打草惊蛇，就在一旁盯着汪大魁，没想到胡大队突然带人来了，抓了汪大魁就要带走。"

真是巧了。

我走上前，把胡克非拉到一旁，小声问他怎么回事，他理直气壮地大声说："你说怎么回事？我们根据线报，汪大魁有重大犯罪嫌疑，要把他带回去审查，怎么了？"

我还是压着嗓子："胡大队，你小点儿声，是这样，我们有更重要的事找汪大魁……"

胡克非说："啊，就你们专案组重要，我们重案队不重要？不行，你有什么事儿也得排在我们后边儿。"

我压着火气问："胡大队，你们是什么案子，这么重要？"

他说："我们……你们什么案子这么重要？"

"当然是于丽敏被害案。你是什么案子，比于丽敏的案子重要？"

"这……我查的也是涉及于丽敏的案子。"

我一下子声音大了："胡大队，于丽敏的案子由我们专案组侦办，你有线索应该交给我们，你不能……"

胡克非说："怎么不能？啊，我们重案队查到线索，给你们，让你们立功，好事儿都被你们占了，凭什么呀，带走！"

这人，太过分了。

不等我说话，富强上来："胡大队，你怎么这样呢？李局长不是跟你们说过吗……"

"富强，"胡克非冲着富强发作起来，"你小子去专案组就不认重案大队了是不是？你想明白点儿，专案组是临时机构，你早晚还得回重案队，你是不是不想回来了？"

富强听了这话，眼睛看向我，我很焦急，总不能跟胡克非抢人吧，那让群众看到成什么了？

就在这时，传来车喇叭声，我扭头看去，许宽副支队长从车上跳下来，心中顿时大喜，觉得他来得真是时候。

许支队听了我的陈述后，立刻冲胡克非发火了："克非，你这是干什么？赶紧把人交了，太不像话了！"

胡克非说："这……我们的线索就白上来了？"

许宽走近我说："黎斌，这样吧，他们上来线索也不容易，你们要真能从这个人嘴里挖出什么，破了案，功劳给重案队一半，你觉得怎么样？"

什么时候了，还争功劳。我痛快地答应了，把汪大魁推进我们的车里。

汪大魁进了专案组办公室，气势不减："到底为啥呀？还惊动专案组了，我犯啥罪了？"

其实，我们可以把汪大魁带进审讯室，可是，现在还没有任何证据，只是一种猜测、分析，顶多算嫌疑人，即便有嫖娼行为，也是治安处罚，所以，我和富强才把他带进办公室，说有事问他，也没给他戴手铐。也可能就因此，他才一副有恃无恐的样子："专案组？好，你们搞吧，我看能把我搞哪儿去？"

富强把汪大魁推到一个椅子里："汪大魁，老实点儿，你干过什么自己不知道吗？"

"不知道，我是杀人了，放火了，抢劫了，强……还是强奸了，啊?!"

理直气壮的口吻，只是，说到强奸时顿了一下，立刻被富强抓住："你看，自己干啥了都说出来了！"

汪大魁急了："我哪儿说出来了？我那是顺嘴说的，是比喻，你们可不能当口供啊！"

看样子，这小子的嘴不好撬开，让他认罪更难。

落到后边的方哥这时走进来："汪大魁，你是自己说，还是让我们拿出证据再说，这后果可不一样啊！"

汪大魁好像有点儿心虚："什么证据呀？我没犯罪，你们有啥证据呀，拿出来给我看看吧！"

方哥向门口招了招手，一个人走进来，是法医。原来，方哥落到后边是去找法医了。法医手上拿着一个注射器。方哥说："给他抽血。"

汪大魁有点儿急了："干什么，干什么，为什么抽我的血，我怎么了？"

方哥说："你不是要证据吗？这就是在给你找证据。怎么，不让抽，不抽也行，主动交代！"

"这……这……我没啥交代的，抽就抽！"

汪大魁亮出胳膊，让法医抽血。看他这个样子，我的心气忽然降了下去，他不像是我们要抓的凶手。

可是，案情重大，不能轻易放弃，血抽完了，法医走了，我们三个开始攻他。

我说："汪大魁，你说说，去年十月三号都干了啥？"

"这……去年十月三号？这我哪记得呀，都半年多了，我想不起来！"

富强说："想不起来能行吗？对，去年国庆节你还记得吗，国庆节隔一天，你都干什么了？"

方哥说："重点是晚上、夜里，你在哪儿了，都干了什么？"

"国庆节隔一天，晚上……这我得想想。"汪大魁低下头，很快，脑门出现了细微的汗水。

别说，还真有门儿。

富强说："汪大魁，你得争取主动，我们要是不掌握证据，能找你吗？"

"这……这也犯罪吗？你情我愿的事儿，你们警察也管吗？"

什么意思……

方哥说："汪大魁，你这话就不地道了，你干了什么自己清楚，还你情我愿？谁会你情我愿哪？！"

富强说："就是啊，快说，你在那天夜里干什么了？"

汪大魁说："这……你们都知道还让我说什么？"

我说："你自己承认和我们说出来不一样！"

"咳，那我就说，我就是跟小丽干了一把，没别的！"

我们三个一下愣住了，这小子说什么呀，那天晚上，他跟小丽在一起？

富强说："姓汪的，你说什么呢？你要说实话……"

"我说的就是实话呀，那天晚上，天刚黑，我就去了黄街，看到小丽站在门口挺顺眼的，就上去搭讪，跟她讲好了条件，我们就干了……"

他说的细节跟小丽说的差不多，可是，我们当时忽略了一个细节，没问小丽事情发生的时间，原来，就发生在于丽敏被害的晚上。如果真是这样，汪大魁怎么可能去害于丽敏呢？当然，如果有车的话，可以在午夜时分赶到关阳，可这是不是有点儿穿越了……

汪大魁还在继续说着："我所以能想起十月三号这事儿来，就是因为那天晚上跟小丽干了一把，印象比较深，才记得的。"

不再费话，我和富强立刻去了黄街，见到小丽，问起她第一次接待汪大魁的时间，小丽说要查一查账本儿，结果很快查到，去年十月三日晚上，接待过一个标注着"王哥"字样的人，收入五百元整。

回到专案组办公室，我们再追问汪大魁是否去过关阳，是否在那里干过违法犯罪的事。他承认去过关阳，而且在那里有生意，可是没干过任何违法犯罪的事。

我们一下泄了气，看来，是白白耗费了时间。

十七　血案，魅影，方哥……

1

我和富强重新启程，上路后，我和富强先聊了几句汪大魁干的那种事儿，富强忽然转了题：“黎组，听人说，你是在李局家的楼下碰到的杀手？”

这他也知道，看来，他听说的不少啊。不过，这又怎么了？

他说：“那么晚了，你去李局家干什么？”

我明白他的意思了，而且猜到他已经知道了什么，就问：“你听谁说的？”

回答是刑侦支队的人。对，刑侦支队的人确实去了，看到了我在李局长家楼下，可是，他们并没有看到我和苗苗在一起呀，而富强的话分明透露出，他知道了我和苗苗昨晚在一起，我送苗苗回了家。再说，就算看到苗苗和我在一起，又是谁认出苗苗，知道她是李局长的女儿？

富强先是回答得含糊其词，还说是刑侦支队的人说的，可是，在我咄咄逼人的追问下，不得不承认，是听夏晓芸说的。

夏晓芸又怎么知道我昨晚和苗苗在一起？她又是听谁说的？

富强说他没打听，但是马上说：“听说，李局长的女儿很漂亮，是吗？”

这话转移了我的注意力，我心中生出一种自豪的感觉，故意轻描淡写地说：“还行，不比夏晓芸差！”

富强说：“你的意思是，她比夏晓芸还漂亮？”

我没有回答，因为我不想引起他的嫉妒，可是，我心里却在说：一百个夏晓芸跟我换我也不换。

富强自说着：“组长，咱们专案组行啊，你，我，都找了个美女做媳妇!”

这小子，居然称上媳妇了，早了点儿吧!

我心里是这么想的，却没有说出来。不过忍不住想象起来：有一天，苗苗嫁给了我，和我朝夕相伴，那是多么甜美幸福的日子啊，那时，我可以骄傲地把她介绍给别人：“这是我爱人……不，这是我媳妇!”

2

三个小时后，我们的车驶入阳陵市区，和刑警大队副大队长邢强通了话之后，直奔现场。

又是在城郊接合部的平房居民区。当我看到相似的景象出现在眼前时，再次不解地想：真是怪了，于丽敏的家在城郊接合部，鲁大山的家在城郊接合部，项玉英的家居然也在城郊接合部，都住在平房里。看来，受害人都生活在同一个层次的人群中啊，难道，这是她们共同的命运吗?

前面，一家院子的大门外停着两辆轿车和一辆现场勘查车，还有拉起的警戒带，显然这里就是现场了。一个四十出头、穿着便衣的男子从院内走出来，看向我们的车。我和富强走下车，他立刻迎上来，和我们握手，说他就是邢强，然后就告诉我们，项玉英的尸体已经送解剖室了，现场还在继续勘查中。我得到他的允许后，踩着垫脚的泡沫垫，躲着地上圈起的白线，走进了屋子，走进了现场。

一股血腥气扑面而来。

我停在门口，向内看去，看到两个技术员还在勘查着，地上、炕上、墙上到处是喷溅血迹，特别是地上一个半凝固的血泊，更给人以刺激感。现场告诉我，受害人死前可能反抗过，也可能是凶手故意折磨过她，让她死得很痛苦，所以造成现在这样的血迹。我看到于丽敏的被害现场是在半年以后，早已收拾过了，所以相对而言，这个现场更为凄惨，更刺激人。

看了片刻，我实在受不了，就走了出去。富强正在看着邢强的手机，他看到我就把手机递给我说：“妈的，太残忍了!”

我把手机拿起来，眼睛都疼起来：我先看到的是受害人胸腹部，十几个清晰的刀痕立刻呈现出来，继而我看到了受害人面部，天哪，两只眼睛变成了黑窟窿，再看口部，口半张着，看不到舌头，我仔细看了看，才发现……

邢强说：“舌头被割断了。”

还好，我看到了受害人的阴部，没有看到插入的木棍，可能是，此时受害人已死，凶手没有继续残害。

妈的，妈的，王八蛋，你等着，我非抓住你不可，我要把你碎尸万段，把你……

我心里恶狠狠地咒骂着，可是却明白，即便真的抓到凶手，我也不能把他怎么样。

我和邢强聊起项玉英的情况，和于丽敏没太大差异，也是从外地嫁到这儿来的，嫁的是个比她大二十多岁的男人，婚后没有生孩子，前两年，男人死了，只剩下她自己，有一个远房的姨和她做伴，恰好，这两天姨没在家中，就出了这事。

和于丽敏差不多。随之，我把于丽敏案件的相关情况告诉了刑强，他听了很震惊，立刻认为可以并案侦查。之后，我又把一段时间以来的侦查情况和发现的线索讲了，还把我的思考结论告诉了他说：有人遵照赵雄的遗嘱，在报复向记者提供赵雄罪恶的女人，而这个实施报复的人，很可能就是李敢。

邢强听后立刻做出判断：李敢还要继续报复，还要做出新的案件，他要报复的，是另外两个同样向记者提供了资料的受害人：吕红和王丽娜。

此案现在已经牵扯多地公安机关。我和邢强很快做了分工，我和富强前往吕红的居住地汾岭县，他带人前往王丽娜的家柳山市，同时，和当地公安机关刑侦部门取得联系，请求他们立刻对吕红和王丽娜实施秘密保护。

前往汾岭的路上，我接到了方哥的电话，说他在本市似乎没有工作可做，我们如果需要，他就前来和我们会合，我要他还是留在家里，一边工作，一边照顾方菲。因为我知道了方菲的病情，也就恢复了对方哥的信任，我也就没有忌讳地说明了这边的情况，告诉他我们正在前往汾岭，保护受害人，并努力抓到李敢。方哥听了再三嘱咐我一定要确保安全。

方哥的话确实增强了我的警惕性，我明敌暗，李敢又是一个非同一般的对手，谁也无法预料碰到他会发生什么。我给李局长打去电话，做了汇报。李局长语调同样略显紧张，在嘱咐我们注意安全之外，还特别强调：“他如果暴力拒捕，坚决击毙。”

和我的想法一样，对这样凶残的对手，必须考虑使用终极手段。

3

黄昏时分，我们赶到了汾岭县公安局，和刑警大队的大队长严威见了面，听完我对案情的具体介绍后，这个年逾五旬的老刑警也被震惊了，立刻带我们前往吕红家。

不出所料，依然是城郊接合部，依然是平房区，依然是一个普通的院落和陈旧的房屋，这让我不能不再次心生感慨，看来，凡是被赵雄当年残害过的女孩儿，命运都不是太好啊。令人庆幸的是，可能是我们来得及时，严大队长告诉我，吕红平安无事，并没有受到侵害。

我们来到了吕红家院门外，严威大队长按了好几次门铃，才有一个女声从喇叭里传出来，问是谁，严威大队长说明了身份，院门才打开，严威带着我和富强走进去，看到一个头发花白的老女人从屋内走出来，疑惑地看着我们。严威大队长示意我上前说话，我走上前："大娘，我们要见吕红，她在家吗？"

老女人那皱纹遍布的脸看向我说："我就是吕红啊！"

什么？她是吕红？算起来，吕红应该和于丽敏年龄差不多呀，再大也不过四十岁呀，怎么看上去有六十来岁的样子。我一边起疑一边道歉："姨，不好意思，不好意思。"

吕红倒还洒脱："啊，没啥，我长得老相，这是命啊，都是姓赵的害的，这个歹毒的坏种，他不得好死……对，死了太便宜他了！"

看来，吕红是个快言快语的性格，好打交道。我们随着她走进屋子，看到的是同样一个陈旧的小屋。随着和她谈话的深入，我们得知，她被赵雄奸污后，在当地坏了名声，随着父母搬到这里，勉强度日，而且，因为那件事，她对男女关系产生了厌恶之心，终生未嫁，后来父母陆续去世，现在只剩下她一个人。

确实，都是赵雄害的。此刻，我是那么痛恨这个已经死了的恶徒，真想让他活过来，揪住他，一顿痛打，然后亲手毙了他。

吕红说完要说的话后，问我们来找她干什么。这让我们有点儿为难，不过还是觉得不惊动她为好，就敷衍几句离开了。之后，我和严威大队长做出决定，严威大队长抽调七名得力手下，再加上我和富强，编成三组，每组三人，对吕红家秘密蹲守，八小时一换班。我自愿提出，和富强及他的一个兄弟值晚上八点到凌晨四点的班儿。因为，这个班要熬夜，最为辛苦，也最有可能发案，也就更为危险。还确定，有情况随时通报，调集警力增援。

当天晚上，我们就开始值班。我们把车停在距吕红家不远的一个隐蔽处，恰好能看到吕红家的院门和院墙。但是，我们三人除了有时在车中休息一下，还时而下车，隐蔽着在吕红家附近巡视，看有无异常动静。这一夜，我们非常警惕，眼睛都没眨一下，可是，凌晨四点来临，什么事也没发生。接班的汾岭刑警准时来到，我们把班交给他们，去旅馆休息。

一天一夜过去，什么都没发生。我认为这很正常，因为谁也不敢保证，李敢会什么时候作案，但是我判断，时间不会拖得太长。我跟邢强取得了联系，知道柳山那边也同样如此，我们互相鼓励着坚持下去，一定要抓到李敢。

可是，三天三夜过去，什么也没有发生，从参与行动的汾岭刑警的眼神中、语气中，都流露出了怀疑。这时，我也开始怀疑自己的分析判断是不是错了，可是想来想去觉得错不了，还得蹲守下去。我对严威大队长说："不会错，一定是赵雄指使李敢在实施报复，李敢肯定会来找吕红。"严威大队长没说话，可是眼神中流露出来的分明是："那为什么没来呢？"我只能说："李敢很狡猾，他可能在暗中观望，我们的行动要注意保密，不能被他发现。要跟他比耐力。"

严威大队长点点头，表示会继续支持我们工作，还说，这也是他们的本职工作。于是，我们的蹲守继续下去，然而，一周过去，还是没有任何动静。

一共十天了，参与蹲守的汾岭兄弟已经疲惫不堪，我知道，再这么蹲下去了，参与人员的注意力、精力将大为分散，将产生严重的麻痹大意思想，必须改变策略了。这时，严威大队长对我说："黎组长，这十天来，总是你们值夜班，太辛苦了。你们撤吧，回去研究研究别的思路，我呢，也不会放松，会适当安排人，盯着吕红的，绝对不会让她出事。你看怎么样？"

能怎么样？只能这样了。我说："严大队长，那我们就回去，吕红的安全就交给您了，她要出了事儿，我们都不好交代呀！"

严威说："那是那是，在这种情况下，她要真出了事儿，咱们真是不好交代。"

就这样，我和富强驱车离开了汾岭，带着一颗失望的、悲哀的心。上路后，我又给邢强打去电话，他的遭遇也和我们一样，现在也撤了。

看来，行动失败了。可是，我的分析不会错呀，既然不会错，那李敢为什么没出现呢？难道，他知道我们在张网以待？在暗中窥视着我们，如果是这样，他又是怎么知道我们布控消息的呢……

想着想着，我的心又激动地跳起来，这时手机响起，又是方哥打来的，他问我情况如何，我只能叹息着告诉他行动失败了，看样子，李敢不会去汾岭和柳山了，我和富强正在返回的路上，已经走到一半了。还说我脑子太乱，要他帮我思考一下，到底怎么回事，下步该怎么办。可是，放下手机之后，我忽然掉转车头，再次向汾岭方向驶去。富强一时不明白我的意思，问了两句，我没有回答。

傍晚时分，我和富强回到了汾岭。可是，我们没有和严大队长取得联系，而是先吃了晚饭，又找旅馆休息了一下。直到晚上十时许，来到了吕红家所在的城郊接合部，把车远远地藏好，步行着走向吕红家。

吕红家一片安静，我们围绕着吕红家小心搜寻，很快，在隐蔽处发现了一辆普通轿车，车里没有一点儿动静，我和富强小心靠近车向内望去，两个男子正靠着座位闭目睡着，根本没有察觉我们到来。我认出其中一人，正是和我们同一个班儿的刑警，他们显然是奉命守在吕红家外的，或许是责任心不强，或许是太过疲累，或许是麻痹大意，两个人居然都睡了过去。

我很是气愤，像他们这样蹲守，即便李敢真来了，也不会察觉呀，太过分了。我没有唤醒他们，而是和富强重新运动到吕红家跟前，隐藏起身子蹲守起来。

一个多小时过去，眼看零点了，还是什么动静也没有。富强有点儿焦急，我跟他说，凶手往往是在后半夜、人们睡得正香时作案，现在时间还不到。为了稳妥起见，我和富强做了分工，我从墙上翻进吕红家的院子，富强守在外边，一旦李敢出现，绝不能放他逃走。

我轻轻地翻进院子，努力不发出一点儿声响，走到窗前听了听，室内传出吕红微弱的呼吸声。她的呼吸让我得到很大的安慰，在心里说："睡吧，睡吧，有我们在，你放心睡吧！"

我找到一个墙角，隐藏起身子守候起来，时间一点儿一点儿过去，零点过去，一点过去，两点过去，还是没有一点儿动静，手机振动起来，富强打来的，他悄声说："组长，没动静啊……"话没说完改了口："有动静……"

真的有动静，一个轻捷、轻微的脚步声传来，如果不细听根本听不到。脚步来到院墙外停下，继而，随着轻轻的摩擦声，一个人头出现在墙上，看样子是要跳进来，我的心几乎要跳出来，但是极力克制着，枪口对着人影，等待他跳进来。这时，他好像感觉到什么，忽然停止了动作，之后又从墙上缩了下去，随之富强的吼声传来："不许动，警察！"两个脚步声一前一后向远处奔去，我一跃而起，身轻如燕，飞一般跳过院墙，向脚步声方向追去，看到富强的背影在前方奔跑，更远方，是一个模糊的人影。

富强的喊声传来："李敢，站住——"

我枪口指向天空扣动扳机，同时也喊起来："警察——"

我所以开枪，除了震慑嫌疑人，更想惊醒睡着的两位汾岭弟兄，枪声发挥了作用，我的身后传来两个兄弟的吼声："什么人，警察，站住……"

可是，一切都晚了，尽管我和富强使出了全力，并没有缩短我们和人影之间的距离，他转眼间就在前边一拐消失了，脚步声也消失了，远方，似乎有轻微的马达声传来，迅速远去，等我们追到一条街道上，喘息着停下来，已经什么也看不见了。

这时，两个汾岭兄弟也奔过来，认出了我们，听我和富强讲述了情况，两个人面面相觑，说不出话来。

之后是当地刑警给严威大队长打电话，又向110报警，一场搜捕开始了。我知道不会有什么效果，嫌疑人早跑远了，甚至已经逃出了汾岭，最终的结果也和我判断一样，除了几个可疑的脚印，车轮印，什么也没发现。这时，严威大队长和他的手下弟兄们对我和富强的眼神却改变了，不但没有了怀疑，且透出了明显的尊重，严大队长对两个失职的手下一顿痛骂，又向我们检讨他的工作不力，说如果他多派些弟兄蹲守，或者亲自来检查，可能就会抓住凶手李敢。

可是，现在说这些已经没有意义了，我和富强驾车驶上返程之路。虽然没抓住嫌疑人，可毕竟没让他得逞，保护了吕红，所以心里也有几分欣慰。我感觉到，在一段时间内，吕红会是安全的，当然，只是短时间的安全，李敢如果死忠于赵雄，早晚会来加害她，所以，必须在他再次作案前，将他抓获归案。

此时，富强已经明白了我中途返回汾岭的原因，佩服之余，故意向我提出疑问："黎组，看样子，凶手是知道了我们撤走了，才回汾岭作案的，是吧！"

我知道他的真实意思：凶手是怎么知道我们撤走了？

我故意不回答："你说呢？"

他说："不用说呀，我们守了十天，他没出现，我们一撤离，他就出现了，显然掌握了我们的动向，要不是你当机立断，杀个回马枪，吕红肯定被害了。"

是的，是这样，一定是这样。那么，他是怎么掌握我们撤离的消息呢？尽管我不愿意这样想，可是，我的眼前还是浮现出方哥的身影。我回本市的消息，只跟他说过，正是在跟他说过之后，又突然返回的，而返回却没有告诉他，结果碰到了凶手的影子……

4

下午，我们的车进入江山市区，富强下车离去，我一个人开车直奔医院，进了住院部，来到血液科，走进方菲的病房，恰好看到，方哥父女并排而坐，父亲半拥着女儿，在亲昵地和她说着什么，一幅温馨美好的画面，让我不忍打破。

方哥看到我急忙离开女儿，拉着我走到走廊里问："斌子，你昨天不是说已经回来了，怎么现在……"

我一时不知如何回答他才好，方哥却马上明白了："斌子，你是不是有事瞒着我，对，你们在汾岭发现什么没有？"

我小声把汾岭的经过说了，特别说了我在半路产生灵感，返回汾岭，与杀手遭遇的事，然后盯着他的眼睛。

方哥的眼睛眨了一下问："这……斌子，你是不是故意的呀？你跟我说正在返程路上，却中途返回，碰到了杀手……你是不是怀疑我走漏了风声，让杀手知道了，他才乘虚而入啊？"

我还是看着方哥不语。

方哥说："这……你怀疑得有道理，换了任何人恐怕都会怀疑我，可是，你问问你的内心，你真认为是你方哥和杀手有勾结吗？"

这……

我的气一下泄了。是啊，方哥怎么能和杀手有勾结，和赵雄有勾结，这不是天方夜谭吗？

方哥变成思索的眼光说："我接你电话的时候，跟前有人，难道他们……"

我急忙地问："是谁，谁在你跟前？"

方哥说："陈支队、许支队，还有胡大队。陈支队和胡大队是来看许支队媳妇的，正好碰上我，就顺便过来看看方菲，这时你来电话了，我当着他们面接的，就跟你说了那么两句话。"

陈支队、许支队、胡克非的面庞一一在我眼前浮现出来，难道他们三个中间有内奸？会是谁？

方哥又接着说了句："我跟你说完后，他们问了句是谁的电话，我就说是你的。就这些。"

我问："是谁问的话？"

"是……应该是胡大队，对，是他问的。"

我的眼前只剩下胡克非的面庞。难道会是他？市公安局刑侦支队大案队长会是凶手的同伙，向他通风报信？

尽管我跟他别扭，也看不惯他牛哄哄的样子，可是，要说他是内奸，还是不敢相信。

我转移了话题："方哥，支队的工作进行得怎么样？我那天晚上遭到枪击，他们这几天发现什么了吗？"

"没有。"方哥说，"还是就找到那几颗子弹头，检验了，应该出自一支黑枪，或者是自制的，或者是来自海外。对，怀疑凶手驾车逃跑了，可是没有线索，排查了很多，都否了，还在继续排查……"

我已经听不进去了，这些，都在我预料之中。凶手去了汾岭，肯定早逃走了，在江山再搜也搜不到他。

失败感、挫折感从心底即将泛起，我努力压制着它。

手机响了，是技术大队打来的："黎斌，你们送省厅鉴定中心的那份检验报告出来了，你们送检的样本和受害人体内提取的精液DNA血缘关系比率高于99.9999%……"

什么?！又一颗炸弹在我身边爆炸了。怎么可能……

我本来对这个检验没放到心上，根本没想到汪大魁是要抓的凶犯，现在，DNA的检测报告忽然出来了，于丽敏阴道内提取的精液是汪大魁的，也就是说，汪大魁就是杀害于丽敏的凶手，就是我们要抓的人……

难道，我们在汾岭夜里发现的那个人影就是汪大魁？可能吗？

DNA鉴定的结论是不容怀疑的，我立刻和方哥走出病房，向外走去，我边走边打手机给富强，让他赶快和我们会合。

必须马上找汪大魁，将他控制。

一路上，我深深懊悔没对汪大魁采取强制措施，担心他已经逃了。

汪大魁家住在一个新建的高层小区，按照他留下的地址，我们上了电梯，来到第十八层的一八一室门外，还没等开门，里边女人的吵嚷声就传出来。

女声说：“汪大魁，你不是人，明天我就跟你离婚，我受够了……”

女人的吵嚷声中，还伴着摔砸东西的声音，继而传出含混不清的辩解的男声……

看样子，汪大魁好像没有逃，他还在家里。太好了！

我按响了门铃，屋子里的吵声停下来，片刻，一个脚步声向门口走来，猫眼暗了一下，我急忙说：“汪大魁吗，我们是市公安局专案组的！”

眼睛离开了猫眼，门却没开。我更警惕起来。

富强说：“汪大魁，怎么回事，开门哪！”

方哥说：“汪大魁，开门……里边还有别人吗？我们是警察，快开门！”

我抡起拳头要砸门，门却忽然开了，但是挂着门链，汪大魁的面孔出现在门缝中：“这时候找我干什么？”

咦？这小子明明知道被我们抽血了，肯定也知道是用于DNA检验，居然一点儿也不慌乱。

没等我说话，女人的声音传过来：“是谁呀？”

我大声说：“我们是警察，有事找汪大魁，请开门！”

“你咋不开门呢？是不是心里有鬼呀？”

女人走上来，打开了门链，我立刻拉开门，看到汪大魁和一个三十多岁的女人在迎接着我们，两个人都穿着居家的宽松衣裤。

我说：“汪大魁，你穿好衣服，跟我们走一趟！”

说话间，我们向女人出示了警察证，挤进门，富强和方哥站到了汪大魁两边，防止他逃跑或者做出意外的举动。

女人：“哎，等等，你们要把他带哪儿去？干什么？”

我们三个互相看了一眼，我说：“我们有个案子，涉及汪大魁，要对他进行询问。”

“案子？什么案子？汪大魁，快说，你犯了什么案子？对，警察同志，你们得告诉我，他犯了什么案子，不然，你们别想带走他！”

这个女人可真是，本来想回避她，她还非问不可。

女人说：“对，你们如果要问他什么，就在家里问，现在就问，问吧！”

女人说着，把门关上，扣好，意思是不让邻居们听到，让我们现在就问。

这种局面下怎么问哪，再说，我们也不能让一个女人干扰办案哪！

我正想解释一下，没想到汪大魁主动开口了：“你们还是问去年十月三号晚上的事是吧，我已经想起来了，那天晚上，我离开小丽就回了家，不信你们问她，她可以证明……对，你还记得吧，去年十月三号那天夜里，你不是在那天夜里，第一次跟我提出的离婚吗?”

……

夫妻你一句我一句，告诉了我们一件难以启齿的事：那天晚上，汪大魁离开小丽回到家里睡下后，他媳妇有了那个意思，想跟他那个，可是汪大魁经过和小丽的折腾后，根本失去了再战的能力，无法应战，两人就吵了起来，媳妇说他不止一次这样了，把能耐都给别的女人使了……二人越吵越凶，还打了起来，还惊动了邻居……

这……怎么可能？DNA的检测结果证明，汪大魁离开小丽后，应该去了关阳，奸污杀害了于丽敏，怎么会回到家里跟媳妇干仗，他们一定是串通好的。

应该是这样，可是，我又觉得不太有说服力。

于是，我们又找了汪大魁家的隔壁，没想到，隔壁的女人居然斩钉截铁地拿出证明，汪大魁夫妇的话属实。为了证明她说的话，她居然拿出手机，找出一段录音和录像：“他们吵的声越来越大，我气坏了，就给他们录了音，拿着录音来找他们，找他们的时候，我准备跟他们好好理论一番，不行就找派出所，所以又录了像……”

我们听了录音，看了录像，果然听到了汪大魁的声音，看到了汪大魁的面容，而且都有时间标识，就是去年的十月三日。

我们紧接着敲开了另外两户邻居的门，他们虽然没录音录像，可是都证明，在去年十月的什么日子，确实听到过汪大魁和媳妇吵架的声音。

这……

我和方哥、富强互视，都有点儿蒙了。

最终，我们没有带走汪大魁，而是自己走出了这幢高层住宅楼，上了车，驶出了小区，慢慢向前驶去。

我们选择了相信汪大魁。这是因为，不但有充分的证据证明，于丽敏被杀害的夜晚，他没有出现在现场，还有充分的证据证明，在汾岭的那个夜晚，我和富强追赶那个逃跑的人影时，他同样也在家中。

他不可能是凶手，不可能是我们要抓的人。

那么，他的精液怎么会出现在于丽敏体内？

我们去了黄街，来到了小丽的门外，看到卷帘门关着，侧耳听了听，里边传出异常的喘息声，呻吟声……

等了一会儿，卷帘门打开了，一个男人从里边走出来，小丽送到门口："哥，常来呀……"小丽话说了半截停下了，她看到了我们。

我们推着小丽走进她的房间，她的工作场所，把卷帘门拉上。

小丽有点害怕地看着我们："你们……你们……"

方哥说："小丽，这是你今天夜里接的第几个客人？"

"这……我……第三个。你们……"

方哥说："小丽，我问你，在去年十月三号的夜里，你接了几个客人？"

"这……我记不清了。"

富强说："怎么会记不清，你那是第一次接待汪大魁，印象肯定深刻，难道你不记得，他走之后，接没接待过别人吗？"

"这……接待过，接待过两个大哥。"

富强说："那好，你说说，汪大魁走后你接待的那个人吧，他都做了什么？"

"他没做什么……不，他就是跟我上床了，跟别的客人一样，完事儿就走了！"

小丽在回答这些话时，垂着眼睛，回避着我们的眼神。

有问题。

"小丽，你看着我的眼睛，看着我！"

小丽眼睛抬了一下，又垂下眼皮。

我说："小丽，你知道吗？就在十月三号的那天夜里，有一个女人被害了，她在死前受尽了痛苦，害她的人，是个极为残忍的凶手，你现在的每一句话，都关系到我们能不能抓到他，如果不抓到他，他还会去害别人，你明白吗？"

小丽眼睛一下抬了起来，现出吃惊的表情说："这……有这事，可是……不，我真不知道啊，他……他真没做什么别的呀！"

方哥说："小丽，他是不是给你钱了，比别的客人给的要多，然后告诉你，不要对任何人说？"

我说："他说，你要敢对任何人说，就会杀了你，是不是？你放心，我们会保护你的，只要你说了实话，我们很快就会抓到他，他不但害不了你，也不会再害任何女人。明白吗？"

几张百元面值的钞票甩到小丽面前，出手的当然是富强。

“说实话，这些钱就归你了。”

小丽说：“这……可是，那个人也是警察呀，他跟你们不是一伙的吗?”

什么？警察……

小丽终于说了实话，在汪大魁离开后，一个男人走进来，向她亮了一下警察证，说他是刑警，一直在跟踪监视汪大魁，为了获取汪大魁的犯罪证据，要提取汪大魁的精液。提取后，又给她扔了两百块钱，要她绝对保密，不能对任何人说，哪怕是警察来问她也不能说，如果说出去，他会来找她算账。

我立刻追问：“你还记得他长什么样子吗?”

小丽说了那个人的大概体貌特征，身材果然同我和富强在汾岭看到的人影相似。汪大魁是被陷害的，是有人把他的精液收集后，放入于丽敏的阴道内的。

虚惊一场……不，不能说是虚惊，最起码查清了一件事情……

可是，下步怎么办？这件事的查清，并没有帮助我们接近凶手啊？何况，我们已经基本确认，凶手极可能是李敢……

那么，这件事又有什么意义呢？我一时想不清楚。

方哥说：“咳，又是白折腾一场。斌子，我回医院了!”

富强说：“组长，我看，这事儿急不得，越急越想不出思路来，就像你说的，咱们放松一下，休息一下，或许明天就想出好办法了。”

也对。

这时我才注意到，已经是傍晚时分，就让富强下了车，把方哥送回了医院。

我一个人驾车缓缓而行在街道上，眼前一片茫然，不知去哪里。我的茫然，不是因为黄昏来临。

5

下步该怎么办？汪大魁被陷害的事件后边，还隐藏着什么？李敢还会去害谁？吕红和王丽娜暂时安全了，可是，谁知李敢会什么时候再去侵害她们？警察不可能永远守在她们身旁啊，必须尽快找到李敢，抓住他，可是，他会藏在哪里，此时此刻，他在哪里，上哪里去找他？

想不出来，我只能不想了，把注意力拉回到现实中来，拉回到自身上。对呀，眼前更重要的是，我去哪里？回家吗？那个凄冷的屋子？

此时，我自然想起她。这十多天来，因为全力以赴投入到案子上，我很少和她联系，也极力控制着自己，不敢动情，我担心那会分散我的精力，影响我的行动效果。而此时此刻，我再也不需要控制了，我要见她，可是……

可是，我又想起了那天晚上，她应该是接纳我了，可是，仔细思想，又觉得有些迷茫，她是表示了，可是，热情度、主动的程度远远不够，特别是她说的“你不知道”，让我不明白到底何意，还有枪响后她那歇斯底里般的表现……这些，都在我的心中形成了雾障，让我不能忘情地投入……

手机响了，我本能感觉到是她打来的，可是，接起后，却是苗雨轻柔的声音：“小黎，来家吃饭吧！”

太及时了。我的心一下明亮起来，快乐起来。

十八　新思路

1

二十多分钟后，我来到了平安小区，来到了那幢已经有些熟悉的普通多层住宅楼，来到那个栋口，按响了门铃，走进楼栋，走上四楼，门已经开了一道缝隙，我拉开门，看到她垂着眼睛在等待我。

看上去，她已经恢复了平静。她的胸前系着围裙，显然是刚从厨房出来，这使她看上去更有生活气息，感觉更为亲近。更让我高兴的是，她虽然垂着眼睛，但是脸上有了笑容。她把一双拖鞋放到我脚下，说了声："去书房吧！"然后就奔向厨房了。

她的一举一动，都在告诉我，那天晚上我们确定的感情和关系没有改变，甚至更近了。

我走进书房，迅速克制住感情，因为我知道，李局长在里边等着我。

李局长手上拿着一本书坐在电脑椅中，尽管手上在翻着，我却感觉到他的心不在焉，感觉到他是在等着我。看到我走进来，他指了指旁边的一个简易沙发椅。我坐下后看着他，等着他说话，可是，他却第一次流露出一种不那么自然自信的表情。

他终于开口道："黎斌，这趟出去，很不容易吧！"

他在说废话。我在返回的路上，已经在电话里向他汇报过，他现在问这个，是没话找话。我只能敷衍着说："已经习惯了，没办法。"

我俩各说了一句废话就停下来，因为，我们都意识到对方在说废话，我更意识到他有话要说，而且要说的话还非常重要。

他往要说的话上说了："黎斌，谢谢你！"

什么意思？

“我替苗苗谢谢你，也替你苗姨和我自己谢谢你！”

嗯？逐渐接近正题了。

我说：“有什么谢的！”

“不，我们真的感谢你，感谢你那天晚上为苗苗做的一切，要不是你，不知苗苗会是什么结果！”

这……我没做什么呀？那天晚上，有人向我打黑枪的时候，我只是下意识做出了反应，是的，我是一把将苗苗拖到身后，然后开枪，可是，苗苗后来又冲到我前面，还张开两臂叫着“不，不……”。

我正想解释，李局长却自顾说下去：“黎斌，其实，我最感谢的是你对苗苗的一份真情！”

这……是的，我对苗苗一往情深，她是我的人，我心爱的人，可是，这对恋人来说是正常的呀，需要感谢吗？特别是父亲，会因为有人爱上了自己的女儿而向这个人致谢吗？我没当过父亲，无法感受他的想法，只能凭本能觉得似乎不应该是这样。那么，他为什么要这么说呢？

他说：“有些事你不知道，现在，我必须告诉你，你要有充分的思想准备。”

他住了口，目光直视着我。

什么意思？他要告诉我什么？

我突然想起苗苗说的“你不知道”，想起枪响时苗苗的那种疯狂的表现，心底渐渐生出不安。但是，我没有回避他的目光，而是正视着他说：“你说吧，不管什么情况，都不会改变我对苗苗的感情。”

李局长没有马上开口，而是垂下眼睛，把脸转向了一边，等再转回来的时候，眼睛有了水光。这……

2

他说：“苗苗跟你说过没有？她和苗雨不是亲生母女。”

啊，对，苗苗跟我说过，我还没来得及详细了解怎么回事。

“我和她的亲生母亲早就分开了，原因呢，主要责任在我吧，因为我的工作，我的遭遇，我的选择，使她母亲无法享受正常人应有的生活，再加上，价值观上也存在重大分歧，所以我们分开了，苗苗当时是跟她母亲一起生活的。可是后来发生的事，是我无论如何也没有想到的，也是不希望发生的。苗苗居然也因为我办案而受到牵连，曾经遭到过丧心病狂的犯罪分子的绑架，九死一生，那时，她刚五岁……”

啊，苗苗有这样的经历，天哪……

我忍不住追问起来，苗苗因何遭到绑架，当时是怎么个情况，于是，从李局长的话语中，我看到了童年的苗苗，看到了她被绑架的一幕幕，这让我在胆战心惊的同时，也感受到什么叫切肤之痛，我恨不能穿越时空，飞到她的身旁，解救她，抚慰她，把绑匪制服抓获……

“这还远远没完，”李局长继续说：“后来，苗苗居然目睹了她生身母亲被人开枪杀害。当时，她母亲张开双臂，遮挡在我和苗苗的前面，嘴上喊着‘不’，被子弹打中了胸膛，倒地死去，这一幕，我极力让她淡忘，她也没表现出记住的样子，可是……”

苗苗在那天晚上的疯狂表现重现在我眼前，她突然冲到我前面，张开双臂：“不……不……”

天哪，她一定是受到了极大的心灵创伤。我的苗苗，我亲爱的人，你怎么会有这样的经历……我的心颤抖起来。

“可是，这仍然没有结束，同样的一幕居然再次上演，那是我在碧山任公安局长的时候，我再次遭到杀手袭击，这次，是苗雨站出来，挡在我和苗苗面前，替我们挡住了子弹，倒在血泊中……”

居然还有第二次，天哪，我亲爱的人哪……

怪不得，她的眼里时而浮现出一丝忧伤，一丝阴霾，一定是因为这些经历呀，她的内心深处，她的潜意识中，一定有强烈的不安全感，我的苗苗，我的爱人，我……我已经不知道心里是什么滋味。

李局长继续说着：“正因为苗苗这样的经历，特别是这两次遭遇，让她的精神受到严重的刺激和损伤，一度患了严重的精神疾病，发作起来，就会歇斯底里，久久无法平静，我没办法，只能把她送进精神病院……”

什么？苗苗进过精神病院？这，怎么可能……

“让人庆幸的是，她后来渐渐地痊愈了，平复了，出院后没再发作过，后来又渐渐停了药，也没有再发作，但是，我和你苗姨依然提心吊胆，生怕她哪一天再犯……”

明白了，明白了，我明白了苗苗为什么对我若即若离，为什么明明心里爱着我却极力克制，不让我太过冲动，为什么说“你不知道”，说的是我不知道她的这些经历，不知道她的精神有问题，她是担心我知道后离开她呀，亲爱的，我……

我突然被自己的哽咽声惊醒，并冲动地站起来，想去找苗苗，可是李局长抬抬手，让我又坐下来。

“这就是苗苗的过去。你苗姨中弹后，曾经昏迷过很长时间，我一度都怀疑她不能醒过来了。庆幸的是，她没有抛弃我，重新回到我身边。但是因为受过枪伤，身体很弱，现在已经不能正常工作了，只能在家给我洗衣做饭。你不知道，她是个事业型的人，这种生活不是她所要的，可是，她表面上还很满足……对了，过去，苗苗对她很反感，认为是因为她，才导致我和她妈妈离婚，而且，在她妈妈死后，她坚决不接纳她，使我们不得不忍痛分开……直到苗雨为掩护我们而中枪，她才转变了态度，对她叫起了妈妈，后来，两个人处得像亲生母女一样，我对此很欣慰。”

原来是这样，一个叫苗苗，一个叫苗雨，是偶然，好像也是命运。

“其实，我对你的评价很好，你虽然比苗苗大一些，可年龄并不是问题，我也比你苗姨大很多，我们之间，从未感觉到年龄障碍。我早就感觉到，苗苗自见你之后，就变得和过去不一样了。有一次，她还问我，我们是不是在什么时候接触过你，她说好像在哪儿见过你……你应该明白这种感觉意味着什么，我听了心里很激动……对，我也从你的身上，看到几分我年轻时的样子，所以……对，苗苗虽然爱你，可是，她想到自己的病，怕拖累你，也害怕你知道后会有想法，所以她一直犹豫着，生活在自我折磨之中，我和你苗姨也同样如此。”

可是，为什么现在对我说这些呢，为什么现在可以接纳我了呢？

他说：“还是因为那天晚上。当时，苗苗虽然一下子爆发了，可是很快就平复下来，当时你可能也注意到了，震惊恐惧过去，她像正常人一样，扑到你怀里哭起来，之后，随你苗姨回到屋子，尽管那一夜她有点儿一惊一乍的，可是并没有发作，这些天过去，她完全恢复了正常。这让我和你苗姨、也让她自己放了心，经受这么大的刺激都没有发作，就意味着，她已经彻底痊愈了。所以……”

所以，她才向我敞开心扉，他们全家才接纳了我。

原来是这样。亲爱的，你为什么不早说，要知道，无论你什么样子，我都会爱你，即便你没有痊愈，即便你还会发作，我也要用我的怀抱温暖你，疼爱你，抚慰你，让你在我的怀中逐渐痊愈。

李局长还在说着：“我已经过了知天命的年龄，我的命运已经确定，不会有什么改变了，我已经能坦然受之了。可是，作为父亲，我不能放下女儿，哪个父亲不希望女儿幸福呢？为了她的幸福，我愿意付出一切……

我希望她能有幸福的命运，快乐的生活，最重要的，是找到可以托付终身的人，现在，她终于找到了。黎斌，谢谢你接纳她，谢谢……”

他说不下去了，我的心也颤抖起来。尽管和他接触后，我对他印象很好，可是，那还远不如现在。现在，在我面前的他已经不是过去的李局，而是一个亲人，这并非因为他的女儿和我的关系，而是因为他向我敞开了他的心扉。我站起来，立正在他的面前：“李局长，我也非常感谢你的信任，谢谢你能接纳我。你放心，我会尽最大努力，让苗苗幸福，不辜负你的托付。对，我没有钱，没有地位，我只有一份真情，我……”我说不下去了，同时也看到他垂下眼睛，把脸扭向一旁。

片刻后，他转过脸来，目光重新望向我说：“黎斌，我还有话要跟你说。”

我直视着他，等待着。

他说：“你听好，我是江山市的政法委书记、公安局长不假，可是，你不要想着会得到什么特殊的待遇，我不会照顾你的，只会对你要求更严格，你明白吗？”

还有这样的要求？这……我还真没想过这事。

我如实回答：“这个情况我还没想过，我也不是靠别人生活的人，我相信自己的品质和能力，我要凭着这些去实现我的价值。我不需要你的关照，只希望得到平等的待遇，你不刻意打压我就行。”

我看到，他的脸上现出笑容。

我也现出笑容。

轻轻的敲门声，苗苗的声音传进来：“吃饭了！”

饭吃完了，已经不记得都有什么菜，甚至味道也记不清了，记得的是美好的画面，美好的气氛，美好的记忆。

天不早了，我告辞了，苗苗送我出来，陪着我向小区外走去，我们再次并肩而行。

小区灯光暗淡，可是，现在我却非常感谢它的暗淡，暗淡的光线中，我拉住了她的手，抓紧了她的手。

她没再挣扎。

幸福如潮水般从心底泛起，世界呀，请停在这一刻吧，让我和她这样手牵着手，直到永远。

她送我到小区大门外，停下脚步。我们互相看着对方，目光久久不想离开。这时我看到，她的眼里再也没有那隐隐的阴霾和忧伤。

我终于放开她的手，要她回去。她再深深地看我一眼，转身向小区内走去，在她的身影变淡的时候，我又随后走进小区，跟在她的身后。

我不可能让她这样一个人走回去，那天晚上的枪声还在耳边。

她感觉到了，停下来，转向我。我笑着走向她。

她说："你走吧，不用送，没事的。对，不知为啥，经历过那件事，我不但没有变得胆小，反而胆子更加大了，不再害怕了，我也不知道为什么。"

我说："我知道。"

她问："你知道为什么？"

我说："因为我，因为你有了我，我时时刻刻在你身边，保护着你。今后，无论在什么情况下，我也不会再让你一个人走在黑暗中。走吧，我送你回家！"

我再次牵起她的手，向她家的方向走去，把她送到了楼下，在她即将进门的时候，我再也忍不住，从后面抱住了她，把她紧紧地拥抱在怀中，闻着她的发香，亲吻她的脖颈，再把她转过来，深深地亲吻她的嘴唇，吻得我自己都喘不上气来。而且，在生理上还产生了反应，我想得到她，我……

她呻吟着，挣扎着："别……不……"

我克制住感情和欲望，放开了她，突然毫无准备地说出一句："苗苗，我们结婚吧！"

结婚？黑暗中，一双受惊的眸子在看着我。

我说："对，我想时时刻刻和你在一起。等这个案子破了，咱们就结婚，行吗？"

她再次垂下头说："这……得我爸我妈同意。"

我笑了，感觉出她真实的意愿：她同意，但是又不能直接表达。

行了，她有这个态度就行了。我看着她走进门栋，转身离去，虽然光线暗淡，可是，我的心情却无比地灿烂。

3

早晨起来，天晴日朗，恰如我的心境。

只隔了一夜，我精神就完全恢复了，神清气爽，跃跃欲试。对下一步的侦破有了新的思路，让我既有些紧张也充满了希望。当这个思路形成后，我意识到，侦破已经到了关键时刻，到了转折关头。

上班后，我走进李局长办公室，用了二十来分钟，详细阐述了我的新思路。李局被我说服，完全同意我的思路，还给我提供了一些情况，使我的思路更为清晰，更有了说服力，也给我增强了破案的信心。

说明一下吧：此时，我最担忧的是李敢继续作案，因为他一旦作案，就会有人受害，死去，特别是吕红和王丽娜的安危叫人担心。对了，我还一定程度地发现了李敢的作案规律，于丽敏被害之前的那起，距离于丽敏被害间隔是半年左右，而于丽敏和项玉英被害之间相隔，也是半年左右。如果他继续按着这个相隔的时间作案，我并不担心，因为我有充分的信心，在半年内找到他，抓住他。可是问题在于，他不可能遵守这样的规律作案，他已经知道我们专案组的成立，知道我们在追捕他，甚至，已经知道我们知道了他的身份。在这种情况下，一般的犯罪分子会有两个选择：一是隐藏起来的，停止作案，二是相反，会抓紧时间作案，完成自己的任务，也就是杀掉要杀害的目标。根据种种迹象显示，李敢一定会选择后者，因而，我们就无法判断他什么时候再行作案。那么，他下步作案侵害的会是谁呢？目前看，吕红和王丽娜的可能性较小，如果不是她们，李敢还会去侵害谁呢？是否还有我不掌握的、潜在的受害人呢？我一时想不出来，这也是我担忧的主要原因。

我的新思路就是在这个基础上形成的。李敢如此大胆，公然顶风作案，他是怎么隐藏自己的呢？他的居住地派出所已经证明，他没有办二代身份证，而一代身份证早已作废，没有二代身份证，交通、住宿将寸步难行。在这种情况下，他又是如何到处流窜作案，我们却无法发现他的影子呢？

只能说明，他已经有了身份证。而二代身份证是带有芯片的，极难仿制，或者说几乎不能仿制，所以，他办的一定是真的身份证。

试想一下，他是怎么办的真实的身份证呢？

一定是有人帮他办的，以他人的名义办的。

那么，是谁帮他办的？又是以谁的名义办的呢？

而且，即便他办了二代身份证，他可以在作案后、在警察的追捕中，轻松地消失了身影，也不是容易做到的啊！

可是，他做到了，他和我正面相撞过两次，不，三次，第一次是在胡维民家门外，他化装成女性从我面前走过，第二次是在李局长家楼下，他向我开火，之后消失了，第三次在汾岭，我和富强都看到了他的身影，可是，仍然从我们眼前逃掉了。这三次，公安机关都进行了较大规模的搜捕，可是，都没有发现他的影子。这说明，确实有人在帮助他，隐藏他。

那么，这个保护、掩护、隐藏他的人是谁呢？如果查到这个人，就不难发现李敢。

这就是我的新思路，先找到这个保护李敢的人，从这个人身上，找到李敢的线索，把他抓获。

让我们仔细地想一想，这个人会是谁。他一定是赵雄的关系人，对吧！

李敢是赵雄的秘密亲信，或者说，是他的死士，而据我们掌握，李敢在社会上没有什么亲密的关系人，所以，这个掩护他的人是赵雄的关系人。种种迹象表明，这个掩护李敢的人能量很大，而只有赵雄的关系人，才可能有这样的能量。

那么这个人又会是谁？是赵雄的什么人？

按照吴安宝的说法，赵雄的亲信手下都进了监狱，在外边的小虾米不可能有这个能力，因而，这个人一定是赵雄非常亲近的人，对吧！

再深思一下：李敢如此忠于赵雄，替他报复所憎恨的人，真的是完全出于忠诚吗？如果不给他非常优厚的报酬，他能够这么干吗？很可能不会。换作任何人，如果已经拿到了应得的报酬，十有八九不会去履行一个对已死之人的承诺。

所以说，李敢一定还没有得到报酬，或者说，只得到了部分报酬，还没有得到完全的报酬，这个报酬，是有人根据他履行承诺的进度，或者说根据他报复作案的进度给他的。

那么，是谁能代替赵雄来做这些？我想到了一个人，李局长刚听到时，非常吃惊，再三思考后，同意了我的判断。之后，又帮助我找到很多这个人的资料。

这个人叫杨柳，女，现年五十八岁，住贵宾别墅小区，无业。她的丈夫叫赵平凡，现年五十九岁，任本市某局局长。

这是一对夫妻，杨柳是赵平凡的妻子，赵平凡是杨柳的丈夫。

更重要的是：杨柳是赵雄的母亲，赵平凡是赵雄的父亲。

我的注意力焦点放到了杨柳身上。根据我搜集到的信息，这个家庭是由妻子杨柳主导的，她年轻时任市委打字员、文书、现金员、会计，后来转了很多单位，最后一个体制内的岗位是市政府招待所主任，再后来下海，办起了公司，再后来……

再后来进了监狱。

因为后来，也就是十八年前，赵雄的事情发生了，被判了死刑，却没有死，六年多后就重新回到社会上，继续作威作福。但是，隔了一些年后，也就是距现在的三年前，事情败露，连带着一大批检法机关的领导和办案人员乃至监狱的领导和管理人员倒台，而贿赂他们的都是一个人，杨柳。

因而，杨柳被判处有期徒刑十二年，进了监狱。可是，因患有严重疾病，只在监狱待了一年多，就被保外了，现在住在别墅小区的家中。

因之种种，我严重怀疑，她暗中和李敢有联系，暗中保护着李敢，也是她，凭借着自己的能量，给李敢办了二代身份证，当然不是李敢的名字。

在掌握了这些情况和形成了这样的判断之后，侦查思路自然也就产生了：监控杨柳。

李局长在认可了我的建议后说："杨柳的背后肯定有保护伞，而且，这个保护伞还不小，不然，她不会有这么大的能量。但是，不能因为有保护伞，我们就不破案了。你就按你的想法行动吧，需要什么提出来，我全力满足你。"

我已经做过考查：杨柳家住的是个别墅小区，也就是富人区，她住的自然是幢别墅。我在秘密侦查中恰好发现，她对过儿的别墅是空着的，没有住人。窗子上贴着"吉房出租"的广告。

李局长说："查清房主，把它租下来。"

十九　监视杨柳

1

我和苗苗来到了一家房产中介，说要租房子结婚，而且想租个别墅式的。中介听了非常高兴，立刻向我们推荐出租房屋资源，我们挑选一番后，确定了早就选定的别墅小区28号住宅，然后就是看房子，交房租，就这样定下来。当然，我们租的，正是杨柳家的前院。

事前，我已经对这个小区进行了侦查，发现小区虽然不错，可是好多别墅都空着，有的还贴着出租出售广告，杨柳家前面的别墅就是这个情况。我按照广告上的电话号码打过去，接电话的却是房产中介，他们说明，房主已经把租房子的事委托给他们。所以，我才挽着苗苗去了房产中介，为的是避免中介以及左邻右舍的怀疑。

我和苗苗随着中介走进别墅，看清这个二层别墅，有四个卧室，两个卫生间，一楼还有个很大的客厅，家具也很完备，卧室床上还铺着干净的床单，中介又打开柜子让我们看，里边有现成的被褥，可以供我们使用。之后，又一一指点着各个家具，说明其如何珍贵，再三说明可以使用，但是坏了要赔偿。我一一答应下来，然后就是签合同，付房租，中介走后，别墅里只剩下我和苗苗。

我牵着苗苗的手，挨个走了一遍房间，苗苗不时地感叹房间太大了，太多了，家具太高档了，我开玩笑地对她说："亲爱的，咱们结婚时租这个房子行吗？"她先说了声"行啊"，可是马上说："谁跟你结婚哪！"我说："这是假设，假设，我们真结婚了，你想住这样的房子吗？"

苗苗的回答一下子把我感动了，她先是摇头说不想，我问她为什么不想，她说就是不想，因为她觉得这不像个家，不是她想象中的家，她只想在一个普通的住宅楼中有一个小小的单元就行，有几十平方就行了，房间里应该有两个卧室，一个客厅，再有厨房，有卫生间，再有个小阳台就更好了……

天哪，这不就是我的家吗？不就是父母为我买的房子吗？我听着苗苗的话，心都颤抖起来，一下把她拥到怀中亲吻起来，吻着吻着，生理上的反应又来了，我想把她抱到床上或者沙发上，她却反抗起来，嘴里呜呜地说不行，不结婚不行……

我没有用强。不是我不想，而是我爱她，我不想违背她的意愿，更重要的是，租下这个房子是为了蹲守的，这是工作的场所，不能用它来干别的。所以，我只能反复亲吻了她几次，然后送她回家。

2

二十四小时全天候监控。说起来容易，做起来难。

正常来说，要做到二十四小时随时监控着杨柳的家，最少要三班倒，每班最少两个人，还要有机动力量应付特殊情况。如果这样，最少要六个人甚至更多。可我们一共只有三个人。李局长跟我提出来过，是不是从别的单位抽几个人，我想了想拒绝了。因为我要绝对保密，不想让更多的人知道我们的行动。

那么，该如何保证二十四小时全天候监控呢？我们采取了特殊的做法。那就是：我们三个不分班，二十四小时都在岗，吃睡都在这个别墅中，保证随时有一个人守着北窗子，盯着杨柳的家。而另外两个人，或者休息，或者吃饭，盯着的人累了困了，就换另一个人上，换下来的吃饭休息。只有这样，才能保证杨柳家二十四小时在我们的视线中。

够辛苦吧，这是违反国家八小时工作制的，可是跟谁说去？

尽管没有吸收别人，还是我们专案组的三个人，我也没有完全地无条件相信，特别是其中的一个人，我有点儿心里没底。他就是方哥。

这是过去从没有过的事，也是出乎想象的事，我居然会不相信方哥。

没办法，老是有风声泄露，我的心里不能不多根弦，特别是去汾岭的事，更让我多了一层想法。对，方哥做了解释，他的解释也不是不合理，可我总是有点儿不放心。但是，又不可能抛开他，因为我们专案组就三个人，方哥如果不参加，就要吸收外人，可上哪儿再去找又好用又可信的外人哪？再说了，我们的行动也不可能瞒得住方哥呀！正因此，我在思考后，还是决定让方哥参加监控行动。但是，在通知他的同时，我很郑重地跟他谈了一番话。

我先问方哥家里的事情怎样，方菲的病情怎样。

他回答说："已经出院了，医生说了，只要坚持服药，有治愈的希望。"

其实，我是希望他说方菲需要他照顾之类的话。如果这样，就有借口把他排除了，可是，他这种态度让我无法把这种话说出口。继而，他又主动对我说："斌子，这些日子方菲分散了我不少精力，在案子投入得不够，现在我基本放心了，可以把精力都转移过来了，是不是有什么特殊任务？你说吧，我肯定全力以赴。"

还能说什么？我在心里叹息一声，然后对方哥说："方哥，我们现在要采取一个新的行动，一定要特别保密，不能让任何人知道。"

方哥的表情严肃起来，虽然没有说话，可是换成了询问的目光。

我向他说了要监控杨柳的事，也说明了监控的理由。方哥听了，先是睐了两下兴奋的眼神，继而又黯淡下来："杨柳……我早听说过，她可不是个简单人物，因为包庇她儿子进了监狱，一年多就保外就医了。"

他没再往下说，但是意思我听出来了：这个女人不好惹。

火涌上心头：那又怎么了？就因为她不简单，有保护伞，犯罪就不受惩罚了？警察就不能对她展开侦查了？

我把心里话说出来，方哥想了想说："也是，咱们一个小警察，奉命行动，她能把咱们怎么样，她要是知道了，也该去恨李局，报复不到咱们头上。斌子，你放心吧，我绝不会走漏一丝风声。"

我稍稍放了点儿心，之后，监控任务就开始执行了。

当天晚上，我们就住进了28号别墅，而且像过日子一样，准备了监控设备，还有吃的喝的洗漱用具和换洗的衣服等。我豁出去了，不蹲出点儿什么来，绝不撤兵。

我们的监控地点就在二楼一个卧室的北窗子，这里正对着杨柳家的院子和门窗，她家的一切动向（除了屋子内部），一览无余地展现在我们的目光之下。除了我们的肉眼，我们还准备了一架望远镜。当然，为了遮掩，我们把这个房间窗帘拉了起来，只留着小小的一道缝隙，在杨柳家往我们这边看，是绝对看不出来的。对了，为了预防万一，我们还在另一个房间里摆了张麻将桌，麻将桌四周摆了四张椅子。

应该说，这种监控手段还很原始，当今有比这先进得多的监视设备和器材，可是，我们的行动是绝密的，不敢调用先进设备，借用行动技术部门的设备，会有泄密的风险。

当天下午，我并没有看到杨柳的影子，她一直没出屋，但是，在窗子上看到了她晃动的影子，知道她肯定在家里。对，她是保外就医，是不可以随意活动的，按理，一举一动，都该向辖区派出所的责任区民警汇报，而责任区民警还要随时掌握她的动向，也不知道民警做到了没有。

反正，整个下午杨柳都没有出来过，也没看到别人。夜晚来临了，杨柳家的窗子亮起了灯光，杨柳的影子映在窗子上。

这时我发现了一个问题：从我们开始监视到现在，整个别墅里边只有杨柳一个人的身影，再没有别人。可是，我掌握的资料中明明有别人哪，那就是她的丈夫赵平凡。怎么没看见他出入，今天是正常工作日啊，怎么没见他下班归来，没见他出现在屋子里？他去了哪儿，难道是外出了？

时间到了九点三十分，杨柳家窗子上的灯光一个个熄灭了，最后仅剩下了一个窗子还亮着灯，显然是卧室，窗帘上晃动着杨柳的身影，她在脱衣服，窗帘上映出一个女人的曲线，掌握的资料告诉我，她已经五十八岁了，可是，从窗影上看，她的肢体虽然稍显丰腴，可是，却依然呈现着优美的曲线，看上去居然有几分诱惑的感觉。

灯熄了，她睡下了。

富强打起了哈欠，往日，这个时间也该睡了。可是，我们不行，从今天起，不能再像往日那样放心地上床睡觉了。

我做了分工，我们三个人，夜里三班倒。从现在到午夜零点，由方哥值班，零点到明日凌晨三点，我值班，从凌晨三点到清晨六点，富强值班。我这么安排，是考虑到午夜到凌晨三点是人睡得最香，也是最容易犯困的时候，我身为组长，当然要吃苦在前。可是方哥不同意，说他年龄大些，由他来值这个班，被我回绝了。但是他又提出，一个人在夜间连续值班三小时，盯着一个地方会很容易疲劳，产生困意，所以他建议，后半夜每人值班的时间缩短为两小时，也就是，我和方哥值班到明天凌晨四点，而凌晨四点到六点的时间，由富强来值班。我觉得这个建议合理，就采纳了。

一夜无话。

3

早晨七时，杨柳家的窗帘拉开了，窗子也打开了，一个女人出现在窗前。说真的，我在望远镜中骤然看清她的面庞时，我吃了一惊，因为，进入我眼中的不可能是五十八岁的女人，看上去也就四十多岁的样子，绝对不会到五十岁，就像昨晚映在窗帘上的影子一样，肢体虽然稍显丰腴，却依然曲线优美，面庞依然在显露出“漂亮”两个字，是的，她真的很漂亮，只是不像苗苗和夏晓芸那种青年女性的漂亮，而是一种中年女人成熟的风韵和漂亮。这让我不由怀疑起来，这是她吗？是杨柳吗？可是，屋子里没有别人，除了她，不可能是别人。

她真的漂亮，而且不只是漂亮，她的漂亮中还透出一种特殊的气息，一种难言的气息，牢牢地吸引住了我的眼球。

想想吧，一个五十八岁的女人，居然让我这个还不到三十岁的男子感觉到漂亮，可以想见，她年轻时是多么美了。

她离开了窗子，我放下了望远镜，有些遗憾地叹了口气。

一辆挺高档的轿车驶来，驶到杨柳家门前停下了，一个中年男子走出来，手上提着塑料袋，里边好像装着餐盒，是早餐吧。他应该是杨柳的丈夫赵平凡。对了，从昨天下午到一整夜都没看到他，为什么早晨的时候出现了，还买回了早餐？他是在单位里值夜班儿还是干什么来着……

赵平凡的形象让我很失望，甚至很倒胃口，他看上去可是完全符合他的实际年龄，一个五十九岁的老男人，一张灰秃秃的长脸，腰身都有点儿佝偻了，这样一个男人怎么能配得上杨柳？对，他是建设局的局长，手里有权，男权女貌嘛！这世道实在太不公平……

已经是白天了，我们和杨柳家相隔也就三十多米的距离，不用监视镜也能看得很清楚了。吃过早饭，赵平凡开着他的高档轿车走了，上班去了，家里只剩下杨柳一个人，她又把卧室的窗帘拉上，好像又睡下了。对，有睡回笼觉的人，她大概也是。果然，也就半个小时多一点儿，窗帘又拉开了，她推开了窗子，此时光线更强了，她的一举一动也显得更清楚了。她进了一楼的大厅，换了一身宽松的衣衫，然后两手合十，坐到地毯上，闭上了眼睛。这……她在干什么？马上我就明白了，她开始抻腰拉腿，原来，她在做瑜伽，当然是为了锻炼身体，保持体形……天哪，她的腿抬得那么高，腰仰得那么弯，简直无法想象，这是五十八岁的女人，这样的年龄，儿女应该是三十岁以上的人，孙女应该也有几岁了吧，她居然能做出如此动作，太难得了。

瑜伽做完，她又开始跳舞，是一种轻柔优美的舞蹈，有些姿势，是那么地撩人，这时我已经明白，她这是在锻炼形体，保持着自己的美。可是，士为知己者死，女为悦己者容，她都这种年龄了，还在为谁而舞，为谁而容？为赵平凡吗……

十时许，杨柳换了一身衣服，挎着个坤包走出家门，我跟富强和方哥打了招呼，立刻走出家门，还给苗苗打去电话。之后，我远远地跟在她的后边，看着她款款的腰肢，居然产生了欣赏的感觉，真是有点儿奇怪。

走出小区不远是一个菜市场，她向那个方向走去，我意识到，她是去买菜。果然，她进了菜市场，开始挑选起蔬菜，这时我注意到，好多中老年男人的目光望向她，一个卖菜的中年汉子看到她，眼睛都直了，对一个问价的顾客理也不理……

我不能引起她注意，一直和她保持着一段距离，还把早就预备好的墨镜架到了眼睛上。大家一定在影视剧里经常看到，警察在监视跟踪时常常这样做，可是人们不知道，墨镜能起到遮掩面孔的作用，也容易引起关注，所以一般在跟踪监视的时候，我们并不戴它。可现在的情况特殊，我必须戴上。就在我专注地盯着杨柳的时候，一只手轻轻地拍了拍我的手臂："哥儿们，看谁呢?"

是苗苗。没想到她会这样来跟我打招呼，而这个招呼也让我更清楚地意识到，我们之间的关系更近了一步。我看了她一眼，她用一种戏谑的眼神在看着我，这种眼神我过去可从没看到过，此时，这种眼神让我看到了她性格中的另一面，幽默。机智和幽默是会增加女人的可爱度的。但是，现在不是谈情说爱的时候，她顺着我的目光看过去，看到了杨柳："你在看那个女人吗，她真带劲儿，不过，对你是不是老了点儿?"

戏谑的口吻，戏谑的表情，真是太可爱了，我真想马上把她抱在怀里亲吻，可是肯定不行，我只能小声告诉她，我在监视这个女人，她要听我指挥。

杨柳的表现很正常，她买了一条鱼，又买了几样蔬菜，装到塑料袋中就向市场外走去。我急忙扯着苗苗随后跟去，而苗苗在这个时间里也买了几样蔬菜，我接过来拎在手里，另一只手挽着她的手，不远不近地跟在杨柳的后边，看上去绝对自然，不会引起任何人怀疑。

我把苗苗带回了别墅，为了避免引起走在前面的杨柳怀疑。对，别墅里只有三个大老爷们儿晃荡，整天不见一个女人，会引起左邻右舍注意的，所以需要苗苗适当展示一下。可是，当我们走进屋子，富强看到苗苗时，眼睛顿时长了起来，看够了苗苗又看我。我故意轻描淡写地介绍："这是李苗，苗苗，这是富强，这是方哥！"苗苗和方哥、富强打了招呼，叫着方哥、富哥。富强应答后，把我拉出了房间："她是谁？你对象？"

我心里很得意，可还是轻描淡写："是，有事吗？"

"我……我问她是谁？是李局长的闺女吗？"

我故意地说："哎，你怎么知道她是李局长女儿？"

"别跟我装傻了，我早听说了，出事那天晚上，你不是送李局长闺女回家，碰到的枪手吗？她姓李，肯定是李局长闺女，对不对？"

我不再隐瞒，点点头，富强急忙再问："你们确定关系了？确定了没有？"

我又故意地："你看呢？"

"这……你后来居上啊，到现在，夏晓芸也没明确表态嫁给我呀……对，她挺漂亮啊，不比夏晓芸差。"

我哼了声，心里生出不满之情："夏晓芸怎么能跟我的苗苗比，苗苗比她漂亮多了。"可是，我没说出来，而是说："算了算了，快盯着杨柳去吧！"

今天的蹲守对我来说挺美好，我拉开了北边的窗帘，故意让苗苗在这个房间里走动了几次，让杨柳看到，然后，苗苗又去厨房炒菜做饭。之后，我们一起吃了中午饭。当然，在吃饭的时候，会留一个人盯着杨柳家的别墅。吃完午饭不大会儿，我看到杨柳的卧室的窗帘又拉上了，看来，杨柳是要午睡了。我要方哥和富强也找房间睡一下，我一个盯着杨柳，苗苗却让我也睡一会儿，由她来替我盯着。

午间一切平静，什么也没有发生，苗苗让我们三个睡了一个很好的午觉，醒来后精神了不少。苗苗可以离开了，我送她下楼，走出别墅，走出院子，忽然产生一种不舍的心情，猛然把她抱在怀里，但是，只是抱了一下，没有亲吻，因为我怀疑富强在屋子里盯着。之后，看着苗苗的背影远去，我才返回屋子，果然感觉到富强用一种揶揄的眼神对我看了又看。

看什么看，她是我亲爱的人，我拥抱了又怎么样？

过了一会儿，富强忍不住叹息一声，小声对我说："我真羡慕你。我跟夏晓芸处了这么长时间，她还没让我抱一次呢！"

下午，继续监视，看到杨柳的卧室窗帘拉开，看到她坐到电视机跟前，看了一会儿电视，又看她开始抻腰压腿，做瑜伽跳舞，这女人，为了保持美貌和魅力真是豁出去了。这让我再次想起女为悦己者容之说，她在为谁而容，不像是赵平凡。那是为谁？盯着吧，或许会有所发现。

盯到晚上，还是没发现什么异常，对，和昨天有点不一样，赵平凡在下班的时间开车回来了。看样子，他昨晚真在单位值班来着。晚九时三十分许，杨柳卧室的窗帘又拉上了，看来，又该睡了。可是，不一会儿，另一个暗着的窗子亮了，窗帘上晃动着的是男子的身影，肯定是赵平凡。原来，他们两个是分睡的。对此我无法理解，难道夫妻不是该住在同一个房间，睡在同一张床上吗？他们为什么分开睡？是年龄大了，身体差了，还是感情淡了……

方哥也看出了这个问题，富强更是来了一句："这不是浪费吗？"我虽然还是处男，没经过男女之事，可也听出他话里的意思，差点让我笑出声来。

一连三天，天天如此。杨柳每天都是七时起床，吃饭后休息一会儿，看一会儿电视，然后就是压腿瑜伽跳舞形体训练，十时许出去买菜，回来做饭吃饭……就在我们感到焦急枯燥的时候，第三天晚上来了，一个看上去无关紧要的事情发生了。

晚上九时三十分许，杨柳卧室的窗帘拉上了，她又准备脱衣睡觉了，可就在这时，一个男人的身影映到了窗帘了，显然是赵平凡，之后，窗帘上的两个人影似乎在说着什么，继而好像激动起来，男人的影子要上床，却被女人的影子推了下去，于是，两个身影互相指点起来，显然在吵着什么，却听不清他们吵的什么。我急忙要方哥注意监视，自己下了楼，走出屋子，利用夜色掩护，进了杨柳家院子，潜行到窗旁。可是，我来晚了，屋内的冲突已经结束，只听到赵平凡最后一句话："×你妈的，不用你装，早晚有你好受的。"杨柳的回话是："瞧你那熊样儿，你能把老娘怎么样？滚！"

然后，赵平凡就听话地离开屋子，去了另一个房间。

我以为事情已经结束，正要离开，可是，忽然听到微弱的手机铃声响起，显然是杨柳的，我急忙侧耳倾听，可是，杨柳的声音太小了，什么也没有听清。

杨柳很快搁下了电话，关灯睡下了。我听了听，再没动静，就蹑手蹑脚地离开，返回了我们的房间。

杨柳这个电话显然需要重视，我给李局长打去电话，汇报了这个情况，李局长沉默片刻，说知道了，让我继续监控。也不知他会不会对这个电话采取什么手段。

4

第四天来了，我以为，这一天会和前三天一样度过，可是没想到，发生了出乎意料的事情。

十时许，杨柳像往天一样，走出了别墅，我以为她又要去菜市场，急忙做好跟踪的准备，走出院子，通知苗苗配合。可是，当我走到院子里，向门口走去的时候，却发现，杨柳的身影居然向我们“家”走来，走到大门口，按着门铃，这让我非常吃惊，不明白她要干什么，想叫苗苗来已经来不及了，只能走上前打开院门迎接她，于是，我近距离地看清了这个五十八岁的美女。

她站在门口，站在我的对面，我的面前，面庞和身躯一览无余地进入我的眼里：从容优雅，矜持的微笑，一身看上去随意普通却肯定是名牌的休闲装，一种无法描述的、高贵的香气从她的身上透出来，无法抵御地从我的鼻子、我的毛孔进入我的肺腑。

我曾想过，她虽然在监控中看着漂亮动人，但那是远效果和大效果，近距离未必如此，可现在她站在我面前，和我面对面，却没让我失望，她依旧漂亮，甚至更加有魅力。是的，她身躯稍显丰腴，肩膀和手臂都已经略有赘肉，可是，两胸依然隆起，腰身收缩，依然不失曲线。脸颊虽不如青少年女子的细嫩光滑，也就是略有差池，是的，她的眼尾和额头有了细微的皱纹，可是，完全没有苍老的感觉，反而增加了成熟的魅力，透出一种少女没有的风韵。最吸引人的是她的双眼，虽然没有少女的纯真目光，却依然明亮有神，而且从眸子的深处，透出一种幽光，就像一口深幽的井，充满了神秘的吸引力，把人吸住，无法离去，直到把你吸进去，让人感到危险，却难以舍弃……

一时之间，我有些头晕目眩。同时也在一瞬间意识到，她的容颜的杀伤力实在太大了，也更加意识到，她当年之所以能够攻克一道道防线，救下儿子一命。对，后来已经查明，赵雄的年龄证明，是她攻下派出所户籍警之后获得的……对了，她能够把儿子的年龄改下，能不能把自己的年龄改大了，五十八岁的人，怎么能有这样的容颜哪……

一瞬间，各种想法在我的心头和脑海中闪过，我好不容易控制住自己，回到现实中，面对着眼前这个危险人物。

她微微一笑说：“您好，您是新搬来的邻居吧？”

我强作镇定地说：“是，您好，您是……”

“我是你的后院，原来你们的房子一直空着，这几天忽然看到有人影晃动，我就知道有人搬进来了。咱们这个小区好是好，就是入住率太低，这下好了，我再也不孤单了，有了邻居，就上来认认门儿。”

认认门儿？不会是这么简单吧。

我冷静下来，也能抗拒住她的目光了。可拿不定主意下步怎么办，是不是让她进来，还是……

“黎斌！”

苗苗的呼声突然传来，我和杨柳都扭过头，看到苗苗走过来，手上还拎着买好的蔬菜。

太好了，来得太及时了。

苗苗边走边说着：“着急了吧，我不在，你们仨也成不了局……咦，这位是……”

我看向杨柳，不知如何介绍她。

她自己向苗苗做了介绍：“我姓杨，叫我杨阿姨好了，我就在你们后院，过来认认门儿！”

苗苗说：“杨阿姨您好，我姓李，叫我小李就行！姨，进屋待一会儿吧？”

“啊，不了，我就是来认认门儿。对，你们刚搬来，缺啥少啥吱声啊！”

苗苗说：“谢谢阿姨！”

“不客气，不打扰你们了，再见！”

“再见阿姨，再见……”

杨柳转身走了，我注意到，她脚步甚至还很轻松且富有弹性，真是个罕见的女人……

她离开了，危险也随之远去了，消失了，这时我脑海里忽然闪出一个念头……

苗苗说：“还看哪，看进眼里去了。她多大岁数了，看到还像丢了魂似的？”

苗苗把我不太清晰的念头赶跑了。

听她的话音，好像吃醋了。我觉得有些好笑，把她搂在怀里亲吻了一下，她就不再说了。

当我牵着苗苗向屋中走去的时候，眼前还在晃动着杨柳的面庞，杨柳的眼睛，我的念头又回来了：杨柳长着一双深幽危险的眼睛，一双无法看透的眼睛，但是，里边缺少一种应有的东西……

回到屋子里，我觉得还是把这个想法放在心里好，只和方哥及富强说起这个五十八岁女人的美丽和魅力，说她具有男人难以抵御的诱惑力，连我们这个年纪还个个觉得她漂亮，那么，在中老年男人眼中一定更加无可匹敌了，进而联想到，她年轻时一定漂亮得不可方物，再进一步联想到，她当年把儿子赵雄的死刑挡住，行贿的绝不只是金钱，一定还有她的美色，她的肉体，试想，有哪个中老年男性能抵得住她的诱惑……对，有传闻说，她当年曾为保儿子的命多次进省上京，肯定见过不止一个大人物，奉献自己的肉体……

过去，我曾认为这是猜测和传闻，但是在我和她面对面之后却认为，这并非传闻猜测，极可能是真的。

整个下午无事。

我以为，这一天就这样过去了，可是没想到晚上又发生了一件事。

事情还是发生在睡前，杨柳拉上了窗帘，赵平凡的身影又走进来，映到窗帘上，二人之间好像说了几句什么，赵平凡的身影就消失了，杨柳的灯光也熄灭了。接着发生的是：赵平凡房间的灯也熄灭了，片刻后，一个人影从别墅内走出来，把车开了出来，向远处驶去。

是赵平凡。

已经睡觉的时候，他突然离开家，去哪里？干什么？

富强自告奋勇说："你俩守着，我去跟他。"

我提醒他一定小心，要注意安全，不能冒险。富强答应着离去。

两小时后，富强回来了，我和方哥问他怎么回事。他不说，而是打开手机，让我们看几个视频和照片。

视频中，赵平凡的轿车驶上街头，在一个路口停下，片刻后，一辆出租车驶来，下来一个三十多岁的女人，进入他的车中，轿车轻微地起伏晃动起来……

第二天，我们确认了视频中女人的身份：她是建设局办公室的文书。

这是个有趣的故事，可不是我们需要的故事。但是，这个故事证明：杨柳和她丈夫的感情不好，她不跟他同房，而身为丈夫的赵平凡在外边也有女人，可以随时呼来唤去发泄……或许，他这样做也是因为有杨柳这样的妻子所致。

之后，一连几天过去，再没有什么波澜起伏的事。我问李局长杨柳打电话的事，李局长说正在查着，还没有明确的结果。

5

我渐渐焦灼起来，转眼间十天过去，没有一点儿进展，我们不能老是这么蹲守下去呀，别的不说，这种没白没黑的监控，身体就有点儿吃不住劲儿了，特别是晚上，坐到后窗前，不出十分钟就哈欠连天，不知不觉就闭上了眼睛，然后再陡然醒过来。我都这个样子，方哥和富强可想而知。除了这些，每个人额外的压力也上来了，方哥和富强都开始经常接电话，他们一接电话，就要躲出去，我知道，富强打电话最多的一定是夏晓芸，而方哥接到的电话，除了女儿、妻子，还可能有……

还可能有谁？我不知道。

不过，各种迹象显示，我们还没有走漏风声，赵平凡、杨柳每日的表现都正常。

可是，这个正常就真的正常吗？

我更加担心起来，除了担心杨柳察觉了我们在监控她，更担心的是李敢，这么多天过去了，还没有他的影子，万一他又犯下血腥罪行怎么办？

手机响起，打断了我的思考和忧虑。

居然是汪大魁打来的，他开口就说："我知道怎么回事了。"

什么怎么回事，他怎么知道怎么回事了？

他说：在我们专案组调查他去年十月三日晚上的活动之后，他感觉到和小丽有某种关系，就去找了小丽，小丽把我们对她调查的过程告诉了他。他意识到，是有人在嫁祸给他。

他的感觉是对的，这一点我们也早意识到了。我还思考过，如果是李敢干的，他为什么要嫁祸给他而不嫁祸他人，是随机而为的，还是故意的……

"听了小丽的话以后我就琢磨，越琢磨越觉得，有人在陷害我，整我，想让警察收拾我……"

我忍不住打断他说："汪大魁，你怀疑什么人吗？你得罪过谁，谁会这样陷害你？"

"一定是赵雄的手下。"汪大魁大声说，"你们不知道，那年，我被你们公安局当黑恶势力审查过，其实，我是因为受人欺负，实在忍不住才跟对方打起来的，所以我很气愤，就问警察，黑社会在那儿明摆着，你们为什么不打，却把我打成黑社会！”

嗯……有说道……

“警察问我说的是谁，我就把赵雄的名字说了。当时，江山谁不知道他是最大的黑社会，就是因为势力大，后边有人，没人敢惹，却打我这种小虾米都不算的好人。”

啊……是这么回事……对呀！如果李敢不是随机收集精液，而是有意的，那么，就是盯上了汪大魁，掌握了他的行动规律，专门收集了他的精液，放到于丽敏的身体里，对，这就符合逻辑了。

“后来，警察放了我，我出来越想越来气，就给公安部写了举报信，还给电视台、报社什么的打过电话，说了赵雄的所作所为，没想到，后来赵雄的案子还真翻腾起来了，被你们警察击毙了。我想来想去，如果有人陷害我，一定和这事有关，一定是赵雄的手下干的！”

很有说服力。在汪大魁说完之后，我再三感谢了他，还表示要想法找出赵雄的手下，替他查清真相。

放下手机后，我把情况说给了方哥。方哥好像见怪不怪了，只是说：“正常，完全正常，一举两得，既伪造成强奸案，一旦暴露，又能嫁祸给汪大魁。”

我说：“可是，即便是这回事，我们现在知道了也没什么用啊！”

方哥想了想说：“可是，对他们有用啊！”

对他们有用……对呀，就因为查这个精液的来历，我们耽误了多少时间，耗费了多少心力？它就是来干扰我们的侦破，迷惑我们，转移我们侦查方向的。

可是，现在已经不起作用了。

第二天上午，我先给李局长打电话，说有情况向他汇报一下，他说：“正好，我也有事找你，快来吧！”

我走进李局长办公室，两个面生的男子望向我。不用介绍，从气质就看出是同类。果然，李局长介绍说：“黎斌，这二位是南都市公安局刑侦支队的，这位是林大队，这位是小王。”

我和林大队及小王分别握手，从他们勉强的笑容上，我感到了他们心情的沉重和压力。

果然，没等我跟李局长汇报汪大魁的事，林大队长先开口了，而且开口之后，一个新的压力，马上传导到我身上来。

“黎组长，是这样，我们南都近期发生一起残忍的杀人案。”

林大队说着，拿出几张照片，我接过来一看，心顿时抽紧了。

照片上是个死者，或者说受害者，看上去有三十出头的年纪，他的面部被伤害得几乎不成人形，眼睛成了两个血窟窿，舌头也割掉了，而且，两只手的手指也被砍断了……这……

我想起了项玉英……

林队长说：“死者是《南都晚报》的记者。”

什么……

我克制着心跳：“那你们……”

林大队长说：“我们做了很多工作，没有发现有力的线索，但是，我们在这个记者的手机中，发现了您的手机号码。”

啊……我脱口而出：“被害的是林记者林儒诚？”

林大队长说：“对。我们没敢跟您直接通话，而是根据号码，查到你在通信公司注册的名字，查明了您的身份，才来到关阳市公安局，先找的李局长，然后才……”

然后才把我找来。

我说：“我是跟林记者通过电话，主要是向他了解，三年前，他写有关赵雄的文章时，都采访过哪些受害人，请他提供了名字和住址及电话号码……”

话没说完就停下来，因为，我已经联想到这案子是怎么回事了。想来大家也一定想到了。

为记者提供材料的于丽敏和项玉英已经被害了，吕红和王丽娜只是因为我们提前介入，暂告安全，就在我们抓紧侦查，对杨柳进行监控的时候，写报道文章的记者又被杀害了……

林大队长：“林记者是个很有职业道德和责任感的人，他写了很多揭露黑暗的文章，得罪了很多人。所以，在调查中，我们一时难以确定嫌疑人……”

我说：“不要查了，我知道凶手是谁。”

二十　同　伙

1

凶手当然是李敢。他乘着我们监视杨柳的时候，去南都作案了，我们保护了吕红和王丽娜，他却另一边杀害了林记者，残忍地捅瞎了眼睛，割掉了舌头，砍断了手指，肯定是报复惩罚他看到了他们的罪行，说出了他们的罪行，写出了他们的罪行。这也越发证明我的判断正确。

我迅速克制住了怒火和愤恨。因为我知道，此时愤怒没有任何意义，现在，最要紧的是冷静下来，尽快抓住凶手。

要想抓到李敢，必须站到李敢的立场去思考，要想到，他下步会干什么，这样才能抢得先机，在他即将作案前，将他抓获。

而要做到这一点，就要知道他是个什么人。

首先是残忍，这已经不用说了。那么，其次是什么？是大胆，有颗大心脏，他敢于顶风作案，瞧，他现在知道警察在抓他，甚至也知道我们知道了他是李敢，他居然还继续作案，挑战我们。这应该是他突出的性格特征。

因而，他下步肯定还要作案，而且不会间隔太长时间。

那么，他还要去杀害谁？

我和李局长、林大队长和小王进行了分析，认为吕红和王丽娜，将是他下步杀害的目标。

但是，吕红和王丽娜现在处于警方的保护之下，他会因此收手吗？

不，他不会，他一定会继续作案。

那么，他会什么时候作案？他应该会想到，我们会把林记者被害和他联系起来，也会想到警方会加强对吕红和王丽娜的保护，那么，他会怎么办呢？

一般来说，他会收手一段时间，避过风头，过一段时间，觉得安全了再动手。所以，在最近几天或者一周内，他不会再作案。

可是，李敢是一般人吗？他的表现已经告诉我们，他不但残忍，大胆，而且狡诈，何况，他可能还有眼线，在盯着我们的行动。所以，他的行动无法预料。

怎么办？

我想出了办法。

我把想法说给李局长和林大队长及小王，他们都赞同。林大队长和小王决定留下来，和我们联手作战，因为，我们破的是同一个系列杀人案，面对的是同一个对手——李敢。

之后，我又向李局长汇报了汪大魁的事，李局长跟我一样，认为这从又一个角度，证实了赵雄的狡诈以及睚眦必报的本性。我又提出，也要对汪大魁进行一定的保护，没准儿李敢会去报复他。当然这个可能性很小，但还是要防备万一。李局长答应了。

我回到别墅的监控室，方哥和富强用目光向我发出询问，我没有说话，而是把手机拿出来，把林大队发送到我微信中的林记者尸体照片放到他们面前。我看到了他们脸上的震惊痛苦和愤恨，这让我很是放心。

富强说：“×他妈的，还是李敢干的？”

方哥说：“这个被害的是谁？”

我告诉他们，这个人就是写了那篇有关赵雄罪恶的报道的记者。

两个人更为震惊。

富强说：“太猖狂了……对，你这照片哪儿来的？”

我说了见到林大队长和小王的情况。

方哥听后现出思索的眼神，富强却焦急起来：“黎组，咱们监控了这么多天，啥也没发现，李敢却在南都作案了，咱们不能再这么傻蹲下去了，要主动出击呀！”

我问：“那你说，怎么主动出击？”

富强说：“这……我，难道我们还这么无尽无休地蹲下去？”

我说：“暂时只能这样。不过，我要出趟门儿，过两天回来，监控杨柳就靠你们了。”

富强说：“组长，以往可都是咱俩一起行动啊，还有，办案取证什么的，得两个人才合法……”

我说：“你跟我走了，留下方哥一个人监控吗？”

富强说：“那好吧，对，你要去南都吗？”

我没有回答，转向方哥说：“方哥，我走了，你多操心了！”

方哥说：“你放心吧！”

我想了想又问了一句：“方菲最近怎么样？”

方哥说：“你别操心了，方菲挺好的。”

我说：“那好，我现在就走。对，车留给你们了。”

富强说：“那你用车怎么办？”

我说：“我有车。”

我说完转身离开了，我是故意不把话说透的，让他们去猜测，他们一定会猜测我是跟林大队长和小王去南都。

可是他们想错了，走出小区后，我确实上了林大队长和小王的车，可是，我们没有去南都，而是驶向汾岭。

这就是我想出的办法，现在开始实施。

2

下午，我们来到了汾岭，我没跟严大队长打招呼，径直来到吕红家附近，把吕家附近能够隐藏人和车的地方找遍了，也没有发现一个警察模样的人。我们是刑警，如果真有警察蹲守，我们不会错过的，闻气味也能闻得出来。

看来，时间长了，多么严密的部署都会落空。这是人的天性：时间长了会淡忘，重视程度会降低，尤其是这种对某个人实施保护，时间长了，麻痹大意太正常了。何况，刑警们警力有限，还要随时应付新案，疏忽松懈在所难免。

我怀着忐忑的心情，带着林大队长和小王来到吕红院门外，听到院内有唰唰清扫的声音，从缝隙中看到，正是一头花白头发的吕红在扫院子。看到她平安无事，我松了口气，开始敲门。吕红听出是我时，很快把院门打开了，高兴又不安地迎我进去，问我这次来找她有什么事。我先问警察对她的保护情况，她说前几天还可以，天天有人晃荡，夜里也有人，可是后来慢慢地松懈了，她自己也觉得用不着了。现在，只有辖区派出所的民警每天来看一趟，而且都是上午。我听了心里苦笑，这只能是看她死没死，根本起不到保护作用。

之后，我对她说明了我的想法和要求，她听了开始有些担心，但是很快就坚强起来："你们也是为我，想咋样就咋样吧，我也想通了，老是这样躲着怕着不是个事儿，早晚让他害了，还不如豁出去了！"

我对她这种态度既高兴又佩服，想起于丽敏死前经历的长期惊惧，想起项玉英同样战战兢兢地活着，她却显得坚强达观得多。之后，我为她拍了几张角度不同、愤怒控诉表情的照片……

次日，吕红的照片出现在南都晚报的网页版上，附之的是一篇很长的采访报道，不但讲述了吕红的悲惨身世，当年受到赵雄残害的过程和细节，还特别引用了吕红的一些话："这种事，我一辈子也不会忘记，我永远都会记着，赵雄，是他毁了我，他死了太便宜了，不然我要亲手杀了他，吃他的肉。他不是人，是畜生，是恶魔，他就不该活在人世。我也恨那些包庇他的人，居然让他当年逃脱了死刑，又在世上活了多年，又伤害了那么多人。我强烈呼吁，各级领导不要收手，要继续深挖，把所有黑幕都揭开，让所有罪人都受到应有的惩罚。"

这些照片和相关报道在南都晚报的网页版面世后，很快又上了南都晚报的纸媒体，继而被别的媒体转载，并很快出现在我的微信群中。效果和我预料的完全一样。对，吕红的照片是我拍的，是林大队长和南都晚报的领导取得了联系，由他指派的记者加了我们的微信，根据我们的口述及对吕红的网络采访，当夜形成了文章，相继见之于网络及各个媒体。我已经知道了赵雄和李敢的性情：他们不会忍耐太久，一定会在很短的时间内出手，来杀吕红，这次，我们绝不会放过他。

我和林大队长及小王三个开始了蹲守，而且，严大队长也很快带人上来了，因为他看到了吕红又出现在媒体上，认为这对她有极大风险，凶手很可能会来报复她，因而给我打来电话，知道我在蹲守后，马上就带了几个刑警奔上来，对我表示了真诚的歉意，建议替换我们。我不可能放过这个机会，经一番协商，还是三班倒：夜里和上午由严大队长的弟兄们负责，我和林大队及小王值中午到晚八时的一班。

我知道，李敢在这个时段出现的几率很小，他最大的可能是夜间作案。不过，严大队长坚持这么安排，说我们太辛苦了，夜间一定由他们的人值班，尽管我怀疑他有抢功之嫌，可是，客随主便，只能答应下来。

中午十二点，我和林大队长、小王上班了。林大队的车停在距离吕红家不远的一个隐蔽处，视线中可以看到吕红的院门。我担心这个距离有点儿远，不够安全，就一个人进入了吕红的家，既能让吕红放心，也可以在发现异常后随时采取行动。

可是当天下午直到晚八点，什么也没有发生。翌日晨，我和严威大队长取得了联系，他说夜间也没有发现异常。我叮嘱他不能松懈，一定要百倍警惕，严威大队长再次信誓旦旦，让我放心。

翌日中午十二点，我和林大队长、小王再次上岗，我再次走进吕红家院子里，耐心地等待着。就在我有些不耐烦、想出去转转的时候，手机突然响起，林大队长打来电话："黎组，有一辆车从吕红家院门外往返了一次。"

是吗？这……

这似乎说明不了什么，可这是关键时候，不能轻易放过。我正在思考，林大队长又把电话打过来："它又过来了……"我凑到院门前，从缝隙向外看去，果然有一辆普通轿车从院门外驶过，而且是外地牌照……

我稍稍犹豫了一下，轿车已经驶了过去。我用手机告诉林大队长："如果再过来，就拦下它！"

林大队长说："好……哎，它又过来了，快……"

他这声"快"让我意识到他们已经来不及了，急忙推开院门跳出去，拔出手枪，打开保险，指向一辆驶来的轿车喊："警察，停车！"

轿车根本没有理我，却突然加速向我驶过来，我只好向一旁跳去，眼看它从身旁驶过，飞一般向前驶去，我急忙爬起，却见车已经驶远，而林大队长和小王的车驶过来，鸣着喇叭向前追去，我也下意识地跟着向前追赶，但是，追出几十米后我猛然停下来，意识到了什么，回身转向吕红家。

我看到，吕红家的院门外出现一个男子的身影，他戴着眼镜，一副文质彬彬模样，胸前还挂着一台照相机，看上去是个记者。我充满疑惑地走向其人，听到他在和院子里的吕红交谈着。

吕红："你找我干什么？"

男子："采访你呀！我是南都晚报的，想再给你写一篇报道，我进去了！"

我听了这话松口气，但是马上又觉得不对劲儿，加快脚步向前奔去，"记者"听到了我的脚步声，欲踏进院门的脚收住，向我看过来，瞬间，我看到他的脸上闪过一丝慌乱，匆匆向一旁走去。我的心狂跳起来，一边庆幸自己的警觉，一边心里骂着："妈的，这回你别想跑!"我一边拔出手枪，一边奔向男子，发出喝令："我是警察，站住!"

但是，男子没有听从我的命令，在加快脚步的同时，突然扭身向我甩过一枪，子弹"嗖"的从我耳畔飞过，我立刻抬枪还击。

我们都没有打中对方，他是情急之下，随手一枪，我是犹豫了一下，怕打死他失去口供，可就这么犹豫的瞬间，他飞快向前逃去，一边逃一边把照相机抛到地上。我知道，前边是一条岔道，他要拐过去就难以追上了。我放慢脚步，稳住身子，枪口瞄向他的腿部，扣动了扳机，手枪发出一声怒吼，我本能地感觉打中了，果然，他踉跄了一下，差点跪倒，但是努力站住，抚着腿拐向了岔道，消失了身影。

我飞快追到岔道口，放慢脚步，伏下身，一点一点把枪口和头探出去。我之所以这样做，是害怕他埋伏在岔道里打我的冷枪。可是，我却看到，他已经跑到横道上，进入了一辆驶过来的轿车，迅速消失在我的视线中。待我气喘吁吁地追赶到横道上，已经没有了车影。

我正在焦急寻找，另一辆车鸣着喇叭驶到我身旁停下来，正是林大队长和小王，我进入车中，一边指挥着小王驾车向刚才那辆车的方向追赶，一边打电话给严威大队长，要他立刻调集警力，搜捕这辆车。

可是太晚了，无论是我们还是严威大队长他们，都没有再看到这辆车，两个小时后，我们通过审查交通监控录像，看到一疑似车辆驶出了城，不知所终。

唯一的收获是，在疑凶逃跑的路上，提取到他留下的血滴。

严威大队长他们紧锣密鼓地侦查嫌疑车逃跑的去向，可是迟迟没有突破，我知道，即便查明了该车的逃向，距离抓到它还很远。所以，我不能坐等，必须采取自己的行动。

我思考后，胸有成竹地对林大队长、小王说了想法，然后说："我们回关阳。"

3

返回路上，我一直沉默着，但是，我想的不是那个假扮记者的凶手，他应该是李敢，我想得更多的是那辆车，从我眼前驶过，林大队长他们没有追上，之后又接走了李敢的那辆车……

李敢有同伙。

他同伙就是那辆车里的人。车先出现在吕红家外，显然是调虎离山的，把暗中埋伏的我们引出来，调走，然后李敢假扮记者出现，去杀害吕红，只是因为我半路折回，没有得逞。

假扮记者的是李敢，那么，车中的人是谁？李敢的这个同伙是谁？他们一共有几个人？

我越想心情越紧张，越沉重，甚至有些窒息的感觉。高速公路的前方出现一个指示牌："五百米右转出口"。我急忙对小王说："走右边的路，下高速！"

完全是灵机一动，可是，我却越想越觉得这个灵感有价值。

我再次来到新生监狱，再次见到了吴安宝。

吴安宝看清是我，现出惊讶的表情："你……队长，你……对，我上次给您提供的那些有用吗，你们发现什么没有？能给我记功吗？"

我说："能，我这次来见你，就是要告诉你，根据你提供的信息，我们已经发现了李敢的踪迹，很快就会把他捉拿归案。"

"太好了！"吴安宝笑了一下马上收敛起来，现出忧虑的神情，"你们可不能让他知道是我给你们提供的线索呀，那小子绝对是个狠茬，他要是知道了，我出去早晚被他干死。"

我说："放心吧，只要我抓住他，他绝对没有活着出来的可能。吴安宝，现在，我需要你再帮我一次。"

吴安宝说："这……上次我都说了，没别的了。"

"那你就再好好想想。除了李敢，赵雄还有什么亲密可靠的关系人在外边？就是像李敢那样，可以帮着他作案的？"

吴安宝说："这……没有了。要说能打打杀杀，还跟他关系可靠，除了李敢我想不出别人……对，除了李敢，就应该是我了，可我在里边呀。不行，我想不出别人……对了，黎组长，你能不能跟我说说，你根据我上次提供的情况，都发现了什么？"

我想了想，为了使他受到启发，给我提供有用的线索，就把于丽敏、项玉英以及林记者受害及吕红的事大概说了一下，还告诉他说，现在已经查明，李敢一直在替赵雄实施报复，可是，李敢还有同伙，这次如果不是这个同伙帮着，李敢就落网了。

吴安宝听了，边想边说："啊……还有这种事儿，赵总……不，赵雄真厉害呀，怪不得……"

他不往下说了，我急忙揪住不放："吴安宝，怪不得什么?"

吴安宝说："有一次，我和赵雄在一起闲唠，他跟我说：谁要跟他过不去，他绝不会放过这个人。"

嗯?

我的心一动，这句话，证实了几个人受害的原因，也证实了我的判断没错，他确实是在对这些人实施报复，只不过他死了，交由李敢来执行罢了。

"赵雄当时还说，"吴安宝继续说着，"'有的人想弄死我，妈的，没等他弄死我，我先弄死他。在中国，弄死我的人还没生出来呢。'"

这话又是什么意思?

我得好好琢磨琢磨了。

进入江山市区的时候，我给李局打去电话，说有重要情况向他汇报。他听后轻声对我说，他正在参加一个重要会议，暂时离不开。要我先吃饭，吃完饭再找他谈。

我把林大队和小王引到一家价格实惠味道又不错的小饭店，让他们慢慢吃，自己回到了监控着杨柳的别墅。

嘴上嚼着东西的方哥和富强看到我进来，都停止了咀嚼，用疲惫而又希望的目光看着我。我没有马上开口，而是坐下来，抢着眼前的面包、盒饭，狼吞虎咽地吃了个半饱，然后望着两双疲惫困倦的眼睛说："方哥，富强，你们辛苦了，可是没办法，今天夜里还要更辛苦，一定要睁大眼睛。"

两个人互相看了一眼，问我是不是出了什么事。

我说："对，今天晚上可能会出事。"

富强问："黎组，你怎么知道会出事?"

方哥问："斌子，你这次外出是不是出了什么事?"

我说："是。我没有去南都，我去了汾岭。"

富强说："啊……在汾岭出什么事了?"

我把手枪亮在他们面前："我动枪了，把李敢打伤了。"

方哥和富强的眼睛一下子睁大了。

方哥说："你碰上李敢了?"

富强说："你把他打伤了? 快说说，怎么回事?"

我把汾岭一行的经过详细说了一遍，两个人听了眼睛睁得更大了，富强拍着大腿说：“黎组啊黎组，你咋不带我去呢，我要去了……”

他不往下说了，方哥接过来：“你去了，就一定能抓住李敢？没准儿，还挨上一枪呢！”

富强说：“方哥你咋这么说，我能那么窝囊吗？太遗憾了，太遗憾了……对了黎组，你为什么认为今晚我们这儿会出事呢？”

没用我回答，方哥又接了过去：“难道李敢和同伙会回关阳，治伤，藏身……别说，真有这种可能。”

我说：“如果这样，杨柳一定会有行动，咱们一定要盯住。”

我这么一说，方哥和富强困倦的眼神顿时不见了。可是，方哥马上又说：“对了斌子，现在看，李敢肯定有同伙，如果他们真的出现了，杨柳这边再有活动，靠咱们三个人可是远远不够啊！”

我说：“我给李局长打电话了，他说在开一个重要会议。对，我再给他打一个！”

我拿出手机欲拨，被方哥按住。我看向方哥，看到他的眼睛在看着我，不说话。怎么了？

我看向富强，富强也是一种怪怪的表情。

我急了：“出什么事了？跟我说呀！”

方哥和富强互相看了一眼，都现出沮丧的神情。

方哥说：“斌子，李局长可能……”

“可能什么？说呀！”

方哥不说，我的心中生出不祥的感觉，把声音降低下来：“方哥，李局长怎么了，不能告诉我吗？”

方哥说：“李局长可能很快被调离江山了。”

什么？怎么可能，他才上任多长时间哪，怎么会调走？

我急了：“谁说的呀？凭什么呀？”

方哥看向富强。富强好像犯了什么错误似的小声说：“有人给省委和市委写信，说李局长不讲政治，没有大局意识，对维护稳定工作重视不够，还说……还说……”

“还说什么，快说！”

富强说：“还说……组长，你别往心里去！”

怎么，还有我的什么事？“你就说吧，我什么都能承受，快告诉我，怎么回事？”

富强说：“说李局长搞神秘主义，任人唯亲，把刑侦支队晾到一边，让你这个毫无经验和资历的普通刑警当专案组长……对，还说他有私心，把自己生病的女儿嫁给你……”

“去他妈的，这是谁干的，这么缺德，我……”

我能怎么样？我骂了一半就停下来，一下子觉得浑身没了力气。如果李局长调走，我还干个什么呀？还有，他调走了，苗苗怎么办，我怎么办，我俩怎么办……

我一时心乱如麻，说不出话来。

方哥说：“这是中伤，诬陷，我和富强分析过，这里边一定有原因。”

嗯？我看向方哥，富强却在旁开口：“这事儿，很可能和我们手上的案子有关。”

这……

富强的话让我冷静下来，对，很可能是这样，我早已感觉到这个案子非同一般，背后隐藏着什么，现在，案子正好到了关键时候，忽然发生这种事，肯定是有黑手在后边运作，要把李局长弄走，把案子停下来……

我更加冷静下来：“方哥，富强，你们分析得有道理，现在，案子已经透亮了，李局长不会马上就调走吧，只要他还在位，他就说了算。咱们决定不了李局长的命运，可是，案子在咱们手上，如果我们在短时间内把案子破了，把李敢抓住，或许，就会稳住李局长。对了富强，你是听谁说的？”

其实，不问我也知道。

果然，富强的回答是：“夏晓芸说的。”

我听了没有马上说话，心不可抑制地再次往下沉去，夏晓芸肯定是听她爸爸说的，而她爸爸是市委常委、副市长，他的消息应该是权威的……

我的心好不容易被强力控制住，不让它继续坠下去。我说：“咱们不管这些，先把案子拿下来再说！”

说完，我把视线转向北窗，转到杨柳家的别墅上。

4

我没在的时候，只有方哥和富强两个人盯着杨柳家，肯定累坏了，困坏了。所以我说，现在时候还早，他俩先休息一下，由我一个人盯着就行了，等发现了什么再叫他们。他们推辞了一下，见我态度坚决，就歪到床上睡下了。

我专注地盯着杨柳的别墅。像往日一样，九时三十分许，杨柳回到卧室，拉上窗帘，熄灭了灯光睡下了，过了一会儿，赵平凡房间的灯光也熄灭了。看上去，一切如常。可是，大约一个多小时以后，我发现杨柳的窗子内又有了亮光，但不是灯光，这个光亮很小，一晃一晃的，我判断是手机上的电筒打亮了。

有事儿。我急忙叫醒富强和方哥，二人挣扎着起身，被我拉到窗前，看到亮光，他们立刻振作起来。很快，我们看到杨柳走出屋子，开出一辆轿车，车灯也没开就驶出院门，向小区后门方向驶去。我们三个迅速奔出屋子，上了自己的车，同样不开车灯，向杨柳车的方向驶去，很快看到了她的车尾灯，保持着一定距离驶出小区，在这个时间里，我给林大队长打去电话，要他配合我们的跟踪行动。

夜色，既隐蔽了杨柳的车影，同样也能掩盖我们的行踪。驶出小区后，我们跟在杨柳的车后边，不远不近地向前驶着，五六分钟后，林大队长和小王的车从一条岔路驶上来，超过我们向前驶去，行驶了五六分钟，我们又超过了林大队长的车，跟着杨柳的车影。这样交替了两次后，杨柳的车驶上一条僻静的街道，车速减慢了。我意识到，她应该快到目的地了。

这时，一辆普通轿车从我们的后边驶来，向前驶去，在经过我们时，还减慢了速度，车里的人好像在向我们车内观察着，好在我们的车窗是暗色的，这个时间，对方不可能看到什么，可是，仍然引起我的担忧。我更加放慢车速，眼看这辆轿车超越前面杨柳的车，消失到黑暗中。

我们没有追赶这辆有些可疑的车，而是继续不远不近地跟着杨柳的车，和林大队长的车交替两次后，杨柳的车再次减速，停下来，杨柳从车中走下来，走向停在街道旁的一辆轿车，打开车门上车，车门迅速关上，向远方驶去。我们辨出，它就是刚才从我们身边驶过的、观察过我们的那辆轿车。

我看了副驾上的方哥一眼，他现出兴奋的眼神，富强在身后忍不住拍了一下大腿："组长，你神机妙算哪，有了，这辆车肯定有问题！"

富强的话让我产生了几分自豪。我这人，混社会不行，比一般人要笨得多，可是干正事，脑子绝对够用，这不，富强都佩服。这时，我开始猜想：这辆车里的人是谁呢？能不能是李敢……不能吧，他挨了我一枪，有能力出来活动吗？如果不是李敢又是谁？是他的同伙吗？他为什么和杨柳见面，他们要干什么？

这，我实在猜不出来。

我努力保持沉着冷静，远远地跟着这辆车，避免引起他的注意和怀疑。几分钟后，我看到这辆车要调头，急忙抢先行动，把自己的车驶向一条岔路，等我们把头调过来时，恰好看到这辆车从眼前驶过，向前驶去。我们从岔路中驶出来，又恰好看到杨柳从这辆车中走下来，走进自己的车中，和可疑车向不同的方向驶去。

我跟林大队长通了话，要他们拉着方哥，盯着杨柳的车，我和富强则盯着刚才那辆车。这辆可疑的轿车驶得很快，拐了两条街道后，驶进一个高层住宅小区，我和富强把车停在小区外边，步行着进入小区，跟在可疑轿车的后边，最后，发现它停在3号住宅楼前，一个男子的身影从车中走出来，我一眼就认出了他……

我看了富强一眼，富强呼吸急促起来，眼睛紧紧盯着前面。

男子四下观察了一下，没有发现隐藏在黑暗中的我和富强，走进了3号楼。

我再次看向富强，看不清他的脸色，只觉得他的呼吸更加粗重了，眼睛还在盯着前面的住宅楼一动不动。尽管那个人影已经消失。

人影是夏康，夏副市长，夏晓芸的父亲，富强未来的岳父、丈人、泰山……

二十一　疑云重重

1

我们回到别墅，先一步回来的方哥立刻追问我看到了什么。我没有马上回答，而是反问杨柳的情况，方哥说杨柳回家就睡下了，然后再问我们发现了什么。

我看了一眼富强，把方哥拉了出去，走进另一个房间，把我们看到的情况告诉了他。他先是吃惊："夏……副市长？"马上镇静下来："啊，正常，夏副市长，杨柳，正常，太正常了！"

我明白他的意思，因为我也觉得正常。像杨柳这种极品漂亮女人，当然不会属于平常百姓，对，我们离得太远，看不清刚才是否发生了车震……这时，我一下子明白了杨柳为什么保持着优美的形体和脸庞，明白了她是为谁而容，进而联想到她为什么有那么大的活动能力，使儿子避免了死刑，使她自己在判了长刑后，能够轻而易举地保外就医……

那么，刚才他们为什么见面，只是一次普通的车震吗？现在可是关键时候，尤其是李敢刚刚作案逃跑，还中了一枪的时候，对，他们见面，绝不会为了幽会，而是……

而是什么？我和方哥都想不出来。

回到监控的房间，我又把富强叫出来。自认出夏康之后，他一直保持着沉默。我只能安慰他说："富强，我知道这事出乎你的意料，你的心一定很乱，可你别忘了，我们有任务在身，要保持冷静。"可是他说："我想保持就能保持吗？这他妈的咋回事啊，我……"

他说了半截话就停下来。我拍拍他的肩膀说："富强，我理解你的心情，现在最重要的是，弄清他们见面是怎么回事。"

富强说：“明摆着呢，能是什么好事？对，对他们来说是好事，只是，是不是好事的好事。”

我再次打断他说：“富强，别冲动，事情不可能这么简单，你想想，这是什么时候，他们见面能是一次简单的幽会吗？”

我的这句话打动了富强，他有点儿清醒过来：“对呀，他们幽会肯定和案子有关，可怎么个有关法呢？”

这我无法回答他，只是提醒他一定要冷静，要保密，尤其是见到夏晓芸和夏康时，千万不能表现异常。

富强平静了一些，沉默片刻，忽然提起一件事，就是那次，我们专案组因为走漏消息遭受审查那次，夏康曾经出头，闹过审查我们的纪检监察室，他那是为什么，按理，他不该帮我们，应该支持对我们继续审查呀？

我想了想说：一、当时把夏晓芸也卷了进来，他担心深入审查，会暴露出他来。二、当时，我们的侦查还没有逼近他，他想卖我们一个好。其实，他不出头，纪检监察也审查不下去了。他只是送个空头人情而已。

“不止如此，”富强想得比我还深，“纪检监察审查我们是因为接到举报信，我看，十有八九是他在后边搞鬼。”

别说，这个想法还真有道理。可是，时过境迁，现在，这件事已经没有什么意义了。

富强却继续想着说着：“看来，有些消息真是从我这儿泄露出去的……我无意中说给了夏晓芸，夏晓芸再被夏康打探出去……对，二混子被杀，肯定就是他从我的行动中看出问题，采取了行动。”

对，一定是这样。

我再次叮嘱富强，今后再跟夏康和夏晓芸接触，不但要注意保密，还要注意观察思考，最好能弄清这个幽会到底怎么回事。

富强思考着说：“你的意思是，让我打听打听，可是，不好打听啊，搞不好会打草惊蛇。”

他先一步把我想的说了出来。他说的是实话，确实不太好打听。我想了想说：“你自己掌握吧，不要勉强打听……对……”我突然灵机一动，“对了，有个别的事你倒可以打听一下。”

富强说：“什么事？”

我说了在分局长办公室第一次见到李局的事情，也说了走出门时，碰到夏晓芸的事，说了夏晓芸把我手中的案卷撞落到地上又帮我拾起的经过，最后说：“富强，我不是怀疑夏晓芸，我是想，她能不能是无意中跟谁说过？”

富强说：“黎组，你的意思是……在那时，你组建专案组的信息就走漏了？不会吧，夏晓芸她怎么会猜到这个，她会说给谁呢？”

“富强，我这么说是有点儿根据的。你还记得，胡大队怂恿你查于丽敏的案子，跟踪我和方哥的事吧！”

“记得，不过，胡大队没提你们，只是提示我想办法破案立功，将功折罪……难道他当时已经知道了你和方队在侦查于丽敏的案子？”

“你说，有没有这种可能性？”

“嗯……你的意思是，如果消息走漏，就是你第一次见过李局长之后，碰到了夏晓芸那次。”

“我再没跟任何人提过这案子，也没有别人见过案卷，更没有别人见过我和李局长在一起呀。你想想，我一个基层分局的小刑警，居然和市公安局局长在一起待了那么长时间，一般人碰到都会注意的。”

“嗯……行，我注意点，想法问问她！”

我提醒说：“一定要讲究策略，可不能再惹毛了她，让她来闹我！”

“不能不能，我会想出好办法的！”

富强不再说话，陷入沉思中，好一会儿才自言自语地说：“对了，有一回夏晓芸跟我说，她最初是不想跟我处的，夏康也不支持，是我加入专案组之后，夏康的态度忽然变了，竭力怂恿夏晓芸跟我好。现在看，他是有目的的！”

那是当然，目的就是通过你富强刺探我们专案组的行动信息。

富强苦恼地说：“难道，胡大队，夏康，他们……这……”

富强没有再往下说，我也没有再往下问，让他回房间替下方哥。

方哥走出来，我把富强的话告诉了他，方哥听后沉默片刻说：“目前，这只是分析猜测，不能把夏康他们怎么样，咱们只能心里有数，处处小心。”

确实，目前我们只能这样。

2

天亮前，我蒙蒙眬眬睡了一阵子，说睡着了也睡着了，说没睡着也没睡着，在半睡半醒之间吧。天刚亮我就想和李局联系，可是想着太早，他可能还在睡觉，就克制住了。可不一会儿，我的手机自己响起，正是李局长打来的："黎斌，你不是还睡着吧？"我急忙说："不是不是，我醒一会儿了，正想给你打电话呢。对，您有时间吗，我有重要情况汇报。"李局说："正好，我现在有时间，你到青年公园来找我。"

青年公园？去青年公园找他？为什么去青年公园？

我跟方哥说了一声，嘱咐他们别大意，继续盯着杨柳家。自己驾车前往青年公园。太阳还没出来，路上车人不多，偶有几个跑步的健身者。二十分钟后，我来到青年公园，把车停到公园外边，匆匆向里边奔去，进去不远，看到树林枝叶的缝隙中，有一个白色的人影在打太极拳，走近后渐渐看清，原来就是李局长，他穿着一身白色的太极服，身姿稳健安舒，动作缓慢却毫不滞涩，如行云流水一般，看上去极为舒适。真没想到，李局长还有这一手。看到他这种气定神闲的样子，我的心也随之安定下来。

李局长看到了我，可是动作和速度不变，又打了两三分钟，才缓缓收起姿势，向我示意，引我跟着他顺一条小道儿在树林间走了一会儿，坐到两张木椅上："黎斌，说吧。"

虽然是在室外，可是，因为时间较早，公园里还没有几个人影，所以不用担心有人听到我们说话。尽管如此，为保密起见，我还是小声汇报了昨天夜里的行动和发现。当说到杨柳和夏副市长幽会时，我注意到，李局的眼神虽然闪了两下，却没有想象中的吃惊，反而透出一种深幽的沉重之光。汇报完这个事情后，我停下来，想听听他的意见，可是他却说："我知道了，继续说，还有什么？"

我没有得到应有的反馈，迟疑了一下，只好继续汇报第二件事，我觉得，这个事儿，一点儿也不比杨柳和夏康的幽会分量轻，在我的心中，可能更重。在我汇报完去监狱见了吴安宝，回顾了吴安宝说的那两句话后，他果然反应比刚才要强烈一些，眼睛盯着我说："黎斌，你怎么看吴安宝的话？"

我把心中的想法说了，李局长的神情非常沉重，但是仍然没有表态，只是对我说："这件事，不到一定关头，不能向任何人泄露，只有你知我知，明白吗？"

我意识到，李局长这个话，就意味着他表了态，因而宣誓般说："明白。"

李局说："你要想办法获得证据，即便没有证据，也要有线索，即便没有线索，也要有迹象，多种迹象连接到一起，就有了说服力。"

我说："我知道。"

我嘴上虽然这么说，可是，深感找到证据很难，除非抓到李敢。可是，李敢不是那么好抓到的。

李局说：“好了，还有什么事？”

他这么一问，我反倒不知咋说才好了，犹豫了一下，我才不得不开口：“李局，我听说，你要……要……”

“听到我要调走的风声了？”

“是。李局，这是真的吗？”

“有一半是真的。”

这是什么意思？

“有人把我告到了省委，这是真的，有人提出把我调离关阳也是真的，可是，还没有上会，研究干部的时间是有规定的，这个会恐怕还需要一周以后才开，到时，我是否被调走就有定论了。总之，现在我还是关阳的市委常委，市政法委书记，公安局长。”

“这……”

听了这话，我心乱如麻，一方面，觉得还需要一周后开会才能定，还有那么一点儿希望，另一方面，又觉得时间太紧迫了，我必须在一星期内破案，抓到李敢还有他的同伙……

我忍不住问：“李局，谁告的你？告你什么？你这人明摆着呢，肯定没有腐败，告你什么呀？”

李局笑了一声，我听得出，是苦笑：“如果真有腐败，反而没人告了，反而会成为他们的同伙，同党。”

我说：“那他们告什么？”

李局说：“太多了，而且材料充足，理由充分，比腐败还要严重：说我政治上有问题，和党中央不保持一致，忠诚度不够，政治意识不强。反正，就是这些吧。怎么，担心了吧！”

我能不担心吗？不止担心，还非常愤怒，又非常无奈。这种风气不知什么时候开始的，用扣政治帽子整人，而且，政治帽子一旦扣上，比什么都沉重，让你无法辩解、推卸，还叫你心虚气短，不知如何才好。

我问：“这些是真的吗？告你的人抓住你什么把柄了吗？有证据吗？”

李局说：“怎么说呢？我确实在党委会上讲过，实践是检验真理的标准，不要讲空头政治，对人对事的评价，应该以工作实践和工作成绩为准，而不是别的。对，类似的话，也在别的场合说过，譬如我就在刑侦支队讲过：‘政治学习笔记写得再好，不能破案，也不是一个好刑警，当刑警就得破案，少玩花样儿。’这些，都被人抓住了把柄。”

刑侦支队……举报李局的人能不能就在刑侦支队？是谁呢？我的眼前闪过陈支队长、许宽副支队长和大案队长胡克非的面庞，此时，我感觉这三张面庞都很可疑，眼神都不怀好意……下意识间，我把跟方哥和富强说过的话说了出来：“李局，你有没有觉得，你的事情，可能和我们查的案子有关？”

李局长看了我一眼，眼神中出现一丝笑意：“真没想到，你还有政治意识。我来江山刚一年多，也没得罪过什么人，无论局内外还是社会上，我的口碑还可以，为什么忽然有人把枪口对准了我呢？我想了又想，只有这一个解释。是我部署你侦查于丽敏的案子，而这个案子越牵越大，越挖越深，肯定，触碰到一些人的痛处了。”

是的，一定是这样。

李局长看我一眼又说：“我知道你心里怎么想的，我要是真调走了，你们的案子也很难进行下去了，甚至，不但无功，还可能遭到莫名其妙的报复打击。为了避免这种局面发生，从现在起，你们要加快办案速度，趁我还没离开，把案子破了，这对我也是最大的帮助，明白吗？”

我说：“明白，这些我已经想过了。”

李局长说：“那还等什么？该干什么干什么去吧。啊，等我指示吗？对，只要不违法，你什么都可以做，但是唯有一条不能做。”

我问：“什么？”

“不能对夏康进行侦查。”李局长的声音加重了，“这是条纪律，黎斌，你听清了吗？”

这……我真的不想听清，其实，下步行动我首先想到的是对夏康进行监控，进而发现李敢和同伙的蛛丝马迹，没想到李局把这一条封了，那，下步该怎么办？我有点儿为难地看着李局，希望从他的眼神中得到启示，最终，我看着他的眼神，脑子一闪，终于得到了启示。

“那好，我走了……”我站起身要走又停下来，“李局，万一你真被调走了，苗苗和我怎么办？”

李局长现出不快的眼神：“这我怎么知道？这是你俩的事，命运由你们自己掌握，当然由你们自己决定。”

这……他的话，他的语调，让我心中百感交集，我意识到，他已经把苗苗交给我了，我一定要对得起他，对得起苗苗，我亲爱的人……

3

我回到了别墅，看到富强守在北窗前，方哥在焦急不安地踱步，看到我立刻迎上来："斌子，你回来了，我家里有点儿事，得马上去一趟。"没等我回答，他就匆匆走出去。佝偻着他的腰。

我问富强，方哥是怎么回事。富强有气无力地说："没注意，就是来了个电话，出去接的，回来就坐立不安的，当时就想走，我说：'你走了，留下我一个人，万一出点儿事咋办？'他这才等到你回来。对，你去见李局了，李局说什么了？"

我知道他问的是夏康的事，就把李局长的态度告诉了他，还特别强调，严禁我们对夏康进行侦查。富强听了喃喃自语："严禁侦查，严禁侦查……"然后陷入沉思中，就在这时，他的手机响起，他拿起看了看屏幕，迟疑了片刻才接起："啥事，快说！"

手机里传出夏晓芸的声音："富强，你吃枪药了？说话这么冲？你想咋的，啊？几天了，你跟我连个招呼都不打，我给你打个电话，你还这口气！"

富强说："行了行了，我不是跟你说过吗？我忙！"

夏晓芸说："你忙就有理了，瞧你，进了专案组，世界容不下你了是不是？你忙什么呀，忙？"

我警惕起来，看着富强，看他怎么回答。

还行，富强说："夏晓芸，你也是警察，连这还不明白吗？我就是忙，忙啥不能告诉你，你也不该打听。"

夏晓芸说："好好，我不打听，富强你听着，你要还想跟我处，今晚咱们就见一面，把话说清楚。我的意思你明白吧？"

富强说："这……你……我……"

夏晓芸那边已经撂了，富强看向我。

我说："我听着夏晓芸的话了，她好像是在给你下通牒，晚上去见她一趟吧，好好解释解释，别把关系搞僵了！"

"可是，见了她我说啥呀，她爸……这事儿堵在我心口上了。"

我说："也没啥，别太往心里去。对了，富强，你好好琢磨琢磨，夏康和杨柳到底怎么回事？"

富强说："琢磨啥呀，咱俩是没结婚，可也老大不小了，这还看不出来吗，他们肯定是那种关系。怪不得杨柳整天打扮得花枝招展，不跟赵平凡睡觉，肯定是给夏康留着呢。对了黎组，你帮帮我吧，你说，我该怎么办?”

我说：“有啥怎么办的？夏晓芸是夏晓芸，夏康是夏康。男人手上有权，拈花惹草也是难免的，你别太往心里去就行了!”

听到自己说出这些话，我心里都感觉好笑，这口气，就好像我经历过多少风尘似的。不过，我说的也是实话，夏康和杨柳可能有不正常关系，可是，不等于夏晓芸有什么事。

然而我没想到，富强听了我的话却恼怒起来：“不行，我妈说过，这种事一辈传一辈……对，你不知道，为这事，我妈伤透了心。当年我家受穷的时候，我爸跟我妈联手打拼，一心一意。自有了钱以后，我爸就变了，身边总有一些不三不四的年轻女人，还在外边养了两个女人，为这事，我妈没少流泪，我不能再找个这样的老丈人!”

富强的话让我不由肃然起敬：好小子，还挺有风骨的，行。我想了想，只能对他说：“富强，你先不要着急，该跟夏晓芸处，还得好好处，但是，你可以摸一摸情况，万一有误会呢？万一夏康和杨柳不是那种关系呢？等把一切弄清楚，再决定怎么办不晚。”

富强轻轻舒了口气，可是，脸色仍然黯淡：“咱们看得清清楚楚，不是这种关系是什么关系?”想了想又说：“不过你说的也对，咱们当警察的讲证据，等我把一切查清了再说。如果夏康真的作风不好，我就不跟夏晓芸处了。”

我急忙提醒他说：“对了，你可要注意保密，千万不能向夏晓芸泄露什么。”

富强说：“我知道。不过，我晚上得请假了，好歹也得去见她一趟啊!”

我说：“没关系，你完事再回来，有我和方哥呢!”

富强没再说话，神情也平静了一些，我也放下心来，而且心里很高兴，因为，富强的态度正是我需要的。他身为未来的女婿，摸一摸岳父的底细，不能说我们专案组对他进行侦查吧!

富强因为晚上要出去，所以承担了上午的值班，要我去睡觉。我就走进另一个房间躺在床上。这些日子我们就这样，无论白天还是夜里，谁换班了，换下来的人就倒在床上，能睡就睡一阵子，睡不着也尽量休息。我以为方哥一会儿会回来替下富强，所以很快就睡着了。想不到，醒来的时候一看手机，已经快中午十一点半了。我急忙起床，走到监控的房间，看到屋里还是富强一个人，他看看望远镜，再抬起眼睛看看杨柳家的窗子，然后再看望远镜，眼睛还不时要闭上。听到我走进来，叫了声“方叔”，可看到是我，就奇怪地问：“老方怎么了？到现在也没回来？”

我也有点儿焦急、奇怪，就给方哥打去电话，询问他出了什么事，是不是方菲的病情有什么变化。方哥说不是，他一会儿就回来。可是，直到吃完午饭，方哥才回到监控的房间，就像霜打的草一样，更蔫了，腰身也更佝偻了。而且，眼神还躲躲闪闪的。这是怎么了？是我的错觉，还是他真的有了变化？

我拉着方哥进了另一个房间，试探着问：“方哥，到底出啥事了，你去了这么久？”

方哥说：“没啥，就是方菲有点儿想不开。”

我问：“有什么想不开的？”

方哥说：“钱呗，她说，家里本来就没钱，为了给她治病，花了这么多钱，欠了这么多的债，她觉得对不起我们，想不治了。她妈说不了她，我回去跟她说了好久，好歹打消了她的念头。”

我说：“你不是有个同学帮你出药费钱吗？欠什么这么多的债呀？”

“这……是，”方哥顿了一下说，“我也跟方菲这么说了，可是她说，那毕竟是别人的钱，即便不让我们还，也欠人家的情，早晚也得还。”

我急忙说：“方哥，方菲这么想，说明她懂事，但是你不能这么想，你的同学既然有能力帮你，就不会要你还，也不会要你这份情。我要有那么多的钱，肯定也会帮你的，把方菲救过来是真的，让你还什么情啊？”

没想到，方哥听了我的话，居然哽咽起来：“斌子，有你这个兄弟，我值了。可是，我对不起你呀……”

我有点儿不明白：“方哥，你说什么呢，你哪儿有对不起我的地方啊？”

方哥说：“啊……我是说，你看，我这么大岁数，你这么信任我，可是我进了专案组，也没发挥啥作用。”

我说：“你还想发挥啥作用？你是我的主心骨，没有你，我都不一定能坚持下去。你明白吗？”

方哥摇着头说：“斌子，你别说了，让我无地自容啊……对了，我得接班去了，得让富强歇歇了！”

方哥佝偻着腰向外走去，我盯着他的背影，再次感觉有点儿不对劲儿，觉得方哥和往日不一样，感觉他家里出的事，绝对不像他说的这样简单。可是，眼前的任务艰巨繁重，不容我抽出更多的精力和时间多想。

晚上六时许，我让富强离开，去会夏晓芸，这样，别墅里就剩下我和方哥了。可是，富强却迟迟未归，快九点了，我给他打去电话，他说很快就回，可是九点三十分了，他还没有到，我有些焦急和不安，就在这时，我看到杨柳卧室的窗子和每天晚上一样，拉上了窗帘，熄灭了灯光，显然是入睡了。接着，赵平凡的房间也关了灯，然而……

然而，过了不大一会儿，杨柳家的别墅门开了，一个男人的身影走出来，当然是赵平凡。

就像前几天晚上一样，赵平凡驾着车驶出来，向小区外驶去。

4

我猜测，赵平凡大概又是去会情人，就是他的女文书，如果是这样，就没必要跟踪，因为我们盯着的是杨柳，不是赵平凡。可是，我的脑海中突然闪过一个念头："方哥，你先一个人盯着杨柳，我去跟着赵平凡。"

方哥有点儿着急："斌子，你一个人能行吧，要小心。"

我说："知道，你放心吧！"

也是巧，我刚从屋子里走出来要上车，就碰到富强赶回来，听到我要跟踪赵平凡，他立刻随我上了车。我们很快看到了赵平凡的车尾灯，之后，我又给林大队长打去电话，要他配合我们行动。

来到街道上，我们还像那天一样，不远不近地跟在赵平凡的车后边。可是，赵平凡走的路不是那天的路，方向也不是那天的方向，这让我意识到，他可能不是去会女文书，而是去会另外的人，那他（她）会是什么人呢？我的兴趣更浓了，和林大队不时通话，交替着跟在赵平凡的车后边。最终，赵平凡来到一条稍显僻静的巷道，我忽然明白了他要干什么，顿时觉得机会来了。

这是黄街。只是我没有想到，堂堂的建设局赵大局长居然来到这种地方。是为了保密，还是尝鲜，抑或是深入群众？

来到街口，我和富强及林大队长和小王都下了车，分散开，不远不近地跟在赵平凡后边，他走到一道拉下半截的卷帘门前，门口站着一个身材高挑的年轻女子，两个人说了几句话，就进入门内，那个女子随手把卷帘门拉下来……

我和富强奔上前去，奔到卷帘门外，林大队长和小王在外围警戒。

我们守在门口不一会儿，就听到里边脱衣服和低低的说话声，肉体的撞击声，呻吟声都接着传出来。富强拿出手机，打开录音，放到卷帘门下边的缝隙中……这小子！

里边的声音大起来，赵平凡的声音隐隐传出来：“好，好，再给我摆弄摆弄……啊，好，来，上来吧……”

剩下的就不描述了，反正，不堪入耳。

过了一会儿，赵平凡从里边走了出来，佝偻的身子更加佝偻了，好像要散架了似的，女人送到了门口：“哥，常来呀！”

赵平凡：“好，你活儿不错，我……”

他说了半截就住口了，因为，他看到了我和富强。

我俩把警察证亮到他眼前。

女人吓得嗷地叫了一声，欲退回室内，林大队长和小王早已奔上来，将卷帘门控制，继而把她也控制在手：“到里边去！”

林大队长和小王把女人推到卷帘门里边，我和富强则对赵平凡说：“请吧，跟我们走一趟！”

赵平凡：“这……二位兄弟，你们……你们能不能……抬抬手，放我一马？”

我说：“走走，到车上去说！”

我和富强把赵平凡带到街口，推到车里，富强启车，缓缓向前驶去。

赵平凡：“二位兄弟，你们不容易，这是我的一点儿小意思！”

赵平凡从口袋里掏出一叠钱来，都是百元面值的，看上去能有个三五千块。

富强冷哼一声：“你太小瞧我们了吧！”

赵平凡：“这个，我身上就带这么多，对，我给你们刷卡，你们有支付宝吧，我这就给你们刷，你们说个数，三万五万没问题。”

富强又哼声鼻子：“堂堂的赵大局长，三万五万就想打发了我们？”

“这……你们认识我？”

富强说：“赵局长，您就认了吧……对，我虽然没录像，可是有录音，清清楚楚，你想听听吗？那边，我们那两位兄弟在审那个女的呢，她不会替你隐瞒吧。你想想，明天，这些东西放到纪委书记桌子上，再上了报纸、电视、互联网，会是什么效果？”

赵平凡说：“这……你们可真够黑的，说吧，你们想要多少钱？只要你们能说出口，我就给。”

我说："赵平凡，我们不要钱。"

"这……那你们……你们……"

我说："赵平凡，我只是不明白，你身为堂堂的一局之长，何以这么堕落，你明明有妻子，还那么漂亮，为什么还要出来嫖娼，这是你应该干的吗？"

富强说："对，只要你说出个道理来，我们就从轻处理！"

赵平凡说："这……咳，你们不提这个我还不……跟你们说吧，我媳妇长得是漂亮，可她不是……咳……"

富强说："她不是什么？"

赵平凡说："这……她……"

我说："看来，你是要去纪检委才能说呀！"

赵平凡说："这……去他妈的吧，反正这么回事了。她是我媳妇不假，可她也不是我媳妇，她不属于我，属于别人的，我是个王八头，明白了吧？×她妈的，要不是她这样，我也不会出来扯这个……"

这正是我们要听的话。

可是还不够。我继续说："可是，我听说，一日夫妻百日恩，她毕竟跟你过了这么多年，还有了孩子，怎么会……"

"别说了，×他妈的，那根本不是我的儿子，她根本就看不上我，她跟我结婚的时候，肚子里就怀了孽种，我只是表面上是他老子，让他姓了我的姓，可他根本不是我的儿子，是他妈跟夏……"

他突然意识到什么，闭嘴了，而且闭得死死的。

"我不能再说了，你们打死我也不会再说的。干脆，你们就把我送纪检委吧，我豁出去了，大不了，党纪政纪处分，丢脸，见不得人。可我马上就要退休了，换个地方养老也没啥大不了的。"

我们没有再往下问，因为，他嘴里流露出来的信息已经足够让我们震惊的了。

我教育了他几句，就把他放了。

二十二　真相和圈套

1

我和富强互视着，好半天不说话，车也不开了，任它停在路旁。

居然是这样，我们知道了赵平凡被杨柳戴了绿帽子，可是万没想到，赵雄居然不是他的儿子。

那是谁的儿子？

显而易见。

这样一来，一切就更明白了。

富强说：“一点儿都不奇怪。对了黎组，你知道我今晚为什么这么晚才回来吗？”

嗯？他还有事儿？

他说：“今晚，我跟夏晓芸谈得挺好。其实，就是说好话，哄她呗，哄得她挺高兴的，趁她高兴的时候，我就往她爸身上扯，把夏康的大体经历都摸清了。她爸因为有人撑着，一上班就进了好单位，后来走的地方也都是有实权的地方，什么财政局、税务局、工商局，从一般干部，再到副科长、科长、副局长，到哪儿都是飞扬跋扈，恶行累累，可是，因为有个好哥哥在后边撑着，谁也拿他无可奈何……”

富强说的我也听说过，他哥哥实在太厉害了，有这位哥哥在，别说在江山，就是在全省，也没人敢碰夏康。

富强说：“后来，他又当上了市建设局的局长。”

嗯？赵平凡也是建设局的局长啊？

富强继续说着：“对，赵平凡就是在夏康当上副市长以后，接的建设局的局长。黎组，你明白我的意思吗？”

我说："这么说，夏康跟赵平凡很熟……"

富强说："俩人一个老婆能不熟吗？你不是掌握了杨柳的材料吗？她不是也在建设局工作过吗？不信咱们好好查查，她跟夏康的工作履历肯定有不少重合的地方！"

这……

富强说得非常有理，可是，他这种焦急愤恨的态度却有点儿出乎我的意料。我小心地指出："富强，夏副市长可是你的岳父，你这态度可不应该呀！"

"有什么不应该？"富强说，"如果我们分析得对，肯定对，他跟杨柳肯定是那种关系，赵雄肯定是他的儿子，他包庇了李敢，那罪行可就大了，谁也保不了他，我还指望他帮我吗？今后，恐怕是我的累赘了！"

我说："富强，我听你的话，怎么感觉有点儿幸灾乐祸呢？"

"不假！"他说，"人干了坏事就要负责。跟你实说吧黎组，他也没少害我家。"

什么？夏康害他家，那他还想当夏康的女婿……

富强说："这些年，我爸送给他老钱了，就这样，也没少让他卡。这人，又贪又黑，可是，我们家的企业离不开他，所以，我爸才想：如果我娶了他闺女，他就不会再卡我们了，那我们家企业也就好办多了。"

这……我怎么听出有点儿报复的意思呢？

我说了出来，富强还是直言不讳："是，我现在确实有这个想法，他爸卡我家，我娶了他闺女，看他咋想。"停了停："我昨晚见夏晓芸，就没有像往常那样低三下四，她爹不知哪天进去呢，她还想跟我牛？我才不惯着她呢！没想到，我这腰板儿一直起来，她反而对我刮目相看了，说别人都对她低眉顺眼惯了，看到我忽然这个样子，反而让她觉得挺那个的。对，黎组，跟你说，我也不是不喜欢她，说真的，我心情再不好，一看到她就高兴，我总想让她在我身边，随时能看到她……"

他的话让我心动起来，我对苗苗不也是这样吗？这么说，富强是真的爱上了夏晓芸，可是，他们的爱情结局会是什么样子呢？

"我想好了，"富强继续说，"夏康进去了，我照样娶她，对，我反而更要娶她，我要呵护她，不让她伤心，让她快活，反正，我要好好对她，我……"

富强忽然哽咽了一下，突然住口了。

可是，我已经完全明白了他的感情。我真的没想到，富强居然有这样的情怀，这让我对他再次刮目相看。

“还有，你让我打听的事儿我也打听了。”富强继续说，“你不是说，你第一次见李局长之后，碰到过夏晓芸，让我问问她，是否把你的事泄露给谁了。”

对呀，是有这事儿，怎么了？

富强说：“我趁着夏晓芸跟我亲热的时候，说了这事儿，她也没太在意，就跟我说，她没跟局里任何人说，只是回家后，跟夏康说过。”

有了，谜团解开了。

富强按着自己的想象继续说：“难道，夏康真的跟胡大队有什么关系？是他透露给胡大队，胡大队才怂恿我这个傻子去跟踪你们的，以便掌握专案组的行动？”

只能这么解答。

富强又跟我说，其实，夏康在跟夏晓芸母亲之前，有过一个妻子，后来离了，娶了现在这个，生了夏晓芸。我听了一点儿也不奇怪，想起那天晚上看演出时，坐在他旁边很有风韵的中年女人。真是吃着碗里的，看着盆里的，夏康艳福不浅哪，不过，他的幸福时光恐怕不会太长了。

2

天亮不久，我再次进入青年公园，找到打太极拳的李局长，汇报了赵平凡的话。李局长听后依然没有表现出吃惊，而是思索着不语。

我提出，要调查杨柳的履历，看是否和夏康重复。李局却先是点点头，然后又摇头说：“不必了。”

这是什么意思？为什么先点头再摇头。

李局长拿出手机，摆弄了几下，片刻，我的手机响起微信铃声。打开后，是他传过来的一份文件，我急忙点开后，眼睛不由一亮。

文件上，正是夏康和杨柳的工作履历表，果然和我们猜测的那样，两个人的履历高度重合，都是夏康先到哪个单位任领导不久，杨柳就调了过去。一直到杨柳辞职经商，这种重合才终止。但是我相信，他们的关系从来就没有断，这也是杨柳能够办企业、做生意赚大钱的原因。

原来，李局长已经查清了这个情况，或者，他早就掌握这个情况，或者，早在暗中搜集他们的信息。

我高兴起来，再次指出，赵雄不是赵平凡的儿子，而是夏康和杨柳的儿子。李局长依然没有惊讶，而是慢慢说着："单靠杨柳，是做不到这些的，赵雄所以被判死刑而不死，后边一定还有更大的手在起作用。"

李局长说的是谁？肯定有夏康，可是，夏康只是一个人吗……

李局长说："判了死刑没有执行，这是我的警察生涯中第一次遇到，确实让人无法相信，可是，我还遇到过更难以置信的……"

他停下来，我焦急地追问："还有更难以置信的？是什么？李局……"

李局慢慢说着："是被判了死刑的人，已经在刑场上执行了，我亲眼看着他被子弹爆了头死去，可是，三年后才发现，他还活着，并且在社会上屡屡杀人作案。"

还有这事？

李局长简要地把他亲身经历的这件事告诉了我：那是二十年前的事了，一个叫季小龙的凶手，在杀人后被执行了枪决，可是，三年后他再次现身作案，李局长当年身为刑警大队的教导员，历尽艰难才破了案，查明了真相。原来，凶手是在执行死刑前被他的一个孪生兄弟置换了，这个孪生兄弟病入膏肓，替季小龙死了，而季小龙则成了救他命的那些人的杀人利器，用他去除掉妨害他们的人……（见拙作《黑白道》）

我听得心像擂鼓般跳了起来，我脑海中闪过的念头越来越强烈了，几乎按捺不住了。可是，我依然强力控制着，我向李局长说了我的打算，李局长思考后表示赞同。

两个小时后，我出现在杨柳家别墅的院门外，穿着警服。身旁还有个年轻民警，他是派出所的责任区民警，姓管。

管民警按响了杨柳家别墅的门铃，片刻后，杨柳的声音通过监控喇叭传出来："谁呀……你……"

小管："你是杨柳吧，我是派出所小管！"

"啊，进来吧！"

院门开了，我和小管走进院子，杨柳开门迎出来了，一脸灿烂的笑容："哎呀小管，可有好多日子没来了，今儿个咋这么闲着？"

小管板着面孔说："杨柳，您这是说我失职？你保外就医，按理我该经常和你见面……"

杨柳："哎呀小管儿，你今儿个咋这么严肃啊，我不也跟你见面了吗，只不过通过微信罢了，那不一样吗？"

我明白了。按照规定，派出所责任区民警确实要随时掌握保外就医人员的情况，可是，民警太忙，不可能天天跑来，通过微信见面，大概也是无奈的选择。

小管："说一样就一样，说不一样就不一样。杨柳，你最近怎么样？"

杨柳："啊，还行，挺好的……不，身体还是那个样儿，没有一天舒服的。对，今儿个感觉好点儿，你这一来，我一高兴，感觉更好了。小管，谢谢你的关心，你真是个好警察呀，有你照顾着杨姨，杨姨一定早日好起来！"

说得像真的一样，可是，我不相信。

在小管和杨柳对话的时候，我一直在旁注意观察她的表情、她的眼神，我从中看到的是装出来的高兴、快乐，还有深藏的戒备，还有眼睛深处看不清楚的东西，那应该是担忧和不安，可是，我无论如何也看不出另外一种应有的眼神。

我在旁突然开口："杨柳，最近有没有什么人来找过你？"

杨柳看向我，一愣："你……你不是……你……"

她现出慌乱的表情，显然认出了我，这也是我的目的。

我说："我刚结婚不久，租了你家的前院。杨柳，你要说实话，有没有人找过你？"

她说："你……你说……没有，没人找过我，从来没有……"

她现出无法掩饰的慌乱。

这时我注意到，她眼睛里现出恐惧和憎恨的幽光……

我达到了目的。

3

我走进李局长办公室，关上门，对李局长说："肯定是这么回事了，我敢保证。"

李局长看着我不语。

我说："我特别注意了，杨柳的眼里没有一点儿悲伤，她儿子在三年前死了，死得那么惨，作为一个母亲，一定会在脸上、眼里留下痕迹，可是，我们监视她这么长时间，也和她正面打过两次交道，没有看到她有任何悲伤的表情。"

李局长的眼睛盯着我，眼光深幽，还是不说话，片刻后，向我一挥手："走！"

我随着李局长来到一片建筑工地，眼前，是几幢未完工的高层住宅楼，住宅楼的主体工程已经接近完成，可是不知为何停工了，而且，看上去停工不是一年两年了。

李局长领着我走进一幢楼内，一片残破的景象迎接着我们，他一边带我顺着没有护栏的楼梯往上爬，一边问我，知道这是什么地方吗？没等我回答就说："三年前，赵雄就死在这里，当时，楼还在建设中，他被警察发现后就跑进来，一直往楼上跑去，后边有警察追着，最后在楼顶上被击毙，摔下楼去死了。就因为发生了这事，购房户都认为不吉利，不再付钱了，而是要退款，从那时开始，一直停工到现在。"

我听了不是太惊奇，因为那起事件我知道，还参与过搜捕，只是在外围，没有靠近这个建筑工地罢了。

用了半个多小时，我和李局长才爬上了顶楼，我数过了，整整二十五层，爬到楼顶后，我俩都呼呼大喘了好一会儿才平息下来。李局长这么大年纪，还能爬上来，让我很佩服他的体能，看来，他天天打太极拳确实有利于身体。平息下来后，李局长拿出手机，把几张照片发给我，一边让我看，一边比画着说起来："这就是当年赵雄被击毙的现场，对，他就是在那儿中的枪，掉下去的！"

我手上的照片，就是这个楼顶，是当年的技术员画的现场复原图，还有几张当年楼顶的照片。

我看着照片，跟着李局长向楼顶的西端走去。

李局长说："瞧，当时，赵雄逃上来之后，就向这边跑，跑到这儿后，没路可跑了，这时，几个刑警奔上来，向他喊着'放下枪，快投降'，他却把枪指向警察，警察就开枪了，打中了他，他就从这儿摔了下去，瞧！"

我顺着李局的手指向下看去，顿觉深不可测，甚至觉得楼摇晃起来，差点摔下去，急忙稳住身子，看到楼底部，还停着一台不知停了多长时间的搅拌机……

"看着了吧，当时，楼下的搅拌机还在作业，赵雄掉下去后，直接掉进搅拌机里，等搅拌机停下来后，尸体已经不成人形。"

天……

我问："当时冲上来的警察都有谁，都在什么位置？"

李局好像没有听到我的问话，按照自己的思维说着："当年，在决定对赵雄黑恶集团实施打击后，赵雄很快就失踪了，显然是走漏了风声。江山公安局对他实施了边控，并进行全国通缉，可是，哪儿也找不到他，直到一年后，警方才接到报告，说他藏在离这儿不远的一处住宅里。刑侦支队接报后，陈支队长立刻带领八名刑警，一边疾速赶来，一边请求特警支援。不想，这时赵雄可能是感觉到不安全，从住处走出来，看到陈支队他们，掉头就跑，陈支队就带着人在后边追赶，赵雄就向这边跑来，像咱们一样，上了楼顶，刑侦支队的人也相继追过来。”

李局长停下来，就好像他是赵雄或者刑警，跑到楼顶累了一样，需要喘息。我适时再次提问：“最先追上来的是谁?”

李局长说：“是两个年轻刑警，可是都中了枪，紧接着追上来的是许宽和胡克非，他们喝令赵雄放下枪投降，赵雄却向他们开火，他们开枪还击，打中了赵雄，赵雄就从这儿掉了下去，死了。”

我再问：“对尸体进行检验了吗？验明正身了吗?”

李局长说：“检验了，是赵雄。”

我一时不知说什么好：“可是，赵雄没有死，他还活着。这里有问题!”

李局长看向我不语，显然是让我说出自己的看法。

我说了：“李局，死的极可能是替身，赵雄并没有死，李敢的同伙不是别人，极可能就是他。当时即便验明了正身，也是能够作假的，对，做DNA了吗?”

李局长说：“做了!”

我说：“那也可能造假，做DNA只需要极少量人体组织或者血液就够了，是能置换的。”

李局长没再说话，显然认同了我的说法。

这，就是我第二次见过吴安宝之后，脑海里一直在转着却又拿不准的念头。

李局长这时说了句：“何其相似乃尔!”

这次，我完全明白了李局长这句话的意思。因为我已经听到了他在二十年前经历过的那个故事，那个被执行了枪决的季小龙后来又复活了，继续作案，夺去了一条又一条的生命。

是啊，这两个案子，确实有太多的相似之处。

可是，只是相似而已，而实际上，赵雄的案子比季小龙的更诡异，因为他已经死过两次，第一次，通过各种幕后运作，逃脱了极刑，第二次，是在光天化日之下，被警察当众击毙，可是谁也没想到，他居然仍然没死。

可以确认，和当年的季小龙一样，赵雄也有替身，有人替他被击毙，死了，他却活了下来。

我一时说不出话来。尽管我在此前已经隐隐约约地这么想过，可是，当真的确认这样的时候，还是非常地震惊。

李局的表情还是很沉静，他肯定是见怪不怪了。

我问："李局，你是不是早就知道了？"

李局长没有回答，不过，沉默也是回答。

我再问："你为什么不早告诉我？"

李局长说："没有证据，只是一种感觉，一种猜想，怎么能随便告诉你？我也一直在问自己：这种事能再次发生吗？"

我说："不但发生了，而且比你二十年前的经历更严重，赵雄两次该死都没有死，还继续杀人作案……对了，这个替身是谁呢？"

李局没有回答，因为他也不知道。沉默片刻后他说："目前最重要的是，如何找到赵雄和李敢，抓住他，不能让他们再害人了。"

可是，怎么才能尽快找到他，抓到他？

赵雄一定和他的母亲和生父有联系，一定是他们保护着他，包庇着他。

要想抓到赵雄，必须从他的这两个最亲的人身上入手。

当然，还有另一条途径，那就是，三年多以前"击毙"了赵雄的人。

4

完全是下意识做出的决定，在返回路上，我突然一个人折向城郊，来到那个曾经来过的农家院落，再次看到了那个花白头发、脸色黝黑的老农——邸明。

我走进院子，把他从菜园中叫出，跟他走进屋子，把这些日子的经历和侦查进展说给了他，可是没有说赵雄还活着，只是让他根据目前的情况做出判断。想不到，他并不吃惊，而是慢吞吞地跟我说："自那次你们来过，我就一直琢磨这事，你说，赵雄能不能没死？能不能还活着？按理不可能，可是，赵雄跟我说过，他是不会死的，死的是别人，他的背景那么强大，能不能找个替身替他被击毙了？"

果然是老刑警，我只能对邸明说："谢谢您。不过您放心，不管他死没死，我都会查清楚，都要抓住他，还世界一个公道！"

我愤然起身离去，邸明在后边呼唤着："小黎，你要小心，有啥需要我的吱声！"

我没有回音，因为，一股热泪突然要从我的眼中涌出，我必须全力克制住……

我穿着警服回到了别墅，走进监控室。

方哥和富强看到我的样子，都现出惊奇的目光。我没等他们问就说：“监控任务到此结束，撤。”

两个人互视一眼，现出更惊奇的目光。

富强问：“黎组，为什么呀？你怎么穿上警服了？”

我说：“别问了，咱们已经暴露了，再监控下去已经没有意义。撤吧！”

方哥和富强没再询问，而是现出轻松的表情，还打起了哈欠，这是长时间高集中力的任务结束，神经放松后的反应。

上车后，富强还是有点儿不放心：“组长，咱们走了，杨柳要是有异动怎么办？”

“她不会有异动的。”

我说得很自信：杨柳已经知道我们在监控，即便我们撤走，她也不会相信，甚至会怀疑我们换了办法监控她，她一定会老老实实待在家里，哪儿也不去，更不会和赵雄、李敢、夏康接触。实在有事要说，一部手机就解决了一切问题。我相信，她手上一定有不止一部手机，不止一个手机卡。

正是鉴于这种情况，我确实认为，没必要再坚持下去了。

我们回到了办公室，坐到自己座位上，你看我，我看你，大眼儿瞪小眼儿，好半天谁也没说话。

富强先开的口：“黎组，你说撤，咱们就撤了，可是，也不能这么坐下去呀，能把案子坐破了吗？”

我反问：“富强，我现在也想不出啥新思路来，你有什么想法吗？”

富强说：“有。我看，还得继续监视。”

方哥看着富强，眏着眼睛，琢磨着他的意思。

我让富强说说，什么意思。

富强又是叹息一声：“不是明摆着吗？杨柳暂时不会有行动，可是，有人能替她行动啊！”

方哥说：“富强，你说的是……”

富强说：“还用我说吗？跟杨柳接过头的人，我们就对他不闻不问了？”

方哥要说什么，又看向我。

我急忙摇头：“富强，你可别胡思乱想，我们不能监控他，李局长说过，他是市委常委、副市长。不能进行党内侦查。”

富强大声说：“两码事儿，现在，他涉及刑事犯罪，我们进行的是刑事侦查，不是搞党内斗争，怎么就不能侦查？法律上哪条规定了，副市长犯了刑事罪不能侦查？这几年查出那么多大腐败，哪个不比他官大？”

说得有理，可我仍然摇头：“富强，你得好好想想，别乱来，搞不好会出事的，我们负不起这个责任。”

富强说：“不用你们负责，我自己负责！”

这……

我盯着富强，一时不知说什么好。

富强也盯着我，盯了片刻，转身向外走去。

屋子里只剩下我和方哥。

方哥看着我，试探地说：“斌子，富强他不能……”

我说：“方哥，你听着了，该说的我都说了，他一个大活人，我能把他绑到我身上吗？”

方哥说：“这……我是怕他捅出娄子来！”

我也有点儿担心，可是，却没有采取什么措施。这让我后来很后悔。

5

当天晚上，富强就采取了行动。

当晚的晚饭，他是在夏晓芸家吃的，和夏康夫妇在一起，一共四口人。

吃饭的时候，夏康的表现就很可疑，老是离开饭桌接手机，一副心神不安的样子。夏晓芸母亲问他有什么事，他又不说。吃罢晚饭，就说有事要出去一趟。夏晓芸母亲问他什么事，他说是工作上的事，不让她过问。然后就匆匆出去了。

夏晓芸母亲实在忍耐不住，在他出去后，对富强和夏晓芸抱怨说，夏康经常这个样子，半夜三更的，也说走就走，不知搞什么名堂。

富强就试探着问（其实也有挑唆的意思）：“姨，你不是说，我夏叔有外遇吧？我夏叔是市领导，怎么会是那样的人？”

夏晓芸母亲忍不住吐出一句：“哼，他呀……”

她可能是觉得不合适，就不说了。富强见状，就提出告辞。走出后，上了车，驶出小区，到大门口问了下保安，知道了夏康车行大概方向，就追了上去，很快发现了夏康的车影，就不远不近地跟在后边。

最初一切正常，夏康的车不快不慢地行驶在街道上，富强的车不远不近地跟在后边，可是，不知不觉转了两条街，夏康的车一直是这个样子，不知他要去哪里，要干什么。好在天晚，光线较暗，街道上又车来人往的便于跟踪，富强就咬定了夏康的车，一直不远不近地在后边跟着。

可是，在拐过一个街口后，夏康的车突然加速，富强见状也随之加速，眼看着夏康的车向城郊驶去，过了一会儿，夏康的车驶到城郊接合部的一条街道上，突然放慢了速度，好像要停下来的样子，富强也只好放慢车速。

这条街道僻静多了，虽然也有三三两两的车驶过，可是和城区相比，差了很多。

就在这时，夏康车又猛然加速，向前疾驶而去，富强自然跟着加速，随在后边，之后，他眼看着夏康的车拐进一条巷道，就随之驶进去。

我感觉有点儿不对劲儿，想叫住富强，可是已经晚了。

富强驶进巷道，刚要加速追赶，却忽然发现夏康的车停在前面，非但没有加速前行，而是倒退着向他驶来。他一看不对劲儿，急忙倒车，可万没想到，后边驶来一辆轿车，一下子把他的退路堵住。再接着，又有两辆车驶入便道，接连停在后边，富强就动也动不了啦。

这时，他的手机响起，是方哥打来的，可是，只说了句“富强，坏了”，就撂下了。再之后，我的电话也打了过去，富强接起来，向我报告了他眼睛看到的一切。

富强车的前面，夏康从车中气势汹汹地走出来，向他走来。

他扭过头，后边的车门也打开了，许宽和胡克非带着两个刑警走出来，也向他走过来。

再后边——许宽和胡克非后边不是还有两辆车吗，前面的是辆出租车，最后边的是辆普通轿车，普通轿车中走出两个男子，一个是驻市公安局纪检监察组的郭主任，还有一个青年男子，肯定是郭主任的同事，他们走到出租车跟前，把车门拉开，一个男子佝偻着腰走出来。

是方哥，方哥居然也来了……

不但他来了，我也来了，只是我在较远的外围，没有跟着驶进这条巷道。

我之所以来，是因为我知道富强要跟踪夏康，担心他一个人出什么事，暗中跟随着，防备万一。因而，我不但看到了他跟踪的情景，还看到了许宽和胡克非的车，看到了方哥的出租车，看到出租车后边跟着的轿车。最初我没注意，后来见他们一直不远不近地跟在富强车后边，才意识到有问题，可是，当我想通知富强的时候，已经晚了。

富强和方哥都落到人家的手中。

方哥后来说，他也是担心富强自作主张，怕他出事，想暗中关照他，没想到，却一起栽了进去。

我从富强口中知道这个情况后，没有停留，而是从巷道外疾驶而过，继而打电话报告给李局。

李局接了我的电话没有出声，让我意识到问题的严重。

二十三　方　哥

1

富强和方哥被人押回市局，连夜接受审查。

对此，夏康的陈述是：他离开家不久，就感觉有人跟踪，很是害怕，就给陈支队打去电话，陈支队要许支队和胡克非采取行动，保护夏副市长，这就是他们俩出现在那个巷道里的原因。之后，夏康越想越觉得这里边有问题，怀疑跟踪他的是警察，就又给市纪检委领导打去电话，市纪检委领导就派驻公安局的纪检监察室人员采取行动，结果，他们发现了一直暗中跟踪富强的方哥，把方哥一起堵在那条巷道里。

可是，富强在审查中，咬定说，跟踪夏康是个人行动，和组织无关，他是因为准岳母怀疑夏康有外遇，自己想打探个究竟才跟踪的。这么说是很有说服力的，可问题在于，方哥也出现在了现场，就让说服力大打折扣了。专案组一共三个人，两个人跟在夏康后边，还能说是个人行动吗？

方哥在审查中也咬定是个人行动，是偶然发现富强的车，又发现另一辆车跟在他后边，感到好奇，就临时借了辆出租车跟着，没想到会出这种事。可是，这话说服力很小。

更严重的是，审查人员还检查了富强的手机，在手机中看到了方哥和我打给富强的电话，这样一来，富强的话基本就没有任何可信性了。非但富强和方哥深陷其中不能自拔，我也摆脱不了干系，也受到了审查。

我在审查中很为难，因为我不知道富强是怎么说的，所以只能实话实说：作为组长，我感觉富强的表现有些异常，担心他要采取个人行动，却无法制止，所以就暗中跟踪他，观察他，当我看到他跟踪一辆车驶进巷道时，感觉不对劲儿，就想打电话提醒他。

还好，富强在这个问题上和我说的大同小异，他坚决不承认我参与了这事，还说我非常反对他这样做，当时打电话确实是想提醒他不能胡来，可是，当时已经出了事，他想终止行动也来不及了。

我们三个虽然这么说，纪检监察室可不买账，非要揪出“有组织行动”不可。而且，他们还不满足于此，因为，他们在我的手机里，发现我在事发后给李局打过电话，就把李局也牵扯进来，市纪检委的领导还亲自对李局进行了询问。

李局如实承认我跟他说过的话，但是，坚决否认他事前知情。事实也是如此，我们三个无论怎么审查，都不咬李局。可是，夏康可不轻易放过，他居然闹到市委吕书记的办公室，说李局指挥警察对他进行监控，要个说法，之后，省委主要领导也知道了这件事，给市委吕书记打电话询问……

麻烦惹大了，我后悔莫及，深感责任重大。

确实，我心里是支持富强跟踪夏康的，当时我嘴上虽然没说，给他的眼神却是支持的，或者说是怂恿的，如果我当时坚决反对，富强不可能这样做，可是，我却怂恿了他，导致了这样的后果，使我们专案组和李局长都陷于极为被动之中。我可以豁出去，怎么都行，可是，不能牵连李局长啊，我还说尽快破案帮助他呢，没想到使他陷入更加被动的局面。

最终，审查结束，富强和方哥受到行政警告处分，我是全局通报批评。

这我都能接受，然而，我无法接受的是：专案组撤销。

2

我再次来到李局长办公室，面对着他，听到了他宣布的这个决定，感觉地面在向下陷去，难以站稳。

我真的难以接受，直到李局长说了两遍，我才明白我没听错。我挣扎着说了声：“不……不能……”就再也说不出话来。

怎么会这样，眼看就要突破了，就要抓到赵雄了，却忽然遭受这样的挫折，专案组居然解散了，这不是功败垂成吗？

“不解散又能怎么样？”李局长看着我说，“你们还能像过去那样，继续侦办这个案子吗？”

我的脑子清醒了一些：是啊，即便不解散，我们的专案组已经成了众目睽睽之物，恐怕也难以像往常那样行动了……

可是，撤销了专案组，我们三个就要解散了，就要回原单位了，还怎么行动，怎么继续办案？

李局长说：“我正想问你呢，你是怎么打算的？对，你可以放弃……”

“不，”我急忙说，“绝不能放弃，专案组虽然撤销了，可我还是刑警，我还要继续破案，已经到这个份上，绝不能停下来，要趁热打铁。对，在这种情况下，赵雄很可能在近期再做大案，必须做好各种准备。”

谈话不知不觉又回到赵雄案的侦破上。

我们先分析，如果赵雄近期还要作案，他会去杀谁。我想了想，他目前一定还在江山，而在江山，他可能憎恨的人目前只剩下两个，邸明和汪大魁。前者是十八年前办他案子的警察，后者是三年多前，举报过他的人。所以，必须对他们加强保护。

李局长认可我的想法，说他会做出部署。

再往下，我们商议的是，专案组解散了，我回到弯道分局刑警大队，该怎么继续破案。其实，我脑子里也闪过我们三个回原单位上班会是怎样的局面；富强回的是刑侦支队重案大队，他的处境很难预料，主要取决于他和夏康的关系。如果夏康原谅了他，继续保持岳婿关系，胡克非不会把他怎么样。如果夏康不认他这个准女婿了，要女儿和他断了关系，没了这个靠山，他落到胡克非的手里，恐怕少不了小鞋穿；方哥呢，他回分局刑警大队，正常来说，会继续当大案队长，他的人缘还可以，不会受到什么刁难和打压报复；我呢，当然还是当一个普通的大案队员，因为我们得罪的人不在分局，估计也不会受到直接打压，除非夏康把手伸到分局，阻止我的提拔晋升之路，或者不让我再当刑警，如此而已。所以我回局里，基本上还是和过去一样，当着大案队的侦查员。

所以，这就面临着一个问题，即便我想继续侦办此案，去抓赵雄，可是有工作在身，每天的八小时都要在队里上班，我如何抽身继续破案？只靠晚上业余时间吗？可行吗？

我向李局长提出了这个问题，李局长却肯定地说可行。然后，就让我深入想一想那天晚上发生事情的经过，好好分析一下，是怎么回事。

对呀，从那天晚上我就开始接受审查，不得休息和空闲，一直没抽出脑子来反思这件事。李局长这一提示我才思考起来，而且很快有了思考的结晶：这是个陷阱。或者说是个圈套，我们落入了人家故意布下的圈套。

那么，这个圈套又是谁设计的、参与的，是怎么形成的呢？

当然是夏康设计的，许宽和胡克非参与的，等等……

夏康设计的陷阱意味着什么？

意味着，他事前就知道富强会跟踪他，只有富强跟踪他，才会落入陷阱，牵连到方哥和我乃至李局长……

那么，他怎么会在事前就知道富强会跟踪他？

肯定是事前得到了可靠的情报信息。

那么，他是从哪里得到的情报信息？

从理论上说，情报信息的来源只有三个人，我，方哥，富强。因为，只有我们三个知道或者猜到了富强会跟踪夏康。

我肯定不会告诉他，那么，就剩下了富强和方哥。是他俩其中的一个，把行动信息告诉了夏康。

还是从理论上说，他们两个都有可能，不排除富强，他故意跟踪夏康，而且事前故意告诉了他，把方哥和我都引进陷阱，等等。

他怎么会知道我和方哥在暗中跟着他，盯着他，他不可能知道啊。如果不知道的话，那么，陷入陷阱的只是他自己，根本就牵连不上我们，又有什么意义，这不是作茧自缚吗？

不是他，不是他，那……

结论浮现出来，越来越清晰，尽管我无论如何不想接受，无法相信。一瞬间，一股巨大的、复杂的情感从心底涌上来，痛楚，委屈，同情，愤恨……说不清楚是什么滋味，而且，眼泪居然差点儿喷出来。

不，不，怎么会是他，怎么会是方哥，我的方哥呀……我的心哪……

尽管努力克制，我的眼泪终于流出来。

之后，我又回忆他加入专案组以来的种种表现，特别是后期以来的可疑迹象，最终无可置疑地确认，就是他。

我的方哥呀，我亲爱的方哥呀，我无比信任的方哥呀，你怎么会这样，怎么会走到这一步……

许久，我才强制自己平静下来，恢复了理智。我命令自己，必须尽快从这种感情里拔出来，陷到里边没有任何意义，只能使我失去冷静的判断和正确的行动，无法冷静地开展新的行动。

新的行动就建立在这个判断上，建立在方哥的身上。

3

次日，我回到分局刑警大队的大案队，恢复了往日的工作和生活。看着两个昔日兄弟怪异的眼神，我知道，他们一定看过我的通报批评，知道了发生在我身上的事情，他们或者是爱莫能助，或者是幸灾乐祸，或者是两者兼而有之。

我和他们的关系已经不同以往，我已经有点儿习惯了专案组长杀伐决断的角色，忽然又和他们两个平起平坐，老老实实地坐在办公桌前上班，真有点儿不太习惯。

所以，在办公桌前坐了不一会儿，我就起身走出来，溜进了方哥那狭小的办公室。

方哥的眼睛隔着近视镜看着我，一副很难形容的表情，脸上好像出现了一抹红晕，是内疚惭愧吗？如果是这样，说明他良心未泯。

“斌子，坐下吧！”

他扯过简易沙发椅让我坐到他的办公桌对面，然后用躲躲闪闪的眼神看着我说：“斌子，有事儿吗？”

我说：“当然有啊，方哥，你就甘心这么放弃了？”

方哥吃惊的眼神：“斌子，你还不放弃？”

我说：“当然，除非我死了，否则我决不放弃，何况突破就在眼前，咱们已经拜了九十九拜，就差一哆嗦了，就放弃了，你甘心吗？”

“那，你有啥想法，打算怎么办？”不出所料，他果然这么问。

我说，不管怎么办，也要往下办。

他再问，到底想怎么办。

我说：“方哥，在决定怎么办之前，有一个事情，咱们必须先搞清楚。”

他的眼睛在眼镜后边闪烁：“什么事情？”

我说：“内奸。我的意思是，我们专案组有内奸。”

他的眼睛又在眼镜后边闪了一下，嘴张了张，没有说出声。

我继续说着：“方哥你想想，我们专案组是怎么解散的，还不是落入了人家的陷阱，夏康肯定在事前知道了我们的行动，设下圈套，把咱们套了进去。”

“对呀……是这么回事，那夏康怎么会事前就知道富强跟踪他呢？”

我说：“你说呢？”

他说：“这……富强的行动，只有我们三个知道啊，而且是分析猜测的，夏康是怎么知道的，是谁告诉他的呢？”

我说：“我也想不出来，富强本人不太可能吧……”

“那，你的意思是……”

“我的意思是，我肯定不会、也没有向任何人泄露过。”

我说完这话，眼睛盯着他的眼睛。

他的眼睛在眼镜后边，愣愣地看着我，好一会儿才眨了一下：“斌子，你怀疑我？”

我说：“方哥，我不想这么想，可是，我又能怎么想啊？方哥，你说实话，跟谁流露过没有。啊，我不是说你故意向夏康泄露信息，而是无意中向谁泄露了，再传到了夏康的耳朵里。”

“这……”方哥有些恢复了平静，眼睛眨了两下说，“啊，我离开的时候，碰到过胡克非，他问我在忙什么，是不是有什么新行动，我敷衍了他几句，不过，我没有向他泄露什么呀……对了……”

他忽然想起什么似的停了一下，然后对我说：“斌子，你说，胡克非能不能在暗中盯着我，看到我跟踪富强，再看到富强跟踪夏康，暗中通报给夏康……对呀，他们怎么能那么及时赶到，能不能是他们合谋设下的陷阱？”

别说，乍一听，这个分析真有几分道理，我也真希望是这样，但是李局长问过陈支队，陈支队证明，他是接到夏康的电话后，指示许宽和胡克非出警的。也就是说，许宽和胡克非事前不存在知情和合谋作案的可能。

合谋的只能是他，他故意出现在现场，被人当场拿获，以证明富强和他是有组织行动，达到撤销专案组、牵连李局长的目的。对，他二十多年的刑警生涯了，在我跟他相处的六年多里，一向小心谨慎，从没做过这种冒失的事情。

可是，我没有当面揭穿，更没有跟他争论，只是说：“嗯，不排除这种可能。方哥，你再琢磨琢磨，还有什么可能，反正我是豁出去了，不管内奸是谁，一定把他挖出来。挖出这个内奸，离抓到赵雄也不远了。”

我说完离开了他的办公室，留下他阴晴不定的脸色和闪烁的眼睛。走出门的瞬间，我感到一阵椎心的心痛，眼泪夺眶而出。

走出方文祥的办公室，我去了卫生间，不是为了方便，而是为了洗把脸，把脸上的泪水洗去，然后竭力平静下来。刚才，我差点就把话挑明了，之所以没有挑明，除了策略上的需要，我也真心地想给他一个悔过的机会呀。

可是，他能抓住这个机会吗？恐怕可能性不大，我现在必须想到，如果他不悔罪改过，会做些什么……

他会做些什么？他一定会把我的话、我的态度，向他背后的黑手汇报，然后他们会想出办法来对付我。其实，这也是我要达到的目的。在这个时候，我没有别的选择，只能想办法刺激他们，把他们引出来，才可能抓住机会，发现赵雄和李敢的踪迹，把他们抓获或者击毙……对，在目前这种情况下，靠我一个人生擒他们几无可能，只要发现他们的踪影，我不会再犹豫，会立刻开枪，将他们击毙，不能再让他们去害人。

这也是李局长的态度。

时间一点一点地过去，我一直在等着下班的时间，等着他——方文祥的反应和行动，他一定会有反应和行动的。果然，在下班铃声响起，我走出办公室的时候，他恰好也走出办公室，“碰”到了我，我俩就自然地肩并肩往外走去，边走边小声说着话。

我首先问方哥想出什么没有，他叹口气说：“没有啊，我脑袋都想痛了，也没想出怎么回事来，想到最后，我都怀疑我自己了，不过我心里清楚啊，我肯定没跟任何人泄露过。对，除非是胡克非感觉到了什么，暗中盯着我，别的我实在想不出来。”

方哥说完还冲我笑了笑。

要是放到以前，我十有八九会相信他的。但是现在不是以前了，不是过去了，他已经骗不了我了。不过，我还是没有完全放弃，就故意说：“是啊，要是换了别人，我也肯定会怀疑，可你是什么人哪，我怎么能怀疑呢！”

他问：“斌子，我是什么人，你怎么就不怀疑我呢？”

我说：“你是我方哥呀，你要是有问题，我还能去相信谁？我就是怀疑我自己也不会怀疑你呀！”

我看到，方哥听了我的话，脸上又现红晕。这让我又产生了幻想：看来，他还是有羞耻心的，或许，他还是能改变的！

我抱着这样的想法，和方哥走下楼，向院子外边走去。我决定借着最后的机会，再做一下他的思想工作。因而一边走一边继续着刚才的话题：“方哥，最近，我有很多新感受，觉得咱们刑警啊，破案虽然是我们的主要工作，可是，咱们侦查办案，涉及人的命运，所以，当事人肯定会用各种手段拉拢腐蚀咱们，咱们无时无刻不经受考验哪，经受住了，就是合格的刑警，经受不住，搞不好就一失足成千古恨哪，到时，后悔就来不及了。咱们完蛋也就算了，可是，亲人怎么办哪？他们要跟着蒙受耻辱啊，方哥你说是不是这样？”

方哥垂着头："那是，那是……"

他似乎有点儿心不在焉，是被我的话打动了，还是琢磨别的事？

一辆出租车鸣笛驶来，方哥看过去，举起手臂。

出租车停在跟前，方哥打开副驾的车门，扭头看向我说："斌子，你……"

对，我家和方哥是一个方向，只是我家更远些。

我说："一起走！"

我打开后边车门钻进出租车，他想了一下，也钻进了后排，和我坐到一起。我感觉他像是有话要跟我说，这又让我产生了希望或者说幻想。

出租车启动了，沉默了几分钟，方哥才小声开口。

"斌子，我忽然觉着，你比专案组成立之前成熟多了，对人情世故好像体会更深了。"这话是什么意思？

"对了斌子，咱俩处几年了？"

我看了他一眼，他眼睛看着前面，无法判断他的表情。

我只能说："我从警就跟你在一起，当年我二十三，如今二十九，眼看三十了。六年多快七年了。"

他叹息一声："可不是，日子太不抗混了，我过年就四十九了，再一年就半百了。你说，人这一生有几个七年哪，除了爹妈老婆孩子，咱俩可是在一起时间最多的人了，也就是最亲的人了。"

别说，他的语气很真诚，我的心居然被打动了，随着他的话语，眼前闪过六年多里，和他摸爬滚打过的一个个日夜，在刚从警的那些日子里，他不但手把手地教我，帮我，而且，一旦有危险，他一定把我往后一扯，自己冲上前去挡在我前面。每到节假日，他怕我一个人孤独，只要不值班，总是把我找到家里吃饭，虽然不都是大鱼大肉，可嫂子也总是精工细作，尽量做得可口。对，哪怕他家里吃顿好的，也会想着我，把我拽家去，嫂子和方菲从不把我当外人，方菲总是一口一个黎叔地叫着。这些，给了我多少温暖，排除了我多少的孤独啊！

想到这些，温热的潮水在心底泛上来，我忽然对他说："方哥，今晚能让我蹭顿饭吗？"

"这……"他一愣后马上说，"行啊，不过家里没啥好吃的。"

我说："有啥吃啥，我要的是家的气氛。"

4

我走进他的家，过去那个方哥的家。

对这个家我太熟悉了，一幢建了十多年快二十年的老旧小区中的老旧楼房，所有面积加起来还不到七十平方米，还没我买的新房大。即便这样，方哥还是买的二手楼，图的就是便宜。方哥跟我说过，当初，一家三口从一幢老旧的平房搬进来的时候，嫂子和方菲都高兴得不得了。嫂子说："真没想到，我这辈子还能住上楼房！"

嫂子是个多么好的女人哪！这么多年，和他相濡以沫，从未嫌弃过家穷，没嫌弃过他这么岁数了，职位还这么卑微，相反，总是对生活的微小进步那么满足。对，她在一家超市当服务员，工作很辛苦，挣得也不多，加上丈夫这种情况，所以日子一直紧巴巴的。可是她非但从不抱怨，还对有这样的丈夫很满足，还觉得很光彩。从这一点上来说，也是他的好命。

走进门厅，我一边换拖鞋，一边叫了声"嫂子，方菲"，嫂子系着围裙从厨房走出来："黎斌来了，你方哥打电话太晚了，只能对付了，好在冰箱里有条鱼，有鸡蛋，还有块肉，你就将就了，好长时间没来了，嫂子只能用这个打对你，你别不高兴啊！"

嫂子的话让我很温暖，我急忙说："嫂子，只要是你做的，什么都好吃，千万别费事，那样我吃着心里反而不舒服。"

方菲也从自己的房间走出来，叫了我一声"黎叔"，我注意到，她的脸色有了一点儿红润，心放下很多。我看到她手上还拿着课本，就问她还在学习，她说："这些日子耽误了课程，我在自学，特别现在有了网络，很方便。"

我问："效果怎么样？"

方菲："还行，和老师当面讲各有所长。黎叔，我正在解一道题，不陪你了。"

我说："不用不用，快进去忙你的吧！"

嫂子是个快手，还不到二十分钟，饭桌就摆好了，四个菜就上来了，有鱼有肉有蛋还有一盘鲜绿的炒油菜，诱人的香气也就传进鼻子，食欲也就被勾起来，也就感觉到饿了，等四个人围坐在饭桌旁，一种难以言喻的融洽温暖气氛随着菜香浸入到心里。

嫂子知道我不喝酒，给丈夫倒了一小杯白酒后，给我和她自己倒了杯饮料，然后端起来说：“斌子，你最近来家吃饭可不像以前那么多了，今后恐怕来得更少了吧！”我一时没反应过来，问嫂子什么意思。她说：“你多大了，不结婚成家呀？那天你方哥说了一嘴，好像有对象了，是吧？”

我明白了嫂子的意思，没否认她的话，但是说：“嫂子，你可别想往外推我，真有那一天，没准我们两个人一起来你这儿蹭饭呢！”

嫂子说：“好啊，只要我弟妹不嫌弃嫂子的粗茶淡饭，就尽管来吧！”

交谈中，我们碰了一下杯，我喝了一大口。虽然是饮料不是酒，我却感到了热度。心底忽然冒出一些话但是没说出来：这就是生活，这就是家！年轻时不懂，不理解家的重要性，可是，随着年龄越来越大，特别是现在，才知道家有多么地重要，在家吃饭的感觉是多么地温暖。想到这儿，我转向方哥，发自内心地说：“方哥，你这家既不富又不贵，可是，我觉得非常温暖，你可要珍视啊！”

我知道我的话有点儿过，可是，我是故意这样说的。他显然被我的话打动了，感慨地说：“那是，为了这个家，为了方菲和你嫂子，我什么都可以做。”说着和我撞了一下杯，喝了一大口酒。

他的话让我的心动了一下，不由看向方菲，方菲显然也心有所动，尽管她可能只是理解了表层含意，垂了一下眼睛又抬起来，我看到她的眼里有了水光，再转向嫂子，她起身去了厨房……

他的手机响起，打破了饭桌的气氛，他拿出来看了一眼，放下没喝完的酒杯，向我笑笑，走进了卫生间，我也停下吃喝，把耳朵竖了起来，可是，只能偶尔听到含糊不清的声音。嫂子走进来，看到他还没出来，解嘲地说：“不知啥电话，接起来还没完了。斌子，你吃！”我说：“我吃得差不多了。嫂子，我看方菲好多了，你和我方哥都要想开些，没事的，方菲这么年轻，肯定能治愈的。”

嫂子轻轻叹息一声：“要不往开了想，还能活下去吗？确实，方菲现在好多了，医生也说，只要坚持服药，可以长期保证方菲没事，治愈的可能性很大，只是……咳！”

我说：“嫂子，既然这样，还叹气干什么呀？”

嫂子说：“终究不是咱自己的钱哪，你方哥这个同学虽然帮忙付药费，可是，他只是随时把药寄来，并没有……”

我听明白了，方哥这个帮忙的同学并不是一下子拿出多少钱给方哥，而是在海外买好了药，随时给方菲寄来，一次寄得还不多，只够吃三周两周的，等吃得差不多了，才会把新买的药寄来。

原来是这样！如果这个同学哪天没了钱，或者不再履行承诺，药岂不就断了？怪不得方哥还是忧心忡忡的样子，原来是担心这个呀！

卫生间内传出坐便压水的声音，洗手的声音，他终于走出来，我注意到，尽管他竭力平静，可脸色还是有点儿不一样。他解嘲地说："正好肚子痛，就手解决了。斌子，你一直等我了？来，再喝口！"我说："不了，刚才我一直吃来着的，已经吃饱了，你慢慢吃吧！"他说："是吗，我也差不多了，吃口主食就行了。"

方哥说完，把杯中酒喝掉，开始吃饭。在他吃饭的时候，我再次观察着他的脸色，看得出，尽管他竭力保持平静，可是，脸色肯定和进洗手间之前不一样了，给人一种完成了什么大事的感觉，还有些动情的样子。甚至，他的手都有点儿发抖。

这不是个普通的电话。

那么，是个什么电话呢？

他好像猜到了我在想什么，突然跟我解释了一句："一个同学的电话，说给方菲买药的事。"

他的解释恰好和嫂子的话衔接起来，可是，这个同学说了什么？让他变成这种样子？

我小心地问："你这个同学不是变卦了吧？"

"不是，他说，今后不再这么给方菲买药了，而是一次性把钱打给我，让我自己去国外邮寄。我觉得心里过不去，就说了些客气话。"

嫂子听了高兴起来："那太好了，方文祥，你这个同学太讲究了，咱们可不能忘了人家呀！"

方哥笑了一下，没有搭理嫂子，抓紧把碗中的饭吃光，撂下了碗筷。我看出他有了心事，但是肯定问不出来，而且也感觉到，我的怀柔想法也难以打动他，就试探着提出告辞，他却突然说："斌子，你今儿来家吃这顿饭，让方哥心里……走，方哥送送你！"

我说："方哥，我又不是小孩子，咱们成天在一起，还送什么呀？"

他说："送，必须得送，今后还不知道能不能再送了！"

这是什么意思？没等我开口，嫂子不满地接了过去："方文祥，你说什么呢？"

他说："啊……我的意思是，斌子就要结婚了，恐怕不会常来了，即便来了，也是一对儿，我能再送吗？"

这话不是说不通，可是，逻辑性不是很强。我注意到，他说话时，眼睛总是回避着我，闪烁着一种我从未见过的眼神……

我的心一动："也行，我方便一下咱们就走！"

我走进卫生间，放过水之后走出来，向嫂子和方菲告别，和他一起出了门，顺着老旧的步行楼梯向楼下走去，走出了居民楼，向小区出口方向走去。这时我才注意到，已经是傍晚时分，暮色渐渐生出，从四周向我们合拢上来，可小区的灯光还没有亮起，因而，眼前的一切就有些朦胧起来。

5

我们并肩向前走去，方哥忽然显得格外地热情，走路的时候，还不时地拢一下我的身子，嘴上说着："斌子，方哥能有你这个兄弟，也是幸运哪，我早看出来了，你是个好小子，人好，用一句古书上的话说，叫'秉性纯良'，这年头，有这种品行，太难得了，只是，方哥对不起你呀……"

这又是什么意思？这个对不起他可不是第一次说了。

他继续说着："黎斌哪，方哥感谢你这么多年对我的关照，方哥对不起你呀……"

又是对不起，这是怎么了？我说："方哥你怎么老说对不起我？哪儿对不起了？你说得太过了！"

他好像被惊醒："啊……是是，我的意思是，你把方哥吸收进专案组，可是，方哥没发挥啥作用，让你失望了！"

这话也不是第一次说了。

他改了口吻："斌子，你呀，真是个难得的好刑警，可惜，现在的社会风气，注定你不会太顺。方哥这辈子也帮不了你啥，只能祝福你了，祝福你将来比方哥有出息，那时，方哥会很欣慰的……"

回归正常了，还是平日那个诚朴的方哥，我的心又有点儿被打动了。我说："方哥，你这么说，说明我和你这六七年也没白处，对，方哥，我早看出来了，你也是个好人，如果你是那种投机钻营之徒，早离开刑警上机关了，早干上去了。"

他更加感慨："知我者黎斌也。可你不知道，我也有时候后悔，其实我的文字功底不错，要是进大机关，伺候领导，肯定会比现在爬得高得多，可是，方哥不是那种人哪，觉得那么干不痛快呀，所以也不后悔了。

你能这么理解我，方哥也知足了，只是……对了黎斌，你也能理解，这个世界上，我最亲的人就是你侄女方菲，当然还有你嫂子，没想到方菲得了这种病，我实在放心不下她呀。我真担心，哪一天我不在了，她可怎么办哪，谁会管她呀……”

他居然出现了悲声，我急忙接过话头：“方哥，你胡说什么呢？你现在好好的，说什么不在了？你放心，你要真不在了，我不会看着方菲不管的。对，我不敢保证拿多少钱来给她治病，因为我没那么多的钱，可是我一定在力所能及的情况下帮她。”

他停下脚步，拉住我，把我和他扳成面对面，这样一来，我们就成了眼睛对着眼睛，我看到，他的眼里出现了泪花，一瞬间，我感觉我们又回到了从前，他又变成了我从前的方哥。

他盯着我的眼睛说：“斌子，你是随便说说，还是真这么想的？”

我说：“方哥，你不知道我的为人吗？我是随便说说，可是，我也一定能这样去做。”

他猛然拥抱了我一下，又放开：“兄弟，我知道你的为人，有你这句话，我就放心了！”

他这是怎么了？我忍不住问起来：“方哥，你怎么了，是不是出什么事了？方哥，要真有什么事儿就跟我说，说出来，我会和你一起扛的！”

“不……没什么，我就是随便说说，以后你会明白的。”

又是什么意思？随便说说，我以后会明白……

我不好再问，也不想再问，但是我感觉到，他现在的表现，肯定和他在吃饭时接过的电话有关。

二十四　宣　战

1

走出小区，我停下脚步看着他，试探地说："方哥，你回去吧，我要打车了。"

方哥说："不不，机会难得，我再送你几步……对了，我有很重要的事要告诉你。"

很重要的事？什么事？

我故意问："方哥，是案子上的事吗？"

他一愣说："这……是，是案子上的事，有些你不知道的事，我得跟你说清楚。走，咱们抄近路，从这个便道穿过去，这条道僻静，说话方便！"

我随着他穿过街道，拐进一条便道，果然很僻静：右边是一道长长的高墙，里边是一个废弃了很久的工厂，左边是很大一片停工的楼群，也不知停工几年了，靠道这一侧，长着高高低低的蓬蒿……

真是太僻静了，我们顺着这条道走进去二十多米，才碰到一对走过来的年轻男女，看上去像是恋人。对，这条道适合谈恋爱，不过，太晚了也不成，不安全。我四下观察了一下，向晚时分，暮霭缓缓生出，渐渐变浓变重，虽然还没有完全吞没世界，可整个环境还是让人产生一种不安全的感觉。

他居然把我引到这里，要通过一段这样的路，才能到达前方的热闹街道……

我身上的汗毛渐渐竖了起来。

他忽然停下脚步不走了，眼睛注意观察着前面。

前面，一片朦胧。

我说：“方哥，怎么不走了?”

他好像没有听到，还在仔细地观察着前面，观察着四周。我把声音放大：“方哥，怎么了，咋不走了?”

他猛然醒悟过来：“啊，这条道儿太背了，不安全，咱们回去。”

他的话反而让我放松下来，笑着说：“能有啥不安全的，两个刑警，身上有枪，能不安全哪儿去?”

他说：“不行，他们在暗处，咱们在明处，有枪也不行，走，回去，咱们换条路。”

我只好听他的，跟着他转身向回路走去，可是，刚走了几步，突然听到一声手机的微信铃声，我还以为是我的，他却停下脚步，急忙把手机拿出来，侧过身看了看，然后揣起，看向我。

我也看着他。

他的表情有了变化：是一种既像轻松，又像紧张，又像下定了决心的神情，目光还在镜片后一闪一闪的，我很少看到他这样的目光……

他说：“算了，别往返徒劳了，咱们还是走这条道吧，走!”

他拉着我转过身，继续向僻静的便道深处走去。

我的汗毛又渐渐竖起来，但是，嘴上却问着：“方哥，你刚才来了条什么微信?”

“没啥，扯淡的，说我中了奖，让我领钱，要输入身份证号，我才不上这个当呢，骗子！走!”方哥又拉了我一把，加快脚步向前走去。

我的汗毛完全竖起来。

我没有跟随方哥的速度，而是放慢脚步，手碰了碰怀中的手枪。

我说：“方哥，你不是要跟我说案子的事吗?还说是我不知道的事?”

他说：“对呀，你不提我还忘了，现在我就跟你说。”

我的耳朵竖了起来。

方哥放慢了脚步：“黎斌，你知道我为什么老跟你说对不起吗?”

这正是我一直想问的话。

我停下脚步看着他，等待他往下讲。

他说：“因为，我真的对不起你。你明白我的意思吗?”

我还是不说话，看着他。

他说：“因为，有两次确实是从我这儿走漏的信息。”

原来是这事，不过我不感到惊讶，当时我曾经这么想过。

“可是，那次……就是你和富强外出那次，我不是有意的，当时，我跟你通话后，有人向我打听你说了什么，我以为他是随便问问，我不好不告诉他，没想到就传了出去。”

这……他好像之前也这么说过。

我说：“那，到底是谁走漏的风声？”

他好像没听到，继续说自己的：“第二次也是我泄露的，不过，这次就是故意泄露的了，有人问我，你去哪儿了，我跟他说了。可是，没想到你骗了我，你说回江山，其实去了汾岭，所以，不但没对你行动造成破坏，反而帮助了你，是吧？”

是，当时，我也就是要达到这个目的。可现在不是说这个的时候，我要知道，那个人是谁，他把消息泄露给了谁？

他依然没有说这个人的名字，而是继续说自己的：“斌子，你骗了我，我不怪你，其实，我也骗了你。”

这……

我再次停下脚步，询问地看着他。

“我跟踪富强被他们抓住，都是我故意安排的，也是我走漏了风声，目的是把专案组都牵进来……我想，你一定已经猜到了，是吧？”

我说：“你说，要告诉我不知道的事情。”

“对对，那就告诉你吧，”他说的居然是，“其实，我没什么有钱的同学，方菲的药也不是来自哪个同学。”

我目光盯着他，他也在盯着我。

他说：“钱是另一个人给的，药也是他买来送给我的。当然，是有代价的，我必须把你的动向随时告诉他。为了救方菲，我不能不答应，后来我明白了，他们每次只给我两周的药量，是为了控制我。”

我说：“他们担心你得到足够多的钱和药，会摆脱他们？”

“对，所以我不能不听他们的。”

我的眼前闪过他的种种可疑表现，他那捉摸不定、首鼠两端的表情，在监控杨柳时，说有事要出去，结果很久才回来，表情发生很大的变化……

我问他，是不是在那时受到了要挟。

他回答：“是，就是那次，他们和我摊了牌，要求我随时提供专案组的行动，不然就给方菲断药。不过，我没有把监控杨柳的事说给他们。”

应该是这样，否则，我们也不会发现杨柳和夏康的会面。

他说："为这事，我很受折磨，方菲是我的女儿啊，我怎么能不救她？他们就拿住了我的这个软肋，可是，就在我想通了，想摆脱他们的时候，他们却做了一个让我无法拒绝的承诺。"

我说："什么承诺？"

"他们说，只要我完成这个最后的任务，就一次性给我六百万元，让我能带方菲去国外，把她的病彻底治好。"

"最后的任务是什么？"

"黎斌，你还没明白吗？"

他突然拔出手枪，顶在我的腰部。

对视不语片刻，我先开了口："这才是你一直说对不起我的原因，是吗？"

"是，斌子，真的对不起，我……"

我等着他开枪，可是他却又说起来："斌子，你听着，他们这个承诺我无法拒绝，可是当我同意之后，他们却说，先给我一百万做定金，剩下的五百万，要我把你杀掉之后才能给我，我当然不答应。我提出的条件是：先给我四百万，剩下的二百万，待杀掉你之后再给我。最后，他们答应了。"

我说："你去洗手间接电话，说的就是这事吧？"

他说："斌子，你真聪明，一下子猜到了。"

我继续问："刚才你接的微信是钱到账了吗？"

"你猜中了。"他说，"现在，前期的四百万人民币已经到了我的账户上。所以，我现在必须完成我的任务，这都是为了救方菲。"

看着他，我的方哥，方文祥，我的心翻江倒海，尽管我已经有数，可是我万没想到会有这样的一天，他会把枪顶着我，要杀了我，我该怎么办？尽管到了这种地步，我还是对他有几分同情心，可是，无论多么同情，保护自己的生命是最重要的，我不能因为同情而失去我的生命，我才二十九岁，还没有结婚成家，苗苗还在等着我，我必须采取行动，不能被动等死。

我感觉到，他硬邦邦的枪口虽然顶着我的腰，可是顶得并不是很紧很用力，如果我猛然发动，是有可能摆脱枪口，进而扭住他的手臂，把他制服或者拔出我的手枪将他击毙。我决定先麻痹他一下，就说："方哥，能让我死前说句话吗？"

他说："可以，只是别搞鬼，现在，不只是我的手枪在对着你。"

什么……

巨大的恐惧猛然攫住我的身心，冷汗一下子冒出来，我看到，他此时的目光从我的耳旁向我的身后看去，继而我听到身后不远的地方，响起轻微的脚步声……

我的脑海中突然闪过两个字："完了！"

可是，没想到方哥眼看着我的身后，却突然对我的耳朵说："斌子，还记着你的话吗？"

此时，我的全部精力都在倾听和感受着身后的脚步声，感受着脚步渐渐向我走近，感觉到一支手枪指向了我的后背，无暇回答他的话。

他继续说着："斌子，我说的是你的承诺，我不在了，你也要尽力照顾方菲和你嫂子，你给我记住了！"

方哥的声音突然大了，还没等我回答和反应，他的手突然迸发出巨大的力量，把我整个身子提起，转了个圈，他则一下子转到我的胸前，挡住了我。

就在这时，一声喑哑的枪声响起，那是安装了消音器的枪声。方哥的身子抖了一下，却坚持着没有倒下，而是转过身，手中枪抬起，开枪……

方哥没有打中，喑哑的枪声再次响起，因为离得很近了，我甚至看到对面枪口迸发出的火花，就在电光石火之间，我的手枪已经拔出，冷静地开火。

对方还在继续扣动扳机，但是，子弹都被方哥挡住，我的子弹却击中了他，一枪又一枪，直到他瘫倒下去，我的子弹打空。

方哥再也坚持不住，从我的身前滑落，向地上倒去。我扭着他急叫起来："方哥，方哥……"

我俯向方哥，方哥看着我，露出惨淡的笑容："别管我，小心你自己。"

我被提醒，一惊，急忙把手枪压上子弹，四顾。

什么也没有，我的汗毛不再竖起。

我把枪口指向倒下去的人影，小心地靠近到他身边。

他没有任何反应，看来是完了。

我打开手机的电筒照向地上的人体，照到他胸前的血污，再照到他的面孔：三十出头，遒劲的身材，桀骜不驯的面庞……是他，他就是李敢。这时我才发现，他还没有死，还在微微地喘息着，我用手机的电筒照着他的眼睛叫起来："李敢，李敢……"他的眼睛艰难地睁开了，看着我，我大声问："李敢，快说，赵雄在哪儿？"

李敢的眼神中透出些许的吃惊："你……知道……了？"

我说："对，我知道他没死，他在哪儿？"

"等你知道……他在哪儿，什么都……完了……"

李敢住口，眼睛闭上，头向旁一歪，死去。

我急忙跑回到方哥跟前，方哥同样闭着眼睛躺在地上。

我抱起方哥的头，大声叫起来："方哥，方哥……"

我一边喊着，一边用电筒照着方哥的眼睛，他的眼睛终于渐渐睁开，看着我流出了泪水："斌子，别忘了你对方哥的……承诺……"

我大叫着："方哥你放心，我会说到做到的，可是，你不能死啊，你要活着……"

方哥说："对不起……"

方哥的眼睛闭上了，头向一旁歪去，身子猛然变沉了。

我嘶声大叫："方哥，方哥……"

我停止了呼叫，轻轻放下方哥。

此时，我的脑海中再次闪过李局长讲过他当年的故事，那个故事中的吴志深。

方哥没有辜负我的期盼：他是吴志深，又不是吴志深。不，他绝不是吴志深。

2

清晨来临，忙乱的一夜结束了。

方哥死后，我立刻给李局打去电话，说明了情况，李局在第一时间进行了部署，封锁了所有出城的道路，还对机场、火车站、公交车站、出租车公司等进行了布控，之后，组织警力对全市的重点路段、部位、场所进行了搜捕，可是，一无所获。

李敢死了，赵雄还活着，他极可能还隐藏在江山市区。

那么，他藏在哪里？

我想不出，太累了，我的大脑经受了严重的刺激后，已经有些麻木。清晨时分，我回到家中，一头扎在床上，出人意料地昏昏睡去。

我在梦中又看到了方哥，看着他满眼是泪地向我说着什么，我的泪水也流出来，可是，方哥忽然变了，他变成了赵雄，赵雄又老是在变着，一会儿变成女人，一会儿变成老人，一会儿又变成一个中年男子……可是，当我伸手去抓他的时候，他就会向后退去，我手缩回来的时候，他又凑上前来，让我始终无法如愿。

我咒骂着、呻吟着醒来。天已经大亮了。

我已经习惯了这种情况：疲劳的时候，放弃思考，休息，一觉之后，脑子马上变得清醒且充满活力，心灵也充满了信心，破案的灵感就会浮现出来。

现在，我已经冷静下来，能够平静地把精力用到案子上，用到眼前的局面上，而这些都集中到一件事情上，集中到一个人身上：赵雄藏在哪里，怎样找到他，抓到他？

虽然脑子清醒了，可是，灵感却没有出现，我一时想不出好办法来。

可是，想不出办法也要想，让他在世上多活一分钟，善良的人们就会多一份危险，就可能受到伤害……

对呀，赵雄现在有两个选择，或者说有两个可能的行动：一是逃跑，尽快逃离关阳，逃到安全的地方。二是……二是继续报复，对他憎恨的人实施报复。那么，他下一个报复的人是谁？我的心突然抖了一下。

方哥最后的任务是杀死我，李敢也是去杀我的，我是专案组的组长，破案态度最坚决，对他的威胁最大，我还当着杨柳的面实施了威胁，所以，他一定特别憎恨我，要报复的人，第一个应该是我。李敢的行动也证明了这一点。

现在，李敢失败了，被我击毙了，赵雄会放弃吗？依他的性格，肯定不会，他极可能会在我最意想不到的时间、地点加害我。那么，是什么时间，什么地点……天哪，现在，全市在大搜捕，所有的警察都在找他，他一定认为我放松了，而我实际上也确实放松了，没想到他会来报复我……

我猛然跳起，拔出手枪，压满子弹，蹑手蹑脚向门厅走去，向门口走去，全神贯注地向外倾听着。

没有动静，听了好一会儿，也没有动静。

我把门的拉链挂上，把门打开，一点点向外窥视，没有人影，进而摘下门链，小心走出门，还是什么也没有。我吁了一口气，退回屋子，把门关好，门链再次挂上，又走到窗前，向外四顾。

院子里，一切正常，时有居民的身影在走动。

我这才深深地嘘了口气，稍稍放松下来。

看来，他还没有对我动手……对了，既然哪里也找不到他，还是应该让他自己露面，把他引出来，刺激他出来，那时，就可以抓获他了……

我想出了一个办法。

我给李局打去电话，得到了他的应允和支持，之后，我给富强打去电话。

富强应约来到我家，我首先把我掌握的一切真相都告诉了他。因为，这时我已经完全确认，他是一个非常可靠的战友、兄弟。

当他听我说了赵雄当年并没有死，还活着时，吃惊了一下，但是很快就控制住了情绪，因为，我们遇到了太多出乎意料的事情，听了这个情况，他顿时明白了一切，对过去无法理解的种种迹象，都能够理解了。

说完这些，我明确地告诉他说：我们面临着一场殊死的战斗，他可以选择退出。他听了这话有点儿恼了说："黎组，你把我当什么人了。我连夏康都敢跟踪，还在乎别的吗？我跟你绑一起了，跟他们干到底，你说话，咋干，我无条件服从。"

我对他说了我的想法，他完全赞同，很快，我们都脱下便衣，换上了警服。

3

半个小时后，也就是早七时许，我和富强来到了杨柳家的别墅外，富强同样换上了警服。

我们按响了门铃，面对监控探头，让杨柳看清我的面庞，要她给我们开门。

门开了，但是，走出来的不是杨柳，而是赵平凡，他打开院门，看清我和富强，脸好像红了一下："你们……"

我说："我们找杨柳，有话说。"

赵平凡："这……她不舒服……"

我说："我们有重要的事，必须见她。"

赵平凡带着我和富强向别墅内走去。

我们上了二层，来到杨柳的卧室门口，听到里边传出轻轻的呻吟声。

赵平凡敲敲门说："杨柳，两位警察同志非要见你不可，我挡不住。"

没等回答，我和富强走进去，看到了杨柳。

此时，她和往日明显不同，她躺在床上，头上蒙着枕巾，让人看不清她的脸，床头柜上还放着水杯和药瓶。

我走上前，查看了一下水杯，水还在冒着热气。我再看看药瓶上的说明，原来是一种退烧药。

我开口了："杨柳，虽然你生病了，可是，我也必须把话跟你说清楚。我们已经掌握线索，赵雄还活着，他就藏在江山，昨天，他指使他的一个手下袭击我，可是，我还活着，死的是他的手下，现在，我们正在搜捕他，他是绝对跑不掉的。你告诉他，我跟他势不两立，我豁出去了，这辈子跟他耗上了，无论他跑到哪里，我都一定要抓到他，让他受到法律的惩罚。你听清楚了吗?"

杨柳没有回答，也没有动。

富强跟了一句："如果你们知情不举，就犯有包庇罪，而且罪行非常严重，明白吗?"

杨柳还是没有回应也没有动。

我再跟了一句："你不要再抱幻想了，他这次绝对跑不了啦，他非死不可!"

杨柳虽然没有回应，可是，身子明显地颤抖了一下。

我转过脸："赵平凡，你是领导干部，应该有觉悟，希望你明智一点，认清现实，协助我们抓到赵雄。"

赵平凡："这……我哪儿……对对，我如果发现赵雄，一定向你们报告。"

我和富强转身向外走去。

走出院门后，富强对我说："这个办法好，赵雄一定受不了，一定会采取行动，咱们……"愣了一下："对，我也得采取行动。"

我急忙问，他要采取什么行动?他跟我说了想法，我觉得可行，而且决定配合他行动。

原来，富强跟我一样，昨天也经历了一场风雨。

跟踪夏康的事情败露，他知道和夏晓芸的关系完了。可是，他也知道自己掉进了圈套，对夏康就更加愤恨。他相信夏康知道赵雄藏在哪里，而且他们之间有联系，所以他要继续跟踪监控夏康。

我警告他要小心，夏康既然已经知道他跟踪过，现在会格外小心的。

他说，他想不出更好的办法，暂时只能这么做。

在我们说话的时候，他的电话响起，居然是夏晓芸打来的，她要见他。

4

七时三十分许，夏康的车从小区内驶出来，向街道上驶去。

继而，夏晓芸的宝马也从小区内驶出来，但是没有前行，而是停在路旁，夏晓芸从车内走出来，匆匆奔向路旁停着的另一辆普通轿车，坐了进去。然后，这辆普通轿车向前驶去。他们驶过去后，我的车也启动了，不远不近地跟在了后边。当然，我换了一辆车。

前面的普通轿车里是富强，他没开自己的私家车，因为那太引人注目了，不便于跟踪。

现在，跟踪开始了，富强和夏晓芸在一起跟踪夏康。原来，富强在电话里把应该说的都告诉了夏晓芸，夏晓芸不是十分相信，要亲自参与跟踪，以证富强所说真假。

我跟他们保持着一段距离，以便随时策应和支援。

我们的专案组又恢复了，或者说，是名亡实存。

对富强这个行动，我虽然支持，可也有所保留，因为，现在专案组只剩下我和富强，我们把全部精力用到这个不知是否有用的跟踪上，万一赵雄有别的行动，很可能会遗漏。可是，我又一时想不出别的更好的办法来。

当然，李局长那边也在行动着，搜捕也在继续着，刑侦支队、特警支队、治安支队、基层分局和各派出所，都在搜捕着。可是，我不抱太大希望。一方面，没人知道赵雄现在长什么样子，没人知道他藏在什么地方，另一方面，对赵雄的狡猾我已经深深地领教，凭这种常规的搜查，很难有好效果。

这么一想，马上又觉得，跟踪夏康的行动非但是可行的，而且是唯一有点儿指望的。

根据我们的分析，夏康实际上是赵雄的亲生父亲，我对杨柳的刺激一定也会刺激他，他应该会采取一些行动，而一旦行动，就给我们提供了找到赵雄的机会。

这就是我同意富强这样行动的原因。

可是，夏康却像往天一样，去了市政府上班，进了办公楼，进了自己的办公室房间。

这……

看来，这个计划落空了。

怎么办?

后来，富强告诉我，在这个时间里，他和夏晓芸发生了如下纠葛。

看到父亲进入办公楼之后，夏晓芸认为富强说谎，骗她，要离开。

富强一把拉住她说："夏晓芸，你听我说，我没骗你。对，我要告诉你，你父亲除了你这个女儿，还有个儿子。"

这下子惊住了夏晓芸，她非要富强说清楚不可。于是，他把赵雄的事说给夏晓芸，还添油加醋，说明是他父亲跟杨柳生的这个儿子，一直在瞒着她和她母亲，夏晓芸听了气得哭起来，嘴上说不，实际上还是相信了。于是，富强要她提供，她家是否有什么地方，可能藏下赵雄? 夏晓芸就忽然想起，她家在市区有一处私密房产，要带着富强去查看。

于是，他们的车再次启动，向一个方向驶去，我自然跟随在后。半小时后，我们来到一个新建成不久的小区，里边都是一幢幢的单体别墅，比杨柳的小区还要漂亮。

我的心轻轻撞击起来：有门儿。

夏晓芸从车里探出头，向值班室的保安说了句什么，栏杆就升起来了，富强的车就向里边驶去。

我也要向里边驶去，可是，栏杆已经落下来，我出示了警察证，栏杆重新抬起。

我和富强都使用了耳麦，也就是无线麦克风，所以我听到了他和夏晓芸的对话。

我驶进去将近百米，夏晓芸说："前面就是了，蓝色栅栏那家……哎，怎么驶出来一辆车，是谁呀……跟上他!"

我的心撞击更快了，车也加快了速度，很快看到了富强和夏晓芸的车，并隐隐看到他们前面的另一辆轿车的尾巴。

工夫不大，那辆轿车驶向小区后门，富强和我的车也相继驶出后门，随着前面的车向街道上驶去。

富强拍了段很短的视频发给我，我看到，这辆被我们跟踪的车是暗色玻璃，不可能看清车里边的情况。

这辆车肯定有问题，夏康在上班，夏晓芸的母亲不会开车，别墅里边不应该有别人，那么，是谁从里边开出一辆车? 开出去?

极可能就是赵雄。

我既快乐又紧张：小子，终于抓住你的狐狸尾巴了。我想报告李局长，又担心是虚惊一场，所以没打电话。

被跟踪的轿车不紧不慢，用中速向前行驶着，富强的车用同样的速度，保持不远不近的距离跟着它，我又和富强的车保持着差不多的距离跟随着。跟了七八分钟后，富强的车慢下来，我驶到前面，代替他们跟踪。

前面的车拐向另一条路，我们俩的车也拐向另一条路，前面的轿车依然不紧不慢地行驶着。

驶了一段路，前面的车再次转弯，我们也跟着转弯。

一个小时过去，我们转到了城郊的一条僻静的街道，这辆车还在前面不紧不慢地行驶着。

疑云渐渐在心头生出。

不对头，有问题……

尽管我们两辆车交替掩护，但是，这么长时间，前面的车不可能看不到，可是，他还是这么不紧不慢地在走着。

它是故意的，是故意这样转来转去的，故意引诱我们跟踪的。

我在耳麦里跟富强说了想法，他说他也感觉到不对头，我们商量好，前后夹击，把这辆车拦住，盘查搜查。

富强答应后，在前面加快了车速，他要赶上被跟踪的车辆，超过它，拦停它，可就在这时，旁边的岔路口忽然有一辆越野车驶出来，猛地向富强的车撞去……

这一幕我看得清清楚楚，脱口叫出来："富强，不好……"

可是，已经来不及了，富强的轿车被越野车撞得一下飞了起来，还在空中打了个滚，摔到了街道对面，而越野车则停都没停，右转后，飞速向远方驶去。

我想追赶，可是救人要紧，只能停下车，一边给110打电话，一边大呼着奔向富强翻倒在街道上的轿车。

富强和夏晓芸已经在车中昏迷过去，他们的头上、脸上都有鲜血在流淌。

我费了很大力气打开车门，在路人的协助下，将两个人拖出来，拖到稍远些的人行道上，分别对着他们的耳朵大叫，让他们醒来。

富强终于醒来："黎组，你……我……晓芸……"

富强艰难地爬向夏晓芸，而夏晓芸无论怎么呼唤，还是闭目不醒。

警笛声传来……

两个小时后，我从李局长的电话中得知，我们跟踪的那辆轿车找到了。轿车是一个年轻人在驾驶，他说，他是受一个男子雇用，去那个院子，把那辆车开出来的。他并不认识雇用他的人，对方只是付给他一千块钱的劳务费，他就什么都答应了。这个人还供称，他在驾车的途中，一直在电话中听着雇用人指挥，要他如何行驶，他报告了后边好像有车跟踪，对方也不在乎，依然要他按要求行驶。至于雇用他的人在哪里，他也不知道。

又过了半个小时，新消息传来，那辆肇事的越野车也找到了，但是车里没人，行车记录仪也被掰走了，目前还不知道驾这辆车肇事的人是谁。

我知道是谁，一定是赵雄。

赵雄为什么要这么干？为什么引诱我们跟着那辆轿车转？

他在钓鱼，那辆车是鱼饵，把我们钓到他部署好的地方，然后驾驶越野车突然冲出撞击……

他想杀害我们。

可是，他的目标应该是我，或者说，主要目标应该是我，为什么却奔向了富强和夏晓芸？为什么？

脑里又出现一道亮光，心中产生一种感觉……

二十五　真正的目标

1

我来到医院，奔向急救室，富强和夏晓芸都在抢救中。

急救室外聚集着好多人，有值勤警察，有刑侦支队的几个弟兄，还有我们弯道分局局长，其他的都是富强和夏晓芸的家人、亲属。有人在嘤嘤地哭泣着，显然是富强和夏晓芸的父母们。

夏康也来了，他脚步踉跄，脸色如铁，眼睛赤红，几个市政府工作人员陪同在旁。

手术室的门开了，富强被推了出来，他闭着眼睛，头上包扎着绷带，人还在昏迷着，好几人拦住医生护士，询问情况。一个医生告诉几人：富强生命体征正常，已经过了危险期，很快可以醒过来。

富强的家人亲属们感天谢地地随着担架车走向病房，我想跟过去，可是想了想又留下来。

又过了一会儿，急救室的门再次开了，又一辆担架车推了出来，可是，床上的身体和脸部都被白床单遮盖起来，医护人员阻挡着扑上前的亲人们，告诉他们：他们尽了全力，但是……

但是，夏晓芸还是死了。天哪……

夏晓芸的母亲当即昏倒在地，亲戚们和医护人员奔向她。

夏康趁机奔向担架车，掀开白床单，夏晓芸的面庞显现出来，可是，她漂亮的脸蛋已经走形，而且就像床单一样苍白，头上包着绷带，眼睛紧紧地闭着，毫无声息……

“我的宝贝呀，我的宝贝呀，你可要了爸的老命了……”

夏康突然爆发出的哭声，像是把心肺都撕裂了，也撕裂了我的心，我的眼泪居然也不知不觉流出来……

晕过去的夏晓芸母亲苏醒过来，在喊："我的闺女呀，妈的闺女呀，今后，你让妈咋活呀……"

我的泪水在默默流淌，我的心在不停地说着：她死了，夏晓芸死了，她的漂亮，她的高傲，她的一切，都随着生命而消逝了，只留给亲人无尽的创伤。

我的泪水突然停止了。因为，夏康的哭声停止了，他擦了下眼睛，起身向走廊尽头走去。有人想要阻拦他，询问他，可是没人敢伸手和开口。

他要干什么去？

我擦了下眼睛，跟着他的背影走出去，走出了医院大楼。

夏康急匆匆进入自己的车中，向医院外边的街道上疾驶而去，差点和一辆迎面驶来的车撞上。

我也急忙上车，随夏康的车驶去。可是，他的车速太快了，而且不顾危险，惹得一些车辆纷纷鸣起了喇叭，我竭尽全力跟在后边。可是，前边出现十字路口，恰好红灯亮起，没想到夏康的车居然鸣着喇叭闯了过去，我就没办法了，一分钟后，谁知他会跑多远了，跑哪儿去了？

奇怪的是，当绿灯亮起，我驾车驶过路口，驶出不远，却看到了夏康的车影，而且车速明显慢下来，甚至比别的车还慢了许多，这又是怎么回事？我稍稍加了点儿速，驶近并贴着他的车超过去，在驶过的片刻间，我向他的车窗内看去，看到的是他一手驾车，一手在打电话，激动地说着什么……

我超过夏康的车，在倒视镜中看着他的车影，大脑迅速旋转起来：夏康在给谁打电话，打什么电话？他为什么疯狂地从医院里边奔出来，疯狂地驶去，是不是要去见谁，他要去见谁呢……赵雄……应该是他，夏晓芸肯定死于赵雄手下，夏康心里非常清楚，所以，他的第一反应是去找赵雄报仇，算账……可是，赵雄是他的儿子啊……对，所以，在瞬间的疯狂之后，他又冷静下来，车速也慢下来……那么，他又在给谁打电话？

我一时想不出来，急忙打电话给李局长，李局长听后让我放下电话。后来的事情就是李局长告诉我的了：

李局长放下我的电话，给夏康打去电话，可是，夏康的手机一直占线，他打了三次才打通，在安慰了夏康几句后，他说："夏市长，这时候一定冷静，当务之急是找出害死夏晓芸的凶手，让他受到法律的严惩，所以，我希望您能好好想一想，分析一下，这是怎么回事？”

夏康说：“我怎么知道怎么回事？你是公安局长，我应该问你才对，你告诉我，这是怎么回事？”

李局长说：“夏市长，破案的责任在我，可是，我也需要线索和信息，夏晓芸是您女儿，您难道没有一点儿想法吗？对，她得罪过什么人没有，这个人为什么这么恨她，要置她于死地？”

夏康说：“我要知道还要你公安局长干什么？夏晓芸才二十三岁，她能得罪什么人，得罪到这种地步……对了，凶手一定是冲富强去的，牵连了夏晓芸。”

李斌良：“那么，凶手为什么要杀害富强，为什么？”

夏康说：“你怎么还问我？对，我也不指望你破案，我自己会找他报仇的。”

夏康放下了手机，不一会儿，李局长把电话打给我，学说了他们的通话。我和他分析后判断：夏康只是嘴上说说，是不可能找赵雄报仇的。至于赵雄撞车之事，他可能是冲着富强去的，至于连带夏晓芸，他或者不知道是他妹妹，或者知道也不放在心上。像他这种人，心里只有他自己。

那么，他在车上给谁打电话，打了那么长时间？

暂时还无从得知。

2

后来我又知道，就在放下我的电话不久，李局长接到了市委办的通知，要他尽快去市委参加常委会。在所有常委都到齐，会议即将开始时，夏康也走进来，大家都很吃惊，纷纷和他打招呼，表示关心和安慰之情。他却非常平静地说：“谢谢大家，我能挺住！”

会议开始，市委书记吕一刚说：“在本次常委会议正式开始前，我说一件事：最近，我们江山市出现一种不好的风气，就是对某些领导同志无中生有，造谣中伤，告黑状。对，我说的就是李斌良同志，对他的诬告信都写到省委和中央去了，这大帽子扣的，吓死人。我昨天跟省委张书记谈了，李斌良是个好同志，他担任政法委书记和公安局长是合格的，优秀的，在政治上是可靠的，是值得信赖的，我希望省委对此能有正确的态度。刚才，张书记给我打电话了，说尊重我的意见，李斌良同志继续担任我市的政法委书记，公安局长，还责成我找出写诬告信的人，给予应有的处分。我现在是提个醒，希望大家引以为戒。在座的都是市委常委，应该是有觉悟的，有话说到当面，反映给市委也可以，为什么搞这一手，捅到省委去，捅到中央去呢？我希望李斌良同志不要受此影响，继续大胆工作，开创我市公安政法工作的新局面。”

常委会上发生的这些，是全部事情结束后才知道的，如果我当时就知道，就不会犯下后来的错误，就会采取最恰当的手段。

会议结束后，夏康就匆匆离开了，说要去医院看死去的女儿。李局长跟在他后边：“我也去看看，咱们一起走。”夏康说：“不必了吧。”李局长说：“别忘了，她是你女儿，也是警察，是江山市公安局的警花。”

一句话说得夏康呜咽起来，不再拒绝，开车拉着李局长一起来到了医院。我看到他们后，跟着他们来到停放尸体的太平间，看到李局长向夏晓芸的尸体深深地鞠上一躬说：“夏晓芸同志，我没想到会发生这种事，作为江山市的公安局长，我对你发誓，我一定要抓到凶手，为你报仇，夏晓芸同志，你安息吧！”

李局长说完走到门口，和我站到一起。我们看到，夏康一条腿跪在女儿身旁，抱着女儿的头贴到自己的脸上，之后，嘴对着夏晓芸的耳朵，说了两句什么。因为是耳语，我们听不到，但是，后来的事情让我们大概猜到了他说的什么。

这时，两个夏家的亲戚走过来，劝夏康回家休息，说他妻子已经回家了，身体和情绪都很不好，他回家还要抚慰照顾她。夏康不再固执己见，对夏晓芸说了声：“宝贝，爸走了，啊！”毅然向外走去。李局长跟了上去：“夏市长，我也回家，咱们一路走吧！”

我随着两位领导走出太平间，看到陈支队长、许副支队长及大案队长胡克非走过来，三人跟夏康打过招呼后，走到李局长跟前，汇报搜捕情况，说到现在还是一无所获。我和富强开车去过的那个别墅，也就是那辆可疑轿车驶出来的别墅也搜查过了，只搜到一些软包中华的烟蒂、烟盒和一些毛发，但是找不到嫌疑对象，也无法进行DNA比对。李局长想了想说：“继续搜，绝不能放松。”刚要走又停下脚步说：“不过，天不早了，你们该吃饭吃饭，不吃饱肚子没法干活儿。”三人急忙说：“是，谢谢李局，谢谢李书记！”

我注意到，说“是”的是陈支队长，说“谢谢”的是许宽，说“谢谢李书记”的是胡克非，这小子，可真会溜，有大不说小。

李局长和夏康上了车，驶去。我看着他们的车影远去，一个念头又开始在脑海中慢慢浮现，我正要抓住它，看清它，旁边突然有人对我说：“黎组长，你有什么想法，能不能跟我们说说？”

脑子里的念头消失了，我看问话的人，是许副支队长。

胡克非也凑上来：“是啊黎组长，有什么高见，指导我们一下！”

听听，话里边什么味道，这小子，不是东西！

陈支队长也走近我说：“真的，黎斌，你觉得大规模的搜捕有意义吗？能搜出什么吗？”

陈支队长的话触动了我，在一定的情况下，大搜捕是必要的，如果有罪犯急于逃跑、流窜，这样既可控制他的行动，也可能随时发现他的踪影，但是，对赵雄这样的家伙，在有人保护他的情况下，这么搜查，效果就让人怀疑了。

但是，我只能苦笑一声：“不好说，可是，暂时也没有别的好办法呀！”

许宽说：“这可是有点儿打乱仗啊，知己知彼才能百战百胜，我们都不知道凶手是谁，搜捕谁呀？就是他出现在我们眼前，我们也辨不出来呀，怎么抓他？”

三个人的眼睛都看向我，好像我就是要抓的凶手似的。

不过，他们说的有道理，是不是把赵雄还活着的情况告诉他们呢？我一时犹豫起来。胡克非好像看穿了我的心思，碰了我的手臂一下说：“黎组长，您是不是掌握一些我们不知道的东西，能不能向我们透露一下，让我们有个方向啊！”

陈支队长：“胡大队，别这样……小黎，你自己掌握，觉得可以向我们透露就透露，觉得不可以，我们也不勉强。”

陈支队的话挺诚恳的，真该跟他说点儿真的，可是，又不能把赵雄的事告诉他们，怎么办呢？我一边思索一边说：“现在的关键，是要知道凶手还要干什么，他为什么冲富强下手。”

许宽说：“黎斌，你的意思是，凶手是冲你们专案组来的？”

胡克非说：“对呀，是不是你们专案组碰到了他的痛处？”

许宽说：“那他的下一步会是什么？”

这……极可能还是要对付我们……可是，他真的是因为我们触碰到了痛处，或者知道了他的身份，想向我们报复，杀害我们吗？符合基本逻辑，可是，逻辑性又不那么强……

脑子里的那个念头又渐渐浮现出来，就要清晰了。

这时，我的手机铃声忽然响起，我拿了起来，是一个陌生的号码，我慢慢接起，放到耳边，没等我说话，一个男声传出来：

“您好，您是黎斌黎组长吧？”

我沉了沉：“请问您是……”

男声笑起来：“猜不出来我是谁吗？我是你要找的人哪！想不到吧，哈哈哈哈……”

我差点脱口叫出他的名字，但是转头看了一眼，咽了回去，一边向旁边走去，一边压着嗓子说：“你是赵雄。”

赵雄：“姓黎的，你小子真行啊，我藏得这么深，还是被你挖出来了。你行，我很欣赏你。”

我没有说话，等着他继续说下去。

“可是，你对我威胁太大呀，你活着我就不能活，咱俩只能有一个活在世上，你说怎么办？”

我咽了口吐沫：“你什么意思？”

“敢不敢单挑，一个对一个。对，拳脚，刀枪，随你便，我死在你手下，心甘情愿，你死在我手下，也要认命，你敢吗？”

我听到了自己的心跳声，但我竭力控制着，保持着冷静。

说真的，对这个挑战，我真没把握必胜，因为，他既然提出来了，肯定做了精心准备，他又在暗处，我在明处，谁知道他会使出什么阴谋诡计？

可是，我如果不答应，不但显得我懦弱、胆怯，而且，也丧失了一个抓获他的机会！

我想了想说：“赵雄，如果你真想跟我单挑，那就不能耍阴谋诡计，要正大光明地站出来，面对面地决战。”

“好，”他大声说，“黎组长，你行，是个男子汉，那咱们说定了，就一对一，正大光明，你就一个人来，我呢，也哥儿一个，其实你也知道了，除了李敢，我没别的帮手，李敢已经被你干掉了。”

我说：“好，说时间地点吧？”

他说：“行，咱们就一个小时之后见，地点是……”

他说出的地点居然是那儿，是他……不，是假赵雄坠楼而死的那片废弃的建筑工地，那幢楼的楼顶。

这个地方真是决斗的好地方，不受任何妨碍。想来，这个地点是他精心选择的，这也符合他的心理逻辑，三年多前，他的替身从这里坠楼而亡，难道，今天他要在这里找回点儿什么？

我说："好，一个小时后见。"

他说："不见不散。对，不能打黑枪，更不能带帮手。如果我看见别人，那你就永远见不到我了，而且，我还会继续杀人，会暗中对付你，让你不得安宁。"

威胁我？去你妈的吧！

我说："赵雄你听着，如果你骗了我，只要我活着，就是找遍天涯海角也要找到你，你也别想有一天安宁。"

"那好，咱们今天就一了百了！"

放下手机，我看看四周，陈支队、许副支队和胡克非在不远不近的地方望着我。

我向专案组的车走去，胡克非走上来拦住："黎组，这时候，你干什么去呀？"

我说："天不早了，回家吃饭。"

胡克非说："回家干什么呀，咱们一起吃呗，对，就陈支队、许副支队，还有咱俩，我买单！"

许宽也凑上来："是啊黎斌，一起吃吧！"

陈支队："黎斌，刚才你接谁的电话？是不是有什么事？你可不能逞个人英雄主义，咱们的对手太狡猾，什么事都干得出来，需要我们吱声。"

陈支队说得对，我真的面对着不可知的危险。可是，如果告诉他们，他们跟我行动，赵雄就不会出现了。何况，我对他们也不那么信任。

我敷衍着说："没事，没事，真的没事，谢谢陈支队了。"

我说完向自己的车走去，留下三双充满疑虑的目光。

3

我驾车向着赵雄的方向驶去，心情难以描述。

前面，一场生死之战在等着我，我走向的很可能是死亡，这不能不让我恐惧，可是，我更恐惧的是对这种恐惧的恐惧，所以我必须前往。

可是，如果你死了怎么办？不说你生身父母，不说你挚爱的苗苗，只说，你死了，毫无意义地死在了赵雄手上，他却逍遥法外，继续伤害无辜，伤害一个个脆弱的女性，甚至包括苗苗，你能够死而瞑目吗？

当然不能，你即便死了，也要抓住或者杀掉赵雄，决不能让他再逍遥法外。

可是，你这样去，能够确保做到这一点吗？你跟他打这种赌有意义吗？即使你遵守约定一赴生死，你能保证他真的遵守约定，光明正大跟你决斗吗？你这样毫无准备地去和从未见过面却极为狡诈、残忍的赵雄决斗吗？

想着想着，我的车速减下来，也冷静下来，不，必须预先做准备，决不能这样去赴死。

想到这里，我拨通了林大队长的手机号，请他和小王赶来，但是，我只是预防万一，并没有告诉他们为什么来。对了，林大队长和小王一直留在江山，在暗中协助我们作战。现在，他们是我唯一能够相信和借助的力量。

放下手机，继续驾车前行，我这才注意到，已经是傍晚时分，天色渐渐暗了，正是人们下班的时候，这让我想起了即将前往的那幢未完工的高层建筑，想到那片建筑工地，那里，此时一定更加荒凉，荒僻，到达时，那里一定更加幽暗……对了，那里连个灯光都没有，你就跟他在那样的地方决斗？

我的心更加警惕起来，决定做点儿什么。

做点儿什么？应该打电话给李局，向他报告，征求他的意见……对，应该这么做。

我更加放慢车速，拿出手机，没想到，手机自己恰好响了起来，还是刚才那个号码，赵雄。我略一思考，接起：“喂？”

赵雄的声音传出：“黎斌，我可是快到了，你到哪儿了？”

我向外看了看：“快走一半了吧，反正，在路上了！”

他说：“你没骗我吧？嘴上说来会我，实际并没有来，或者，带着很多警察来抓我。”

我说：“你要不信我也没办法，要不，咱们取消？”

“别别，”他急忙说，“我看这样，咱们加微信吧，定上位，能互相看到对方的位置，谁也骗不了谁，咋样？”

他又想搞什么鬼？

我不能拒绝，稍一犹豫就回应：“没问题，加吧！”

我们加了微信，互相定了位，我看到，他的位置确实在我的前面，前往的方向正是那个建筑工地，他当然一定也看到了我。

微信通话的铃声响起，怎么着，还想跟我视频？

是音频对话，我点击接起：“赵雄，你还有什么话要说？”

屏幕上呈现的是一张空白的面部："没啥，姓黎的，你有胆子，是爷们儿，不管见面谁死谁活，可现在我服你了。好了，你一定要遵守承诺，我先去等你了。见面前，咱们就不通话了！"

我答应一声，他关闭了通话。

我继续驾车前行，心里的疑云却越发浓厚起来。

他真是约我去决一生死吗？

他真的会光明正大地和我一对一单挑吗？

他真的输了会跟我走，任我把他抓住，接受终极审判吗？……如果他真能这样，他还是赵雄吗？他可是逃过两次死亡的人，他对吴安宝说过，他是永远都不会死的呀；他还说，能把他弄死的人在这个世界上还没生出来呢；他还说，谁要跟他过不去，他一定会叫谁生不如死……

我的身上忽然出了一身冷汗：对呀，我怎么能这么相信他的话呢？我怎么一下子丧失了冷静，冲动起来了？冲动是魔鬼，你现在要对付的人就是魔鬼，可是，在见到他之前，你已经遇到了冲动这个魔鬼，你怎么可能居于不败之地呢？

不行，必须重新思考，全面审视他到底想干什么？会怎么做……很明显，他约你去那里，是想除掉你这个对他来说最大的威胁，也就是杀掉你……如果是这么个目的，他可以有很多选择，有很多手段，譬如像对付富强那样对付你，这不是安全得多吗，为什么非要这样站出来，公开叫阵？

不对劲儿，不对劲儿……

对了，不是分析过吗，他这个时候最重要的是报复，报复我，是因为我是专案组长，我曾通过他的母亲杨柳向他发出了挑战，表达了势不两立、不共戴天的决心，把我干掉，不但发泄了对我的仇恨，我这个威胁也就不复存在了……

不，不对，本市有两千多名警察，就算我死了，把我除掉了，李局长完全可以重新成立专案组，继续对付他呀，何况，他现在已经暴露了身份，对付他也容易多了……这……天哪……

我忽然明白了，明白了他约我决斗的真实意思：他现在最紧要的除了报复，更重要的是逃跑，求得自身的安全，现在，知道他真实身份的，除了他的亲人，只有我和李局，而李局才是这一切的主导，他的作用要比我大得多呀！论对赵雄的威胁，最大的威胁是李局而不是我。所以，他约我出来，并不是真的要和我决斗，而是调虎离山，让我远离李局，把精力转到这边，免得让我忽然想到李局危险去保护他……对，我脑子一直转着、一直想清晰而不得的灵感火花就是这个呀，刚才要不是赵雄打来电话，我马上就会想到的。可是……

4

可是，我已经远离市区，来到这里……

我控制着担忧和激动，停下车拿起手机，看到赵雄的位置标记已经改变，更接近那片建筑工地了。我想了想，反拨了回去。

可是，无论是微信还是手机，他都不接。当我放下手机的时候，看到微信里他留下的几个字：“不是说不通话了吗?”

我的答复是：“要是不通话，我就不赴约了!”

片刻后，他回复了：“你要说什么?”

我说：“我要跟你通话。”

说完，我就开始拨出手机通话，而且拨个不停，绝不放弃。最终，他终于接了电话。

“喂……”

我立刻听出，这不是他的声音，就大声说：“你不是赵雄，我要跟赵雄通话。”

对方：“我实话跟你说吧，刚才跟你通话的先生已经下车一会儿了，把手机留给了我，他要我……”

很快听明白了：赵雄雇了他的车，超出平时的价格两倍，要他前往那个建筑工地，临走时，把手机留给了他，但是，不让他跟任何人通话。他是看我老是拨打，忍不住才接起的……

妈的，果然是这样，他在调虎离山，他现在肯定是奔李局去了。

瞬间，我的脑子一亮，忽然想起，那天晚上，我送苗苗回家，来到李局长家楼下遭到了枪手的突然袭击，我还以为他是跟踪我的，要枪杀的是我。现在看不是这样啊，他是奔李局长去的，想偷袭李局长，被我冲了……

我感谢了出租车司机，听说赵雄才下车不久，肯定赶不回市区，稍稍松了口气。我先给林大队打了电话，要他和小王抓紧返回市区。之后，我准备给李局长打电话，可是手机自己响起，我接起来一听，原来是刑侦支队的陈支队长。

陈支队长："黎斌哪，我觉得你不对头，怕你出事，带人出来了，正在奔你的方向追赶，快告诉我，你在哪儿，出什么事没有？"

陈支队的话一下子取得了我的信任，我反问："你带了几个人，许支队和胡大队也来了吗？"

陈支队长："我就带了身边的几个人，一辆车，我担心市区出事，把许宽和胡克非都留下了。"

许宽和胡克非，他俩……

我说："陈支队，你不要说了，马上往回返，我上当了……"

撂下陈支队的电话，我急忙拨出李局长的号码，可是回答的居然是忙音，也就是说，他在通话中，我连拨三次都没能拨通，顿时急了，我一边驾车往回返，一边拨通了苗苗的手机，苗苗的手机倒是拨通了，可是，铃声响了一遍又一遍，就是不接……

天哪，难道，她出了什么事？她和她爸爸都出事了……

还好，电话终于接通了，传来苗苗的声音："黎斌……"

我大声说："苗苗，你和你爸爸在一起吗？"

苗苗说："没有啊，我还在文化馆，过几天要演出，在排练节目，吃了盒饭，晚点儿回去，对，你到时能来接我吗……"

我粗暴地打断她说："苗苗，别说了，我打你爸爸电话打不通，才打给你的。对，你要注意安全，千万别一个人回家，等我去接你，记住了！"

没等苗苗回答，我就挂断了，再拨李局长的号码，这回拨通了："黎斌，什么事？"

他的声调还平稳，让我放了点儿心。我问他在哪儿，他说在办公室里，在吃盒饭，因为搜捕和堵截还在进行，他要随时掌握情况，做出指挥决策。这更让我放了心，赵雄不可能闯入公安局去杀公安局长。于是，我就要他别离开公安局，说我正在赶回去。他问我为什么，我把赵雄约我决斗，和关于他极可能是赵雄的袭击目标说了出来，他听后沉默片刻说："好，我知道了，你抓紧回来吧！"

放下李局长的电话，我忽然又感觉不对头，如果李局长待在局长室不动，赵雄就不可能杀得了他，那他怎么露面啊，他不露面，怎么发现他，抓住他呀？

正想着，李局长的电话打回来，跟我说了一件事情，再说了应对的办法，最后说："如果发现赵雄，他要是拒捕的话，坚决击毙，不能让他再去害人了！"

我感觉，李局长的话中还有没说出的含义：如果不击毙他，他很可能还会逃过死刑。他说过，在这个世界上，没人能弄死他。

不过，他说错了，世界上真有这样一个人，就是我。

我答应了李局长，可是又觉得不安全，太冒险，但是没等我说话，李局长就放下了电话。不过，我俩已经互相手机定位。

我向市区疾驶而去，向李局长的定位驶去。

李局长的位置开始移动，他应该离开了公安局，是去赴一个约会，赴一个人的约会。

约会的人是副市长夏康。

原来，李局长和他一起离开公安局后，李局长已经告诉他，夏晓芸被害，极可能和当前专案组正在侦破的案件有关，进而告诉他，赵雄还活着，还说，这次，说什么也不能放过赵雄了，一定要抓活的，把赵雄后边的人挖出来。夏康听了先是假作震惊，继而连连称是，说一定要抓到赵雄，挖出他背后的黑手。还说自己要好好想一想，看能不能想出什么，帮助李局长破案。

现在，是他给李局长打了电话，说他想到了有关此案的重要线索，要当面向李局长提供，李局长应约前往。我在电话里进行了阻拦，但是李局态度坚决，一定要赴这个约会。

我想了想也同意了，因为，这有助于引出赵雄。

我不断加速，想尽快赶到李局长身边。

这时，陈支队长打来电话，说他们已经接近市区，下步该怎么办。我要他们放慢车速，向我靠拢并保持相当的距离，随时准备战斗。陈支队居然答应了一声“是”。好像我是支队长他是我一样，简直大小不分乱套了。可是，此时我什么都顾不上了，确保李局长安全，抓住或者击毙赵雄是最重要的任务。

我的心里不断地喃喃自语着两个字：“击毙，击毙。”

可是，如何靠近李局长和隐藏着的赵雄，而又不引起注意呢？必须想个妥善的办法……脑海中闪过一道亮光，我想起了苗苗跟我通话时说的话，就给她打去电话，当我的车驶过文化馆楼外时，她已经在等我，把一个大包袱塞到了我的车上，然后要跟我一起前往。这怎么能行，我坚决制止了她，关上车门向前驶去，从倒视镜中看着她随车跑了好几步不得不停下来……

二十六　击毙

李局长来到了一个地方，停下了脚步，目光四顾。

这是条步行街，就是方哥被一双眼睛盯过的步行街。

正是晚饭时分，也是步行街的热闹时分，街道两旁，一个个小吃摊床摆出来，叫卖声和香味一起向人们扑来，不少人受到引诱停下脚步，买上一点儿对口味的填入腹中。

李局长脚下所站的地方是距离小吃摊床几十米的一个路口，尽管不时有人走过，相比小吃摊床的那边还是静得多，虽然有灯光照过来，可是并不十分明亮，过往的行人面目需要仔细辨认才能看得清楚。

我看到了李局长的身影，也看到了他身处的环境，心想：夏康约李局长见面的地方真好，一定是精心选择的。

我想了想，向李局长的方向走去。

我在电话里跟李局长说了我的判断，赵雄很可能要对他下手，所以，他显然有所准备，不时地警觉四顾。此时，他拿出了手机，打出一个电话，我猜测，他是打给夏康的，是问他为什么还没有应约来到。片刻后，他把手机放下了，继续四顾，后来知道，夏康是让他等着，他马上就到。

这时，李局长看到一个人向他走来，不，是向他移动而来，他警惕地盯着他。

这是个特殊的人——一个乞丐：他一头肮脏的长发，双膝跪地，缓缓向李局移动。李局警惕地盯着乞丐，手伸向怀里，显然是在摸枪。就在这时，乞丐移到他跟前，伸出手上盛有几张零币的铁盒子："可怜可怜吧，可怜可怜吧……"

李局看清乞丐，松了口气，拿出一张五元的人民币，投入乞丐的钱盒中。乞丐连连叩首："谢谢，谢谢……好人哪，好人哪……"

乞丐缓缓离开李局长，缓慢地蠕动着离去。

李局长再次四顾，还是没有夏康的影子，他再次拿出手机准备打出，就在这时，一个呼声传过来："您好，李局长！"

我看到，一个着装的警察走向李局，走到他跟前，右手臂向上一晃一摇，敬了个举手礼："李局长，我是来找您的！"

李局打量着警察："你是哪个单位的，叫什么名字？敬礼怎么这么不规范？"

警察："这……李局长，我是石岗分局的，瞧……"

警察把手伸向怀中，看样子去掏警察证，可是，手刚插进怀中，突然身子一抖不动了。

警察的身后响起一个声音："赵雄，举起手来，动一动我就开枪！"

赵雄身后一个人影浮现出来……不，说站起来更为准确，他是刚才跪在地上的乞丐，他的手枪顶在了"警察"的后背上。

"警察"："李局，这什么意思啊，我是石岗分局的……"

这时，李局长的手机忽然急促地响起，分散了他也分散了我的注意力。就趁着这个机会，"警察"迅速摆脱乞丐的枪口，向一旁逃去，边逃边拔出手枪，指向李局扣动扳机，他的枪声和乞丐的枪声几乎同时响起，但是，惊慌之中，两个人都没有打中目标。

"警察"顺着步行街，借着行人的掩护向前逃去，"乞丐"紧追不舍，一边追赶一边喊着："赵雄，站住……"可是"警察"回应的是不时回头射过来的子弹。"乞丐"却顾忌着附近的行人群众，只能躲闪隐蔽，不敢还击。

不再卖关子了，假警察是赵雄，假乞丐是我。我身上的乞丐衣着和头上的长发及相关用具都是冲文化馆借的，他们正在排练一个小品，其中有个乞丐的角色，我灵机一动，在电话里要苗苗把乞丐的服装借出来给我一用……

可是，过往路人却不知怎么回事，他们看到的只是一个乞丐持枪在追赶一个持枪的警察，好奇地纷纷凑过来看热闹，成了我追逐赵雄的障碍，我一边追赶，一边掏出警察证，高高举起："我是警察，前边的是杀人犯，大家快躲开，趴下……"可是，有人仍不以为然，直到有两名围观者中枪倒下，才觉不妙，散开的散开，趴下的趴下，可是，远处一些不明真相的人却仍然在凑过来。

纷乱之中，赵雄与我拉开了距离，我正在着急，前边忽然传来林大队长的吼声："站住，警察——举起手来！"

我大喜道："林大队，不要让他跑了！"

这时我看到，前面的赵雄掉头向旁边的巷道奔去。我顿时焦急起来，他要是跑进巷道就不好办了，可就在这时，惊人的一幕发生了：赵雄一边扭头向我们射击，一边向巷道口奔去，却撞到了一个从巷道里走出的人身上，两个人双双倒地。我急忙奔上前去喊："赵雄，不许动……"

但是我万没想到，赵雄迅速就从地上爬起来，手上还扭着跟他一同摔倒的人，并将其控制在自己胸前，枪口顶着她头部，对我大叫："你过来我就开枪！"

我一下子停住了脚步，不只是因为他控制着人质，枪口顶着人质的头，还因为，人质居然是苗苗……

天哪，苗苗怎么会突然出现在这里，为什么偏偏这时候出现……对了，她一定是在我借乞丐服的时候意识到什么，不放心，随后赶来了……对呀，当时，她还跟着我的车追了几步……这……

她的突然出现，与赵雄相撞，导致赵雄倒地，迟滞了他的逃跑，可是，她也因此落到赵雄手里，成了他最有利的防护武器。

更不幸的是，苗苗突然叫出："黎斌，我……"

赵雄立刻敏锐地捕捉到了这个信号："你们……哈哈，黎斌，她是你什么人？是对象吧？对，听说，她还是李斌良的宝贝闺女，太好了，宝贝，你来得太及时了。黎斌，还有你们，所有警察，谁再上前一步，我就一枪毙了她！"

赵雄说着，枪口使劲儿顶了一下苗苗的太阳穴。

我感觉到了疼痛，立刻叫起来："不要……赵雄，你有本事冲我来，别对她……"

赵雄没等我说完就笑起来："我冲她来就是冲你来……嗯，模样不错，宝贝，现在你属于我的了，谢谢你呀……"

他边说边亲吻了苗苗的脸腮一下。

妈的，你……

我想要上前，可是拔不动腿，除了赵雄的威胁让我不敢轻动，更重要的是，我被巨大的恐惧攫住了身心：苗苗，我最亲爱的人，我不能失去她……我甚至感觉脚下的大地在缓缓向下沉去，向无底的深渊沉去，我的两条腿也一阵阵地颤抖和酥软，我挣扎着提醒自己："黎斌，你不能这样，恐惧是没用的，你必须控制住自己，苗苗在他的手中，你要把她救出来。"

我迅速地恢复了冷静，枪口指着赵雄说："赵雄，你别胡来，你要伤害了她，你自己也肯定完了……"

赵雄："我豁出去了，可是，你能豁出去吗？"

他说对了，我不能豁出去，我要救苗苗。

我克制着说："赵雄，你想干什么？"

赵雄："你说我要干什么？我要你放下枪，马上放下，不然我就毙了她！"

我别无选择，只能答应他的条件："好好，赵雄，我听你的，我把枪放下，放下……"

我慢慢地把枪向地上放去，可苗苗这时叫起来："黎斌，不要，你别……"

赵雄的枪口又猛地顶了她的太阳穴一下："闭嘴，我现在就毙了你！"

"苗苗，别怕，千万别怕，啊，我会把你救出来的！"说话间，我把手枪放到了地上，"赵雄，我已经把枪放下了，你放了她吧！"

赵雄："姓黎的，换了你会放她吗？你记住，只有我活着，她才能活着，我死了，她一定死在我前面。你听清楚了吗？你要是敢乱动……不，所有的警察都算上了，谁敢乱动，我就一枪毙了她。"

我……

赵雄控制着苗苗向巷道里退去，我完全是下意识地跟随着向前走去。

赵雄："姓黎的，你站住，你再走一步我就毙了她！"

我……

我无法停下脚步："赵雄，你要怎样才放了她？你必须答应放了她，我才会停下，不然，你就连我和她一起打死吧！"

"你……你他妈的，我……对，你要再跟着，我不但不放了她，我还要把她带走，我要像对待于丽敏那样，让她受尽苦头，最后再杀了她！"

赵雄的话，一下子让我看到了于丽敏被害的现场，看到了于丽敏被害后的照片，那一个个惨不忍睹的伤口，还有……

他非但没有吓住我，相反，他以伤害苗苗为武器来恐吓我，反而激怒了我。我心底的仇恨化成了怒火，从眼中喷发出去，脚步随之一步步向前逼近。

赵雄说："黎斌，你想干什么，你真的豁出她了吗？"

苗苗突然开口说："你开枪吧，开枪吧……黎斌，你别怕，他杀了我，你一定要为我报仇！"

苗苗说着挣扎了一下，但是被赵雄死死控制住说：“你真找死吗，我会满足你的。你要是听话，我会让你死个痛快，不听话，就像姓于的那个女的一样，她居然敢跟我作对，跟记者说我的坏话，我能放过她吗？她还准备了一把刀，想对付我，可是结果呢？成了杀她自己的工具。听明白了吗，就因为她敢反抗，所以我才让她死得很惨！”

赵雄的话让我明白了于丽敏现场为什么会留下了凶器，原来，那把刀是于丽敏自己准备的，是防备有朝一日对付赵雄的侵害的。对，现场被翻动的抽屉，肯定是伪造抢劫的假象，把侦查引向歧路了……

我故意接过赵雄的话：“对了赵雄，有一个事我不明白，你能告诉我吗？”

“姓黎的，你休想要什么诡计！”

“我没要诡计，我是真不明白，你为什么要撞富强和夏晓芸呢？你知道你和夏晓芸是什么关系吗？”

赵雄：“姓黎的，你想用亲情来软化我吗？你看错人了，我不管她是谁，谁妨害了我，我就干掉他……”

“可是，夏晓芸怎么妨害你了？”

“她没妨害我，可是，他们妨害了我，他们觉得我成了包袱，给他们带来了麻烦，想甩了我，我能让他们好受吗？”

“赵雄，你是故意这么干的？”

“当然，我知道夏晓芸是夏康的宝贝，我就是让他尝尝这种滋味。姓黎的，这种时候你说这些干什么，想分散我的精力，休想！走！”

赵雄控制着苗苗向巷道内走去，枪口指着我说：“姓黎的，你真想让她死吗？你再走一步，我开枪了！”

我这时完全镇静下来：“赵雄，你杀了她，没有了人质，警察马上就会开枪击毙你，我要是你，绝不会这么干，我会用最后一颗子弹，杀死我的主要敌手。”

赵雄口气一下子变了：“你说什么？最后一颗子弹？”

我说：“赵雄，手枪的子弹是有数的，你没有数过自己开过几枪吗？”

“这……我……你……”

赵雄突然把枪口指向我，扣动扳机，但是与此同时，苗苗叫了一声“不”，猛地推了他一下……

枪声响了，子弹从我耳旁飞过。

赵雄再次扣动扳机，却没能打响。

他真的没有子弹了，我蒙对了！

赵雄又接连扣了两下扳机，仍然没有打响，就把苗苗猛地向我推过来，转身向巷道内逃去。

“抓住他，抓活的——”

我扶住苗苗，把她交给奔过来的李局长，拾起手枪，飞步向前追去，林大队长和小王跟我一起追向前去，我心里生出狂喜：赵雄，你终于落到我手里，我可以抓住你了，到时，你背后的黑手也藏不住了……

前面突然响起枪声，一枪，两枪，三枪……赵雄的脚步突然慢下来，停下来，手指着前面，踉跄了两步，向地上扑倒下去……

两个便衣男子的身影浮现出来，手中枪口指着地上的赵雄，一点一点靠近。

是许宽和胡克非。

我叫着“许支队、胡大队”奔上前去，许宽和胡克非抬起头，疑惑地看着我，我扯掉头上的长发，扔到地上：“许支队、胡大队，是我，黎斌！”

我俯下身，看到假警察趴在地上，脸色惨白，胸前地上全是深色的液体，显然是鲜血，警帽更是摔到一旁，手枪也被踢远。他歪着脸，看着许宽和胡克非，挣扎着说：“你们……不是……我明白了，你们是要……”

胡克非说：“你说什么呀，许支队，黎斌，他说什么呢？”

我说：“赵雄，你什么意思，快说！”

赵雄的目光看向我说：“你……赢了！”

我说：“赵雄，你刚才的话是什么意思，什么明白了？”

赵雄想要说话，却已经说不出声来，头一歪，大睁着眼睛不动了。

他死了。

胡克非说：“黎斌，他是谁？赵雄？”

我说：“对，他是赵雄。”

胡克非说：“什么？赵雄？赵雄……”

许宽说：“赵雄不是早死了吗，怎么……”

胡克非说：“对呀，赵雄是被我们亲手击毙的，再说，我们认识赵雄，哪是这个样子？”

背后传来一个人的声音：“出什么事了？”

我转过脸，看到一个人匆匆奔来，原来是副市长夏康。

许宽说：“夏市长，我们在执行任务，刚刚击毙一个嫌犯。”

夏康说："他是谁？干什么了？"

夏康走上来，看向死去的赵雄。

我说："他是赵雄，他向李局长开枪。"

夏康说："那李局长他……"

"我还活着。"

李局长走过来，看着夏康。

夏康说："这……这个人是谁呀？刚才小黎说他是赵雄？是不是他杀了夏晓芸？是他，一定是他……我要……晓芸，我的闺女呀，你看见了吗……"

夏康突然放声痛哭起来，我和李局长冷冷地看着他。

许宽和胡克非凑近我和李局。

许宽说："这是怎么回事？赵雄明明早被我们击毙了，怎么会没有死，变成这样一副模样？"

胡克非说："肯定是整容了，这个不是难事。"

我问："许支队，胡大队，你们怎么会出现在这儿？"

胡克非说："这……我们……"

许宽说："我们饿了，想到这边吃点儿东西，恰好听到了枪声，碰上了这个人。"

胡克非说："对对，依着我，在那边就吃了，可是，许支队非要上这边来吃，正好碰上他……"

许宽说："我们听到了枪声，看他这个样子，感觉他不是好人，他又把枪对准了我们，我们只好先开枪，击中了他！"

胡克非说："对对，许支队开枪还吓我一跳，生怕打错了，还好，没打错。"

我眼睛盯着许宽和胡克非，仔细地听着他们的话，在心里品味着。

警笛声、急救车的笛声远远传来……

我向苗苗奔过去……

赵雄被送进了医院的急救室，我和李局长、陈支队长、许宽、胡克非以及副市长夏康等在走廊里。我已经甩掉了乞丐装束。

很快，医护人员就从急救室中走出来，向我们宣布：赵雄已经死亡，无需再行抢救。

死了？赵雄死了？赵雄真的死了？

尸体随之从急救室推出来，我拦住了担架车，揭开蒙在死者脸上的白布单，呈现出的是一张没有血色的邪恶的面孔，是他，是被许宽和胡克非击毙在现场的那个人。

不过，他真的是赵雄吗？是当年那个赵雄吗？

要立刻验明正身。

我小声跟李局长说了两句话，李局长点点头。

在李局长下达命令后，法医和几个刑警向医院外奔去，我当仁不让地随他们坐进车中，带着他们驶进那个别墅小区，驶到了杨柳家院门外，按响了门铃，院门很快打开，别墅的门也打开，赵平凡迎接了我们："黎组长，你们这是……"

我说我们要见杨柳，推开赵平凡走进院子，走进别墅，看到二楼楼梯的缓步处有一个人在等着我们，她长发蓬乱低垂，苍白的脸看着走上前的我说："你们……找我干什么？"

是杨柳……

我走上楼梯，走近她，终于认出是她，她的发际出现了明显的白色发根，脸上的肌肉松弛地耷拉下来，额头出现了明显的皱纹，脸颊更没有了往日的光泽和红润，这……这是她吗？现在，站在我面前的简直是个老妪哪，和往日的她完全判若两人……

我的心生出一丝同情和怜悯，可是很快被克制住了。我用清晰的口吻告诉她说："杨柳，赵雄被击毙了，现在，需要抽你的血，验证他的身份，听明白了吗？"

杨柳："你……我儿子，到底被你……害死了，我……跟你拼了……"

杨柳扑向我，我闪开身子，她从我身边滑落，向楼梯下方栽倒下去，我只好揽住她的腰肢，这时，法医和另外两个刑警奔上来，将杨柳托住，她瘫在我们几人手上，嘴里还在喃喃地骂着："我……恨你们，你们害死了我的儿子……"

她号啕大哭起来。

我没再和她纠缠，把她交给了其他刑警和法医后走出了院子。其实，法医只是来执行抽血任务，并没有我的事，我完全可以不来，我只是想最后看她一眼，要看看她的结局。此时，我的眼前浮现出她往日的模样，那个充满诱惑力的老美女，转眼间居然变成这个样子，心里不知什么滋味。我很清楚，她是被我毁掉的，我很残忍，可是我别无选择，没有她的包庇，就没有赵雄的两次不死，就不会有那么多无辜生命的死亡，我不这样做就是失职，就会有更多无辜女孩儿的美丽容颜和青春及生命被毁掉。所以，她是罪有应得。

我们返回医院，恰好看到，副市长夏康正准备离开，却被李局长拦住。

“夏副市长，你抽过血再走吧！”

夏康一惊道：“你……你什么意思，抽我的血干什么？”

李局长说：“那你先回答我，你约我去步行街那儿干什么？”

“你……你怀疑我？”

“对。难道你不可疑吗？你说，你有什么紧急的事情，非要约我去步行街？非要我等在那儿，你却迟迟不过去？”

“这……我……我……”

李局长说：“抽他的血！”

法医一副懵然的样子，不敢动手，李局长的声音高起来：“看什么，一切有我负责，抽他的血，你们几个，他要是不让抽，就采取强制措施。”

几个年轻刑警和法医凑上来，夏康大骂起来：“×你妈的李斌良，你他妈的想找死……我看你们谁敢动我？”

几个年轻刑警和法医都是投鼠忌器的表情，许宽和胡克非更是你看我，我看你向后缩着。我火了，一把扭过夏康的手臂：“快！”

几个年轻刑警这才凑上来，法医也拿出了抽血的针管，陈支队也凑上来，胡克非也凑上来：“夏市长，不好意思，我得听从李局的命令。”

夏康被我们牢牢控制住，想动也动不了，只能在嘴里怒骂不停，我们根本不理睬他，很快，法医抽完了血，我们松开了他，他活动着手臂继续骂着：“你们这些走狗，等着，我会一个一个收拾你们的！”又指向李局长说：“姓李的，你就等着滚蛋吧！”之后，气冲冲奔向他的轿车，驶去。

我们的目光转向李局长。

李局长淡然地说：“赵雄是击毙了，可是，内奸必须挖出来，明白吗？”

我们几个人互视，除了我，没人点头。

我盯着身旁的几个人，忽然发现陈支队和胡克非身旁少了一个人。

刑侦支队副支队长许宽。

我急忙问：“许支队呢？”

胡克非说：“他说去看他媳妇了，对，他媳妇又住院了。”

我产生几分不安，跟李局长说了句话，又跟陈支队说了两句，立刻向住院部的大楼奔去，李局、陈支队长、胡克非和两个年轻刑警跟在我的后边。

在奔往住院部大楼的路上，我特意和胡克非走在一起："胡大队，案子已经破了，也没什么要保密的了。现在请你告诉我，你怂恿富强盯着我和方文祥，是怎么知道我们在侦办于丽敏案子的？"

胡克非马上回答："许支队呀，那天，他叫我出去跟他转转，说有事跟我说，碰着你了，你还记得吧。你走以后，他就说，从你的神情上看，你一定接受了重要任务，如果你破了什么大案，我们大案队没破，脸往哪儿放，所以，我就怂恿富强跟踪你们……不好意思了黎组，不过，这都是许支队的主意。"

彻底明白了，全明白了。所有的事情都是许宽干的，胡克非只是他的一块挡箭牌，把我们的目光吸引到他的身上……

我们走进了住院部血液科，走到许宽妻子的病房门口，陈支队、胡克非和我走进病房，但是，只有许宽的妻子坐在床边，她的脸色看上去好了许多。陈支队问许宽去了哪里，许宽妻子说，他去住院处办出院手续去了。

我和李局长、陈支队急忙赶到住院处，却没有看到许宽，收费人员告诉我们说，许宽已经办完出院手续，走了好一会儿了。

什么？

陈支队给留在病房的胡克非打电话，胡克非说许宽没有回去。

我和李局长、陈支队面面相觑，猜不出许宽去了哪里。

我心说：坏了……

陈支队手机响起微信的铃声，他看了一眼急忙接起："许宽，你在哪儿？"

我和李局长凑到陈支队身旁，看到了许宽的面容，听到了他的声音。

许宽说："陈支队，对不起了，我在微信里给你发个东西，所有解释都在那里边。实在对不起，我是在没有办法的情况下这么干的。陈支队长，我走了，希望你看在同事多年的分上，力所能及地帮帮她们，帮帮我媳妇，实在帮不了，也别为难她。再告诉我媳妇，我对不起她，这辈子的缘分只能到这儿了，也告诉我妈，我没法继续尽孝了……黎斌，我看见你了，对不起，还有李局长，你们多保重，永别了！"

手机屏幕上，许宽的手枪对准了自己的太阳穴，枪声响起，一道血光飞起，许宽消失，屏幕一阵乱晃，之后，只剩下灰蒙蒙的天空……

陈支队长关掉视频，打开微信上许宽发来的文件夹，拿到李局长眼前，李局长和我同时看了起来。

文件夹里，有许宽的视频交代，也有文字和表格。他在交代中说明，他是因为妻子患了白血病，无钱医治，被人拉下水的，对方替他支付了高昂的治疗费用，保住了他妻子的命，病情明显向好，在这种情况下，他答应了对方的一切要求，按照对方的布局，“发现了”被追捕的“赵雄”的踪迹，并报告给陈支队，在随后的行动中，他带着胡克非将“赵雄”追到了那幢楼的楼顶，将其击毙，而且，在提取死者的人体组织时，他用杨柳提供的样品，置换了法医提取的样本，因而死者被鉴定为赵雄。这次，他接到了同样的指示：在赵雄杀害李局长后，将赵雄击毙……之后，又说明，他好多次都是从方哥的口中，打探出专案组行动信息，通报给杨柳的……

全都明白了。

许宽还说了一些具体的事情，譬如，二混子和赵维民相继被害都是李敢和赵雄所为，李敢按照赵雄的授意，找到赵维民，让他想法弄一个车牌子，还给了他两千块钱作为报酬。狡猾的赵维民在传销会场上，偷了刘玉军的手机，给二混子打了电话，但是，只给了二混子一千块钱。行将败露时，赵雄和李敢既出于掐断线索的需要，也出于愤恨，恨两个人成事不足败事有余，恨赵维民贪污了钱，相继杀了二混子和他。

许宽还说了嫁祸汪大魁的事，他是奉命怂恿方哥建议我，去查小丽这条线索的，目的就是干扰和延误我们的行动。

对于案情，许宽说只知道这些，至于赵雄是如何找到替身替他死亡的，他并不清楚。但是，他在最后说明，给他妻子救命钱的是杨柳，他留下了自己的银行账户，和每一次杨柳打钱的记录……

我注意到，他没有说出把方哥拉下水之事，也没揭发给方菲买药以及打款之事，更没提夏康的名字。想来，不提方哥被拉下水，是想保护或者帮帮嫂子和方菲，从这一点上看，他似乎还良心未泯。而没有吐露夏康，或许是抱有幻想，即便自己死了，只要夏康还在，也会照顾他生病的妻子一下。

可是，这些恐怕都是他的幻想了。

许宽留言的最后，是说对不起胡克非，自己利用了他，实在对不起他，无法弥补他了，胡克非听着听着突然呜咽起来：“许支队呀许支队，你怎么这样啊，你怎么走上这条路啊，你怎么是这样的人哪，现在我才明白，你总是把功劳推给我，其实都是为了掩护你呀……”转向我和李局长、陈支队：“那个假赵雄明明是他先开枪击中的，他却偏偏说是我先击中的，让我立了头功。我现在想明白了，当时，那个假赵雄动摇了，他看到没路可跑了，就转过脸来，好像要投降的样子，可他却说：‘不能让这个浑蛋再活在世上了，干掉他！’然后就开枪了，我也跟着开了枪，闹了半天，这里边都是有说道的呀！”

我忽然想起李局长讲过的那个故事，想起那个叫吴志深的刑警。

许宽是吴志深吗？不是，只是有点儿像而已。

真相已经呼之欲出。我和李局长分析后认为：赵雄之所以被放弃，被击毙，是因为保护他、包庇他的人意识到已经无法控制他，他再活下去，将直接危害到他们的生存，他的所作所为也证明了这一点，譬如，他撞死了他的亲妹妹夏晓芸。这一定也是保护他、包庇他的人转为仇恨他的主要原因。说到这些，让我想起夏晓芸死后夏康的一系列表现，他最初的疯狂，仇恨，化为后来的平静……那是他下定了除掉他的决心，而且还决定最后利用他一次，指使他去杀掉李局长，再指使许宽击毙他，一了百了。

虽然还有待证实，但是我和李局长都认为，事实一定是这样。

次日清晨，有人在青年公园树林深处发现了许宽的尸体，他仰躺在绿色的草地上，眼睛还大睁着，就如那灰蒙蒙的天空。

奇怪，我居然不那么痛恨他，更不痛恨方哥。因为我知道，有别的人和别的力量把他们推到了这一步，最可恨的，是他们背后的人和那股力量。

杨柳被带到公安局，带进审讯室，连夜突审，可是，她什么也不说，时哭时笑时叫时闹，精神完全崩溃，审讯无法正常进行下去，只好将她送入看守所，单独关押起来。

虽然她什么也没供，但是一切都很清楚：是她在赵雄被第一次宣布死刑后，采取各种手段，保他活下来，这已经是定论，她还因而判重刑，现在还在保外就医。也是她，在赵雄第二次犯下死罪逃跑后，照样千方百计庇护他，让他又活了下来，找到了或者是相貌相同或者是整容成跟他儿子一模一样的人，让其代替儿子死亡，让赵雄再次逃出生天，继续杀人犯罪。

那么，他们为什么最后还要同意除掉赵雄呢？我和李局长分析：其实，她和她幕后的人是不想让赵雄出来继续报复那些受害人的，可是，他们无力控制赵雄，只能任由他作恶，并竭力保护他。至于无辜者的生命和痛苦，对她来说没什么意义，她在乎的只是儿子的命，或者说，她儿子的命才是命，别人的命不是命，别人的命只应该为她儿子的命而服务。到后来，赵雄更是为所欲为，完全失控，甚至还杀了夏晓芸，搞不好会直接牵连到她和更重要的人。在这种情况下，她和更重要的人不得不痛下决心，把他除掉，彻底终结麻烦。

种种迹象也表明，她一个人是做不到这些的，她后边还有强有力的人，就是副市长夏康。

然而，我们虽然掌握了她和夏康的隐秘关系，拍下和录下了他们幽会的照片、视频，可是并不能直接证明夏康参与了犯罪，必须有其他的证据来证明。许宽留下的账号，都通往她的户头，并不能证明夏康涉案。

因而，在没获得有力的证据之前，是无法对夏康采取强制措施的，没人敢对他这样。这不只因为他副市长的身份，还因为他身后更强有力的身影。现在只能等待DNA鉴定结果出来，科学具有无可比拟的说服力和证明力。

三天后，DNA鉴定结果出来了：死者赵雄和杨柳的DNA比对结果证明，二人的血缘关系比率高于99.9999%。内行人都知道，这个等同于证明二人是母子关系。

这证明，被击毙的就是赵雄，他真的死了。

可是，赵雄和夏康的DNA鉴定比对的结果却出了问题，看了鉴定证明后，法医说，夏康和赵雄不是父子关系。

不是……父子关系……

这……我们弄错了，我和李局长都弄错了，夏康不是赵雄的父亲，这可怎么办……

可是，法医又说："虽然不是父子关系，但是，也有相当密切的亲缘关系。"

这又是什么意思？

法医用了好多术语，给我们做了详细的说明解释，什么Y染色体属人类的性染色体，正常男性拥有Y染色体，女性则没有，同一男性家系中的所有男性个体Y染色体非重组区应该是相同的……

法医解释了好几遍，我和李局长终于听明白了（其实早听明白了），可是，面面相觑，不知如何是好。

有趣的是，多日过去，夏康居然一直没有过问检测比对的结果，也没有因此而找上门来搅闹。

那个三年前被击毙的替身到底是谁，一直没有查明。因为赵雄已死，杨柳已疯，夏康又不好问，好在，不管他是谁，也已经死了，真假赵雄都死了。

就在我认为案子就要这样结了的时候，情况发生陡转：公安部和省公安厅相继介入此案，并将夏康列为重要调查对象，与此同时，上级纪检部门又从另外一个侧面对夏康开展调查。更让我惊喜的是，调查并没有只停留在夏康身上，而是指向赵雄案件背后的形形色色的保护伞，甚至也指向夏康背后的更大人物，也就是赵雄的真正生父，据说已经取得初步证据。

案件的迅速深入让我喜出望外，尽管在侦查保密过程中，但是我相信不久的将来，一切都会真相大白。

暂时，就说到这儿吧。

该结束了。只是，结束前，还有事情需要交代一下。

最重要的，是我的爱情，我和苗苗的爱情，大家一定希望知道结果吧，按照大团圆的结局，我们该走到一起，结婚成家吧，我也是这样认为的，可是——

在案子告一段落之后的那个周末上午，我给苗苗发去了微信，要和她见面，她答应下来，让我去她的家中。

我买了一大抱的玫瑰花，整整九百九十九朵，兴冲冲地来到她的家门外。

可是，开门迎接的却不是她，而是李局，我未来的岳父。

他的脸上没有笑容，而是垂着眼睛，把我引向书房，我看向苗苗的房间，房门关着，看不到她的面庞和身影。

这……

我把玫瑰花束放到茶几上，随着李局走进书房，开始了一场非同寻常的谈话。

书房里，两张座位已经摆放好了，我和李局长面对面坐下来，我感觉，我们之间的距离比上次远了些。而且，虽然面对面坐着，他的眼睛一直是垂着的，回避着我的目光。

我产生一种不祥的预感。

李局长垂着眼睛开口了："黎斌，我非常欣赏你，你是一个非常优秀的刑警，这起案件能够侦破，你发挥了主要作用，我已经责成政治部，以局党委的名义报省公安厅，为你报请一等功……"

这是好事，可是我心里却没有一丝喜悦感，因为他的口吻太严肃了。

他继续说着："根据你的能力和贡献，局里会对你的岗位作出适当安排的。不过，首先要征求你个人意见，要看你还想不想继续当刑警，你不是想调离吗，现在还想不想了?"

调离？这……我已经彻底忘了这件事，我早打消了这个念头了。

我向李局表达了这个意思，他的脸色变得更为凝重："嗯，你的选择很好，公安机关需要你这样的人才，刑警也适合你的气质和性格，好，好……"

李局长的声音低下去，停下来。

我产生一种大事不妙的感觉，这种感觉太强烈了。可是我不敢追问，等着他说出我不想听到的话。

他沉默片刻，终于开口了："这个……不过，苗苗说，她发现和你不太合适，所以，你今后就不要再找她了。"

什么?

尽管我已经感觉到不妙，听了这话，还是一下子站起来，但是又马上觉得腿发软，觉得地面向下沉去，觉得楼好像要塌了。

我说："李局，你什么意思啊？当初你可是……对，当初是你把我领到家里，跟苗苗相识的，后来，你又把她的终身托付给我，现在，你为什么这样？……"

李局抬起手，打断我的话："对不起，我现在改变主意了。黎斌，我跟你说过，我只有这一个女儿，我最大的心愿，就是让她一生平安幸福，你的品格，你的选择，我虽然欣赏，可是，我担心，你无法保证她一生平安幸福。所以，还请你理解和谅解！"

李局长说完，站起身，两脚并拢，向我深深地鞠了一躬。

这……

我还能说什么，我快步走出书房，走到苗苗房门的门外，敲了两下，想推开门，可是，门却在里边锁着，我忍不住呼叫起来："苗苗，苗苗，亲爱的，是我，开门哪，这到底是怎么回事，我们说好的……我爱你，苗苗，你别这样，别这样……"

我忍不住哽咽起来，门内也传出苗苗呜呜的哭声，哭声中充满了悲怆、痛苦，还有决绝。

这……

我的声音更大了："苗苗，苗苗……你出来，让我看你一眼，我要亲自听你说，说你跟我分手……”

“黎斌，你走吧，走吧，”她的声音传出来，“我对不起你，对不起，对不起……”

我还能怎么样？破门而入，把她抱在怀里，逼她说爱我，永远和我生活在一起？显然不能。

我看到，苗雨也从她的房间走出来，默默地看着我，一副爱莫能助的表情。

我不知道是怎么离开的，怎么走出这个家的，当我走出这幢普通的住宅楼，回望着三楼的窗子时，再也没有以往那温暖、幸福的感觉，取而代之的是冷酷、痛苦，不忍回首……

我徘徊在街头，不知去向哪里。此时，我急切地想找人倾诉，倾诉我的衷肠，我的痛苦，我的悲伤，于是，我自然地想起一个人，可是，当想到他时，心里更加悲伤……

我打车来到一片墓地，下车后，顺着一条窄窄的小路向墓地里边走去。

远远的前面，有两个人影在一个墓碑前祭拜着，哭泣着，随着我的脚步渐渐走近，她们的哭诉声渐渐传了过来：“爸爸，爸爸，爸爸……文祥啊，你说，可怎么办哪……”

天哪，是嫂子和方菲。

嫂子的哭诉在继续：“文祥，你告诉我，我们怎么活下去，我和方菲怎么活下去呀，你告诉我，告诉我呀……”

嫂子的哭诉声让我想起：因为查实了方哥得到的那笔救命钱来自杨柳的账户，已经被收缴，方菲的生命又成了问题，嫂子向方哥哭诉的一定是这个。

深深的内疚从心中生出，这些日子，我一直忙于案件，一直没去看她们。

她们听到了我的脚步声，回过头来，看到了我，方菲叫出半声“黎……”就住了口，嫂子则垂下头，现出羞愧的表情。

我明白她们的表情含义，她们一定听到了风言风语，甚至，知道方哥差点对我下手。

我向她们走过去，她们闪开身子，想离开，但是被我挡住去路。

我说：“嫂子，是方哥救了我，我答应过他，我会替他照顾你们的。”

嫂子一下子又哭出声来，方菲也哭起来。

我说：“嫂子，你先别哭，告诉我，方菲的药还有吗?”

母女互视后，嫂子嗫嚅着说：“还能吃一周……斌子，怎么办哪……”

我说：“嫂子，方菲，别难过，别着急，我会全力帮你们的，我……”

嫂子说：“斌子，你的心意我领了，可这不是小钱，也不是一天两天的事。你一年挣多少钱？不吃不喝又能积攒下多少？怎么帮我们哪？你还要结婚、成家，哪有钱来给方菲买药啊?”

我一时说不出话来。是啊，你有这份心，可有这份力吗？你怎么能去帮她们，怎么兑现你的承诺？钱在哪里？

远处传来车喇叭声，我举目望去，路上，一辆轿车驶来，停下，一个人从车中走出来，顺着小路摇摇晃晃向这边走来，他头上戴着帽子，边缘处还露出绷带，这不是富强吗？是他，他也来了……

富强脚步踉跄地走来，我迎上前：“富强，你出院了？能行吗?”

富强说：“没大事儿了，我是特意来这儿看嫂子和侄女的。”

这……

富强走向嫂子和方菲，二人含泪的目光注视着他。

富强说：“嫂子，我刚听说方菲病的事，你们放心，平时的生活由黎组帮助你们，方菲的药费由我出了，我都跟我爸商量过了，所有的药费都由我包了。你们一会儿把银行账户给我，先给你们打三十万过来。”

这……这……

嫂子一下哭出声来，拉着方菲向地上跪去，富强急忙把她们扶住：“嫂子，你这是干什么呀，你们可千万不能这样，我跟方哥兄弟一场，只能在这上帮你们了，方哥，你听见了吗，你放心吧，不要再惦着方菲的病了，她的药费我包了。老天作证，我要负责到底，决不食言……”

富强说着说着也哭出声来，三人搂抱在一起，哭成一团。

我也流出了眼泪，眼泪中有悲伤、痛苦，也有欣慰……

富强先控制住情绪：“嫂子，侄女，行了，我是从医院里偷跑出来的，得回去了，你们跟我一起走吗?”

嫂子说：“走，一起走，黎斌，一起走吧!”

我说：“不，你们先走吧，我再待一会儿。”

三人疑惑地互相看了一眼，没再问我，自顾自地向墓地外走去，走到路上，上了富强的车，驶去。

只剩下我一个人了，我转回脸来，看向他——方哥，方哥微笑地看着我，似乎在问：“斌子，有啥事，跟方哥说吧!”

我从嗓子里挤出一句：“方哥，我……”

我突然放声大哭起来，向他诉说起来：

“方哥，嫂子和方菲都有着落了，你宽慰些了吧。可是，你知道吗？我失恋了，苗苗跟我分手了，李局长说我不能带给她平安幸福，你说，我该怎么办？方哥，怎么会这样啊，啊？你知道，我能碰到苗苗，是多么不容易，她就是我的另一半，我既然碰到了她，为什么又要生生地失去呀？为什么，我不能爱我所爱，为什么不能享受爱情？你说，我该怎么办哪？我该怎么办哪……”

我蹲在方哥面前，抱头泣诉，许久许久难以平复，直到身后传来另一个人的啜泣声。

是年轻女性的声音。

我急忙扭头看去……

后记：我在我的世界里寻觅正义

我在微信上打开新书的封面设计图，仔细地端详着、品味着，一种莫名的滋味从心底浮出，是愉悦，还是酸涩、忧伤、惶惑……

我说的是我即将问世的长篇小说《生死使命》的封面设计，是作家出版社的责编苏红雨老师发给我，让我提意见的。

按说，我已经出版过十几部长篇小说，出版这部小说，也不是什么新奇的事，可是，为什么它却前所未有地在我的心中生出涟漪，甚至掀起小小的波澜？

因为，我已不再年轻，这部小说出版时，我已经在公安文坛耕耘了二十多年。别看简介的照片上我还身着警服，那是遵照出版社的要求特意挑选的，其实我退休多年，已经到了奔七的年龄，开始产生了退隐的念头，我甚至隐隐感觉，这可能是我的最后一部长篇小说。李斌良的故事，到了该结束的时候了！

这，大概就是我感慨万千的原因。

因此，我忽然觉得，此时该回望一下自己走过的文学之路，该对读者讲一点儿心里话了。

读者们都知道，我是一个普通的基层警察，现在应该说是退休警察。过去有过一点儿名声，但是，仅仅限于嫩江县（现在的嫩江市）公安局或者说嫩江县，而且，很大程度是因为我在工作中的优秀表现。我不是局长、政委也不是副局长，可是在那些年里，我把嫩江县的公安工作当作自家的事，积极出谋划策，为确保嫩江一方平安做出了贡献。正因如此，我在嫩江县公安局乃至上级的黑河市公安局，都赢得了一些名声。那时的我还只是一个普通又不太普通的基层警察。

2001年是新世纪的开局之年，这一年也成了我人生的分水岭。长篇小说《黑白道》的成功，使我从一个普通的基层警察成为知名的公安作家。

此后，《终极罪恶》《使命》《绝境》《暗算》《渗透》《沉默》《深黑——一个公安局长的自述》《一战到底》《奉人民之命》《刑警的心》等作品陆续问世；由我编剧的《水落石出》（二、三、四部）和《黑白人生》《沉默》《第一目标》，以及根据我的小说改编的电视剧《使命》《冲出绝境》等，接连在屏幕上播映；《朱维坚作品集》和《黑白道系列作品集》相继出版。我算了算，自己至今已有十三部长篇小说和六部电视剧问世，这还不包括非我本人亲手改编的两部电视剧，累计起来，我的创作总字数即使没有千万，也有八九百万了。

我是如何走到今天的呢？

我出生于五十年代，和那一代的大多数人一样，经历过折磨和苦难，挨过饿，受过累。1970年回乡后，当了近六年的农民。当时，好多和我一样的下乡知青和返乡青年都几近文盲，我完全可能和他们一样，好在我是个书迷，这个爱好成全了我。现在的很多读者也许不知道，在那个年代读书不容易，特别是文学作品更难找到。在这种情况下，我却“贼心不死”，不但读了公开发行的书，还想方设法找到一些书店里没有的作品。只要我听说谁家有书，一定挖空心思借到手偷偷阅读。我以前说过，一个偶然的机会，我发现在县城当中学老师的姑姑家里暗藏着两大木箱的书，是她念大学中文系时的全部教科书，还有中外文学名著。这使我欣喜若狂，很快把这些书全塞进了我的脑袋。我终于没有沦为文盲，反而是文学水平乃至文化水平大为提高。这奠定了我后来命运转折的基础。

1975年，命运迎来了第一次转折，我终于从农村拔出腿，作为工农兵学员进入黑河师范学校。读者们一定以为我学的是中文吧？错！我学的是音乐和美术，这是我的两项爱好和特长。当年我想过当画家、当歌唱家，只是，和作家这个职业相比，它们在我的心中的分量都轻了一些，随着时间推移，慢慢地都被我抛弃了。从黑河师范毕业后，我当了三年多的中学老师，教过音乐、美术，也教过语文，后来就调到文化馆当创作员。正值改革开放伊始，提倡思想解放，文学青年如雨后春笋般冒出来。当时梁晓声、孔捷生、陈建功等名字几乎家喻户晓，遗憾的是，比他们小不了几岁的我，只能偶尔在省市报刊上发表一些短篇小说、诗歌之类的作品，连崭露头角都谈不上。可是回想起来，那段时间并非没有意义，我不但练了笔，而且进一步扩展了阅读范围。之前我读的多是中国和苏联的文学作品，自那时起接触到俄罗斯文学，更阅读了大量欧美文学名著，自学了文学创作基本理论。我特意订了刊载西方翻译作品的《译林》杂志，从中受到畅销书概念的影响，我觉得，它们甚至可以说启蒙了我后来的公安文学创作，使得我的作品能够闯出来，让人耳目一新。

就在我觉得文学积累变厚，准备一展身手，开始构思一部长篇小说时，命运忽然又生出小小的波折——县文化局的领导发现我是个“人才”，“能写”，于是在我反对无效的情形下，“上调”我到文化局当秘书。说起来，我一直对秘书这个职业不“感冒”，每天写公文材料对追求自由创作的我来说完全是折磨，之前就拒绝了县里调我当秘书。可是，这次是顶头上司安排，我抗拒不了。现在想来，大概也是命该如此，让我熟悉一下机关工作，懂一点公文写作，为将来的工作调动做准备。

1990年年底，我离开文化局，调入嫩江县公安局。在公安局的最初两年，我没有写过一个和文学相关的字。我清醒地知道，公安局调我来是为工作，不是让我来发展个人的文学爱好，我必须全力以赴把工作干好。另外，公安工作完全不同于文化工作，打击犯罪、维护治安的任务非常重，忙的都是实实在在的事，让人觉得很有意义。我深深地爱上了这个职业，文学梦暂时被我藏在心底。那个时期，我主要写公文材料，包括请示报告、事迹经验、简报总结，等等。不谦虚地说，无论什么材料，到我手里都会立刻提升层次，令人刮目相看。很快，不但局里的领导和同志，就连县委县政府等部门，都知道了县公安局有我这一号人物。我还为公安工作出谋划策，提出许多可操作的建设性意见。因而，我迅速成为嫩江县公安局举足轻重的人物。

调入公安局的第三年，一天在局值班室，几个同志议论当时播映的警察题材电视剧如何假，又说起金庸的武侠小说，我忽然插了一句话：等我有时间，要先写一部武侠小说，再写两部警察题材的电视剧，保证比现在流行的那些都强。记得当时几个同志都用有点儿怪异的眼神看我，大概觉得我太想入非非了吧！

他们不知道，我是说了就做的人。很快我就拿起笔，开始悄悄创作一部武侠小说。我敢这样做，是因为自觉已在公安局立稳脚跟，有余力可以继续我的文学梦。几个月后，小说初稿完成，有意思的是，我却不知道怎么投稿，应该投给谁。恰好一个同样爱好文学的老朋友去北京办事，我把稿子交给他，他到北京后顺手给了中国文联出版公司。编辑很快给我来信，称赞小说不但情节好、人物好，构思上也不同凡响。没多久书出版了，就是长篇武侠小说三部曲《江湖行》。

第一个许诺就这样轻而易举实现了，我马上着手实施第二个。我本身很喜欢推理探案，和刑警们的关系也不错，对他们的生活工作十分了解，所以非常顺利地写出了第一部电视剧，名字叫《刑警》，讲破案的故事。写好后还是那个老问题——不知道该给谁。又是我的那位老友，去北京时顺手交给了青年电影制片厂的两位年轻同志。他们看后给予高度评价，决定拍摄，但需要我们省公安厅过审。我把剧本报到省厅宣传处，宣传处领导看后也拍案叫好，并决定由省厅另找拍摄单位，青年电影制片厂就“拜拜”了。谁知事与愿违，几年过去，历尽周折，电视剧却一直没有拍出来。要知道，这是上世纪九十年代初期的事，当时《西部警察》还没面世，我的《刑警》可在它之前。现在回头看，我深觉自己当年太幼稚了，对影视圈一无所知，根本不懂如何运作，否则《刑警》必定会早于《西部警察》成名。后来我又应约写了电视连续剧《生死存亡》，主题是反腐败和打击黑恶势力。仍然是读过剧本人人叫好，却最终没拍出来。一时之间，我陷入窘境。

河南老作家张斌读了我的剧本，在充分肯定的同时告诉我，电视剧要运作成功太难了。他劝我把剧本改成长篇小说，答应帮我找出版社。我用了一个多月的时间改毕交稿，通过他给了中原农民出版社。出版社很快决定出版，但要报省新闻出版局批准，让我耐心等待。一天、两天，一月、两月……我不免焦急，心想干脆别等了，利用这段时间再写一部吧，上一部叫作《生死存亡》，这部照葫芦画瓢，就叫《你死我活》。它就是后来使我一炮走红的《黑白道》，先由《啄木鸟》杂志连载，再由作家出版社出版单行本，一版再版，外加盗版遍地。一天朋友提醒我到网上搜索我的名字，天哪，《黑白道》居然位居全国图书销售排行榜第一名，时间持续半年多！同时，读者来信如雪片般纷纷飞来，给予小说高度评价。更让我不可思议的是，网上凡提到我这个“作家”时，总在前面加上“著名”两个字。我居然成了“著名作家”，这不是在做梦吧！多少专业作家写了一辈子，也没“著名”过，我一个小小的基层警察，凭什么轻而易举就“著名”了？于是，后来再出版作品，我特别注意把“著名作家”改为“著名公安作家”。说到这儿，我要感谢当时《啄木鸟》杂志社的社长易孟林和副总编张西，是他们发现了我，克服阻力刊登我的作品，才让我破土而出，蓬勃生长。我永远都不会忘记他们的知遇之恩。顺带说一句，《黑白道》单行本上市之后，《生死存亡》才由中原农民出版社出版，书名改成了《终极罪恶》。

《黑白道》出版翌年，《使命》问世。它不是《黑白道》那种悬疑小说，而是力求全面展示基层公安局长的日常工作。结果是再获成功。作家出版社的编辑告诉我，在图书排版印刷时，工人们边工作边阅读，赞叹连连。它被评为公安部“金盾文学奖”一等奖，且是一等奖中唯一的长篇小说，连海岩老师的《玉观音》都被挤到了二等奖。如果说《黑白道》是我的成名作，《使命》就是我的代表作。《黑白道》似乎反响更大、更热烈，但《使命》的影响更为长远，特别是改编成电视剧播出后，声誉经久不衰。快二十年过去了，各地电视台仍在持续播出，备受观众喜爱。

《使命》出版后，我同样接到很多读者来信，感谢我写出这样优秀的作品，诉说他们是多么地感动。从海外归来的亲友告诉我，同名电视剧在海外播出时，当地华人聚集起来观看，心灵受到强烈的震撼。在他们议论此剧时，我的亲友会骄傲地宣告：这是我的亲戚写的！居住在加拿大的华人专门寄来越洋长信，说她在多伦多的图书馆读到《使命》，心情如何激动不已。日常生活中，我更是经常遇到喜爱《使命》的读者。有一次，出租车司机说什么也不肯收我的钱，说他把小说《使命》读了八遍，特别感激我为老百姓说话。几年前，嫩江县法院的新任院长想见我，可是我不常住嫩江，拖了好几年才见上面。他把我请到他家里，亲自下厨炒菜，在吃饭时告诉我，他看过二十多遍电视剧《使命》，很多台词倒背如流，席间他还背了两段来考我，简直比我本人还熟悉作品。

那些年我的“仕途”也忽然变得通畅。从文化局调入公安局之前，我刚被提为副股长，起点之低之晚简直不堪一提。没想到，调入公安局当年，我就被提拔为正股级，担任秘书科的副科长，主持科内工作；没几年又成了名副其实的科长，被提拔为副科级；再过几年，担任办公室主任、工会主席，晋升为正科级，还当上了党委委员，局里开大会时在主席台上就座。当然，科级干部在公安部和省厅不算什么，可是在县里已经很不容易了。然而我在主席台上坐了不到两年，就重回台下，后来甚至在台下也找不到我了——我又成了一个既普通也不普通的警察，证件上写着“刑警大队主任科员”。

我辞去了职务，也就是说，退居二线了。我有了更充足的时间写作，新作源源不断，几乎每年出版一部小说。与此同时，由我编剧或者根据我作品改编的电视剧也在一部接一部热播，仅中央电视台就播了三部《水落石出》,《使命》《沉默》《黑白人生》《冲出绝境》《第一目标》等也纷纷与观众见面,都取得了较高的收视率。本来《水落石出》第一部由别人编剧,收视率还不错,我续的第二部收视率有了很大提升。我一连续了三部,使这部电视剧成为央视一个小小的品牌。我好像真的成了"著名作家"和"著名编剧",我"火"了!

时光流逝,不知不觉二十年过去,古稀之年在向我招手。说真的,近年来我已经感到创作激情有点儿衰退,加之动辄几十万字的长篇作品实在是太累人,我的身心都有些承受不住。这个时候完成的《生死使命》,怎么能不让我思绪纷纭、浮想联翩!构思这篇后记时,一个标题油然浮现在我脑海中:我在我的世界里追寻正义。我的世界有什么?当然首先是我的警察生涯、我的职业理想。身为警察,就应该崇尚正义、追求正义、实现正义,这是警察的终极价值。正义是可贵的,人类社会如果正义缺席,那就是魔鬼的世界。然而,作为一个基层警察,注定要面对人世间的丑恶,在我的工作实践中,遇到过太多的正义迟到抑或缺失:罪犯侥幸脱身,无辜者枉受刑罚,迟迟得不到平反昭雪;大案久久不能侦破,甚至成为呆案死案,受害人求告无门;人民群众备受黑恶势力欺压,无处申冤……特别是黑恶势力的横行,让我最为关注。我目睹着当地的黑恶势力从滋生到成长,再到壮大,称霸一方,不可一世,作为人民警察的我却拿他们一时没有办法,正义迟迟得不到伸张。令人欣慰的是,我还有另一个世界,自己创造的世界,那就是我写的作品,它们让我的积郁得以抒发,愿望得以实现。在我的作品中,打黑除恶始终不渝地是主题旋律,无论经历多少艰辛曲折,正义终究会获得胜利,而邪恶和黑暗也在我的世界里被揭露、鞭挞,终至灭亡,我的每部作品莫不如此:《终极罪恶》构思早在一九九七年,是根据我自己一次外出执行任务的体会,写出了这部作品,呼吁人们对黑恶犯罪问题予以关注。《黑白道》不但描写了前些年黑恶势力在我国的滋生蔓延,还揭示了其政界"保护伞"的可怕。在我笔下,黑恶势力和腐败分子最终受到应有的惩处,正义得到了伸张。它和《终极罪恶》这类作品在过去的公安文坛从未出现过,可以说是反黑作品的开山之作,我也从此被称为"反黑作家"。《暗算》承袭了《黑白道》的思想脉络,更加深刻地探讨用人问题——为什么一个原本优秀的基层干部不得不成为黑恶势力的帮凶,才能够步步高升?当他意图"背叛"时,作为报复,妻子和女儿竟惨遭杀害,让人心惊胆战。当然,最后胜利的还是正义一方。《绝境》来自多年前矿难连连的社会现实，主人公在寻找妻子的过程中挖掘出矿难原因以及被掩盖的层层真相，呼吁人们关注。《渗透》则是对教育不公发出呐喊，同时揭露一些地区有组织的高考舞弊行为，令人触目惊心。《沉默》为受到深重迫害的无辜群众发声，控诉黑恶势力和黑警勾结，长期制造冤案的罪行……还有《深黑——一个公安局长的自述》《奉人民之命》《刑警的心》，等等，主题无一不是反腐打黑，无一不在渴望正义、呼唤正义。让我欣慰和高兴的是，我过去盼望过的、只在作品出现的局面，在近几年成了现实，党中央前所未有地在全国开展了扫黑除恶专项斗争，而且深挖背后的保护伞，使一批又一批的黑恶势力和腐败分子被绳之以法，真的大快人心，我们嫩江市当地，也终于将两个长期盘踞的黑恶犯罪集团打掉。为此，我由衷地感谢党中央的英明决策，同时也为自己通过作品为扫黑除恶做出贡献而自豪。这一切，给了我无尽的创作激情和动力，让我感觉，我不只是在创作，也是在创造一个洒满正义阳光的世界。

于是我的作品往往充满激情，非常有可读性，却在一定程度上忽略了文学性，造成某种缺憾。其实我年轻时是追求过纯文学的，甚至研究了卡夫卡的《变形记》，尝试着写过此类作品。可是，当你成为一名基层警察，而且是一个有思想、有敏感度、有责任感的警察时，所有的社会不公、所有邪恶对善良的侵害、所有黑暗对光明的打压，都会重重地撞击你的心灵，你还能安稳地坐在书斋里，专心致志地淬炼文学吗？我真的做不到！警察生涯改变了我的文学观，我宁可在一定程度上失去文学的纯粹度，也要保持作品干预现实生活的力度。正是这样的文学观和文学追求，才促使我写出这么多部作品。

我审视着自己：思想已臻于成熟，写作技巧也磨炼得越发圆熟，其实可以写出更多更好的作品。可是，此时我竟萌生了退意。我算过，我塑造的人物李斌良（《黑白道》系列小说主人公）到今年已经五十三四岁了，林荫（《使命》主人公）比李斌良还要大上几岁，如今应该是五十七八的年龄，即将退休。他们的时代接近结束了，何况是比他们还大十来岁的我！明智些，封笔收山吧。

对，还要回答一个问题——常常有读者问我，李斌良和林荫的原型是谁？和我本人有什么关系？现在我就告诉你们，没有什么生活原型，他们是我创造出来的。但是，他们的身上寄托着我的理想，胸腔里跳动着我的心脏，血肉中蕴藏着我的情怀，他们在我的作品中替我追寻正义。在一定意义上，可以说李斌良和林荫就是我，我就是李斌良和林荫。

好了，我写得太长了，就此收笔吧，不只是这篇文章，也包括……

今后，我可能真的不会再写长篇小说了。

可是，为什么还心有不甘，为什么？

一切，还是走着瞧吧！

朱维坚

2022年1月1日

山东省海阳市旅游度假区

图书在版编目（CIP）数据

生死使命 / 朱维坚著. -- 北京：作家出版社，2022. 1
ISBN 978-7-5212-1633-2

Ⅰ. ①生… Ⅱ. ①朱… Ⅲ. ①长篇小说 - 中国 - 当代
Ⅳ. ①I247.5

中国版本图书馆CIP数据核字（2021）第243138号

生死使命

作　　者： 朱维坚
责任编辑： 苏红雨
装帧设计： 刘红钢
出版发行： 作家出版社有限公司
社　　址： 北京农展馆南里10号　　**邮　　编：** 100125
电话传真： 86-10-65067186（发行中心及邮购部）
86-10-65004079（总编室）
E-mail:zuojia@zuojia.net.cn
http://www.zuojiachubanshe.com
印　　刷： 三河市北燕印装有限公司
成品尺寸： 152×230
字　　数： 350千
印　　张： 20.5
版　　次： 2022年1月第1版
印　　次： 2022年1月第1次印刷
ISBN　978-7-5212-1633-2
定　　价： 48. 00元